モンパルナスの思い出

ジョン・グラスコー
工藤政司訳

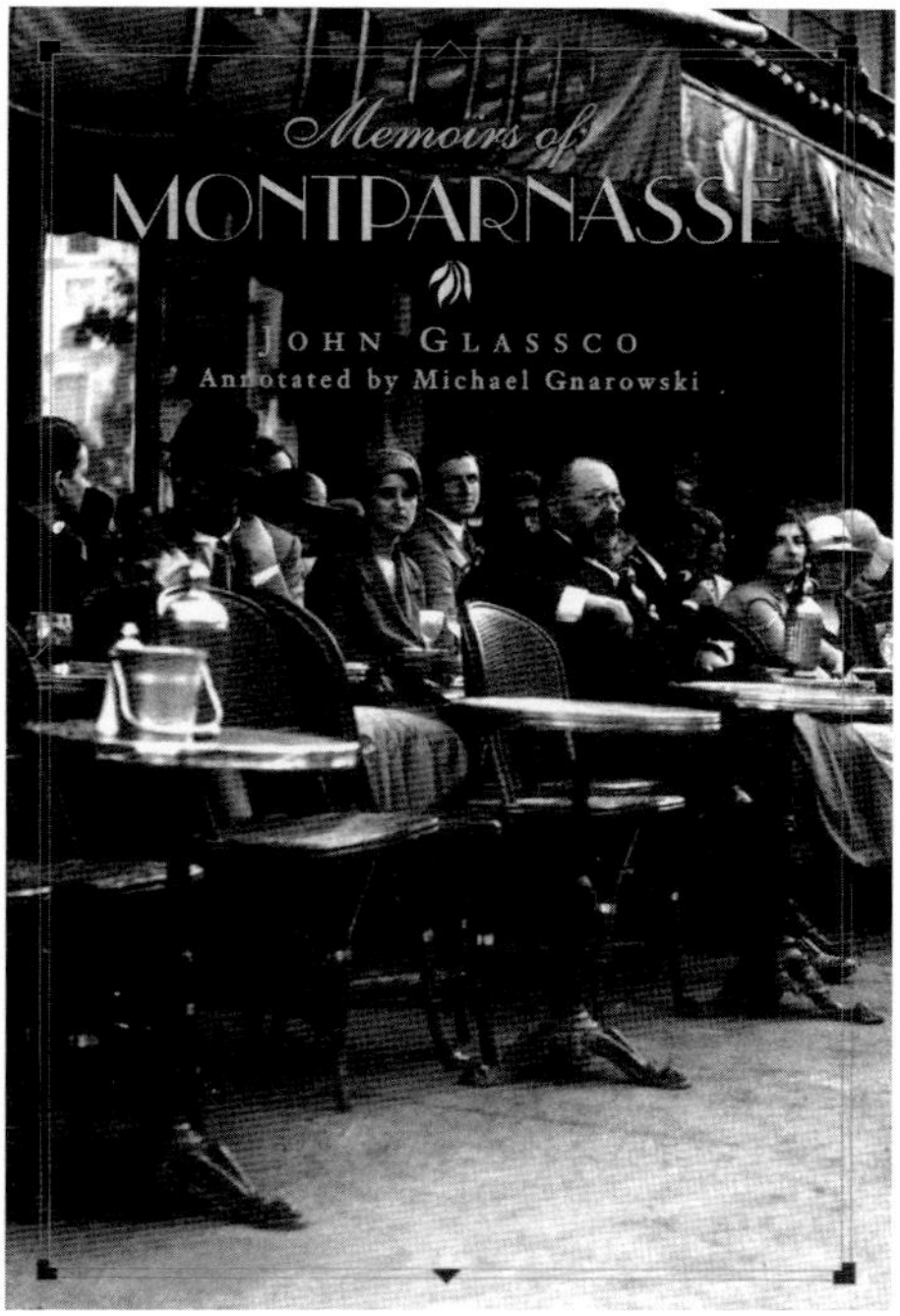

法政大学出版局

John Glassco
Annotated by Michael Gnarowski
MEMOIRS OF MONTPARNASSE

Memoirs of Montparnasse 2/e was originally published in
English in 1995.
This translation is published by arrangement with
Oxford University Press.

1　ジョン・グラスコー，1928年．カナダ国立公文書館蔵，PA 188476.

2　グレーム・テイラー，ジョン・グラスコー，ロバート・マコールマン，ニースの浜辺にて．カナダ国立公文書館蔵，PA 188182.

3　グレーム・テイラー，ジョン・グラスコー，シブリー・ドレイス（スタンリー・ダール），ニースにて．カナダ国立公文書館蔵，PA 188181.

4　セルマ・ウッド（エミリー・パイン）とジュナ・バーンズ（ウィラ・トランス），1930年頃．メリーランド大学，マッケルディン図書館蔵．

5　アドルフ・デーン画，ジョン・グラスコー，1928年，パリにて．カナダ国立公文書館蔵．C 107027．

6　マン・レイ（ナーワル）とロベール・デスノス，1928年．©1995，マン・レイ信託財団—— ADAGP-ARS.

7　シュールレアリストたち，1930年．（左から右へ）トリスタン・ツァラ，ポール・エリュアール，アンドレ・ブルトン，ジャン・アルプ，サルバドール・ダリ，イヴ・タンギー，マックス・エルンスト，ルネ・クレヴェル，マン・レイ．©1995，マン・レイ信託財団—— ADAGP-ARS.

8　マン・レイが撮影したキキ．©1995，マン・レイ信託財団—— ADAGP-ARS.

9　キキを「モンパルナスの女王」と銘打った祭典のポスター.

10　マン・レイが撮影したケイ・ボイル（ダイアナ・トゥリー），1926年頃．©1995，マン・レイ信託財団—— ADAGP-ARS.

11　マーガレット・ホイットニー．彼女はおそらくミセス・クエイルのモデルだった．カナダ国立公文書館蔵．PA 188183.

12　1925年当時のディンゴ．入口に立つのはアメリカ人オーナーのルイス・ウィルソンとオランダ人の彼の妻ヨピ．ヒュー・フォード氏提供．

13　ジミー・カーター（左）とパリ・トリビューン紙記者レイ・ホフマン（右端）．1928年頃．ヒュー・フォード氏提供．

14　1920年代半ばのドーム．クーポールはモンパルナス大通りのこの先，ほとんど見えない．ヒュー・フォード氏提供．

15　ジュール－セザール・ホテル．現在は改装してホテル・ユニックと改称．モンパルナス通り67番地。通りを隔ててほとんど真向いにフォールスタッフがある．マイケル・ナロウスキ．

16　今日のブローカ通り147番地（現在はレオン・モーリス・ノルドマン通りになっている）．右端の鉄柵の向こうは袋小路．マイケル・ナロウスキ．

17　ブローカ通り147番地の袋小路，ないしは小路の突きあたり．ここは画家のアトリエになっている．マイケル・ナロウスキ．

18　現在のモンパルナス大通りのフォールスタッフ．マイケル・ナロウスキ．

19　今日のダゲル通り界隈．画家のアトリエの建物がいくつか元の状態でまだ残っている．マイケル・ナロウスキ．

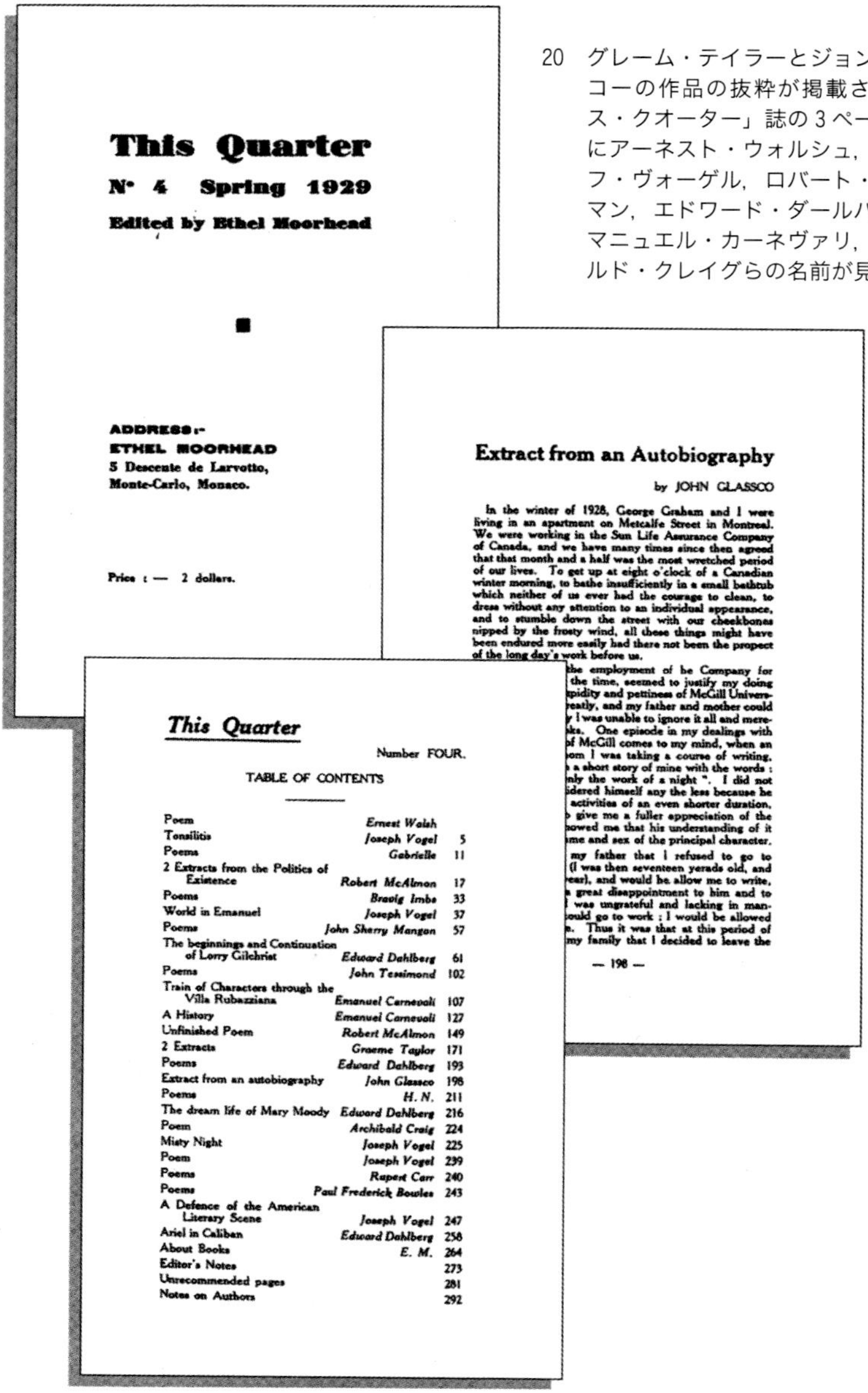

This Quarter

N° 4 Spring 1929

Edited by Ethel Moorhead

ADDRESS:-
ETHEL MOORHEAD
5 Descente de Larvotto,
Monte-Carlo, Monaco.

Price : — 2 dollars.

Extract from an Autobiography

by JOHN GLASSCO

In the winter of 1928, George Graham and I were living in an apartment on Metcalfe Street in Montreal. We were working in the Sun Life Assurance Company of Canada, and we have many times since then agreed that that month and a half was the most wretched period of our lives. To get up at eight o'clock of a Canadian winter morning, to bathe insufficiently in a small bathtub which neither of us ever had the courage to clean, to dress without any attention to an individual appearance, and to stumble down the street with our cheekbones nipped by the frosty wind, all these things might have been endured more easily had there not been the propect of the long day's work before us.

the employment of he Company for
the time, seemed to justify my doing
pidity and pettiness of McGill Univers-
eatly, and my father and mother could
I was unable to ignore it all and mere-
ks. One episode in my dealings with
f McGill comes to my mind, when an
om I was taking a course of writing,
a short story of mine with the words :
nly the work of a night ". I did not
idered himself any the less because he
activities of an even shorter duration,
give me a fuller appreciation of the
owed me that his understanding of it
me and sex of the principal character.
my father that I refused to go to
(I was then seventeen yerads old, and
ear), and would he allow me to write,
great disappointment to him and to
was ungrateful and lacking in man-
ould go to work ; I would be allowed
. Thus it was that at this period of
my family that I decided to leave the

— 198 —

This Quarter

Number FOUR.

TABLE OF CONTENTS

20　グレーム・テイラーとジョン・グラスコーの作品の抜粋が掲載された「ジス・クオーター」誌の3ページ．ほかにアーネスト・ウォルシュ，ジョウゼフ・ヴォーゲル，ロバート・マコールマン，エドワード・ダールバーグ，エマニュエル・カーネヴァリ，アーチボルド・クレイグらの名前が見える．

21　1920年，デュピュイトラン通り，最初のシェイクスピア一座書店前に立つジェイムズ・ジョイスとシルビア・ビーチ．ニューヨーク州立大学，バッファロー校図書館，詩および稀覯書部の許可を得て複製．

22　「ギド・ローズ」の表紙（上）とスフィンクスの広告（下）．ともにパリの性的魅力を呼び物にしている．

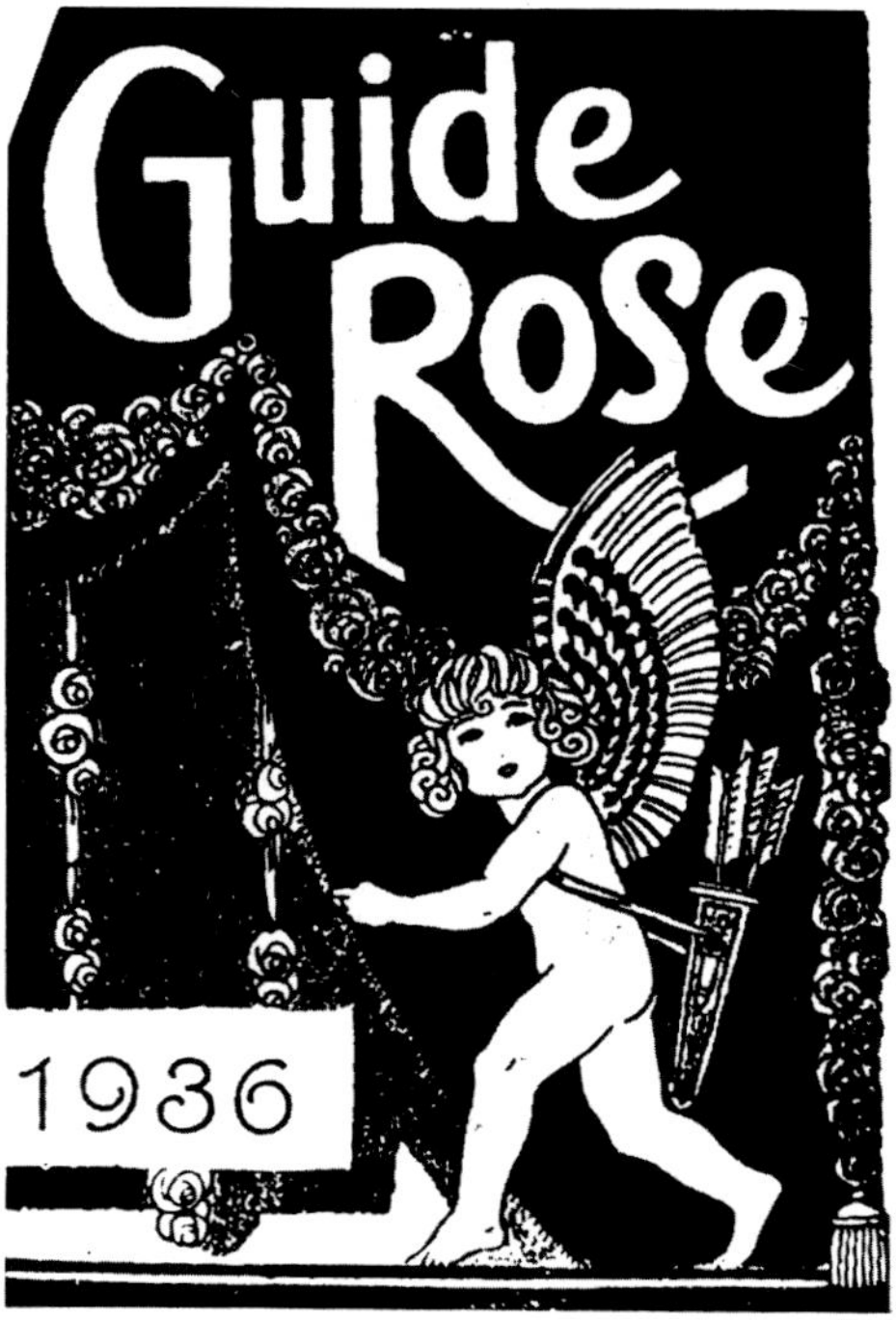

目次

謝辞

——注釈者　マイケル・ナロウスキ

『モンパルナスの思い出』のこの第二版では、多少の修正が行なわれているほか、原文の冒頭には序文〔芸術のための虚構〕とその注釈を記し、巻末には以下の付録をつけた。

さまざまな参考書目および言及を説明する編注。
人物Ｉ　『思い出』に登場する主要人物の短い経歴。
人物II　ことのついでに言及された作家、画家、その他の名前の注釈。〔本訳書では人物ＩとIIを合体し、単に「人物」として五十音順に配列した〕
場所　『思い出』の登場人物の馴染みの場所等、および参考文献。

序文とその注釈では、カナダ国立公文書館の原稿部所蔵のボックスMG30, D163〔検索番号892〕グラスコー文書から多くの引用をした。ジョン・グラスコー遺産の遺著管理者であるウィリアム・トーイ氏は「個人日記1965-1969」からの引用を提供してくれた。私は彼の助力と、編集に当たって受けた少なからぬ援助に感謝するものである。オックスフォード大学出版局カナダ支社には「人物Ｉ」のキキの経歴に関する記述に引用された彼への書簡の使用許可をいただいた。

また、マン・レイ信託財団のグレゴリー・ブラウナー氏、メリーランド大学シオドーア・R・マッケルディン図書館の文学原稿管理主事、ミズ・ベス・アルヴァレズ、イェール大学ベインネック稀覯書及び原稿図書館、ノース・ヨーク公立図書館、ノースウェスタン大学図書館特別全集部、マギル大学図書館稀覯書部のブルース・ホワイトマン氏、カナダ国立公文書館原稿部のミズ・アン・ゴダード並びに職員諸氏には、原稿及び関連資料の閲覧の機会を提供していただいたことに対して深甚なる感謝の意を表する次第である。カールトン大学の学事担当副学長室、並びに芸術学部長室の皆様にはかわらぬご援助を賜った。

芸術のための虚構
『モンパルナスの思い出』の誕生について

——マイケル・ナロウスキ

ジョン・グラスコー（一九〇九―八一）が中年になって並外れた失われた青春物語を書くためにペンを執ったとき、彼は三十五前に戦前のパリの雑誌に書いた断片的な青春時代の自叙伝に立ち返ったのだが、これは彼が永年暖めてきた青春時代の野心の再現とも言うべきものだった。十九歳だったグラスコーはアメリカ人作家ロバート・マコールマンとの間に芽生えた友情や、文芸誌「トランジション（過渡期）」の共同編集者ユージン・ジョラスへの関心に刺激されて、セーヌ河左岸[1]の文学青年仲間とつきあう楽しみを経験した。彼は、パリにやって来た五年足らず前に弱冠二十一歳で世を去ったレイモン・ラディゲ[2]については知っていたに違いなく、わけても自伝的小説『肉体の悪魔』（一九二三）はモンパルナス界隈を跳梁跋扈する青年の両性愛的世界を描いた作品とあって、グラスコーに影響を与えたことはほぼ間違いのないところである。それかあらぬか、十代のグラスコーは芸術家仲間に自伝小説を書いていると宣言した。一九六〇年代に入って、一九二〇年代のパリを核心に据えた二冊の文学的回顧録が世に現れるに及んで、グラスコーはそれに促されて（恐らく突き動かされさえして）、好きな巷の再訪を機に「私が愛し幸せだった時期のパリ」を再現する作業に取りかかった。

一九五〇年代後半から六〇年代はじめにかけて、文学におけるモダニズムの起源と、その中心となった二十世紀初頭約三十年間のパリの芸術家の生活に対する関心が澎湃《ほうはい》として起こった。その結果、一般的な文化の研究をはじめ、伝記や回顧録が数多く出版された。グラスコーに直接強い影響を与えた作品は、モーリー・キャラハンの『パリのあの夏』（一九六三）やアーネスト・ヘミングウェイの『移動祝祭日』（一九六四）[3]などだが、彼はこうした作家が特に好きだったわけでもない。また、これらはパリとそこに住む芸術家達の自由奔放な生活について書かれた無数の書物のうちの二例に過ぎない。マルカム・カウリーの『亡命者の帰国』（一九三四、改訂版一九五一）からリチャード・エルマンの見事なまでに詳しい『ジェイムズ・ジョイス』（一九五九）を経てシルヴィア・ビーチの私家版『シェイクスピア一座』（一九五九）に至るまで、こうした書物の氾濫は第一次世界大戦後の一九二〇年代パリの全盛期を検証しようとするものだった。二十世紀半ばのジョイスやヘミングウェイの人気と、しだいに高まるガートルード・スタインの魅力は、主としてアメリカやイギリスを離れてこの都市に住みついた作家や画家たちの懐旧的な関心を維持することに役立った。それらはまたこの時期に関する新たな作品の出版の道を拓き、時として奇妙な人物を登場させ、時に埋もれた資料の発掘につながった。こうした再発見の中心となり——グラスコーにとっていささか遅ればせながら大きな励みになったのはアメリカの有名な小説家で当時短編小説を書いていたケイ・ボイル（一九〇二—九二）——『思い出』にはダイアナ・トゥリー名で登場）の作品と、ダブルデイ社から再版されたロバート・マコールマンの長く忘れられていた思い出の記『二人の天才——自叙伝』（一九三八）だった。新版はケイ・ボイルが手を入れて一九六八年に『二人の天才——一九二〇—一九三〇』と改題して出版された。

一九二〇年代と一九三〇年代のパリに対する関心が、第一次大戦後に外国からやって来た有名無名の芸術家たちと関係があったことは言うまでもない。放蕩やばか騒ぎや無謀な生活は、一九二九年十月末にニューヨークの株式市場を襲った大暴落で終りを告げ、本国からの送金で遊び暮していた若者（多くはアメリカ人）の大量出国が始まった。グラスコーが家からの送金を断たれたのはその時期のことで、この時期の大きな変化をもたらしたことの一つに彼の仲間のグレーム・テイラーが父親の病気で帰国したことがあって、これは同時にモントリオールとパリにおける彼の生活の第一段階を形成していた最後の重要な男性との関係からグラスコーを解放した。この時点で『思い出』は食べ物、会話、芸術家仲間の交遊、無頓着な同性及び異性愛、などへの関心が薄れ、情緒的な意味合いと異性の次元を獲得していく。イギリスの男子寄宿学校に一般的な同性愛体験（『思い出』には報告されていないが、カナダ国立公文書館所蔵の彼の「自伝的スケッチ」では触れている）は、グレームとの長年の関係をはじめ、ロバート・マコールマンその他との関係も同性愛的な要素を含んでいたと考えられるが、成人を機にグラスコーが売春宿を訪れるところで第一段階は終る[4]。

第二段階は、グレームがいなくなったあと、グラスコーの社会的人格が直面する新たな感情や経験を描く。短い、本質的に挿話的なダフニ・バーナーズ（グエン・ル・ガリエンヌ）への愛着にそうした感情のゆらめきがあって、それにはミセス・クエイルとの情事の辛い体験を彷彿させるものがある。遠回しの言及と、かなり直接的な証拠から推察するに、これはグラスコーが初めて経験した異性相手の大きな試練だった。これに関連して彼が用いた「運命的な女」という言葉は、その後一九四一年にグレーム・テイラーと結婚することになる女性を指して用いている。したがってグラスコーとテイラーが最初はモントリオール近郊のバイドゥルフェで、次いでケベック州の東部郡区で再開した関係またはつきあいにまで及んでいる。グラスコーの半永久的な友人として登場するテイラーは、グラスコーと二度別れている。

最初はパリからテイラーが父の病気見舞いに帰ったときで、グラスコーはミセス・クエイルの魅力の虜囚になった。二度目はテイラーが死んだ一九五七年のことで、グラスコーは彼から解放されてエルマ・フォン・コルマーと結婚し、『思い出』は彼女に献じられている。しかし、若き日の彼が入れあげたのはミセス・クエイルとの情事であって、その経緯を描くグラスコーの文章には並々ならぬ高揚と期待が込められ、欺かれ捨てられたときには絶望の淵に沈んだ。ミセス・クエイルは経験豊かで、神秘性と性的魅力を持ち合わせた女性だったが、彼女はそれまで眠っていたグラスコーの個性と感情を目覚めさせ、その後長く偶像としてグラスコーに影響を与え続けた。

『モンパルナスの思い出』については、パリで発行された「ジス・クオーター」[5]の一九二九年春季号一三ページに掲載されたグラスコーの「自叙伝からの抜粋」に基づく第一章を除けば、書かれたのは三年後の一九二八年、重症の結核患者としてモントリオールのロイヤル・ヴィクトリア病院に入院していたときだった。もっとも、一九三四年七月のグラスコーの日記には、グレーム・テイラーに促されて『思い出』を書き進めようとしたが間もなくやめたことを思わせる記述がある。この作品の構想はグラスコーが一九五八年と一九六〇年にパリを再訪した結果として一九六〇年前後に浮かんだものと考えられる。

彼が「ロイヤル・エドワード・ローレンシアン病院」[6]で行間を空けずにタイプで打った一九六一年六月九日付の五ページにわたる「自伝的スケッチ」は次のように締め括っている。

私の履歴の残りの部分は『ある青年の思い出』に書かれている（題名はのちに『モンパルナスの思い出』と改めたが、これは正直に言ってジョージ・ムーアの自叙伝を模したものである）。本書はグレーム・テイラーとともに一九二八年の春から翌年の春にかけて訪れたパリの滞在記にすぎず、当時の私は西も東も知らぬぽいと出の田舎者だった。残りの部分はまだ書かれていない。それは私がサラワク王女（ミセス・グラディーズ・ブルック）の秘書兼男めかけとして働いていた頃のことで、モンマルトルのナイトクラブのガイドもやっており、最後にはブランシュ通りのマーサ・アーリントン女郎屋でコールマンをやるかたわら、ロバート・マコールマン、ミセス・ウィリアム・ホイットニー、ロード・アルフレッド・ダグラス、ケイ・ボイル、ジャン・コクトー、黒人詩人のクロード・マッケイらとつぎつぎと情事をもったが、どの相手とも一か月以上は続かなかった。それは要するに恍惚と飢餓と鬱病の体験だった。ミセス・マルゲリート・リップ＝ロスカムとの出会いと真の愛の最初の経験、スペイン旅行とその際起こったマルゲリートの浮気、私の苦悩と、最後の三年間の肺結核という形の復讐、パリのアメリカ人向け病院で数カ月間体験した入院生活と、三段階の胸郭成形手術を受けるためのカナダへの帰国、その後二年の入院生活を経て退院したときにはすっかり生まれ変ったような気がしたものだった。

その後の人生は幸福だった。静かな一時期を過ごしたあとで、またぞろ突拍子もない気まぐれな生活に戻ったが、この時期はいちばん近い過去に属しているので関係者のなかに存命中の人が多いために、書くことができないのである。

『思い出』の構想を練ったのは一九六三年末から六四年はじめにかけての冬のことで、グラスコーは一九六四年二月から十二月迄、パリで成年をむかえた好色的な日々を再現した。彼はいわゆる失われた世代の奔放な生きざまを、事実と状況の由来や起源をあまり考えずに書き連ねた。しかし、一九七〇年二月に『モンパルナスの思い出』が著者の「私は本書の最初の三章を体験した直後の一九二八年、十八歳のときにパリで書き……残りの章は一九三二年から三三年の冬の間に、モントリオールのロイヤル・ヴィクトリア病院に入院している間に書いた……」という序文付で出版されると、真実と受け止められて大いに売れ、自身パリに遊んだ経験があって失われた世代の優れた記録者でもあったマルカム・カウリーは「ニュー・リパブリック」誌の書評欄でこれを絶賛し、一九七三年刊行の『第二の開花——失われた世代の作品と時代』の中では、「モンパルナスの生活を記録した作品は多く、不確かな私の記憶をたどってみても少なくとも一八はあるが……中でも当時の生活を忌憚なく活写したものといえば、手術台の上で生死の境をさ迷っていた弱冠二十二歳のカナダ人青年の手になる『モンパルナスの思い出』にとどめを刺す」と書いている。しかし、グラスコーを実際に知っていて、執筆中の一九六四年夏の何か月かの陰者じみた本人を見ていた我々友人たちには、実際に完成した時期もわかっていた。しかし、六年後に『思い出』が出版されたときには殊更騒ぎもせず、一部の書評家その他が「表現技術の高さ」[7]について述べ、執筆時期に疑問を呈するなどのことがあっても、我々は依然として沈黙を守り続けた。批判のなかには、この本を小説と本物の回想記の中間的な作品だとするものもあれば[8]、私のように小説と決めつけた者もいた[9]。しかし、それから十年後に、一部の批評家やこの時期の歴史家のなかに、『モンパルナスの思い出』を歴史的に信頼できる正確な資料として引用する者が現われるに及んで、我々は不安を覚えるようになった。

　今になってみると、パリ在住中に会ったり噂を聞いたりした人々について書くに当たって、当時知り尽くしていた彼らの生活の事情や出来事を利用し、そうした記述に独創性を加えて描写を膨らませたことは明らかで、そうした能力は迫真の会話の創造に遺憾なく発揮されているが、これは十九歳の駆け出しにはとうてい出来ることではなく、あるていどの年齢に達した手練《てだれ》の技と見るべきだろう。「二と二十」[10]と暫定的に題をつけた早期の制作プランのメモのなかで、グラスコーは過去の出来事をあたかも現在のそれのように書くことの難しさを認めている。しかし彼は、尊敬してやまないジョージ・ムーアやフランク・ハリスに倣って、臆することなく体験記を書き上げた。したがって『思い出』は我が目で実際に見たことと、借用と創作からなる芸術的ごまかしと、恐らく最も興味深く意義深い要素であって、単純な欲望の快楽主義から複雑な大人の感受性へと移行する若者の真剣かつ痛ましい成人物語、などの合成物である。

これの中心にはミセス・クエイルとの情事があったが、彼女はまもなくロバート・マコールマンの立場を奪ってしまった。グラスコーは両者の手ほどきで自己の探査と実現という新たな経験をしたが、飲酒や、ばか騒ぎや、冷笑的なものの見方などを教えたのはマコールマンだった。ミセス・クエイルは「宿命の女」で、グラスコーは『思い出』のなかで終始一貫してそうした女性として扱っており、ほかの恋人たちとの両面価値的な出会いにおいても、彼女の存在がグラスコーの意識から消えることはなかった[11]。『思い出』について最も驚くべきことは、グラスコーが内気でありながら冷静な想像力を駆使して大胆かつ自信にあふれた個人史を書き上げたという事実である。第一稿はプロの作家が目安とするような段階を踏んで周到に計画を立て、計画は必要な調整を加えながら整然と実行に移される。使った言葉は日々に記録し、不適切な表現を抹消して手を加え、有名無名を問わず文学作品や作家へのしばしば知ったかぶりでぞんざいで軽蔑的な言及は彼の生涯にわたる欠点だったが、これは自由奔放に行なった。宵っぱりを自認するグラスコーは午後も遅い時間に起きてジンをちびちび嘗めながら仕事に取り掛り、文を練り推敲した結果は今日我々が手にする傑作の誕生となったのである。

グラスコーは友人で作家のジャン・ル・モアーヌに宛てた一九六四年五月四日付の手紙のなかで、創作過程とそれを支える感情について次のように述べている。

今年の冬中、僕は、①この秋に出版されるはずの詩集[12]の準備と、パリで過ごした一九二八年から一九三〇年にかけての（フローベールの言葉によれば）②「僕の死んだ人生の思い出」を書くことに忙殺されていた……『思い出』（題名はまだ付けていない）は既に七万五千語を書き、余すところわずか二万語まできた[13]。これは元気横溢したばか騒ぎの陽気な作品で、書いているとき僕はまだ二十歳にもなっておらず、貧しくて、貪欲で、落ち着かず、幸せで、何一つ真面目には考えず、のべつ空腹で、ダチョウさながらに経験することは何でも消化していた。毎晩ファウストの第一幕を演じ、衣装とつけ髭とつけ皺をかなぐり捨てて新しいかつらをかぶり、無駄に費やした青春の緑の牧場で約千語の単語を弄んでいた。

グラスコーはマイケル・ナロウスキに宛てた一九六四年十二月五日付の手紙のなかで、「僕は反発がはじまるまえに何とか書き終えようと思い、『モンパルナスの思い出』の完成にあくせくしてきた。やっと間に合ったが、完成してみると三百ページにもなって読むのに骨が折れる」と書いているが、失われた世代ブームが去るまえにこの作品を世に問いたい、と彼が思っていたことは明らかである。それは彼にとって何でもやれた若かりし頃への郷愁の表現として重要なもので、典型的な快楽主義への逃避にその特徴が現われている。パリの歓楽街を描いた箇所などは、広く旅行をした偶像破壊的なロバート・マコールマンも及ばないような筆致で、グラスコーの描く当時のデカダンな生活は生き生きとしている。

『思い出』は六冊の雑記帳にぎっしり書きこまれた粗筋におおむね忠実である。雑記帳にはグラスコーのプランのほとんどが書かれていて彼の制作過程を知ることができるが、これは縦が九インチで横が六インチ半の黄褐色の表紙がついた、フランス製ノートブックで、四章と七章の草稿が含まれている。表紙の裏に、グラスコーは語数と称して、夜な夜な書いた言葉の数をページや章ごとに九万九千五百語まで不気味なまでに正確に記録した[14]。

タイプ打ちの草稿にはいくつかの題名をいじくりまわした形跡が残っており、シェイクスピアの「恋の骨折り損」のなかから好きな語句だった「うら若き青年」に決めかけたこともあった。ともあれシェイクスピアに対するこだわりは相当なもので、彼はこの劇から四行を墓碑銘に使うつもりで書き出している[15]。草稿のなかでもグラスコーの友達のグレーム・テイラーは、「ジス・クオーター」に発表された「抜粋」の場合と同じように「ジョージ」と呼ばれていることに気がつくのだが、これは完成版でも変わらない。名前に関するゲームは、作品の登場人物にグラスコーが一貫して持ち続けた奇妙な防御的姿勢である。思うに彼は当時パリで交遊関係にあった友人たちが事実は違うとして訴訟を起こすなり、抗議の声を上げるなりすることを恐れていたらしい。概して死んでいるとわかっていた人物は実名で登場させるが、生きている可能性があったり、訴訟を起こすことで悪名高かったダニエル・マオーニーのような人物には、グラスコーは賢明かつすばらしく喚起力のある名前をつける。こうしてアメリカの女流彫刻家でジュナ・バーンズの恋人だったセルマ・ウッドはエミリー・パインという名前で登場するし、著名な『淑女年鑑』(一九二八)の著者バーンズはウィラ・トランスとなる。とてつもなく裕福だったペギー・グッゲンハイムと、当時の彼女の夫ローレンス・ヴァイルがサリーとテレンス・マーとして登場し、グラスコーとテイラーをパリ到着後まもなく援助し、「売春婦を愛する男」と書かれるシドニー・スクーナーがヒレイア・ハイラーと命名されたのも全て同じ趣旨からである。彼はそこそこの音楽家で、絵描きで、美食家で、ほかの誰よりも遅くまで巷をうろつく男だった。しかし、グラスコーは物語に登場する名前の一部を再考したあと、最初の決定に疑問を感じ、『思い出』の第一稿が完成した一九六四年十二月三日付のメモのなかで名前の変更を考え（雑記帳 no.3 のモーリー・キャラハンをコーリー・マリガンに変えている）たものの、「変更が実際に必要だろうか」と疑問を呈している。

本文にはグラスコーの表現が実際に言われたことの報告、または登場人物の実像とは額面通りに取りかねるところが無数にある。例えば、二六ページのグレーム・テイラーと一緒にユージン・ジョラスの家にパーティーに出かけるところとか、二人が誰も知らないためにグラスコーとテイラーが互いに話し合うことになるところなどである。彼は、「そこで我々は指で空を切るジェスチャーをしながらＥ・Ｅ・カミングズの詩の隠れた感傷性を攻撃しはじめた……」と書いている。メモ帳の草稿では「……そこで我々はエズラ・パウンドの詩について活発な議論をはじめた……」＊となっている。星印はグラスコーが傲慢に「＊自分たちよりも優れた者！」とメモした箇所を示している。これと似ているが、物語の少し先のほうでは、マン・レイという人物に遭遇する。彼は当時奇妙に輝かしい写真と芸術的創意で有名だったアメリカ人の前衛写真家で、『思い出』にはナーワールという名前で登場し、「長身で痩せぎす」だったと描かれているが、メモ帳のなかではグラスコーは彼を「非常に小柄な男」として「記憶」している。ナーワールはメモ帳と『思い出』のいずれでも、「前髪をきちんと切り揃えていた」ことになっているが、挿入された本人の特徴的なまびさしを見るかぎりでは、これは間違いであると容易にわかる。

状況や会話を描くに当たって事実を曲げ、敷衍することは彼の手法の中心をなすもので、これにはグラスコーが長年かけて修練を重ね、熟達の境に達していた。彼はオーブリー・ビアズリーの未完成作品*Under the Hill*で最初の経験をし、のちにこれを完成して一九五九年にオリンピア・プレス社から出版した。後日彼は日本の詩人兼小説家、井原西鶴（一六四二―一九三）作、パリ在住日本人作家であるケン・サトウ訳の『古風な侍物語』〔原文からの直訳。『男色大鑑《なんしょくおおかがみ》』と思われるが訳者の漢字表記は不詳〕と題する些か知られた同性愛的な作品を「剽窃」し、一九二八年にロバート・マコールマンによって私家版としてディジョンのダランチエール印刷所（今日ではジョイスの『ユリシーズ』の苦難の印刷所として知られる）から出版した。グラスコーはコラージュ手法を使って一九七〇年に自称西鶴風の小説、『男色の寺』と題するサトウの作品の改訂版を出版した。彼は序文の中で、物語は西欧世界には知られていないコラージュまたは古典の自由な言葉や対話や出来事の書き換えの例であって、この技法は日本では古くから行なわれており……これには最高の趣味、諧謔、繊細さ、抑制などを必要とする、と述べた[16]。グラスコーにはサラワク王女（グラディーズ・パーマー・ブルック）、ダヤン・ムーダの『思い出』をタイプで打ってケイ・ボイルの代筆をした際に、対話を創作したり改変するなどの経験があった[17]。

ボイルがロバート・マコールマンの『二人の天才』に手を入れていたとき、マコールマンの原作を改訂して自分の章を補足する、という彼女の目的を聞いたことがきっかけで、グラスコーは突き返された『モンパルナスの思い出』の原稿を見直すことになった（マコールマンの原作には彼やグレームのことは書かれていないので、改訂版には登場させてもらえるかもしれないという希望も湧いた）[18]。一九六五年、『モンパルナスの思い出』の第一稿を完成した時には、ニューヨークのエージェントから「出版社の関心を引く可能性はない」として突き返された原稿には「最も読みがいのある面白い作品だ」という自信があった。

この作品は私の青春と、愛するパリ、幸福だった時期のパリの全ての反映だっただけに、突き返されたことは耐え難い苦痛だった。信じることができず、私は三日間なにも手につかなかった、と彼は書いている。

作品には「説得力がなく、描写にもめりはりがない」として一蹴されたのだった。

本当のことを書くのはもう止めた！　あのとき私は突き返された原稿を見ることさえできなかった。原稿は嘘だらけの記録だと批判されたが、あのときは先方の暗示にかかって、内容も人物も事実とは違っているような気さえした。もちろん事実どおりに書いたわけではない。多くの事実を整理した上で縮め、会話はおおむね創作した――しかし、内容は大体事実どおりで、当時の生活の雰囲気や、登場人物の行動は忠実に再現したつもりだった。

彼は落胆のあまり、日記のなかで『思い出』をこきおろして、「……とるにたらぬ安っぽい、中傷的なゴシップに過ぎない。嘘っぱちで、通俗で、うぬぼれた、未熟な素人の作品だ」と書き、突き返されて却ってよかった、と思うことで自分を慰めた。「もし出版されれば、私はやれ嘘つきだ、饒舌なしゃれ者だ、ペテン師だ、中傷者だ、羨ましい敗残者だ、などと非難され、なけなしの自尊心を失う羽目になっただろう……それを逃れたのだから幸運だったといえるかもしれない」

割った話をすれば、この作品の四分の一は嘘だった。これは自分にさえ言いたくなかったことだった。フランク・ハリスには会ったことがない（会ったのはグレーム・テイラーで、それは後日彼から聞いた）。また、マン・レイがジェーン・オースティンについて私と議論をしたことはなかったし、ジョイスもユリシーズや無駄口のことで私と話したことはない（彼がリチャードソンを攻撃したのは事実である）。フォードの会話は半分以上がでっちあげだ……告白というものは魂の癒しになるとみえ、私はもう気分が良くなった[20]。

グラスコーが自作をけなしたことの裏には、彼や兄がちょっとでも嘘をつけば父親に暴力をふるわれた幼時の経験があった、と考えられる。サディスティックな父によるこうした条件づけが、グラスコーを本人も認める「度しがたい」嘘つきに仕立て上げたばかりでなく、人を欺きたいとする最初の衝動がしだいに高じ、彼はやがて自己告発や、露見と懲罰から得られるマゾヒスティックな満足感に病的な欲求を覚えるようになったのである。こうして『モンパルナスの思い出』はしばらく放置されたが、やがて一九六七年七月二十五日にケイ・ボイルが手紙を寄越し、マコールマンの作品を書き直しているといってきた。グラスコーは同年八月一日付の返事に、「マコールマンが作品について言ったことを逐語的に書き取ったメモ」をもっている、と書き送った。彼女の要請に従い、グラスコーは八月八日付の手紙にそれを同封した。これは奇妙なことを言ったものである。なぜかといって、グラスコーはパリ滞在中に誰かの会話をメモにとった気配もないし、戦時中にマコールマンとの間に手紙のやり取りが再開したけれども、マコールマンの手紙をとっておいた節もないからだ。この手紙のなかで、グラスコーは一九五八年にパリを訪れたことを打ち明けている。また、一九六〇年には一年近くもパリに滞在したし、五月にまた訪れた、とも書いている。ボイルは十一月二十二日付の手紙で、ダヤン・ムーダの思い出に言及して、あの人が言ったことで「なにかすてきな科白」を覚えていないか、と訊いてきた。彼は十一月二十八日付の返事に、「残念ながら、『さまざまな関係と紛糾』に我々が想像で書いたこと以外どうしても思い出せない」と書いた。彼はまた、(ダヤン・ムーダと彼らが過ごした時に言及して)「これについては五年ほど前に完成したあの時代の思い出にいくらか書いておきましたが、まだ見直すところまではいっていません」といい、さらに続けて、「我々はみんな美化され、小説化されてこの作品に登場しています。年代記はいささか手品めいており、会話は書き直されていますが、あの時代の雰囲気はとらえられていると思っています。いくぶんパロディ化された唯一の人物はモーリー・キャラハンです」と述べている。ボイルは十二月三日付の手紙で、「思い出を書き直してわたしの出版社に見せたらどうですか?」と訊いている。グラスコーは十二月二十一日付の手紙で、「『モンパルナスの思い出』を読み直しましたが、下手な小説みたいなものです。そのうち偽名で出版することになるでしょう……」と答えているが、『思い出』の手直しは始まりかけていた。一九六八年にはテイラーとの再会を喜び、彼自身を『二人の天才』の改訂版に登場させた。この経験に自信を得た彼は、『思い出』の出版準備に取り掛った。一九六八年九月九日、彼はボイル宛てに書き直しが終ったことを告げた。

一九二七年から一九三一年までの生活を十万語に及ぶ『モンパルナスの思い出』にまとめ、先月脱稿しました。形式は小説――会話を多用し、スピード感があって、行動は整理して縮め、退屈な箇所など全く無い、あの当時の事実を文字どおりに綴ったというよりもモンタージュのような作品に仕上げたわけです。

抜粋が「タマラック」誌に発表されることになったあとで、グラスコーはボイルに彼女が登場する部分を送った。同封した一九六八年十二月二日付の手紙には次のように書いた。

要するに、我々の友情は物語そのものの枠組のなかで膨らませられ、美化され、非常に意義あるものになりました（出来事は同じやり方で再整理され、短縮され、速度を速められ、劇化されました）。会話を創作し、やったことのないことをやり、行ったこともないところへ行く、という具合です。本当の意味で作り話でした。私は当時のパリの雰囲気を自分の感じたとおりに再現したかったのです。

驚いたことに、ボイルは一九六九年二月六日付の「親愛なるバフィー」宛の手紙で、会話はいかにも自分らしくないとして彼の描いた自分の姿に異議を申し立てた（自分の書いた『二人の天才』では登場人物に創作した会話をしゃべらせておきながら、自分の会話は正確ではないと非難しているのである。これは警告的な教訓だった）。グラスコーは二月二十五日付の手紙に「抜粋に書いた会話に満足しないのはごもっともです……確かにあなたのしゃべり方ではありませんが、何しろ四十年も前のことです、覚えていられるわけはないでしょう」と書いた。

思うに、あの作品にあなたが登場する問題のいちばんいい解決法は、私が書いた人物像は自分とは違うと否定することです。あなたの名前、国籍、外見、職業、経歴等々を変えることで、誰もあなたと結びつけることのできない想像上の人物に変えてしまうことです。

三月一日付の穏やかな内容の手紙のなかで、わたしは別に怒っているのではなくて、わたしが誰かわかれば作品のためになるだろう、と思っただけだ、とボイルは言ってきた。グラスコーはどうやら当時のわたしをイメージどおりに表現することができなかった、だからケイ・ボイルの性格を書く際に名前をダイアナ・トゥリーに変えたのに違いない。

三月十九日付の手紙にグラスコーはつぎのように書いた。

私は『思い出』の真価は「起こったこと」の記録よりもある時期の精神の再現にあると考えています。第一の方法はボブの本の半分を占めるような退屈で色褪せた文学的ゴシップや、有名人の名前や、関連性のない逸話を並べることで……第二の方法は、ルソーや、カサノヴァや、ジョージ・ムーアの方法です。彼らは誰一人歴史的事実に拘束されているとは感じませんでした。要するに彼らは、押並べて嘘つきで、でっちあげることで芸術作品を作ったのです。今さら彼らの嘘を問題にする者はいないでしょう……当然のことながら私は自分を彼らになぞらえようとは思いませんが、私の作品は彼らの流儀に従ったものです。そしてカサノヴァは思い出の世界最大の作家ですが、彼は十八世紀の一人の男の肖像を書いたのです。

一九六九年に、未刊行の『モンパルナスの思い出』の六編の抜粋が「ザ・タマラック・レヴュー」の四九号から五一号にかけて連載されたが、これにはオックスフォード大学出版局のカナダ支社編集長であるウィリアム・トーイが協力した。彼とオックスフォードの同僚の関心がこの本の出版につながった。こうして『モンパルナスの思い出』は一九七〇年二月にグラスコーの友人で著名な伝記作家だったリーオン・エデルの序文を付して出版された[21]。グラスコーは一冊をケイ・ボイルに送ったが、見返しの余白には二五行の詩が献辞がわりに書かれていた。以下に最初の二連を挙げておく。

親愛なるケイ、この散漫な嘘の記録と
若き意図の全てを君は理解するだろう
赤裸々な事実を衣にくるみ絢爛と語る
若者の身に降りかかりしことの物語を
愛をもて戯れに口にはすまい

われらが時代きっての作家たる君
プリントされたページに何を省き
何を創り　嘘はわれらの怒りの声
真の姿であることを知っている君
君は彼が言いたいことの内なる意味
を見出すだろう……

（六／一／一九七〇）

プリントされたページの嘘。ケイ・ボイルに送ったこの言葉は『思い出』が事実通りでないということを自覚したうえでの居心地の悪さを示唆する一方で、今日からすれば皮肉とも取れる。ケイ・ボイルの伝記作家ジョーン・メレンは、ロバート・マコールマンの『二人の天才』をボイルが書き直した作品は部分的にグラスコーが書いたのと同じ時代を扱っているが、これは「小説として読むのが一番適している」と述べている。しかし、ボイルはアーネスト・ウォルシュ——彼は一九二六年に死ぬまで彼女の愛人であり、最初の子供の父親だった——とヘミングウェイの間の葛藤に手心を加えているし、ボイルが報われぬ愛を捧げたマコールマンは同性愛者だったにもかかわらず、彼女がその事実を決して受け入れなかったために触れていないなど、ボイルには「事実の誤りや省略が随所にあった」。また、彼女は彼を忘却から救い、名声を挽回しようと努めた。しかし、メレンは、この作品が扱っている十年間は深い感情を込めて生き生きと再現されていると述べ、誠実さの閃きを認めるにやぶさかではなかった。マコールマンは一九二九年にビル・バードに宛てた手紙のなかで、「ケイは何が何でもあらゆる状況をロマンティックに描かずにはいられなかった」と書いた、とボイルは『二人の天才』の巻末に報告している。ボイルは最後の文章のなかで、「これは恐らく本当だろう」と書いている。

ケイ・ボイルが事実を無視し、ぼかし、ロマンティックに描く、などしたことの複雑な心理的理由は一つの主題である。ジョン・グラスコーが事実に想像をまじえて使った理由はまた別の問題で、それは主としてパリに滞在した期間が比較的短く、グラスコーはその思い出を芸術的なもの、即ち文学作品に仕立てようとしたことにあると考えられる。したがって思い出の詳細は必ずしも正確ではないが——彼は事実を神聖なものとは考えなかった——彼が付き合った人々の一般的な特徴や、自分の感情や、なかんずく時代の精神に忠実に従ったのである。この目標が彼に過去をある程度再創造させ、彼の記憶を後の時として不正確な知識で置き換えさせたのだった。こうして彼は発表未発表を問わず全ての彼の小説のなかでもただ一作、様式化された情景や形式的な会話に拘束されない小説を生み出したのである。青春のこの黄金期への感情的愛着が彼の想像力を解き放って、ユーモアと、自発性と、迫真性と、自然性のある滑らかな物語を紡ぐ説得性豊かな対話を生み出した。これは現実と実体験をしっかり踏まえた自伝であり、リアリティに富む小説でもある。最後にグラスコーは一九六八年十二月二日に、ケイ・ボイルに宛て、「実を言うとこれは小説です。私は当時のパリの雰囲気と、私にとってあの時代がどうだったかを再創造しようとしたのです。ジョージ・ムーアやカサノヴァが青春時代を送った世界を書こうとしたように」と書いた。

出版されてから二十五年の間、『モンパルナスの思い出』は多くの読者を魅了してきたが——あの時代を自ら経験した人々の数も少なくなった。思い出の記としては独自の妥当性をもっており、この時期のパリと、そこに生きた作家や、画家や、歓楽追求者たちの肖像としては（数ある同種の刊行物のなかでも）欠かせない一冊である。最も優れた書物の一つだからだ。

注

1　一九二六年夏、グラスコーはマギル大学で最初の一年を過ごしたあとで、母に貰った五百ドルを懐にパリへ初めて旅行をした。母がこんなことをしたのは主として家庭に平和を望んだからだと思う。当時私は自分を子供扱いして十時の門限を守らせようとする父と折り合いが悪かった。十六歳だった私は二十を過ぎた青年と付き合っており、十時の門限を守ることはできなかった。パリに着くなり彼は、「直ちにパリと恋に陥ったが、この恋は生涯つづいた。一九二六年の秋に帰郷したときにも、すぐに戻ることしか考えなかった」『自叙伝的スケッチ』一九六一、四頁。

2　レイモン・ラディゲ（一九〇三—二三）は二つの早熟で強力な小説、*Le Diable dans le Corps*『肉体の悪魔』（一九二三）と *Le Bal du comte d'Orgel*『ドルジェル伯の舞踏会』（一九二四）を書いた。『肉体の悪魔』は青春時代の性を扱った自伝的小説で、ケイ・ボイルは一九三二年に英訳している。ラディゲは両性愛者で、ジャン・コクトーの友人であり恋人でもあった。

3　『モンパルナスの思い出』の草稿にはグラスコーがヘミングウェイとキャラハンを本能的に嫌ったことを示す走り書きが沢山ある。前者に関して彼は次のように書いている。「ヘミングウェイの片唇を曲げる微笑は、鼻が立派なだけに、口髭が吊り上がって醜いと言ったら無かった。髭なんか生やすべきではないが、生やしているのは丸顔を丸く見せないためだ。しかし、目的はとうてい果たしていない」そしてその直後には、「キャラハンを丸顔にして小さな口髭をつければヘミングウェイに似てくる。抜け目のない政治屋もどきの目や、愚痴っぽい声や、ひん曲がった笑い方までそっくりだ」と書かれていた。

4　一九六一年の〝Autobiographical Sketch〟「自叙伝的スケッチ」には、グラスコーは一九二六年の最初のフランス旅行に際して船上で裕福な青年に会い、彼にルアーヴルではなくグラスゴーで下船するように勧められて、スコットランド国境にある彼の一族のホッドム城に案内された話が書いてある。グラスコーは応じて彼と一緒にロンドンへ行った。彼は、「このとき私は自分が同性愛者に大きな魅力を感じさせることに気がついた。魅力は五十一になった今もあるらしいが、(何十人もの男とベッドを共にしたことはあるが) 男に性的快楽を一度も感じたことのない私には説明のしようもない。衰えたいまとなっては、顔や姿の美しさから来るものではもはや無い。ロンドンからパリへは一人で行った」と書いている。

5　『思い出』の第一章には〝Extract from an Autobiography〟「自伝からの抜粋」のエピソードがいくつか使われており、短い文章には同じ語法も多々あるが、『モンパルナスの思い出』の目の詰んだ洗練された文体は、平板で冗長な若書きの元の文章とは似ても似つかないものだ。もっとも、自信たっぷりな語調と生き生きとした描写は語り手の年齢が偽りであることを示してはいるが。グラスコーは後日何度か手を入れているが、それで違ったものになるとか、現在のものに近づくといったことは起こらなかった。

6　これはモントリオールのロイヤル・ヴィクトリア病院の偽名である。「ザ・タマラック・レヴュー」誌の一九六二年春季二三号にはグラスコーの「拘留生活の一季節」と題する記事がサイラス・N・グーチというペンネームで発表されたが、これは肺の治療のための長い入院生活を拘留状態になぞらえたもので、「モントリオールのヴィクトリア女王即位六〇周年記念病院」という副題がついていた。

7 一九七〇年二月七日付「モントリオール・ガゼット」紙掲載のジャック・カピア氏の書評。
8 一九七〇年十一月十三日付、「マギル・デイリー・サプルメント」紙掲載のジャック・カピア氏の書評。
9 マイケル・ナロウスキ著『簡明イギリス・カナダ文学出版目録』第二版、マックレランド・アンド・スティワート社刊、トロント、一九七八、四六頁。
10 題名はA・E・ハウスマンの詩「私が二十一歳のとき」(When I Was One-and-Twenty)への言及。グラスコーは六十歳代のハウスマン（一八六五―一九五九）にパリで会っている。
11 *The Fatal Woman: Three Tales by John Glassco*『宿命の女――ジョン・グラスコーの三つの物語』は一九七四年、トロントのアナンシー印刷株式会社から出版された。物語は"The Black Helmet"「黒いヘルメット」、"The Fulfilled Destiny of Electra"「エレクトラの叶えられた運命」、"Lust in Action"「行動する欲情」の三つ。
12 "A Point of Sky"「空の点」一九六四、オックスフォード大学出版局カナダ支社刊。
13 たとえグラスコーが『思い出』のなかで（二六頁）「ただ毎日一定の時間に机のまえに坐って書くだけで何か価値のあることが出てくるとは信じない……」と述べただけの理由にしても、この慎重さには暗黙の皮肉が籠っている。
14 この雑記帳はもともとフランス製なので、草稿のなかのほかの雑記帳とは著しく異なり、『思い出』の最初の草稿はグラスコーがパリを再訪したときに書き始められたのではないかと思われる。
15 シエイクスピアの *Love's Labour's Lost*『恋の骨折り損』第一幕、第二場。
メモ帳 no.1 には別の題名、"The Youngest Exile: Memoirs of Paris in the Twenties"「最も若い亡命者――二十代のパリの思い出」を考えた形跡がある。
16 *The Temple of Pederasty*『男色の寺』ハリウッド、カリフォルニア、ハノーヴァー・ハウス、一九七〇。
17 *Relations and Complications*『さまざまな関係と紛糾』出版目録、ブルックの項を参照。
18 一九四二年三月の手紙から、グラスコーがマコールマンから『二人の天才』を借りて、次のような失望の手紙を書き送ったことがわかっている。「あの本にグレームと私のことを書いてほしかったと思います。そうすればカナダの文学界に私の個人的伝説が広まったでしょう」（イェール大学マコールマン文書）。言うまでもなくグラスコーは一九四二年には無名だったから、伝説は『モンパルナスの思い出』が世に出るまで待たねばならなかった。

19　“Personal Journal, 1965-1969”「個人的日記、一九六五—一九六九」、三頁、一九六五年六月二日記入分。

20　同右、四二一頁。一九六九年三月にウィリアム・トーイがモントリオールにグラスコーを訪れたとき、リーオン・エデル同様に『思い出』誕生の真の経緯を覚えていなかったトーイは、グラスコーにむかって、面白そうなキキについてはことのついでに触れているだけだが、もっと書いたらどうか、と言った。翌朝グラスコーはホテルの部屋に彼を訪れ、現在一八ページに見る箇所の手書き原稿を渡した。トーイはまた随所に現われる回想シーンをイタリック体にすることを示唆した〔本訳書では上端に子持罫を引いて示した〕。

ジョン・グラスコーのこと

――リーオン・エデル

私は『思い出』のなかでいつも友人たちにバフィーという愛称で呼ばれていたジョン・グラスコーを覚えている。彼は艶やかなブロンドの髪と、剃刀をあてはじめたばかりのふくよかな頬をしており、一九二九年頃流行ったグロテスクなアライグマの毛皮のオーバーをまとっていてさえほっそりして見えた。きらきら輝くもの問いたげな目と、無関心を装ってタバコの灰を弾き落しながら囁くような声で弁解がましく警句を飛ばす彼や、友人のグレーム・テイラーと連れ立ってモンパルナス通りを散歩するほっそりした彼のシルエットや、どこかのバー――しばしばエリートあたり――の止まり木で、世の中に倦みはてたといわんばかりに前屈みになった十八歳の彼の姿は今でも目蓋に焼きついている。

後日私は、ニースの浜辺で、日焼けした美少年の彼に会った。それは一九二九年の早春で、私が初めてイタリアに旅行したときのことだ。バフィーとグレームはモントリオールにいた時分から知っており、パリでも何度か会ったことがある。私はニースで二人を本書にも登場するイタリア風のペンションに訪ねた。結局私はマコールマンが最近出ていったばかりの部屋にしばらく滞在することになった。マコールマンの『二人の天才』という幸福な題名の思い出にはバフィーが、「当時十八歳、三人のなかでも最年長気取りで、一番皮肉屋で、幻滅していた」と書かれている。事実そうだった。バフィーは母乳と一緒に世間ずれも飲んだにちがいない。彼は思い出をタイプライターで打っていた。バフィーとグレームは本書にあるとおりスタンリーという女の子を引きずり回していた。彼女は髪を男性風にカットし、力強い大草原風の肩をしていた。彼女はカナダ西部の出身だった。バフィーは父親のような優しさを彼女に示した。彼は、この娘《こ》は酒を飲みすぎて困るんだ、と私に言った。スタンリーは思春期という素敵な箒でバッハ、ベートーベン、ブラームスらを絨緞の下に掃き込み、スカルラッティとラモーを不満足ながら選んだ。時はまさに青春の黄金時代で、「僕らが三つの最も愛すべき悪徳たる貪欲と、怠惰と、欲情にどっぷり浸っていた」とバフィーの言う時期だった。私は忙しすぎてこれに気がつかなかった、と告白しなければならない。しかし、夜には彼らに合流してカフェでヴァン・ロゼを飲むか、バフィーがどこかのダンス・パーティーでスタンリーと踊るのを眺めるかした。私は今でもニースの部屋をおぼえているし、南部の感触と、暑い太陽や、涼しい夜や、木陰や、強いワインや、オリーヴ油をたっぷりかけた食べ物や、芸術の話などを——どうせ大事なことは何もないのだからあまり真面目にならず今を楽しむだけでいい、と絶えず自分に言い聞かせていたことともに思い出す。私たちはカナダに当時残っていたヴィクトリア朝風の偽善的な道徳や堅苦しさから逃れたことをおしなべて喜んでいたので、誰も彼もが前衛文学の一員を気取っていた。

　私は思い出を書いているというバフィーの主張はちょっとした冗談だと思っていた。彼は森の冒険から戻ったばかりの振付師ニジンスキーの手になる林野牧畜神ファウヌスという印象だったが、森から森へと歓喜して跳び回るファウヌスに思い出せることなどある筈はない、と高を括っていると数か月後、パリに戻った私の手元に「ジス・クオーター」誌に掲載された『思い出』の初回分——掲載は初回のみ——が届いた。短命に終ったエセル・ムアヘッドの出版であるが、私はまだ一冊もっている。滑稽で、部分的には大学生の文章めいているが、思い出には鋭さと、驚くほど早熟なウイットがあった。当時でさえ彼が続きを書くとは信じなかった。しかし、あれから四十年近くたって、思い出は深みから引き上げられた熱帯魚さながらに生き生きと、肉欲的に輝き、著者の優雅な青春の香りを放っている。ボズウェル同様、バフィーは自分に関するメモを取り続けた。彼は束の間の瞬間を捉え、はかないものを嘲弄した。性に入れあげているときにも、パガニーニが死んだ家を探している際にも、彼の語り口には一種の憂鬱な喜びがある。妄執と、抑え難い欲望と、世の中の出来事から奇妙に現実離れした感覚の中で、狂ったパーティーや美しい馬鹿のパラダイス巡りの無理な生活が一日に二十四時間、醒めれば幻滅が待っている。モンパルナスの実情を知らない新しい世代は、本書にその本質を見出すだろう。それは欲情の埒をくねくねと出入りする創造と疑似芸術の不思議な流れだった。

私は一九四四年にパリが解放される前のドーム（モンパルナス大通りとラスパイユ大通りの角にあるカフェ。今世紀初頭から両大戦間に多くの芸術家の溜り場になったカフェで、ヘミングウェイ、藤田嗣治、ピカソらが常連だった）や、セレクトや、洞窟のようなクーポール（モンパルナスにあるカフェ。エコール・ド・パリの画家や失われた世代の作家が出入りした）、板張りされたロトンドなどを見ることになった。ド・ゴール将軍がパリに凱旋したとき、我々の車両が長い隊列をなしてモンパルナス大通りに入っていったときには、狙撃兵がまだ活動していた。別の日には地震直後さながらにテーブルや椅子が散乱した光景をフロントガラスごしに見たこともあった。はるか向こうのモンパルナス駅では、ヒトラーの言う支配民族のナチス兵が野戦服姿でヘルメットもかぶらず蓬髪をさらけ、恐怖と絶望に駆られながら降伏していた。八月のたそがれ時に、こうして死んだ過去のさまざまな光景に出くわすのは、どんな虚構よりも奇妙だった。一瞬カフェは人でいっぱいになった。私はだしぬけにモンパルナスのキキを思い出した。戦争のさなかに、たて込んだ路上で、チコリーとペルノーの香りがし、タバコやすえたビールの匂いがたちこめた。

バフィーの思い出には、長いあいだ埋もれていた人工遺物が突如として鋤で掘り起こされたような魅力がある。幼子を思わせる頬のうえできらきら輝く彼の鋭い目はすべてを見通す。彼は人の話に耳を傾ける。しかし、彼は五感でも聞いているのだ。加えて記録に留める才能もある。彼の書物には世の読者が不安を感じたヘミングウェイの『移動祝祭日』よりも人情味があって、「リアリティ」に富んでいる。しかし、バフィーが世評に溺れることはなかった。モンパルナスは（今流行りの言葉で言えば）飛んでるところで、彼はそのリズムをうまく捕らえた。彼は自分の洗練性（とアングロサクソン的・カナダ的抑制）が隠した情緒を散文に表わした。彼の思い出は青年期の魅力と憂鬱を共に反映している。青年期は必ずしも人生で最も幸福な時期ではない。若者は余りにも多くの発見や気分に対処しなければならない。けれども、青年期はまた、長い時間が経過したあとでもう一度経験したいと思いたくなる激しい時期でもある。この物語にも見るように、モンパルナスにはもう一つのあの田舎のモン――モントリオールと同じぐらい深いわだちがあったことがわかる。人は妄執を逃れることはできない。わけてもエロスの妄執は逃れられない。孤独や、虚無感や、絶望もある。バフィーはモントリオールで大学生活を送るという逃げ場がまだあるうちに成熟の知恵を身に付けた。もし彼の書物が数あるモンパルナスの思い出に比べて謙虚だとすれば、それはほとんど「瞬間的」な記憶と、全面的な回想によってより直接的なものになっていると言えるだろう。ほとんどを読んでいると思うので言えることだが、ほかの思い出は押並べて中年に達した時点での回想である。バフィーはそれまで待ってはいられなかった。書いた時点では中年まで生きられるとは思っていなかった。

彼の書物を読むことは優れた「可視性」を発見することである。彼の描くガートルード・スタイン像は忘れ難い。すけべ老人のフランク・ハリスと「ボジー」や、瞥見したジョージ・ムーアの描写や、ジェイムズ・ジョイスとマコールマンの会話、あるいは一九二九年にまだ生きていたドーデ未亡人がだしぬけに現われたことと、プルーストの友人で彼女の息子だったリュシアンの描写なども忘れられない。感情的に無関心を装う態度の裏には強い文学的抱負と、後年彼を詩人にした使命感があった。この本のなかで彼は我が国の「告白」の時代と、女のおしゃべりの時代の到来を予見した。ケイ・ボイルの思い出に登場するサラワク王女の興味深い逸話はバフィーが肉付けをしたものである。彼の物語にはいたるところに性的関係が華麗な装飾を施されて登場する。サン＝シモン風の文体で彼は自我の真実を率直に記録している。

バフィーとグレームがモンパルナスを徘徊するシーンは短い。当時それはモーリー・キャラハンの「四月になった今は」という意地悪な物語に皮肉混じりに取り上げられた。私はキャラハンとカフェで長い時間を過ごしたことを覚えている。会ってみるとキャラハンはとても若く、たいそう頑丈で、いかにもトロント出身者らしく、したがって若いモントリオール出身者の無頓着な快楽主義とは異質な男だった。この思い出は彼の戯画を修正する上で役に立つ。バフィーは思い出の大半を二十二歳のときに書いたが、これはほかの若者がまだフットボール場で過ごしている年齢である。死に直面した彼は、なけなしの文学的・欲情的記憶を強化してモンパルナスについて思い出すことばかりでなく、本の副題が『早熟な快楽主義者の思い出』となるような作品をものしたのである。思い出はそうした事情で一層生き生きしたものになった。一種の緊急の苦悩に触れるからである。同時に、もし私がジャンルを作るとすれば、自叙伝的ピカレスクの素晴らしい例なのである。

バフィーは生き残った。彼はオーブリー・ビアズリーの運命を免れた。しかも、老いた自分が若い自分に対面した魅力あふれるマックス・ビアボームの漫画のように、中年になってから自分に関するこの古い記録を捜し出したのである。優雅な記録はこの世から消えた多くの顔を照らし出す。我々はまたドームやセレクトに腰を下ろす。そして昔のパーティーに顔を出す。それはオムレット・オー・シャンピニオン〔マッシュルーム入りオムレツ〕の食べ過ぎで起こった幻覚のせいだろうか？　それとも夢のせいだろうか？　何であるにせよ、それは愉快な郷愁であり、真実である。最上のものは死に……主役は姿を消したのである。

序に代えて

本書の最初の三つの章は一九二八年、十八歳のときにパリで書いたが、書いたのは記録された事柄が起こった直後である。当時私は自分自身の『青年の告白』をジョージ・ムーア風に書きたいと思っていたが、ムーアのように中年を迎えるまでは待てない気持だった。残りはモントリオールのロイヤル・ヴィクトリア病院で、一九三二年から三年にかけての冬の三か月、危険な手術を待っている間に書いた。書きながら私は現場で取ったメモを利用したが、これは最終章に言及されたホロコーストを免れたものである。そのときまでに私の意図は変わって、非常に幸福だった時期を記録に残し、ある意味で追体験することが目的になった。手術で辛くも死を免れた私は青春時代にそっぽを向き、三十五年もの間原稿を見もしなかった。

原文はほとんど変えなかった。見直しはところどころ言葉づかいを変えるだけで、第一章の場合には、とりわけばかな箇所を削除しただけである。また、数人の登場人物には慎重を期して偽名を使った。思い出作者が若気の至りで軽率な行動をしたり、快楽の追求や、うぬぼれた行為に走る多くの箇所を削除するか、少なくとも和らげたい誘惑に駆られはしたものの、変えたり省略したりした箇所はほかにはない。要するに、どこかを変える必要などどこにあるのか、というわけである。ここに登場する若者はもはや私ではない。彼を見ても、写真や筆跡さえ誰のだかほとんどわからない。記憶のなかでは過去の私というより、私の読んだ小説の主人公に近いのである。

ケベック州、フォスターにて
一九六九年十月

1

一九二七年のモントリオールの冬。マギル大学の学生生活はやっていけないほど私を落胆させた。何も身につかない。カリキュラムは精々、どれも命の欠けた事実を一通り覚えるというお決まりのコースを他人に教えるだけで教師の資格を与えるものだった。私は弱冠十七歳、時間と青春を虚空に放り投げているという意識があった。大学にはもう行けないから詩を書くと父に打ち明けたとき（当時私は三年生だった）、お前には私もお母さんもがっかりした、親不孝者め。男らしくないぞ。家にだけは置いてやるから女々しいことを言わず働け、と頭ごなしに叱られた。暫く考えてから、私は大学をやめて家を出、グレーム・テイラーと一緒に暮すことに決めた。

私の本当の問題は早熟と、苛立ちと、書物からは何も得られないということが三つ重なったことだった。私は既に落ち着きを失い、しばしば有頂天になり、時々は絶望に陥る、という状態だったが、グレームは文学かぶれで、小説でも書いて金にしようと野心を燃やしていた。ほかの面では二人は仲間意識と、実業界に象徴される一切のことへの蔑みと、モントリオール市やカナダの状況、および全てから逃げ出したいという欲求を共有していた。こうした単純な原則をしっかり握っていなければ何が起こった

1　一九二七年のモントリオールの冬。……

か知れたものではなかった。

二人はメトカルフェ・ストリート沿いに安アパートを借り、カナダ太陽生命保険会社に就職した。私は暇な時間に超現実主義的な詩を書き、グレームはカナダを主題にした小説の想を練り続けた。しかし、二人の考えが漠然とながら強く引かれていたのはパリに対する夢だった。これが二人を動かしていた。それがなければ毎朝八時に起きて砂だらけの小さな浴槽に漬かり、無造作に服を着ると、凍結した通りをあたふた駆けて職場に急ぐ、という日々には耐えられなかったに違いない。

給料は辛うじて食っていける程度だった。しかし、プラットとピーターシャムという名前の大学時代の友人によって間もなく状況は好転した。私たちが繁華街にアパートを借りたと聞いた二人がある夜、ダーク調のすてきなオーバーに山高帽子といういでたちでやって来て、週に一晩、九時から午前一時まで女を連れこむことに同意すればそれぞれに月額十ドル払うがどうか、と提案したのである。

二十ドル余分に入れば助かるし、水曜と土曜の夜半までアパートを空けるのは別段苦にはならなかった。その上、ピーターシャムは金を払い続けたけれど、アパートを使わないことがじきにわかった（彼の夜は水曜日だった）。しかし、さらに数人の友達がこの取り決めを耳にして、俺にも貸してくれと言ってきた。アパートは暖かいし、静かで安全でそこそこに清潔だし、道路から直接入ることができた。私たちはやがて月に七十ドルを稼ぐようになり、それで家賃が賄えた。

困ったことは早朝に詩を書き、眠い目をこすりこすり出社するはめになったことだった。十時までに香港の中国人労働者が払う週に五セントと二十セントの埋葬保険料を記帳し終えると、長さが踝まであるラクーンのオーバーにくるまって寝場所にしている地下室のトイレの一つで眠った。すると二か月たったころ部長室に呼ばれ、割り当てられた用事がすんだら他の用はないか訊いて、もしなかったら少なくともおとなしく席に着いていろ、と言われた。こんな会社にいてもしようがない、と思った私はその日のうちに人事課に行き罷めると言ってやった。

　こうしてまた金に困ることになったから一週間後にマンション住いの親父を訪ねた。すると親父は、家に帰って大学を続けたらどうか、努力しだいで二、三か月の遅れぐらい取り戻せるだろう、と言った。私はもう一度首を横に振らざるをえなかった。大学なんてまっぴらごめんだ。どうしても詩人になりたかった。

　私が親にとって頭痛の種だったことはむかしからわかっている。親父はいつも私に法律をやらせたがった。裁判官の法服を着せたかったんだけれど、おふくろはおふくろで教会に入ってほしかった。主教になった私の姿を思い描いていたわけだ。こうしたイメージと、それに伴う全てのことが身の毛もよだつほどおぞましくなって、私は一歩も引かないぞという気持がますます強くなった。

「お前は友達のテイラーと二人でメトカルフ・ストリートで淫売屋みたいなものをやっているそうだな」と親父は言った。「マギル大学渉外部のバードライム大佐*の話では知らぬ者はいないそうじゃないか。クラブでも同じ話を聞いたぞ」

「部屋を又貸ししているだけだよ」

親父は二重顎を撫でながらしばらく口をつぐんでから、「まだ文学をやるつもりか?」と訊いた。

そうだと答えると、まともな暮し方をすれば小遣いとして月に百ドルくれてやる、と言った。

百ドルとは予想をこえた額だった。これでいよいよパリに行けるぞ、と思った。しかし、グレームを説得して一緒に行くのは難しかった。君にたかるのは嫌だ、と言ったからだ。

「君の従姉妹《いとこ》の旦那がカナダ国鉄に勤めているじゃないか。彼に頼めば、マーチャント・マリーンの

3　一九二七年のモントリオールの冬。……

貨物船に潜り込ませてくれるんじゃないかな。すると三百ドルにはなるよ」

「ほんとだ」

それから二週間、私たちは薄汚れた市庁舎の部屋におとなしく坐ったり、政府の建物から建物へとこそこそ移動したり、市の職員の手から手へと巧みに擦り抜けるなどしながら糸が引かれるのを待った。やがてグレームがメモを受け取った。それによれば私たちは三日後にカナディアン・トラヴェラー号で出帆することになっていた。これは九百五十トンの政府専用貨物船で、二月四日にニューブランズウィック州のセント・ジョン港を出帆し、私たちをアントワープまで連れていくはずだった。グレームの船賃はただ、私は船賃とは名ばかりの五十ドルですんだ。

グレームは翌日マギル大学で文学士号の追試を受けねばならなかった。しかし、これは願ってもない大ニュースとあって、彼はセントキャサリン・ストリートぞいのスコッツに行き、記念に縁の広いボヘミアン・ハットを買った。


パリ！　遂にやって来た。今これを書いているところはパリ、モントリオールを発ってからわずか三か月だ。先週私たちが越してきたボカ通りのこの広いアトリエの外の、庭に立つ未完成のまま放置された像に月の光が射している。灌木に咲く名も知らぬ花の香が縦長の窓から漂いこんで、ラ・サンテ通りの角にあるウルスリーヌ修道院の壁に囲まれた庭のどこかで小鳥が一羽さえずっていた。グラシエール地区のこの辺りは昔も今もモンパルナスには近くない。しかし、ドームやディンゴの角を曲がったところにあるジュール゠セザール・ホテル*の暑くて狭い部屋に比べればまだましだ。しかも静かだ。私は十八ならば感じるのが当り前の考えの動きや若さの拍動を初めて感じた。日を追って愛の募るこの町に来てつくずくよかった、というのが偽りのない気持だった。青春と命を一体どうしようというのか。何はともあれ、私は楽しみたくてやって来たのだ。

エリオットの彼女も言う通り*、ここでは自由を感じることができる。パリが与えてくれるのはそれだ。なぜそうなのかはどうだっていい。もちろん私はものを書くつもりだが、あまり多くは書かない。文学は人生ほど重要ではないから選択をする。私はすでにシュールレアリスムを捨てた。この先は思い出を書くことにする。日記ではなくて、去年の二月にモントリオールを後にして以来起こったことを全て、ジョージ・ムーア風に章立てにして物語にまとめるのだ……

遅くなってきた。修道院の小鳥は鳴くのをやめ、空もほんのり薔薇色がかった灰色に染まった。

　　天を焦がすアポロの火は*
　　東の雲を銀の薪に変える

真っ青なパジャマを着たグレームはベッドに横になっていたが、眠そうな目で私を見つめた。明りを消して寝るのを待っていたらしい。私がまた机にむかって書き出すと、彼は大声でしゃべり出してびっくりさせた。

「今さっき君が夢に出てきたよ。老人になって頬髭を生やしてさ、何か書いているんだよな、それが……」

モントリオールも今夜が最後という夜に、私たちはバーからバーへと飲み歩き、最後に行き着いたの

5　一九二七年のモントリオールの冬。……

はベネチアン・ガーデンズというナイトクラブだった。行ってみるとそこにプラットとピーターシャムがいた。グレームがふらつく足で女の子のひとりと踊っているうちに二人がやって来て、私の横に腰を下ろした。

「君らは明日大陸に渡るんだそうだな」とプラットが言った。「俺たちの取り決めはどうなるんだ？」

「家賃は二週間分貰っているからな、よかったらあそこに住めばいいさ」

二人はめくばせをしあった。

「気前がいいな」とプラットは言った。

「便乗するわけじゃないけどさ」とピーターシャム。「どれぐらいの値打ちがあるんだ？」

「三十ドルというところだろう」

彼らはほとんど同時に財布に手をやった。

「明日の夜からということだな？」とピーターシャムは言った。

「恩に着るぜ」とプラット。

それから後はシャンパンをしたたかに飲んだ。帰ってヒーターの利きすぎたかび臭いアパートのベッドに身を横たえたけれど、天井がぐるぐる回り出しそうだったから目を開けたまま身を横たえていた。グレームはいびきをかいている。どうやら数時間後に迫った試験のことは念頭になさそうだった。私は部屋を出て廊下を歩き、便所に行って吐いた。ふらつく足で寝室に戻る途中、表通りのドアを激しく叩き、蹴っとばしながら私の名前を大声で呼ぶやつがいる。

ドアを開けるとバーティ・バラードだった。こいつは部屋を又貸しした太っちょの小男だったが、開けてやると赤い帽子をかぶった女と二人で飛び込んできた。冷たい風がさっと吹き込んだ。ばかでかい銀色のアライグマのオーバーを着て、立てた毛皮の襟から突き出した丸顔は卵を抱く雌鶏を思わせた。彼は声を潜めて午前五時に訪れた理由を説明しはじめた。

「今夜はお前の番じゃないだろ?」

「わかってるけどさ。みんな閉まってるんだ、頼むから追い出さないでくれよ。先週いっぱい探してたんだよ。じきに帰るから」

寝室のドアを開けてやると女を先に押し込んだ。女は顔を隠していたが、終夜営業のレストランの会計係だとわかった。


明くる朝遅く目を覚ますと、アパートはからっぽだった。今日がモントリオール最後の日だとはとても信じられない気持だ。髭を剃っていると女主人がやって来た。

「ちょっと考えたんだけれどねえ」彼女は丁寧ななかにも刺のある言い方をした。「部屋を汚されてしまったから余分にいただかなきゃならないと思っているのよ。だってあなたたちみたいな人に貸したのは初めてだからねえ」

「わかったよ、ミセス・ケーシー、そのときになったらきっぱり切りをつけるよ」折角の朝が台無しだ、と思いながら私は答えた。

アパートから出ると、遅い朝の太陽がまぶしかった。青い空気と、踏み固められた歩道の雪の軋み――カナダの午前十一時には何もかもが宝石のように固かった。三ブロック先では今日という日が太陽生命保険会社の灰色の花崗岩の壁を取り巻き、中では男女の社員が暗い神々を拒絶するのに大童だ。彼らの運命を免れることができたのはもっけの幸いだった、私はつくづくそう思わないではいられなかった。

　セント・キャサリン・ストリートをマギル労働組合会館にむかって歩いていくと、小さなクローシュハットをかぶって身体にきっちり合ったコートを着、オーバーシューズをばたつかせながら食事に行く女店員のグループや、これまた身体にぴっちりのオーバーをまとい、らっぱズボンを穿いた若い男たちと擦れ違った。組合会館の階段でグレームを待ったが、元の同級生に見つかって何か訊かれるのは嫌だった。やがてキャンパスをこっちへやって来るグレームの姿が見えた。彼のまえを元カナダ派遣軍司令官で、十指に余る名誉学位の称号をもつ堂々たる体躯のアーサー・カリー学長が歩いていた。毛羽立った長いグリーンのオーバーをまとい、黒い帽子をかぶるグレームは、白のスパッツを脚に巻いた「虚栄の市*」の編集者をおもわせる陸軍の象徴に比べれば何と貧弱に見えたことだろう！　卒業試験に合格したかどうかはまだわからない、とグレームは言った。

「コイン投げみたいなもんだから、結果はパリで聞くことにするさ。急いで昼飯を食って、荷造りしなきゃ汽車に間に合わないぞ」

　荷物の量は思ったより多かった。荷造りが済んでみると、タクシーが二台では積み切れないとわかった。やがて誰が軽いトランクを積むかで運転手の間で争いが起こった。要らなくなった雪靴は私の衣類が入ったトランクを積むことになった小柄な運転手にくれてやった。

　トランクを運び出すと同時にミセス・ケーシーが階段を駆け上ってこなかったのには驚いた。うたた寝をしていて気づいたのは荷物を積み込んだあとで、地団駄を踏みながら彼女の上げる叫び声がエンジン音に紛れて聞こえた。私は無言でプラットとピーターシャムに目配せを送り、女主人を二人に任せて走り去った。荷物で一杯のタクシーには入れないからグレームと二人で先頭車のダッシュボードに立ち、街灯に照らされたセント・キャサリン・ストリートの雪景色を眺めながらボナヴェンチャー駅に向けて走った。

私はほぼ列車に乗る瞬間まで理由のない心配につきまとわれた。願ってもない幸運に恵まれたことがいまだに信じられず、車掌がやって来て手荷物が調べられ、検札で切符を見せるたびに、何か面倒なことが起こってカナダに引き止められるのではないか、とびくびくした。やっと安心して有頂天な気持になれたのは、ステッキや、毛布や、オーバーを両腕に抱えてポーターのあとから、こだまするプラットフォームの板張りの天井の下を、煤や蒸気を撒き散らすセント・ジョン港行きの機関車を横目に歩き出した時のことだった。

2

座席は最後尾の客車だったが、私たちはときどき後ろのデッキに出て線路が後方へ伸びるさまを見た。

「単線を走っているってわけだ」とグレームが言った。

「幸先がいいってことさ」

それから車内に戻ってブランデーを飲んだ。セント・ジョンに着くまでには瓶はほとんど空になった。ドックにはカナディアン・トラヴェラー号が停泊していたが、タグボートよりはちょっと大きく、船体は灰色がかった青白い氷にほとんど覆いつくされていた。

「どうやって乗るんだろうな」と言いながらグレームが鉄のドアを叩くと、まもなく開いてこびとみたいな男が顔を出し、

「あんたら、貨物上乗り人かね?」と訊いた。「話は船長から聞いてるよ。船長を知ってるかね?」

「まだだ。出帆はいつなんだ?」

「エージェントから指示が出しだいだが恐らく明日だろう。ペシック船長を知らないって言うのかね? 淫売屋にいるよ、きっと。だけんど船乗りとしちゃ腕っこきだ、右に出る者はいねえくれえによ。

胡椒を売り歩いていた頃には南アフリカ中を回ったもんだ。まあ入って船室を見てみろ」

遠洋定期船の金銭ずくの堅苦しさとばか丁寧さに比べ、何かにつけてざっくばらんなところが気に入った。

「あんたは彼の友達かい？」と訊いてみた。

「只の雇われ船乗りさ。コック長をやってるけど、紅茶でも淹れるか？」

紅茶は分厚い陶製のマグに入っていた。コンデンスミルクの缶の鷲の印は容器の蓋と下半分で半分に切れている。掻き回すのに使うスプーンもついていた。これは鉛だ。しかし、船室は気に入った。立派な半円形の居間の両側に窓があり、大きなダブルベッドが一つと、個人用の浴室にトイレまでついている。居間には本棚さえあって、ジョージ・ヘンティ、ブルワー‐リットン、ウィーダらの作品が並んでいた。

ペシック船長が戻ってきた。砂色の髪をした小柄な男で、薄い唇をしていた。

「年をとるとタバコの味が忘れられんでな」彼はそういいながら一番いい椅子に腰を下ろし、パイプを取り出した。

とっさに私は退屈きわまりない男だと見抜いた。

海峡越えは口では言えないほど退屈な船旅だった。私は三日とたたぬうちに完全な糞詰まりになった。おまけに食い物がひどいし、酒は一滴も積んでいないとくる。ペシック船長は毎晩ブリッジから降りて私たちを退屈させた。彼から学んだことは二つ。一つは船員が船乗りと自称するということ、もう一つは性病に罹らないための標準的な方法だった。「ことの前後に雁首をよく拭くことだ」と言いながら彼は手のひらで拳をぴたぴた叩いてみせた。

大西洋を半ば越えたところでハリケーンに遭遇した。船室は逆立ちしてトイレの水が床にあふれ、椅子は全てロープで壁に括りつけた。ペシック船長はグレームと私が船酔しないことに感心し、船が難破しないかと恐れた。夜っぴて大波が船橋を叩き続けた。やがて照明をマストに結んで見やると、縦揺れはいくぶんおさまってきた。つづいて横揺れも鎮まる気配だ。船長が夜の会話を娯しみに降りてきた。彼はにこにこしながら、

「進み方が変わったことに気がついたかな？」と訊いた。

「揺れがずっと少なくなりました」とグレームが答えた。「風の向きが変わったのかな？」

「いや、変わったのは船の進路だ。ブラジル沿岸を目指している」船は三日間ヨーロッパからそれ続けた。ペシック船長は上機嫌で、話も前ほど退屈ではなかった。彼はジョウゼフ・コンラッドの話をした。なんでも彼の下で働いたことがある、ということだった。「無口な男だった。気位が高くて強かったな。おかまだったと聞いたことがあるが、わしは信じないな。誰が何といおうが根っからの船乗りだった。コジェニョフスキー船長＊（コンラッド）はどうして腰抜けじゃなかった。彼はノストロモを書いた。コスタリカの原住民が男色野郎どもだというのは正しい見方だ」

ヨーロッパに船首を向ける頃には、私はシュールレアリスムのいい詩を一編仕上げていた。「コナンのイチジク＊」という題なんだが、これは使われなくなった屋根裏部屋に坐っていたときの春の印象を記録したものだ。あれから六か月とたっていないが、シュールレアリスムを捨てたいまでも、あの詩にはある程度のばかげた優雅さがあったと私は思っている。イギリスに着くはるかまえに、カナディアン・トラヴェラーはもうたくさんだという気持になった。アントワープに行く予定だったけれど、カーディフで下船することに決めた。十六日も海上で惨めな日々を送ったあとで、ペシック船長がエージェント

のオフィスで忙しくしている間に、彼に別れの挨拶をするのは煩わしいからそう決めた。その夜はロンドンで過ごしたが、この町はたちまち嫌いになった。街路には人が多すぎるし、その人がまた押しが強くて、乱暴で、醜く、何を喋っているんだかわからないとくる。「とにかくウェストミンスター寺院と何とか通りに行ってみよう」とグレームが言い出した。両方ともがっくりものだった。すると雨が降り出した。酒の飲めそうなところはどこにもなさそうだ。旅行代理店のクックへ行ってみると、ドーヴアーとカレーを結ぶ定期船に乗り遅れたことがわかり、夜の便に乗るよりはもう一晩泊まることにした。ジョージ・ムーアを訪ねてみようと思い立ったのはそのときである。

この時期ムーアはまだ私の文学の神みたいな存在だった。彼の博覧強記、文体の魅力、穏やかな自己主張、風景や感情や女性などのほとんど物理的な印象を一言で表現するまぶしいばかりの筆力、などが私には当代第一級の作家に思えた。

「九十歳ぐらいになるんじゃないかな」グレームは訝しげに言った。

私は彼の住所を電話帳で調べた。電話はなかった。* そこで私たちはその日の午後、エバリー・ストリートの彼の家を不意に訪れることにした。

「彼は俺たちを中へ入れるんじゃないかな」とグレームが言った。「なんたって俺たちはパリへ行くんだからな、若い頃の彼みたいに」

バッキンガム・パレス・ロードの角の「エヴァリー・ストリート」という掲示を見るとぞくぞくするスリルと畏怖を感じた。カフェ・ドゥ・ラ・ヌヴェル‐アテヌ* の日除けを見ている気分だった。

「いいか、カナダから真直ぐ来たと言うんだぞ。忘れるなよ」と私は言った。「遠路はるばる心酔者が会いに来た、となりゃアピールするに決まってるからな」

13　座席は最後尾の客車だったが、……

しかし、小さなギリシア風の白いポーチコに目立たぬよう取りつけられた真鍮製のドアノッカーのところまで来ると、私はおじけづいて足早にグレームを追い越して通りすぎた。五十ヤード先まで行ったところで気を取り直し、戻ってベルを鳴らした。とても年を取って頰が薔薇色の太ったメイドが出てきて、片足を引いてお辞儀をした。

「ムーア先生に敬意を表するために大西洋の向こうから来た者です」とグレームが言った。「もし先生がご在宅でしたらちょっとお会いしたいのですが。カナダから来た愛読者だと……」*

「どうぞお入りください」

私たちは狭い玄関にたたずんだまま、汗をかきかき少なくとも五分は待った。私はもしこの男に会えなければ人生が台無しになるような気がしはじめていた。

「五分ぐらいならお会いしてもいいということですが」とメイドは言った。「でも、それ以上はご勘弁ください。老人病院を退院したばかりですから。こちらへどうぞ」

想像していたよりもずっと弱々しかった。目の前にいるのは肩を落とし、口髭の美しく垂れた老人だった。顔には顎がなく、目蓋は重たげで、足は小さい。立ち上がると両手がこころもち揺れた。

「カナダからおいでか」と彼は言った。「これはこれは遠いところをよく来なさった」握った手の感触が紙を思わせた。きらきら輝く目が私の目を食い入るように見つめ、それから私の足に視線を落とした。

「どうぞお掛けください」と言いながらグレームの手をやはり一瞬握った。「あまり健康が優れなくてね。楽しい船旅でしたか?」

「いいえ」私は何とか答えて微笑をつくろった。

「ああ船酔いですか? 私も船旅には弱い」

彼には包み込むような魅力があった。不安な気持は消え失せ、私は彼の作品を長い間愛読してきたけれど、こうして現代最高のイギリスの作家に会うことができたのは願ってもない幸せだと言った。

「最高の？　いや、最高じゃありませんよ。しかし、褒めていただいたのは嬉しい。ひとつ訊きますが、私の作品のどれを読んでそうお感じになりましたかな？」

「まず『ケリス小川』です」と私は言った。「それから、自伝的作品の『告白』や、『今日はさようなら』とか……」

彼の頬にかすかな赤味がさした。

「そう、ケリスは私の作品では一番いいものです。――しかし、『若い男』はどうですか？」と言って彼は私たちを見た。「最近ではあれをみんな時代遅れだとか、老人の遊びだと思いますかね？」

「いいえ、違います」とグレームが答えた。「決して古くなることのない作品だと思います。あれはあらゆる時代の青春の宣言です、我々全てが何らかの意味で味わわずにはおかない青春のね。あれが古いと感じるのは若かったことのない人間だけですよ」

「ほんとだね。君はとても好意的に見ている。恐らく君の言うとおりだろう。そのとおり、君は正しいかも知れない」

それから彼はお茶を差し上げたいがどうか飲んでいってほしい、と言った。

彼は茶を飲みながらジェイムズ・ジョイスを話題にのぼした。「驚くべき作品だ」と彼は言った。「彼の作品では非常に興味深い仕事だよ」

しばらくすると彼が話題にしているのは『ユリシーズ』ではなく、『若き日の芸術家の肖像』だとわかった。

「そうか、『ユリシーズ』ねえ」と彼は言った。「私にはよくわからないところがあるんだよ。真ん中のあたりは退屈だと思った。真面目すぎるし、偶像破壊的すぎて私の趣味には合わないねえ。風刺の度がすぎる、ということもある」彼はここで鼻に小皺を寄せた。「あのアイルランド的ウイットとユーモアはいかん。そうは言ってもジョイスさんには会ってみたいものだ。このまえパリへ行ったときデュピュイトラン通りのあの小さな店*に彼を訪ねて行ってみたんだが、とっつきの悪いあそこの女が、彼は誰とも会わないと言うんだね。メモを置いて帰ったけれど、彼の手に渡ったとも思えないねえ」

私たちが帰るまえに、彼は灰色の包装紙に包んだ薄いパンフレットをくれた。『印象派画家たちの追憶』という題名で、彼はそれに、「恵存」と書き、その下にジョージ・ムーアと署名した。「差し上げられるものは今のところこれしかありません。はるばるお訪ねいただいてありがとう。パリ滞在をお楽しみください」

メイドは玄関で来訪者名簿に署名してほしいと言った。

外へ出たとき私は「何て運がいいんだ。一生忘れないだろう」と言った。

「うん。しかし、彼は俺たちの名前を訊きもしなかったな」

「八十七にもなれば*名前なんかどうだってよくなるんだよ。とにかく名簿には署名したからそれでいいんだ」

「それにこの小さなパンフレットも貰ったし」

エバリー・ストリートを歩きながら私たちは踊っていた。私たちにとって彼は現存するイギリス最大の作家どころか、トーマス・ハーディよりも偉い作家だった。

明くる日私たちは英仏海峡を渡り、夕方の六時頃にパリに着いた。暗くてじめじめしており、小雪がちらついていた。車窓から見るパリはぱっとしなかったけれど、何しろボードレールや、ユトリロや、アポリネールの町だと思うと嬉しさが込み上げ、気持が悪くなるほどだった。しかし、北駅を出て、小さなトランクの壁に囲まれながら暗い通りに佇み、煌々と明りの点る五、六軒のカフェを目の前にすると、全く違う印象を受けた——それはとうとう家にたどり着いたという平凡ながら暖かい快適な感情だった。

カレーから乗った汽車の中で、広げた新聞には「モンパルナス駅近く」のホテルの広告が載っていた。これはモンパルナス界隈のホテルに違いないと思ったし、オテル・ドゥ・ラベ゠グレゴワールという名前が面白かった。私たちは翌日モンパルナス通りのオテル・ジュール゠セザールに引っ越した。理由は主としてそこが有名なカフェ・デュ・ドームの角を曲がったところにあったからだ。

ジュール゠セザールは魅力的なホテルだった。快適でもなければ清潔でもないし、暖かくもないけれど経営者と顔を合わせることはないし、いつだって湯がふんだんに使えた。それに私たちの部屋には窓はなかったが洗面台の上に明り採りがあって、ビデに立つと中世の中庭が見え、そこには手作りらしい波形のトタン屋根が張ってあった。部屋代は月額二十ドルで、十五セント出せばベッドの中で朝飯を食うこともできた。

先ずわかったことは一フランが四セントの為替レートではモントリオールよりも暮し易いことだった。ここで言っておかねばならないのは、パリの魅力の要素の一つに為替レートがある、と思っていることだ。わずかばかりの金でいい暮しができるのが素晴らしさを満喫する最大の条件であるのは何もパリに限ったことではない。食い放題に飲み放題だからこそこの都市が好きにもなるわけだ。

祝杯を上げたくなったもう一つの理由はグレームの兄が打ってよこした卒業試験合格を報らせる電報だった。こうして彼は学問の府からお墨付きを貰った*。

パリに到着した最初の週はモンパルナスから一歩も出ず、カフェやレストランをあちこち歩き回った。三月の声を聞いたばかりで、ドアを閉め切ったテラスのストーヴを囲んで椅子に腰を降ろし、原稿を書くふりをした。当時の私たちには原稿を書くようなポーズをとることが何よりも肝心だったからだ。しかし私は「コナンのイチジク」をどうにか仕上げた。題名は無意味なばかりでなく、詩の内容とも無関係だった——ほかに十編以上のシュールレアリスムの詩の最初の何行かを書いた。グレームは『空とぶ絨緞』と題する小説の構想を練りつづけた。しかし、詩人や小説家ぶることのほうが面白かった。後日私は非常に多くの若い書き手が私たちと同じ感じ方をしていることに気がついた。鈍感で真剣でもなければ、パリというところは誰にとっても働くことの実に難しい都市だ。一週間もたつと、誰も知らないのは退屈なことだと感じるようになった。そこである晩、カフェ・セレクトの椅子に腰を降ろしていると、隣のテーブルにいた大柄で人の良さそうな白髪頭の男が数人の者にアドルフ・デーンと紹介される声が聞こえた。そのとき私は彼に話しかけようと思った。彼のリトグラフ集を見てうまいと思ったことがあり、中でも「九人の売春婦」と題する肉体といい顔といい欲情と残酷さと喜悦に我を忘れた作品には感心していた。すでに酔っていたこともあって、私は店を出る彼に追いすがって、「ミスター・デーン、友人と二人でパリに来たばかりの者で、あなたをたった今お見かけしただけで知り合いはいません。これからドームに行くんですが、一緒に一杯やりませんか?」と声をかけた。

彼は微笑を浮かべ、構わないが、あそこは込んでいるから近くのタバックにしないか、と言った。アドルフの親切には今でも感謝している。君がいなかったら私たちは長いこと友達ができなかったに違いない。

タバックのテラスは狭くてテーブルが六つか八つしかなかった。しかし、そのうちの一つ、真ん中のが空いており、私たちはソーダとブランデーを注文した。やがてテーブルに黒ずくめの痩せた長身の男がゆったりとした足取りで近づいてくると――私は後でレオ・スタインだとわかった――耳の長いスパニエル種の犬の写真をアドルフに差し出し、「君のワイフにそっくりだから興味を感じやしないかと思ってね」と言った。

「君らのほうが興味があるんじゃないかな」

冗談めかしたやり取りだった。レオ・スタインは帽子を掲げると歩み去った。それから数分後に髪のちぢれた短躯の男がにこにこしながらやって来て一座に加わった。

「カリフォルニア出身のロマン派画家でキリスト教社会主義者のヒューゴー・クワットローンだ」とアドルフが紹介した。

「彼は非常に公平な画家だ」ヒューゴーが腰を降ろしたときアドルフは言った。「但し感情に流されるし、苦しみを好みすぎる嫌いがあるけどな」

「当たっているが、同じ苦しみでも俺のじゃない」とクワットローン。「泣けてくるのはあいつらの苦しみだ。あの連中の顔を見てみろ」彼はそう言って私たちのまえをゆっくり通り過ぎる人込みを指差した。「彼らの顔は悲劇的な苦痛の仮面だ。あの仮面を生み出すシステムは苦痛を伴わずに置き換えられねばならん」

「どうやって置き換えるんですか?」とグレームが訊いた。

「善意の力を行使することによってだ。イギリスの詩人シェリーはこれを理解していた――俺の言わんとするところは、全ての人間は兄弟だから自分のことばかり考えてはならん、ということだ。先ず第一に人はすべからく働くことをやめねばならない」

彼の考えは非常に純粋だがちょっと退屈な性格の指標だった。しかし、彼はそれを押し付けはしなかった。

「ところで彼女のアーマはどうしているんだ？」とアドルフが訊いた。「牛乳屋の仕事は気に入ってるのか？」

「幸福を感じていると思うな。売春は不道徳なばかりか、馬鹿のやることだ。俺はドストエフスキーみたいに売春を観念的に扱ってはいない。しかし、クリーム屋の女経営者は給料をあまり払わないんでアーマは腹がすいて叶わんと言っている。店は言うまでもなく、パリにも世界中にも食い物が余っているというのにだ！」

「サンドイッチが食いたくなった」クワットローンが店を出たときアドルフが言い出した。「ドームのカウンターにでも行くか」

俺たちはドームで飲みつづけた。アドルフは気宇壮大になったが、皆が彼を知っているらしかった。三十分の間にこの界隈の十人余りの常連に会った——彼らのなかには髪をヘンナで染めたカリダッド・ドゥ・プルマスという美しい名前の魅力的な高い鼻をしたスペイン人の若い女がいたが、彼女はグレームに興味を抱いたらしく、

「あなた、みだらな口と優しい目をしてるわね」と言った。「それに手がぶきっちょで、猫ちゃんみたいに痩せてるわ。お友達と一緒に明日あたしのパーティーに来るといいわ。お友達はいくつ？」

「十九」私は一歳さばをよんで言った。ブランデーを六、七杯飲んでいたからカウンターの熱気と騒

音にちょっと目眩《めまい》がした。

「ドルフェンはあなたが詩人だと言ってたわ。詩はいくつ書いたの？」

「一つだけだよ」

「そう。どんなジャンルの芸術家でも作りすぎる人は嫌いだわ。あなたの詩を聞かせてよ。あたしこう見えてもいっぱしの批評家なのよ。いい詩かへっぽこ詩かほんとのことを言ってあげるから」

私は四十行もある「コナンのイチジク」をゆっくり、感情を込めてそらんじて聞かせた。「へっぽこ詩だわ」と彼女は言って退《の》けた。「でも、すごく美しいところもあるわね」

「そう言うけどな」私の肘の横から軋むような酔った声がした。「いい詩だよ。おまけに美しいところなんか全くない。「ザ・ダイアル*」に送ってみろ。いや、「トランジション*」の方がいい、ジョラスは最近なんでも載せるからな」

「こいつの言うことなんか真に受けないほうがいいぞ。ハロルド・スターンズというんだが、詩のことなんかどんな生きてる奴よりも知らんからな」

「私は生きてる奴じゃないよ」とスターンズは言った。

当時の私には彼の名前は何の意味もなかった。「ザ・ダイヤル」の編集者だったのは何年も前の話で、彼がパリにやって来たのは競馬に賭け、シャンパンを飲んで静かに死ぬためらしい、ということも知らなかった。彼はまだ生きていた。先月見かけたときには同じ信じられないほど汚れたワイシャツに黒の背広姿だった。

しばらくしてから皆で向かいのセレクトに繰り込んだ。夜気の中を百ヤード歩くと爽やかな気分になった。私はブランデーをアルコールの薄いシャンパンに切り替えた。

このときはじめてセレクト夫妻に会った。マダムは赤い顔をして目は鋭く、胸は棚を思わせた。彼女は保温のために指のない小さな黒の手袋をはめていたが、それでも勘定になるとフランやサンチームを器用に数えた。カウンターの向こうの小さなストーヴの上でチーズトーストを焼くムッシュー・セレクトはフローベールのような憂鬱な口髭を生やしていた。セレクトの一夜は楽しかった。バーにいたのはとてもいい連中か、さもなければ悪い奴らだった。いい仲間を同時に同じ場所に惹きつける小さな運命の力みたいなものがあるらしい。アドルフ、カリダッド、グレームの三人は、愛想を尽かしてロシアから来たばかりのエマ・ゴールドマン*の話を聞かされることになった。政府はアナーキスト原理を裏切ったからシカゴに帰るのだという。彼女は背が低く、ずんぐりして、足が鳥の水かきのように外側を向いており、見事な赤ら髪にはちらほら白髪が混じっていた。しかし目はきらきら輝いて、闘争的な鋭さと、世事への関心をまだ失っていない。私は彼女ほど身を飾らない、生き生きとした知的な女は見たことがなかった。議論への欲求は尽きることがなく、彼女を打ち負かす者がいるとは考えられないほどだ。

「階層化だ！」と彼女は叫んだ。「ロシアは相変わらず階層社会だわ。何もかもが昔の復活なんだ。彼らはわたしのところへやって来て、帰ってくれと膝を屈して頼むけど、帰ってなんかやるもんか。ああ、ローザ・ルクセンブルクを思い出すわ」

「偉い女だよ」とアドルフが言った。「だけど演説は下手だな。彼女の態度やジェスチャーはいつもダントンに似すぎているんだ」

「ありえないわよ、だってダントンなんか見たことないんだから」とエマ・ゴールドマン。

「私はサン＝ジェルマン大通りのダントンの銅像のことを言っているんだよ」

「あなたはあれを素晴らしいとは思っていないでしょ」

「まあね」

「どうしてそうなの？」

「なぜかってエマ、ローザみたいにばかげているからさ」

「どんな意味でばかげているのか言ってよ」

「そうだな、あれは怒った子供のスケッチだ。もしダントンが五歳の子供みたいな服装をしていれば、とても立派な家庭的習作ということになるだろう——姉に玩具を盗まれたといった、何か不当なことを怒って母親に訴える図というかな。彼は遠くから彼女を指差しさえしている」

「まさに怒って訴える図だわね。うまく表現したものだわ。あなたはわたしの言わんとしていることを証明している」

アドルフは目をしばたたき、「言わんとしていることとは何かね？」と訊いた。

「ローザとダントン——いずれにしても銅像をつくった人間が——大衆の感情の真実に迫りえたことは間違いないということだわ」

「怒った子供たちの態度を想定することによってかね？」

「そうだわ。これは立派な演説だわ。これよりも立派な演説がどこかにある？」

私はそのとき即興の議論に発揮されたエマ・ゴールドマンの弁舌の力を理解し始めた。それは優れたテニス選手が相手を守勢に追い込んでいく技術に似ていた。

「しかしばかげていることに違いはない」とアドルフは言った。

「聴衆の胃袋を殴りつけることのどこがばかげているのよ？」

「大衆を蜂起させるという意味だな」

「大衆を立ち上がらせるべきではないと考えているのではないでしょうね？」

「ダントンのような暴力に駆り立てるのはいかん」

「大衆は信じないということ？」

「そこまでは信じないよ」

「わたしは信じるわ」

このときまでには、グレームとカリダッドは理解に到達した。彼は声を潜めて自分は運がよかったと言い、まもなく彼女を連れて道路を横切りデランブル通りのほうへ歩いていった。彼の黒い帽子が片方の耳を覆っていた。

アドルフはずいぶん離れたヴェルサンジェトリックス通りに住んでいたが、私がタクシーで送っていくと言い張ると、彼は反対して、「君は金持ちなのか？」と心配そうに訊いた。金ならうなるほどもってる、と請け合ってタクシーで彼のアパートに乗りつけ、私は夜の明け白む頃に戻った。

おお、パリの夜明よ、君はいつだって美しい。天気がどうだろうと、一九二八年の三月初めのあの寒い朝ほど美しい夜明は見たこともない。灰色の空に家々の高い屋根がそびえ、寒い街路は雨に濡れて、運転手が朝食を摂りブランデーを飲む小さなカフェに明りが二つ三つ点るだけだ。ジュール－セザールに着くと階段をふらふら昇って、窓のない私たちの小さな部屋に入るなり便器に吐き、幸福感に包まれながらベッドに潜り込んだ。

3

明くる日の正午、やって来たグレームの顔は青白かったが、酔っ払って幸せそうだった。昨夜はどうやらうまくいったらしい。しかしひどく寒い朝で、私たちはかわるがわる風呂を浴びて体を暖めた。浴槽に湯を一回満たすのに五フランかかる。私はアライグマのコートを着、毛皮のキャップをかぶって朝飯を食いにドームへ行った。

「春はいつくるんだ?」私は店の主人のムッシュー・カンボンに訊いた。

「もうすぐだ。その格好じゃ春も恥ずかしくて来られまいて」

午後はカリダッドの友達のルーパート・キャスルの家で開かれるパーティーに出かけた。* 彼は金持ちのイギリス人在住者で、ノートルダム-デ-シャン通りの庭園を望む広い一階のアトリエをもつ美術愛好家だった。窓は霜で覆われていたが、暖炉のほかにストーヴもあって、ウィスキーのお湯割にレモンを添えたのが出された。私はそこで偉大なシュールレアリスム詩人のロベール・デスノスに会った。彼は私と同じぐらいの年に見え、薄地の見すぼらしいスーツを着て、首には房のついた長い灰色のマフラーをぐるぐると幾重にも巻いていた。彼は肖像よりもずっと醜く、まるで側溝に立たされて引きずられでもしたように見えた。カエルのそれを思わせる幅の広い口をしてユーモアがあり、分厚い眼鏡の奥からとびだした牡蠣色の大きな目にはウイットと知性がみなぎっていた。カリダッドが私をフランス語で紹介し、それから、「自称シュールレアリストの若きカナダ詩人だ。コウモリが自分に与えた影響について感動的な詩を書いてるよ」と付け加えた。

「ほう、詩を書いているのか？」デスノスは不審げな面持で言った。彼は英語をしゃべらなかったが、私がそこに居合わせたなかでフランス語をしゃべる数少ない者の一人だったという事実が、恐らく彼が私に話しかけた唯一の理由だった。

私は十六歳のときアンドレ・ブルトンの『磁場』という詩集を読んでからシュールレアリスムに転向したが、あなたの『自由か愛か』は転向してよかったと確信させてくれた、と言った。

「君はブルトンが好きかね？」と彼は訊いた。「それじゃ紹介してやろう。しかし、先ず彼の『ナジャ』を読むことだ。出版されたばかりで、今世紀最高の傑作だ。そのほかペレ、エリュアール、ファルグ、ヴィトラック、スーポー、シュヴィッター、シュテルンハイム、マルセル・ノル、それに私も読むべきだ。もっとも私は目下のところ猥褻だとして断罪されているがね。それに、トリスタン・ツァラも読んだほうがいい。なぜなら、大した作家ではないれど、彼のばかげた誤謬や趣味の欠如から学ぶべきところはあるからだ。その上警察とぐるでね」最後の言葉はブルトンとツァラの仲違いを示唆していると後でわかった。それでツァラがパリの警察長官にシュールレアリスト仲間の二人の投獄を助言したのである。

それから彼は公的建造物に対する憎悪について語った。「私はあらゆる教会、病院、裁判所、刑務所、などを秘に非難している――その唾棄すべき非人格性が気に入らない。私は医学、宗教、法律、等々のあらゆる施設を否定する。こうしたものやその具体化たる建造物は必要がないし、地球の顔に泥を塗るばかりか、人間の精神を汚している。それらは失敗の是認であり、人間性に対する侮辱だ。こうした建造物が象徴するのは、組織による病人と苦しむ者の非人間的な治療であり、多数の卑怯者のために秩序を維持することにほかならない。それらは全て下降を示す路上の道標であり、一切の個人的責任の廃棄の記念碑であり、苦しみと孤独と恐怖の膿んだ腫物に貼られた絆創膏であり、蟻のごとき集団意識への恥ずべき自我の退行沿いに建てられた俗界の十字架への道行きの停留所だ。こうした三つの特に人間的な領域における人間の義務とは、第一に、他人の苦しみを和らげ、慰め、肩代りすることだ」ここで彼は祝福の仕種よろしく両手を広げ、言葉を継いだ。「第二に、孤独のなかで己れの断罪と格闘することだ」と言って彼は両手を揉みしだいた。「三番目は、全ての被害を個人的暴力によって直ちに賠償することだ」と言って彼は拳を手のひらに打ちつけた。「これらの義務だけが人間の尊厳をもっていて主張する」

有名なキキも客の一人だった。モンパルナスに来たばかりだった私は、彼女が界隈の女王的存在であるとは知らなかった。しかし、彼女の個性は人を引きつけ、声には独特の魅力があって、エクセントリックな美しい顔をしていた。メーキャップそのものからして芸術的で、眉毛はきれいに剃ってスペイン語のｎのアクセントみたいなデリケートな曲線に置き換えられていたし、睫毛の先には少なくとも茶匙一杯分のマスカラをつけている。そして深紅に塗りたくった口は茶目っけた輪郭にエロティックなユーモアを漂わせ、漆喰じみた頬の白を背景に燃え立っていた。頬には一か所、片方の目の下に非のうちどころのないほくろが書き入れてあった。彼女の顔はどの角度から見ても美しかったが、私は真横から見た顔の輪郭が鮭の剝製を彷彿させていちばん好きだった。もの静かなしゃがれ声からは無害な猥褻さがしたたり落ちる。数少ない身振りには豊かな表情があった。最近脅迫のかどで告訴されたジャーナリストに触れて彼女は、公衆トイレにでもほうり込んでやればいい、と容赦なく言い放った。「それから――絞首刑にするのよ」と呟いて膝をちょっと曲げ、鎖を下に引く仕種をして見せた。

黒っぽい誂えのスーツにネクタイを締めた若い女性も何人かいた。彼女らは踵の低い靴を履き、低く太い声でしゃべり、力をこめて握手をした。いちばん綺麗だったのはダフニ・バーナーズという名前の大きな灰色の目をしたイギリス人だったが、彼女はぞくぞくするような低音の持ち主で、ユーモア感覚が女学生じみているせいでか、わたしは呪われた女よ、と悪女ぶってみせても一向に呪われた感じがしなかった。彼女の友達のアンジェラ・マーティンもちぢれ髪の大変な美女で、物腰には魅力があったけれど白痴めいた馬鹿だった。フローレンツ・ジーグフェルト・レビュー団のコーラス部にいたが、気まぐれで何をやらかすか分からないようなところがあったために、こうした女の子が辿る運命を免れて株屋の囲われ者にはならず、貪欲な年長の女の愛人（シュショット）*に次々となって、今はダフニと同居して幸福そのものだった。「あたしは年取ったおしゃべり女にはもう嫌気がさしたのよ」と彼女は私に言った。「わたしの夢の娘だなんて言いながら、男から遠ざけようとするのよ。あたしを満足させることもできないくせに、男に奪られはしないかと躍起になっているんだから。いつだって女の子みたいに振る舞わせてさ、お酒は飲ませないでしょ。そこへいくとダフニは本当の仲良しだわ」

男っぽいスーツにフォアインハンドのネクタイ〔一重結びで用いる最も一般的なネクタイ〕を締め、あけすけな灰色の目をして、眉毛は剃らず、幅広な口に紅もぬらない彼女には魅力があった。私は彼女が大酒飲みなことにも驚いた。舌のもつれで初めて酔っているとわかるのだった。

ダフニが歩み寄って、「そろそろ何か食べたほうがいいわ。ロザリーズへ行くから若い男の人を連れてらっしゃい」

ルーパート・キャスルを見かけたので、私は彼の歓待に礼を言った。彼は私をみつめ、「珍しいこともあるものだな」と言った。「パーティーに招待しても感謝の言葉を述べた奴は一人もおらん。もちろん君の言葉は多とするがね、あまりブルジョワぶらないでくれよな」

ロザリーズ・レストランはカンパーニュ－プレミエール通りにあって、あまり遠くはなかった。行ってみると店はすでに食事客でこみはじめていた。料理はとびっきりうまくて信じられないほど安かった。私は二人の女の健啖ぶりに舌を巻いた。彼女らは定食のメニューを次々と平らげたが、私も彼女らの健啖な食欲に刺激されて大いに食った。私たちは銀紙の巻かれた小さな陶器のポットに入ったチョコレート・ムースを平らげた。

「腹拵えがすんだからディンゴでコーヒーを飲もうよ。表じゃ寒くて坐っていられないわ」とダフニが言った。彼女は椅子の背凭れに体を預け、ゴロワーズに火を点けた。

ディンゴには行ったことがなかった。私たちは六つある小さなテーブルの一つに腰を下ろし、分厚いシャーベットグラスに注がれた強いドリップコーヒーをブラックで飲んだ。アンジェラは彫刻の話をしているダフニの横でブランデーを飲んだ。「ザツキンもブランクーシも知らないというの？　ブランクーシの『若い女』はぜひ見るべきだわ。世界で最も美しい女のお尻だわ。まさに歌っているというか」喋りながら彼女は灰色の美しい近視の目を私に据え続けた。と、出し抜けな感じで彼女は、「先ずジプシーに行こうよ。それからわたしのアパートでパーティーではどう？」と言い出した。

ジプシーという名前のバーはエドガー－クイネ大通り沿いの悪臭漂うナイトクラブで、鉄面皮の若いレズビアンや、しみの浮き出た筋っぽい腕に宝石のブレスレットをかたかたさせる男や、飢えた老女たちでごった返していた。私たちには老女が陣取るテーブルから声がかかったが、彼女らのうちの比較的若い女は男物の夜会服を身に着け、片眼鏡をかけていた。彼女らは私たちに向かって、こっちへ来て坐れと言った。やたらもったいぶった偽善的な言葉と、みだらな婉曲表現を使ったものすごく退屈な会話がつづいた。

「ショックを受けた、ぼくちゃん?」片眼鏡の女がことさら太く作った眉を上げながら訊いた。

「ええ、まあ」

「乾杯しましょうね。何をお飲みになる? 但しビールはご法度よ、イギリス的すぎていけないわ」

そこで私はディアボロを飲み、片眼鏡の女性と踊るはめになった。これは葡萄酒とザクロのシロップが混じった飲み物で、売春婦しか飲まないと思っていた代物だった。彼女がリードしたが、私は最初からばつが悪かった。しかし相手はなかなかうまくて、私はやがて気持ちよくワルツのステップを踏んでいることに気づいた。踊っている男女は二、三組いたが、後はほとんどが女同士で、男役がリードしていた。

新入りが一人やって来ると、だしぬけに歓声が上がった。体がひん曲がった感じの黒ずくめのずんぐりした男が、つるつるに剃った青い顎に紫色のタルカムパウダーを塗りたくって目にはマスカラをつけ、犬が躍りでもするように両手を前に差し出した。

「ダン! ダン!」皆が叫んだ。

これはパリで最も引き合いに出される有名なホモのドクター・マローニーだった。稚児(ホモの女性役)で、堕胎医で、プロのボクサー、それに女の文学者とみればやたらくどく癖のある男だった。彼がよたよたと進み出ると、たちまち私たちのテーブルに席が一つ空いた。

「たった今すばらしい経験をしたよ」彼はホステス役の紫色のビロードの帽子をかぶった女に言った。「木靴にビロードのずぼんという格好で、三日剃刀をあてない素敵な髭面をしたホモなんだよ、相手は。その男に会うまでは、こんな言い方を許してもらえればだけれど、彼が本物の墓掘りだとは知らなかった！　頭にきちゃったねえ」彼が指を鳴らしてとてつもなく大きな音をたてると、ウェイターが二人駆け寄った。

「シャンパンをもってこい。墓に対する悪の勝利に祝杯だ！」

それからドクター・マローニーは口に出せないようなことや、言葉では言い表わせない慣行を巡って驚くべき長広舌をふるった。

アンジェラは大きな低能じみた目を彼に向け、さもおかしくてたまらないといわんばかりに笑い転げた。ダフニは彼女の腕をつかみ、「帰るわよ」と言いながら肩越しに私を振り返った。

「ふしだら女！」紫色の帽子をかぶった老女は悪態づいた。「なんだよこの男好き、揺り籠泥棒、覗き魔、鞭打ち性感野郎！」

「せいぜい娯しみな」と片眼鏡の女が言った。

「時間のあるうちにな」とドクター・マローニー。「だけどイクときにゃ俺を思い出しな、たまらなくいい田舎者の独創的なアイルランドテナー、ドクター・マローニーをな」

ジプシーをあとにすると夜気が冷たかった。タクシーを拾って、ダフニがブローカ通り一四七番地と運転手に住所を言った。これはウルスリーヌ修道院のすぐ下だった。タクシーを降りると、路上には仄白い漆喰塗りの長い壁の上に街灯が一つぽつんと点っていた。壁には小さな錆びた門があり、門には鉄の飾りアーチがついていた。アンジェラを左右から支え、ダフニがドアの鍵を開けて、私たちが入ると締めた。草が生え放題の中庭らしきところに石や漆喰造りの像がぼんやり見えた。それから二階に上がって広いアトリエに足を踏み入れると、明かり取りから月が見えた。

「ストーヴにもっと練炭を入れて」とダフニが私に言った。

ガス灯が広いアトリエを美しく照らした。アトリエを見るのは初めてだったが、白い漆喰壁はむき出しで、明かり取りは空に上って消えるかと思われた。外はパリのど真ん中にいるとも思えないような静かさだ。アンジェラは椅子にへたりこんだ。私は壊れかけたテーブルに腰を下ろし、ダフニがコーヒーを淹れる間タバコをふかしていた。大きな鉄製のストーヴは仄かに赤くなりだした。アンジェラが蓄音機をかけて、と眠そうな声で言った。

蓄音機はベッドの脇にあった。傍らにレコードも積んである。私はねじを巻いて一番上のレコードをかけた。曲はグルックの「エコーとナルシス*」で、私たちは薄暗がりのなかで荘厳な旋律に耳を傾けた。「エコーとナルシス」は軋むような音をたてて終った。私はもう一枚をかけてアンジェラの隣りに坐った。

甘ったるいバリトンの歌声が粘液質なギターの伴奏で流れ出すと、彼女は、「異教徒の恋歌*だわ！」と叫んで私の首に腕を巻きつけた。

棕梠の葉陰に月まどろみて
来よや君我のもとに……

いささか大仰な私たちの情事は、オッフェンバック*の幸せなメロディーからルディ・ヴァレーの鼻にかかった気息音まじりの歌声*や、パーセルのトランペットの銀の唸りなど*、驚くほど多種多様な音楽の伴奏つきで行なわれた。深夜を過ぎると、私たちはまもなく赤々と燃えるストーヴを囲みながら眠った。窓の外では傾いた月が中庭の壁を銀色に染めていた。翌朝私は二日酔いをほとんど感じなかった。二人の女は目を覚ました途端にアンチョビー・ペーストや、アプリコット・ジャムを塗ったパンだの、タルチーヌだのを頬張ったり、紅茶を飲んだりした。私は近所を一人で探索したくなったから、正午少し前に別れを告げた。その界隈は田園地帯といってもいいほど静かだった。グラシエール通りで山羊の群れを連れた男に出会った。男は小さな笛を吹きながらしぼりたての山羊の乳を売り歩いていた*。そのときまでには太陽が雲間から顔を出し、曲がりくねった白く細い通りを照らしていた。通りには青い上っ張りを着て紙キャップをかぶった労働者が歩いていたり、黒ずくめの上着に房飾りのついたショールを首に巻き、買い物籠や白目の鍋を抱えた主婦がしゃがんでいたりする。私は黄色いカスタードがたっぷり入ったフレンチ・ペイストリーを買って、低い壁に腰を下ろして食った。パリは本に書いてあるよりもいい町だ、と私は思った。ラスパイユ大通りを歩いてモンパルナスへまっすぐ帰る方法が分からなかったので、私はクロスリー・デ・リラまで両側に並木のあるダンフェール・ロシュロー大通りを歩き、サンテ牢獄と、リヨン・ドゥ・ベルフォール*の側を通って戻った。路上には暖かい陽光が降り注いでいた。それは初めて見る春の日差しだった。

4

一九三二年十二月、モントリオール市
ロイヤル・ヴィクトリア病院にて

あれからたっぷり四年の月日が経った。本書をまた取り上げたのは偏にその継続性を保ちたかったためだ。私は重症の結核に侵され、生きるか死ぬかの最後の手術を待つ身である。死ぬつもりはないけれど、かといって生存は主として運の問題とあって、死の影や、避けられない大人のものの見方のつまらなさが忍び寄るかするまえの、私が実際に生きていたあの頃の記録を書き続けたいと思う。これは私の青春、即ち黄金時代の記録である。私にはペンと、六冊のまっさらなオイルクロス張りのノートと、明晰な頭脳と、苦痛からの解放と、丸一か月という時間がある。だから私は書き続ける。

ロベール・デスノスの助言に従い、翌週は手に入るかぎりのシュールレアリスム作品を買って読んだ。大抵の作品はセーヌ川通りをちょっと入ったジャック－カロ通り沿いの小さな書店で買った。その結果私の目的は変わった。シュールレアリスム作品の範囲や奇抜さに当惑したばかりか、とても太刀打ちできないと感じたし、素材の扱い方が単調でシンタックスも同じ、とりわけシュールレアリスム文体のトレードマークである風変わりなものを人を驚かす以外に何の関係もない動詞や形容詞と併置して見せる手法や、デュカス*に見られる重い木槌のような文法の繰り返しには閉口した。

「散文に戻ろうと思うな」と私はグレームに言った。「シュールレアリスムはやめた」

「シュールなんて偽物じゃないか。自動的にただ書いているだけさ。しかし、ランプの匂いがするな。それにしても書きかけたシュールレアリスムの詩はどうするんだ？　破棄するのは惜しい、ちょっと見せてみな」一時間も経つと彼はそれをシェイクスピア風のソネットに書き換えた。

「題名はどうしようかな*」

「知的なしゃれた題をつけよう」

「『三月十五日』ではどうだ？」

「文学的すぎるよ」〔シーザー暗殺の故事から Beware Ides of March.〈三月十五日を警戒せよ〉シェイクスピア『ジュリアス・シーザー』一幕二場第十八行より〕

「『少しずつ』というのはどうだ？」

「月並みだな」

「『春の大きなベッド』ではどうだ？」〔シェイクスピア『十二夜』より〕

「ちょっとましだけど、もの足らん」

「じゃあ、『騙されない男』てのはどうだ？」

「決まった、それにしよう」

あれからたっぷり四年の月日が経った。……

その夜、私はこの本の第一章を書き始めた。パリで何をやっているのか、と誰かに訊かれでもすれば、これで私は思い出を書いている、と言うことができる。人は共感からお人好しの嘲笑まで、さまざまな反応を示した。アドルフ・デーンは熱を込めて、「私が肖像を描いてやろう」*と言ってくれた。

こうして創作の発作が起こりはしたものの、それから丸一か月は何もしなかった。時は春で、毎日モンパルナスへ出かけたり、パリ市内をうろついたりするのも気持が良かった。私はしだいにパリの美しさの奴隷になっていった。オープンタクシーで繁華街に乗りつけ、タールの塗られた木製ブロック舗装の街路を走るだけでたまらなく楽しい。ほとんど毎朝、私たちは交通規則を無視して激しく笛を吹かれながら、コンコルド広場を突っ走る。帰りは徒歩でモンパルナスへ戻り、ドームかセレクトで朝飯を食った。

私は幸福感に満たされ、書くことには一向に興味を覚えなかった。

やがてグラミーと私は暖かい春の陽光の降り注ぐパリの町のムフタール通り、コントレスカルプ広場、タンネリー通り、ハイエ・オ・ヴァン、ガイテ通り、アレジア地区、それからサン・ミシェル広場周辺のガランド通り、パッサージュ・デ・ジロンデル、ラ・ユシェット通り、サン・セヴラン教会や、サン・ジュリアン・ル・ポーヴル教会、といった小さな街路網をさまよい歩いた。グラン・ブルヴァール、モンマルトル、パシー、シャンゼリゼなどは立ち入り禁止ということで意見が一致したし、ルーヴル美術館には絶対に入らなかった。*一度地下鉄の迷路で迷って地上に出てみると廃兵院があって、ナポレオンの墓が見えたから、蒼惶《そうこう》として階段を駆け降りて逃げだしたことがあった。

私が愛したのはいつだってアンドレ・ブルトンやレオン－ポール・ファルグのパリだった。アーサー・シモンズが翻訳した『悪の華』*の折衷的な二枚舌構造に大きな感銘を受け、私は同じ混成的な文体でパリに捧げるソネットを書いた。それは後日アーサー・レーウェンスタインが編集する才気喚発な非合理主義小雑誌「ビルジ〔船底汚水〕」に「騙されない男」とともに発表された。

まもなく私たちはバー・フォールスタッフの常連になった。ここは同じモンパルナス通りのジュール－セザールから五、六軒しかはなれていなかった。そこは概して騒がしいことの多いドームよりも良かったし、アル中のいるディンゴやスカンディナヴィア人だらけのストリックスに較べてましだった。また、ジェッド・キリーの経営でバーテンが生粋のアメリカ・インディアンというカレッジ・インはハリーのニューヨーク・バーを根城にするアメリカ人の溜り場だった。みんなそれぞれに面白く快適だったが、とりわけフォールスタッフは息詰るようなオークの羽目板に詰め物入りの椅子と、バーテンの元プロボクサー、ジミー・チャーターズ*や、ブルックリン出身で浮浪者ジョーで通っているボーイのジョー・ヒルデシェイムの気さくな客あしらいが対照的で魅力があった。フォールスタッフのオーナーは二人のベルギー人で、彼らは愛人も共有していた。彼女は目が灰色のむっちりした美女で、マダム・ミタイネと呼ばれていた。三人は毎晩暖炉の隅に静かに腰を下ろしたまま一切に干渉せず、午前二時に閉店すると黙って金を数えた。それからマダム・ミタイネが小さな赤いノートに数字を書き込む。十杯目の飲み物は無料というのがジミーとジョーの経営方針なので、常連はもとより、ふりの客も、これは只だと耳元に囁かれて驚いたものだ。

ダフニとアンジェラにはたまに会ったが、彼女らは相変わらず人付き合いが良かった。グレームとカリダッドはうまが合い、二人の情事は散発的に続いた。しかし、二人とも呑気な性格だから芝居がかったところもない。おまけに彼女はいつも文無しなくせに彼の金は受け取ろうとしない。それでアパート代を払う必要に迫られ、生真面目で非同情的な男たちと寝るはめになる。彼女はデランブル通りをちょっと入ったところに小さな部屋を借りていたが、中庭のこんもりした木立にはいつも小鳥がさえずっていた。

この当時グレームは『空飛ぶ絨毯』の執筆計画を中断し、妻に逃げられたフランス系カナダ人の農夫を主人公にした短編小説を書いていた。物語の舞台はモントリオール郊外のバイドゥルフェ村だったが、そのほか記憶に残っていることは何もない——一つ覚えているのは、登場人物が電気を節約するために路上の街灯の下に持ち出したテーブルで三人一組のホイストをやる、という設定になっていたことだ。それに「聾唖者*」という題をつけてユージン・ジョラスに送ったところ、直ちに「トランジション」に載ることになり、カフェ・リップで会ってくれとジョラスから言ってきた。

グレームはまさか掲載されるとは思わなかった。これは「マギル・フォートナイトリー・レヴュー*（隔週評論）」に載った若い頃の作品を除けば彼が発表した処女作で、「トランジション」誌に小出しに掲載されつつあったジェイムズ・ジョイスの『進行中の作品*』の最新掲載分と一緒に載るということは過分な扱いだった。加えて私たちは「トランジション」を世界で最も優れた評論雑誌だと信じており、モントリオールで店頭に並ぶと先を争って読んだものだった。私たちはヨーロッパのシュールレアリスト作品の優雅さと大胆さ、ジョイスの新作の驚くべきリズムや特徴、ほとんど全ての寄稿者に署名入りで声明文を発表させた斬新さ、当時妻が離婚の理由にしたとされるチャーリー・チャップリンの風変わりな性的技巧を自然権*の行使として支持したこと、などに驚異の目を瞠ったものだ。実際、「トランジション」誌に掲載された全ての作品が好きだった。但しガートルード・スタインは今も昔も、もったいぶった文体で、耐え難いまでに横柄な気がするから好きになれない。私たちがアラゴン、ファルグ、リブモン＝デセーニュ、エリュアール、スーポー、ドリュー・ラ・ロシェルをはじめ、その他多くの詩人や作家の作品をジョラスや彼の妻の熱意の籠った翻訳で読んだのは本誌でだったし、当時北アメリカではほとんど知られず、カナダに至っては全く無知の存在だったミロ、アルプ、クレー、エルンスト、ラビス、ターンギー、ドゥ・キリコらの絵を複製で初めて見たのが「トランジション」誌上ならば、サミユエル・ロスが改竄した『ユリシーズ』の海賊版*があることを知り、エリオット・ポールによるヘミングウェイの戯画化に笑いこけたのも「トランジション」誌だった。そんな「トランジション」のギャラリーに、弱冠二十一歳のグレームが登場することになったわけだ。私は彼のいない間に思い出の第二章を書き始めたが、最初の数行で頓挫したまま先へ進めず、やめてしまった。私は文章を書くには「然るべき気分」になることが必要だと今でも思っており、「気分」というものは多少の努力を払わねば醸し出すことができない、とは理解していないけれども、だからといって、ショーやベネットが言うように、毎日一定の時間に机のまえに坐るだけで何かが書ける、と思っているわけでもない。

　夕方フォールスタッフでグレームに会ったとき、彼はジョラスについて、「背が低くて色黒で、顔が艶々して精気に満ちている」と言った。彼の妻については、「背丈が六フィートもあって、どっちかというと不器量な方だが、とても感受性が強くて、魅力にあふれ、あらゆる形式の現代芸術にひとしなみの情熱を抱いている。彼はカナダ文学の現状を知りたがって、いちばん優れた作家は誰かと訊いた。だから僕はレイモンド・クニスターと、アーサー・スミスと、フランク・スコットと、レオ・ケネディ*の名前を挙げておいた。明日の夜に郊外でパーテイがあるんだそうで、僕らに来てくれと言っていた。ジエイムズ・ジョイスが来るらしい。ひと風呂浴びたほうがいいかな」

　地下鉄と汽車とタクシーを乗り継いで行くのに手間がかかり、会場には一時間近く遅れて着いた。知つている者は一人もいないから、最初は互いに話すしかなかった。そこで私たちは人差し指で宙を突きながらE・E・カミングズの詩の秘められた感傷性を攻撃し、互いに引用を競いあった。それで私たちの周りには英語を喋る聞き手の小さな輪ができた。彼らのなかには有名なイギリス人小説家のダイアナ・トゥリーがいたが、彼女は「ヘミスフィア〔半球〕」という雑誌の編集スタッフとの関係を断ったばかりで、それの唯一の目に見える果実だった男の子を連れてパリに来ていた。背の高い金髪の美人で、服装は無頓着、鼻が高くユーモラスな口をしており、青みがかった灰色の目はいつも動いていた。彼女の小説はあまり好きになれなかったが、本人には会うなり好感をもった。彼女も好意を抱いたらしく、私の腕を取ると、髪をポンパドゥール〔額から撫で上げた髪型〕にした非常に華奢な男に紹介した。彼は「心臓割礼」*を書いたシュールレアリスム詩人のジョルジュ・ポル*だったが、にきびの発疹に悩まされて自信喪失に陥っているらしかった。後で彼が彼女の目下《もっか》の恋人だということがわかった。

「カナダ最大の詩人は誰ですか？」彼は慇懃に訊いた。

「フランス語ですか、それとも英語のですか？」

「両方がいるんですか？」彼は愉快そうに言った。「なるほど、ケベック州というところがあるわけだ。それじゃケベック州最大の詩人と言い直しましょう」

「過去二十五年でいえば、カナダのゴーティエと称されるモランや、カナダのユーゴーとも言うべきショケット、それからカナダのヴェルレーヌことネリガンなど、何れ劣らぬ大詩人ですね」

「するとケベック詩人と言える人はいないんですか？」

「私の知るかぎりいませんね」

「英語圏のカナダ詩人はどうですか？」

「カナダのキーツと言われるランプマンや、スインバーンと言われるカーマンなどがいます。スミスという詩人もいて、これはときどきカナダのイェーツと言われていますが、私はいま挙げたなかではいちばん好きですね」

「そう言うあなたも詩人か作家じゃないんですか？」

「これまでのところ何のマントもまとっていません。だから多分シュールレアリスムを選んだんですよ」

「わかりますよ、それが出口だから」

やがてジョイスは来ないことがダイアナ・トゥリーの話からわかった。「彼が来ないことは恐らくジョラスが知らせたんだと思うわ。でも、ジョイスはどこへも行かないのよ。ノラが出さないんだから」

「きみは彼を知っているのかい？」

「ほかの人と同じようにね」彼女は警戒するような答え方をした。

私はロベール・デスノスがすぐ後ろにいることに気が付いていた。

「アンドレ・ブルトンのところへ連れてってやる。彼は上機嫌で一席ぶってるよ」

小さなグループの崇拝者を前に長広舌を奮っていたブルトンは、体のがっちりした美男子で、ポンパドゥールの髪型はポルのよりも見事だった。彼は非常な早口で犯罪について喋っていた。

「キリスト教の核心には犯罪者がいる、とペギーは断言している。重大なことではないが、恐らく彼の言うとおりだ。非常に重大なことは法律の核心に犯罪者がいるということだ。犯罪者がいなければ法律は存在しえない。これは明らかだ。しかし、この関係を認めることは滅多にない。厖大で、威厳があって複雑な法律の機構——そのもったいぶった、尊大な建造物と、警官や、刑事や、執行吏や、看守の大群と、法衣をまとい胸当てをつけ、紋章で権威づけをし、富と名誉をほしいままにする特権階級、彼らは依存する犯罪者や、貧民や、落ち着かぬ目の被告人がいなくなれば消えてなくなる存在にすぎない。いいか、犯罪者こそ法律の主要な保護者なんだ。経済学の言葉を借りれば、犯罪者は我が社会における最も重要な消費者の一人だ。彼は法律を消費する。しかも彼は認識され感謝されることがない」

「認められも感謝もされないのは患者が医者に感謝されないようなもんだ」と背の低い男が言った。彼は禿頭の代償に頰髭を長く伸ばしていたが、彼がレオン゠ポール・ファルグであることは後でわかった。「収入や社会的地位が高く、病院では神のように扱われて、豪壮な別荘を構えている今時の医者を考えてみると、みんな君の言う犯罪者に似た貧乏な人間や、大衆病棟で苦痛に喘ぐ怯えた患者を食い物にしていることがわかる。こうした患者がいなかったら医者はほかの仕事を探すしかないだろうな、アンドレ」

「そうだ」ブルトンは髪を撫でながら言った。「そのうち法律家が村役場の書記に成り下がり、安楽死と堕胎以外に医者のやることがなくなるような時代がきっと来る、と思うな」

これはいかにもフランス的で面白い考え方だ、と私は思った。

マリア・ジョラスが私に歩み寄って、有名な写真家でシュールレアリスム画家のナーワルに紹介してやろうか、と言った。

ナーワルにはシュールレアリスム文学者よりもずっと好感が持てた*。長身の瘦せた男で、大きな骨縁の眼鏡をかけ、鼻はフクロウの爪を思わせた。彼はハトのような歩き方をし、黒い服を着て、前髪を額のまえできちんと切り揃え、ブルックリン訛の強く残る鼻に掛かったもの静かな声でウイットたっぷりな喋り方をした。

「アメリカの国税庁から男がやって来てね、私が去年いくら稼いだか知りたがるんだよ」と彼は言った。記録をつけているわけじゃないからそんなこと知るもんか、私は芸術家だ、と答えたところ、人の写真を一枚撮っていくらになるのか、と訊くだろ。それは相手しだいだ、いい金になることもあれば、ほとんど取れないときもあるし、場合によっては自腹を切ることもある、と言ったところ、平均していくらになるかのかと訊くのでね、だから記録はとっていないと言ったじゃないか、そんな記録をつけていたら写真を撮る暇がなくなる、と答えた。するとそいつは、あんたみたいな有名な写真家が銀行口座ももっていないというのか、まさか金はポケットに入れて歩くわけでもあるまい、と畳みかけるのでね、そのとおり銀行には預けない、何の用があって銀行に出入りするんだ?、と言ってやった。するとその男は、アメリカ合衆国の市民として所得税を払う義務がある、しかもあなたには多額の収入がある、と言うんだな。そこで私は言ってやった、しかし君はそれで給料を貰っている。しかも数字というものを理解している。君には勘定ができるが、私は芸術家だ。だから君は国税庁に戻って私がいくら払うべきか計算してきてくれ。そしたらまた会おう。まあ、アル・カポネ*を逮捕することだな。そうすりゃ、おとなしく払いもするさ、と言ってやったら黙って帰ったよ」

「結果はどうなりました?」と私は訊いた。

彼はしかつめらしい顔で私を見つめ、「わからん。それっきりだ。もっとも、ときどき手紙を貰っているがね」

しばらくしてから彼は考えるような顔で、「あの体験はとても有意義だった。あれで色んなことがよくわかったからね。あの問題を題材にして抽象彫刻を作った。厳密な意味では彫刻ではないし、オブジエ・トゥルヴェでもない。黒い木片を二つ、自動車のチェーンで結んだものだから人工物というべきものだ。出来上がってみると、風刺の趣きがあって非常に力強いものになった」

「それを何と名付けたんですか？」

「ナッシングのNというんだがね」

彼はそれからサド侯爵の想像上の肖像を創るつもりだと言った。「あの紳士の肖像は創られたことがないいんだよ。だからどう創ろうが勝手なわけだ。私は彼が晩年にシャラントンの気違い病院に収容されていた当時の太った人物に仕上げるつもりだ。バスティーユ牢獄の中庭を背景にして、わびしげな人物を二、三人壁のなかに配置し、顔は牢獄の石で作る。サドは恐らくマルセリーヌ・デボルド－ヴァルモア以来フランスでは最も興味深い作家だ。やがて彼の名前が喧伝される時代が来る。何しろ加虐淫乱症（フライヴェーゲルン）の先駆者だからな」＊

「偽善者でないことは確かです。しかし、彼の考え方が秩序立っているようには見えませんね」

「彼の思想は気質の影響を受けている。どんな哲学者やモラリストについて同じことが言えるかね？彼らの仮面は彼のそれにくらべてよく合っているだけだし、彼らの合理的、形而上学的装置がちょっと格好いいだけの話だ」

それ以来私はサドの本を全て読み直し、ナーワルの見方に同意した。それは確かに単純な芸術家の見方ではなかった。ましてや写真家の見解でもなく、最もいい意味で直接的、かつナイーヴで、伝統や偏見に左右されない見方だった。

「フォード・マドックス・フォードに会いたいかね？」と彼は訊いた。「君はものを書いているようだが、彼は有名なイギリスの文人だ」

フォードは七フィートの高みから私たちにむかってにこやかに会釈をしたように見えた。彼の名声と、評判と、あえぐような高い声と、両端の垂れ下がった濃い口髭は、優しさと好奇心に満ちた小さなきらきらした目を見るまでは恐ろしげに映った。

「あなたは詩を書いているんだね」と彼は言った。「悲しい詩ですか、それとも楽しい詩ですか？」

「大抵は楽しい詩だと思います」

「それは結構。こないだ詩における喜びの伝達についてウィリー・イェーツと話し合ったんだが」と彼は言った。「どうして喜びは悲しみの伝達よりもはるかに難しいか、したがって滅多に試みられることがないのはなぜか、ということをだね。散文の場合はそうではない。ディケンズは喜びの表現にも悲しみの表現にも長けていた。メレディスは前者に優れているが、ホワイト、ジェフリーズ、バックランド、ウォータートンらの自然主義文学者もそうだ。それにしても、詩の世界で喜びが描かれることがほとんどないのはなぜかな？」

「シェイクスピアにはいくらかあると思うがね」とナーワルが言った。

「ある。しかし歌だけだよ。喜びは瞬間的なもので、一瞬よりも長く維持することができない、ということを彼は知っていたんだと思うな。きらきら輝く砂粒を篩にかけたり選り分けたりすることはできない、手の一振りで注げばそれで終りだ」彼は種でも播くような仕種をして見せた。「しかし私とウィリーは最も楽しいイギリスの現代詩はどれか考えてみた。思い当らなかったんだが、君は知っているかい？　一つ若い君に訊いてみたいものだ。知っていたら教えてくれないか」と言って彼は教師がするように指を揃えて見せた。「楽しくなるイギリスの詩はないかね」

「シェリーの「ヒバリに寄せる歌」とか、ホプキンズの「まだらの服を着た美女*」なんかどうですか？　もちろん厳密な意味で現代詩ではありませんが」

「なるほど、面白い見方だ。しかし違う」と言って彼は首を横に振った。「どちらにも何か熱狂的で、ヒステリックといってもいいようなところがある。ちょっと違うんだな」彼は非常に満足げに繰り返した。「楽しい詩はない。現代詩の感情表現はバランスを全く欠いている。もし詩が私やイェーツの信じるように生の現実を表現するものだとすれば、君もそう信じてほしいものだが、喜びの経験は本質的に熱やヒステリー性を帯びてくるのが当り前で、ゆるぎない自然な人間的経験や状態ではない。したがって我々は、喜びそのものはヒステリーであり、泥酔であり、不自然な状態だ、と言うことができる」

「だからフランスの詩人ボードレールは「人間よ、常に酔いどれてあれ」と言ったのだと言うのかね？」とナーワルが訊いた。

「そうだ、君の言うとおりだ。紛れもない本質的な詩人は悲しみのなかにくつろぎを覚えるものだ。この事実の争うべからざる証拠は、行き暮れた無数の同胞が「わが幸福の家エルサレム」と毎週日曜日に歌うあの恐るべき賛美歌の中に見出される」彼の論理には圧倒的なものがあった。ジョルジュ・ポル、ダイアナ・トゥリー、グレーム、そして私の四人でタクシーを駆って家路をたどる道すがら、もし彼やイェーツに英語で喜びを歌った詩人の名前が思いつかないとすれば、やはり散文を書くしかないな、と私は思った。

5

時は四月、季節からくる官能の疼きが芸術的不安をいやがうえにも高めた。ラジエーターの具合は良くなったし、浴室も煉獄の苦しみではなくなったから、ジュール－セザールの生活は改善された。ドームやクーポールの歩道のテーブルは数を増し、モンパルナス大通り沿いに広がった。通りでは小さな鉄の囲いのなかで数少ない刺の生えた樹木が花を咲かせていた。

父から手紙が届き、文学修行はうまくいっているかと言ってきた。私はピーコックの小説を勉強している、彼の小説はイギリスの散文の手本だから、と返事に書いたが、これはマギル大学英文科長向けの科白だ。父が文学問題に関する彼の判断に絶大の信頼を置いていたためだ。シュールレアリスムだの過渡期だのと言ってみたところで意味がない、ということはわかっていた。しかし、ピーコックの名前をこんなふうに利用したところで誰かを騙したことにはならない。なぜかといって彼はあらゆる時代を通じてイギリスで最高の小説家だし、彼の文体はヘンリー・ジェイムズよりも優れている、と信じていたからだ。父に関するかぎり唯一の欺瞞は、この作家が私が言外に示唆したように新たな発見ではなく、新境地を開いたような印象を与えようとした事実にあった。

ここで私は、主として自己防衛のためとはいえ、いつも人を騙してばかりいたことを認めなければならない。父が恐ろしいまでに真実にこだわり続け、私は子供の頃から常に本当のことを言えと強制されたために、嘘をついたときの恐ろしい結果に絶えず怯えていたにもかかわらず、幼くして極めつきの嘘つきになった。絶えず嘘をつかねばならないという必要が創造性を磨き、最高形式の詩を楽しむことに大いに貢献したのである。

パリの春のえも言われぬけだるさから何物も私たちを目覚めさせることはできなかった。グレームは『空とぶ絨緞』の計画をやめ、私も書くことを一切やめてしまった。私たちは毎日、エリオットのカバのように眠って過ごした。夜ともなればダフニ、イヴォンヌ、カリダッド、アドルフ・デーンらと連れ立ってカルチエラタン〔セーヌ川南岸の学生や芸術家の多く住む地区〕のどこか小さなダンス・ホールに出かけた。彼らは私やグレームをシャンポリオン通り沿いのノクタンビュールのようなところに紹介してくれたが、そこでは居心地のいい地下室で高級なジンフィズを飲み、アコーディオンの奏でる音楽を聞いたり、踊ったりして夜っぴて過ごし、煙るような紫の明け方にふらつく足取りで店を後にした。

アドルフはこうした一夜に私の肖像を鉛筆で描いた。漫画じみた肖像画だったが、彼は、「詩人らしい自意識的な表情がうまく出ていないけど、手や、ネクタイや、タバコは第一級のできだ。肩の線もよく出ているし」と言った。

「まあ、よく描けているわねえ！」アドルフがまえから惚れていてボックスに呼んだ官能的な女がいかにも感心したように言った。「わたしも描いて、牧師さん」アドルフの白髪と神父を思わせる微笑のせいで、ノクタンビュールの女たちは彼をそう呼んでいた。

彼女が胸をそびやかし、頭を傾げてポーズをとると、彼は私が見たこともないような冷酷な戯画を描いた。彼女は一目見るなり床に唾を吐き、姿を消した。

「彼女はどうしても描けない。これはわかっていたんだ」と彼は説明した。ユージン・ジョラスから『コナンのイチジク』が出版されることになった、と聞いたが、出版の日取りはまだはっきりしないという。ダイアナ・トゥリーには時々会っていた。ある夜彼女はフォールスタッフで、中年女性仲間の小さな会合を開いている薄暗い隅から私に声をかけた。彼女らのテーブルへ行ってみると彼女は、

「ウィラ・トランスを紹介するわ」と言った。「ウィラ、この人は程々にインテリで、カナダのモントリオールから来たのよ」

「どうして?」と、彼女はあざ笑うような表情を無理に浮かべてドクター・ジョンソンが好んで使った反問を繰り返した。[*] 有名な小説家は紫色をした薄い生地の不恰好な服にナポレオン風の帽子をかぶり、手袋をはめて長い帯飾りの金具を付けていたが、出立ちは目立ちたがり屋な気性を際立たせるだけだった。彼女の居ずまいには落ち着いたところはなかったが、分厚いまぶたに覆われた突き出た目はとても美しかった。

「お掛けになって」とダイアナは言って私に仲間を紹介したが、彼女らの名前は足の並外れて大きな、エミリー・パインという名前の背が高くて美しいぼうっとした感じの若い女以外はみんな忘れた。エミリー・パインは少なくともウィラ・トランスに関するかぎり破滅的な女で、一種の女性女たらしだ、と後で聞いた。

「このお兄ちゃんはものすごく本を読んでいるのよ」とダイアナはさりげなく言った。「だから彼の判断は独創的なの。もっともあてにはならないけれどね。彼はわたしの作品は好きじゃないと思うけど、

あなたのはどうかしらね」

彼女の小説は二つ読んでおり、ヒステリックなまでに感情的だと思ったが、最新作にはお世辞を言った。すると彼女は視線を落して「ありがとう」と言った。

それから会話はだらけたので、私はこうした女性たちのなかでますます違和感を覚えた。男に興味のなくなった彼女らはペットに関心を抱くようになるとみえ、話題もひとしきり犬や猫に集中した。怠惰の毒気と口には出さぬ不満を通してだったけれど、エミリー・パインは私と同じ気持らしかった。

若い人たちにとって、艶めかしく振る舞う気持のなくなった中年女ほど危険なものはない。欲望の力が彼女らの魅力を奪い去るからだ。年配の男のなかにも、男女を問わず若い者と面と向かえば同じ力を発揮する者が多いのは確かだが、一般的に言って彼らには女に比べ相手を生贄や戦利品と見る態度はない。

私はウィラ・トランスが好きだった。しかし、彼女の関心の対象と自分のそれの間に違いがあることを意識させられ、遠慮がちにならざるをえなかった。

私は黙り込んだ。どの年齢集団にも属していないという気持に気圧され、趣味が年齢をはるかに越えていたせいで、私は同じ年ごろの者と一緒では落ち着けなかった。その一方で、表面的でばかげたことへの熱意というか、精神の高揚というか——一種の的外れで無分別な情熱のようなものがあって、そのせいで私は大人が真剣になるような話題には全く関心を覚えなかった。実を言うと私には大きな限界があった。貧困や、挫折した野心や、報われぬ恋などの経験がなかったのである。

*

後で文学とレズ仲間の間に小さな物議を醸すことになる書物の校正刷りの周りに女たちが出没した。

私は快活であると同時にオールドミスじみた文体に魅了された。似たような文体にその後お目に掛かったことはなかったが、私はあの本が一九二八年という年の遊び心と、爽快な率直性と、浅薄な考えが太く響く声で表現されるところで頭を下げることを拒絶する魅力的な精神を留めていると考えたかった。なにしろ当時の私は、ウィチャリーをコングリーヴや、シェリダンや、ワイルドよりも優れた最高のイギリスの喜劇作者だと思い込んでいた。

のべつ不満げなエミリー・パインの可愛いらしい顔は、シーツが届けられると嫌悪の表情を見せた。だから私が共感を覚え、誘惑したいと思ったのはグループの中でも彼女一人だった。

これはとても難しいことのような気がした。彼女にはユーモアらしいものは全くないし、何を言っても真に受けるから言葉遣いには細心の注意を払わねばならない。そのくせ世辞は本来見当違いな上に不誠実だと思い込んでいる。けれども、この小児性と精神薄弱を特徴とするクレチン病的といってもいいような知性が否定し難い美しさや一定の無頓着な頼りない雰囲気と結びつくと、大きな魅力を発揮するのだ。

最初の問題は自分自身にあまり注意を引かぬようにしながら彼女を退屈な仲間たちからどうやって引き離すかということだった。そこで私は口実を設けてテーブルを離れると飲んだくれのジョーをかたわらに呼び、ミス・パインを呼んで奥の部屋に電話が掛かっていると言ってくれるように頼んだ。彼女がやって来ると、私は騙したことを謝り、実は角を曲がったところの小さなタバコ屋で会いたいのだがどうか、と言った。彼女は気がなさそうな態度で、

「あなた正気なの?」と言い、頭のてっぺんから爪先までじろじろ見た。

「ああ、正気だ。君を除いてここの連中には飽き飽きしているんだ」

「ばかげたトリックを使ったものだわ」

「二人きりで話すにはこうするしかないだろ？　君は聖女みたいに監視されているからね」

「ハッハッハ」

ロバのいななきじみた笑い声を初めて耳にしたとき、すんでに会うのは止めにしようかと思った。私はきびすを返しかけた彼女を引き止め、「僕が先に戻るよ。君は二、三分後にしてくれ。誰にも知られずにすむから」と言った。

彼女はたっぷり五分遅れて戻ったが、ウィラ・トランスは心配そうな顔で彼女を質問攻めにした。ミス・パインは一言も答えなかった。彼女には沈黙の才というべきものがあり、これが彼女を魅力的にしている、と私は思った。しかし、ほかの女性たちは訳知り顔に目配せをしあい、トランスは電話の内容を気にして顔をしかめていた。一瞬私は後悔したが、共犯の鋭い視線がエミリーから送られると最初の意図が復活した。テーブルに降り立った更なる緊張の雰囲気が言い訳になりでもしたように、私は静かにその場を立ち去った。

タバコ屋に着いて間もなくエミリーが入ってきて傍らに腰を下ろし、ペルノー〔フランス原産のリキュール〕を注文した。

「どうやって逃げ出したんだ？」

「黙って出てきたのよ」

「それはよかった。退屈だったからな」

「何もかも退屈だわ」

「何もかもということはないさ。ガイテ通りはどうだ？　行きたくないかい？」

彼女はペルノーの残りをぐいと一気に飲み干し、金を払うと立ち上がって、「行きましょう」と言った。

モンパルナス通りを歩いてエドガー＝クイネ広場を横切り、ガイテ通りに出ると、そこは相変わらず賑やかだった。エミリー・パインは見た目にはそれほどでもないが、驚くほどの速さで人をかき分けでもするように大股で歩いた。行き交う人にぶつかったり、肩が触れたりしてもちょっとよろめくだけでバランスをすぐ取りもどし、ずんずん歩いていく。まるで何か強い内面的な衝動に駆られているようだった。そうした断固とした歩き方は、どんなに無目的であろうと印象的だった。この若い女は容易なことでは差し止めたり気を紛らしたりはできないに違いない、と私は思った。すると出し抜けに彼女は足を止め、まぶしいような笑い顔を見せながら、

「一杯やらない？」と言って労働者向けのバーを指差した。

二人でカウンターの前に立つと、彼女はペルノーをもう一杯注文してぐいと半分ほど飲み干した。それからつなぎ服姿のほかの顧客を見渡し、「ここが好きなの。あなたも好きだわ、不良っぽいところがあるから」

こんな白痴じみた科白は、かつて自分が言われ、腹を立てたことを繰り返したに過ぎない、ということは私も理解した。

「ありがとう。君を見ていると彪を思い出すよ」

「どうして？」そのときはじめて彼女の目が輝いた。

「君が誰にも頼らず、贅沢で、もの静かだからさ」

この策略に対する彼女の反応には驚くべきものがあった。目にまぶたが降りたと思うと、出し抜けに私の手首を握ってナックルをテーブルに激しくこすりつけた。物凄い力で、私は痛みに耐えかねて足を

上げ、彼女の脛を蹴った。すると彼女は手首を離し、歯を見せて笑いながら、

「痛かった？」

「それほどでもなかったけど」

バーを後にしてガイテ通りの方へ歩き出した。どうやって誘惑しようかと考えているうちに、彼女は「パパ・ベッケランと演技する猫たち」の広告が張り出されている煌々と明りの点るボビノ劇場*のまえで突然立ち止まり、「これ見たいわ。奢ってあげる」と言った。

空席はステージ・ボックスのが一つあるだけだったが、私たちはそれを独占した。パパ・ベッケランはまだ舞台に登場しておらず、ドレス・スーツ姿の太った男がイロクォイ族のアメリカインディアンの有名な若者、ジョ-ジョを紹介していた。ジョ-ジョは鳥の羽や縁飾りやビーズ付きの正装で黒いかつらをかぶり、イロクォイ族のゲームを披露した。それは鉄製の砲弾を頭に載せてバランスをとり、十五フィートの高さにほうり上げて首ねっこで受け止める芸当だった。この男は頭がおかしそうに見えた。

「僕は帰るよ」と私は言った。「動物の芸のほうがいいよ」

「意気地なし」

私はジョ-ジョの演技が終ってから出るつもりだったが、ロビーにはパパ・ベッケランの拡大写真が飾ってあった。なかに一枚、彼がミニチュアの観覧車を回し、麦藁帽をかぶされズボンやスカートをはかされて恐れおののく六匹ばかりの猫がそれに括りつけられたのがあった。それを見た途端、これは俺向きじゃないと思った。私はエミリー・パインを誘惑するのはやめることにした。面倒だという気がしたのだ。

それから彼女は劇場から出てきて表通りを見回した。思い悩む風だったが、頬に涙が伝い流れるのを

見た私は声をかけた。彼女はカウンターの隣りの席に戻り、ペルノーを注文した。私は彼女を部屋の奥のテーブルに連れていった。

「かわいそうな猫ちゃん」と言って彼女は静かに啜り泣いた。

「泣くなよ。いい話を聞かせてやろうか。昔あるところに三人の小さな王女がいてね――」

「ばかなこと言わないで」彼女は泣き止むと出し抜けに言った。「子供扱いにするんだから。いくつだと思っているの、自分より年上をつかまえて？　小さな藁葺の家へ行きましょう」

これはモンマルトルにあって女芸人たちが稚児を引き連れて通う値の張る行きつけの店であることは人づてに聞いていたが、彼女がそこの女主人を知っていてただで飲める、と聞いて行ってみることにした。

「車はスフィンクス＊の近くに置いてきたわ」

モンパルナス駅のほうへ戻ると、はたして車はその高級淫売屋が入っている堂々たるエジプト風の建物の外に駐車してあった。彼女はマフラーを外した赤い小型の危険そうなブガッティを運転したが、その姿は格好が良かったけれど気違いじみていた。時速は恐らく四十マイルは出ていなかったろうが、車体の低さと耳をつんざく騒音のせいで速度は二倍にも感じられた。

小さな藁葺の家のドアマンを見ただけで楽しそうな店だと思った。白粉と口紅を塗りたくってキルトを穿いた皺くちゃの小男が笑い顔で私たちを車から助け降ろしながら、「ようこそいらっしゃいました、エミリー様。お久しゅうございます。ちょっとお待ちください、マダム・マイヨーをお呼びしますから」彼は先に立って小走りに入っていき、黒いレースの服を着て葉巻をくゆらす大女を連れてきた。彼女はエミリーを抱き締めた。中へ入って止り木に腰を落ち着けると、マダム・マイヨーは安酒を奢った。ピンクの明りが点る薄暗い部屋を見回すと、女ではないとはっきりわかる女装の男たちが五、六組踊っていた。装身具の羽やビーズや宝石の趣味の悪さはへどが出そうだった。かつらにしても粗悪品だった。ウェイトレスのほうがウェストまで裸なだけ魅力があった。しかし、よく見ればウェイトレスも男で、ゴム製の人工乳房を装着していた。

「この娘と踊ってみたら?」マダム・マイヨーはそういいながらブロンドの女装ウェイトレスを私のほうへ押しやった。

踊ってみるとパートナーとしては素晴らしかったが、舌先を耳穴に突っ込んでくるので気が散ってしようがなかった。しばらくたってから、私はターンの速度を増して相手を突き放した。

「うまく逃れたわね」カウンターに戻った私にエミリーが言った。彼女はついてきたパートナーに目を遣りながら、「シャンパンを飲ませてやろうよ」

「奢るのはごめんだよ、エミリー」

酔いが回ってくると、彼女への情熱がむらむらとぶり返した。私は彼女を踊りに誘った。

「踊りはぜーんぜん駄目なのよ」

「僕と踊ってくれよ」私は彼女の腕を取るとフロアの隅に連れていった。「ここの連中とは踊りたくない、ってことがわからないのかい?」

言葉どおり彼女は踊りが下手だったけれど、大柄な美しい体を抱くスリルが全てを償った。私は足踏みをしながら彼女の大きな足を踏まないように心掛けたが、ヒップのぎごちない動きで位置が正確に伝わったから、それはあまり難しくはなかった。私は彼女のうなじを優しく愛撫し始め、彼女が目を閉じるのを見て嬉しくなった。

「ほんとにわたしが好きなの？」と彼女は呟いた。

「もちろんだよ。実を言うと君と寝たいんだ。こんなことを言って怖くなったかい？」

「怖い？」と彼女は訊き返した。「エミリー・パインは誰も怖くなんかないわ」

「それじゃマダム・マイヨーに部屋を貸してほしいと言ってくれよ」

彼女は一言も言わずにダンスフロアを歩いてマダムのところへ行き、耳元になにごとか囁いた。五分後には私たちは一階上の暑くて暗くてむんむんする壁面が鏡だらけの狭い部屋にいた。そこにはばす織りの長椅子と赤いフラシ天張りに房飾り付きのベッドが置かれていた。エミリーはちょっとよろけながら私の首に腕を巻きつけた。私はたいそう用心深く彼女の頰にキスをした。二、三分して戻ってみると、彼女は衣服を脱いでベッドに身を横たえ、目を固く閉じていた。これほど美しい体は見たこともなかった。それだけに、それが何も感じないとわかって覚えた失望は大きかった。

「もう一杯飲みましょうよ」と彼女は言った。

「いや、帰ったほうがいい。あそこの壁には覗き穴があると思うんだ」

「かまやしないわよ。覗いた連中だってお金を払っているんだから。帰りたかったら帰ってもいいわ。わたしはここにいる。疲れちゃったわ」だし抜けに彼女はいびきをかきだした。私は服を着、階段を下りてマダム・マイヨーにエミリーは泊まると言った。

「ここには泊めないわよ」マダムは腹立たしげに葉巻を吸った。「さっさと車で連れて帰って」

「住所も知らないんだけど」

「サン・スルピスあたりのホテルだわ。今起こして訊いてやるから待ってて」

「あのシャンパン余っていないかい？」

「あなたのブロンドのボーイフレンドが平らげちゃったわよ」

「つけで一杯飲ませてくれないかな。からっけつになっちゃったもんだから」

彼女は顔をしかめた。「一杯だけだよ」と言ってバーテンに合図をし、彼女は階段を上り始めた。

マダムは消防夫もどきに彼女を担いで降りてきた。私が手伝ってエミリーを車に押し込んだ。

「サンスルピス広場に面したレカミエ・ホテルだっていってるわ。気を付けて運転して」

運転免許証をもっていないから、注意深く運転して左岸に戻ったが、幸い警官の姿は見掛けなかった。

ホテルに着いたのは夜明けちょっと前で、受付とボーイを起こしてまだいびきをかいて前後不覚のエミリーを引き渡した。ブガッティを駆ってジュール‐セザールに帰ろうかと暫く考えたが、図に乗ってはいけないと思って歩いて帰ることにした。かならずしも満足な一夜とはいえなかった。

6

春はパリの巷を暖かさと青ざめた金色に浸していた。

「お二方に悲しい知らせがございます」とジュール゠セザール・ホテルの主人が言った。「実はお部屋代を上げないわけにはいかなくなったんですよ。文学者には好意をもっていますし、何語で書かれていようと文学はたいそう好きなんですが、今後は部屋代を日に十フラン余分に頂かなくてはなりません――なにせ経費がかさむものですから」

「そう言うけれど」とグレームが抗議した。「暖房だってないんだからたいして経費はかからないんじゃないか」

「それじゃちょっと見方を変えましょう。私どもはみんな容赦のない需要と供給の法則に従って商売をやっておりますが、今は五月で、アメリカ人のお客様が大勢見える時期なんですよ」

近隣のホテルの宿泊料を調べてみると、同じ理由でどこもかしこも値上げされているとわかった。これはがっかりものだった。これでは食事代か飲みしろを節約せざるをえない。恐らく両方を切りつめねばならないだろう。その日の夜、私たちはドームでダフニ・バーナーズに会った。彼女は誂えの服に中折れ帽という出立ちで相変わらず粋だった。

「アンジェラとわたしは明日マーリーのある老婦人のところへ出かけるのよ」と彼女は言った。「ルネッサンス風のコスチュームを着た肖像を描いてもらいたいんだって。二人ともおいしい田舎の食べ物や新鮮な牛乳やチーズはもちろん、緑の芝生や小鳥が好きでしょ、仕事を引き伸ばして二、三か月滞在しようかと思っているわ。わたしたちのアトリエをまた借りしたくない？」

私たちは即座に同意し、翌日そこへ越した。

昼間に見るとそこは見栄えがした。アトリエに面する小さな細長い庭には、前の居住者が制作した帯状装飾が施されているが、これは払えなくなった家賃がわりに置いていったか、重くて動かせなかったかしたものと思われた。それらはさまざまな様式と時代にまたがっていた。フロックコートを着て手のひらで顎を支えるロマンティックな紳士の胸像があるかと思えば、美の三女神*の浅浮き彫りもあった。但しこれは通常の正面像ではなくて後ろ姿だった。それにもう一つ、ピーナツ状に立って性交するエスキモー像もあったが、これは強力な一体感に横溢していた。アトリエの向かいにはがたぴしの小屋があり、中には立ち小便所が三つ並んでいた。

美しさと不便さの結合みたいなアトリエだった。電気はないし、水しか出ない洗面所が一つあるきりで、幸いベッドは被害を免れていたものの天井からは雨漏りがした。しかし広さは縦が約四十フィートに横が六十フィートで、天井の高さは少なくとも二十フィートはあり、大きな明かり取りもあるし、北側の壁面は腰から上がずらりと窓になっていた。ジュール－セザールで窓のない小部屋に一冬閉じ込められていた私たちにとっては、それはまさに物理的自由のメッセージだった。家具としては鏡に、革を張った使い古しの大きな机と、丸い食卓と、湾曲した背凭れ付の快適な椅子が四脚、アルコーヴにはぼろぼろのタペストリー・カーテンが掛かって、藁の詰まったダブルベッドが二つ置かれていた。乱暴に漆喰を塗った壁面にはカンバス台から外されていない未完の肖像が二、三点あったが、これは全て後日『日はまた昇る』の我慢のならないヒロインとして登場するレディ・ダフ・トゥイスデン*の描いたものだとダフニが言った。目録に署名したとき、アトリエにあるものは全て家具はジャネット・フラナー、カーテンはドクター・マローニー、そしてベッドは会ったことのないブルームハワーといった具合に、持ち主が違っているとわかってややこしかった。ダフニのものといえば半分割れた皿類や、ポットや、鍋や、蓄音機や、調整可能な大姿見といったところだった。賃借権は誰がもっているのかはわからなかったが、家賃は向かいに住む管理人のマダム・エルニという老婆に払った。彼女は日がな一日、半折りの家族の葬儀のアルバムの記録を彩飾しながら過ごしていた。

それから一年半、ここが私たちの根城になった。私が初めて本気でものを書く気になり、二、三人の女の子を引き込んだりしたのはここだし、私が初めて恋に陥ち、結果がどれほど惨めだったにせよ、ある夜彼女がガス灯と月の光の霞むなかで衣服を脱いでミスター・ブルームハワーの藁の詰まったベッドに身を投げ出し、二人で抱き合ったことを思い出すのはここだ。それは私の青春の舞台だった。

ブローカ通りはモンパルナスからはジュール－セザールよりもかなり遠かったが、アトリエはホテルの部屋より安くて快適だったし、毎晩一マイルの距離を歩くのはいい運動になった。右岸はもう飽きたし、タクシーに乗るのは贅沢だからとうにやめていた。今度は東部の労働者たちの居住地区を探索した。この辺りはグラシエール通りからあらゆる方角に街路が走っており、界隈には猫皮のチョッキ、偽物の骨董品、ガラス製の目玉、木製の機械類、子供の躾け用の鞭などを作る職人や商売人が住んでいる。私たちは料理の基本を身につけて買い物籠を買い、ワインやチーズをぶら下げて帰った。午前十一時に目

春はパリの巷を暖かさと青ざめた金色に浸していた。……

を覚まして陽光に映える尖塔や、煙突の通風管や、近くのウルスリーヌ修道院の木立を眺め、毎日モンパルナスへの道すがら、市立精神病院やサンテ刑務所の立派な中世の壁沿いに歩いた。グレームが中断していた『空とぶ絨緞』の構想にまた取り掛り、私が本書の第三章を書いていたとき、父からもう一通の手紙が舞い込んだ。手紙には、

「お前がパリに着いてから二か月近くになるが、文学でめしを食うというお前の考えにはどうしても反対せざるをえないから手紙を書くことにした。お前もよく知るとおり、文学は生業《なりわい》として無益で一端《いっぱし》の男のやることではないし、貧乏暮しで不幸になるのは目に見えている。だからこの先は仕送りも半分にするからそのつもりでいなさい」と書かれていた。

これは打撃だった。しかし、月額五十ドルはしばらくやっていくには足りるし、家賃は三か月分前払いしてある。

「恐らくどっちかが何か仕事につく必要があるな」とグレームが言った。「僕は「シカゴ・トリビューン」に行って校正係として雇ってくれないか訊いてみるよ」

しかし駄目だった。夕方、私たちは憂さ晴らしにドームのカウンターで一杯ひっかけることにした。ダイアナ・トゥリーが来ていた。訊けばシュールレアリストの愛人と別れて今は独り暮しだ、という。彼女はレイモン・ダンカンのことを言っていたが、彼は古代ギリシア人の衣裳みたいな手織の服を着て編んだ髪を腰まで垂らし、儀式張ったときにはそれに月桂樹のリボンを付けるという馬鹿ばかしい格好の男だった。

「彼って実は悪い人じゃないわ」と彼女は言った。「気持がとても優しくて、織物のデザインにはすごく上品なのがあるわ。何よりも誠実なところが取り柄だわ」

「くだらん」と言ったのは彼女の横に立つざっくばらんな服装のハンサムな男だった。「見せるものは何もないくせに自己顕示欲だけが強いだけの男さ。イサドラの兄である以外に何かあることを証明しようとしているけど、そんなものはありゃしないんだ。ああ見えても生れはブルジョワだっていうからな」

「ロバート・マコールマンに会ったことはある？」とダイアナが訊いた。「ボブ、この人たちはモントリオールから来たんだそうよ」

彼は侮蔑のこもった目を私たちにくれ、「一杯やれよ」と言った。「ダイは君らのことを言っていたところだ。そうか、カナダ人か。戦時中しばらくカナダ陸軍にいたことがあるけど、俺は逃亡した」*

彼については、金持ちの女と結婚したが、その後別れて億万長者の女の父親からせしめた離婚手当で優雅に暮し、離婚手当泥棒のマックという渾名がついた、という一寸した伝説を聞いたことがあった。彼は魅力的で孤独な影があり、言葉は皮肉っぽく、荒削りなところが新鮮さを感じさせた。ざっくばらんで、虚飾はみじんもない。彼の書いたものはまだ読んでいなかった。

二、三杯飲んだあと、彼はクーポールのバーへ行こうと言い出した。「あそこは付けがきくんだ。金を払って飲むのは気が滅入る。みんな行こう」

クーポールではベルモットからブランデーに切り替えた。マコールマンのアルコール許容量には驚くべきものがあり、ものの三十分と経たぬうちにウィスキーをダブルで六杯も飲んでけろっとしている。支離滅裂な間投詞や爆発的な侮蔑語から成る彼の会話は、むちゃくちゃぶりに魅力があった。古代だろうが現代だろうが、書かれたものは種類の如何を問わず全て気に入らない。政治は全て茶番であるし、人は馬鹿か俗物だ。彼は口を極めて友人を蔑み、ダイアナを侮辱し、グレームと私をあざ笑ったが――

その癖いかにも自信がなさそうだったから本気だとも思えなかった。どうやら彼は楽しんでいるらしい。まもなく私は腹がへった。グレームも私も金を節約するという新たな計画に従って昼飯を抜いていたからだ。

「ここで飯を食うぞ」とボブは言い、カナール・プルセ〔鴨料理〕とモーゼルを二本注文した。鴨は三十分後に運ばれてきたが、三人では量が足らなかった。しかし、ダイアナが口直しにアメリカ製のソーダ水販売機からダブルのアイスクリームソーダを三つ買ってきて奢った。

「この人たちは若いから食欲が旺盛なのよ。鴨は気取った料理だわ、マコールマン。あなたはいつも鴨を注文するけど、どうして？」

彼は気取って頭を後ろへのけ反らせ、「俺に何の要求もしないからさ。高級料理だから何とか食えるし、他人《ひと》が食っているところを見ても我慢ができるんでね。それはとにかく、もう一杯飲《や》ろうじゃないか」

「わたしは断わるわ」とダイアナが言った。「サン・クラウドの可愛いわたしの黒ちゃんのところへ帰らなきゃならないのよ。黒いちいっちゃな心臓に神様の恵みがありますように」彼女は帰り際に私を振り返って、「お休み。飲みすぎないようにしてね。大統領に気をつけて」と言った。

マコールマンは関心を私とグレームに向けた。私は彼の小さな薄い口と突き刺すような目に気づいていたが、彼は、男への興味で人格が変わってしまうような同性愛者ではない、ということははっきりしていた。

「ダイアナは君に何と言ったんだ？」彼は椅子を引き寄せながら訊いた。

「あまり飲むなって」

「くだらねえ。君らに必要なことはしこたま飲むことだ」彼はそう言いながら二人の間に割り込んで肩に腕を回した。「自分の殻に閉じ籠っちゃいかん。外向的になるんだ。君なんか特にそうだ」と言って彼は私の耳たぶをつまんだ。「文学生活がどうだこうだなんて愚にもつかんことはしばらく忘れてしまえ。君には全然似つかわしくないぞ」

私はうなずいた。彼は金持ちで、有名で、実に愉快な男だ。加えて私は彼が好きでたまらなかった。

やがて彼が選んだのは父親かおじさん役であることがわかった。彼は若い者に好かれることを願っているというより、一緒にいるところを見られたいのだ、と思った。しかし、こうした考えは金のタイピンを付けてツイードの服を着た丸顔で小太りの男が騒々しく入ってきて私たちのテーブルに近づき、「やあ、ボブ、また例によって若い者に手を出しているな？*」と大声で言ったとき雲散霧消した。

血色の悪いマコールマンの顔は真っ赤になり、「誰かと思ったらインチキ野郎のアーネストじゃないか！　今日は闘牛じゃないのか？」

「未完の詩、「北アメリカ」はうまくいってるか、マコールマン？*」彼は寄りかかってマコールマンの脇腹を拳で打ち、にやっと笑ってテーブルにビールくさい息を吹きかけた。「腰掛けるスペースはあるかい？」

「ヘミングウェイだよ」ボブは大声で私たちに言った。「なぁに、知らん顔してればいなくなるさ」

ヘミングウェイは唇を曲げてにやっと笑い、隣のテーブルの空いた席に腰を下ろした。写真よりは男前だが、政治家のそれに似て奇妙に小さく抜け目のない控え目な目をしていた。肉付きが良くて丸い顎を隠すために蓄えた、とはっきりわかる口髭は、どうやら目的を果たしていなかった。彼の書く短編並みに魅力のない男だ、と私は思った——ばかげた会話と筋立ての、切りつめた感情表白と爆発的な感傷の習作、これは紐で我と我が身を縛った腰抜けのプロメテウスではないか。

「最近シルヴィアを見かけなかったか？」彼はおずおずと訊いた。

「ビーチか？　いや。彼女とは去年喧嘩した。とにかく年取った女は嫌いだ」

「その点ではみんな賛成だな、ボブ」

「俺の友達を巻き添えにしないでくれ」

「俺が？　君が連れてきたんじゃないか。とにかくあっちへ行けよ」ヘミングウェイは腰を上げ、重い体を引きずるようにしてカウンターへ移動した。

「まあ見てろ、そのうちどこかのバーでうまいことチャンスを摑もうとして相手の手首をくじいちゃうから。ハハハハ、そう簡単にいくもんかってんだ。しかし、あいつには生まれつき人の目を惹く才があるから、ひょっとすると脚光を浴びるかもしれん。あの子供じみた愛敬のある笑顔で、チャンスを摑むかもしれんな。くだらねえ。ラップ通り*へ行こう。本物の堕落が恋しくなった」

彼は私たちを駆り集めてオープンタクシーに乗り込んだ。ビロードのような夜で、春の夜空には満天の星が輝き、空気は湿りを含んで柔らかく、都会の埃の匂いに満ちていた。胃につめこんだブランデー、鴨肉、ワイン、アイスクリームなどは、タイヤの運動に揺られて消化しはじめた。タクシーはラスパイユ大通りを走ってサン・ジェルマンを過ぎ、サリー橋をわたってバスティーユ広場に突き当たり、それからところどころに小さなダンスホールの明りが点るえたいの知れない通りに出た。私たちは屑屋のダンスホールの外でタクシーを停めた。

「いいか、みんな」ボブは示し合わせるような口調で言った。「誰に対しても見下したような態度をとるんじゃないぞ。彼らが踊りたがったら踊ってやる。しかし、便所のほうへ誘導しようとしたら断乎ことわれ。さもなきゃレイプされちゃうからな」

屑屋のダンスホールは気に入った。小さな藁葺屋とは違って照明が明るいし、雰囲気も本物だった。体にぴったりのみすぼらしいスーツを身に着け、指輪やブレスレットでやたら飾り立てた青白くひよわな若者や、石炭運搬人夫のような筋骨隆々たる男や、白粉を塗り、頬紅や口紅をつけた、手や頭の震えるもの静かな白髪の老人や、憑かれたように目ばたきをしない男たち――彼らはみんな不屈の生命力というか、消し難い衝動というかを体現していた。こうした男の一途な欲望のメッセージをこれほど強く意識したことは初めてだった。同時に私は、社会に許容されることは滅多になく、しばしば迫害されてきたこの欲望こそは、両者がともに禁じられているというだけの理由で、愚かな犯罪と政略結婚をさせられてきたのだと思った。こうした深い想いはシャンパンを注文するボブの声で中断された。

シャンパンが運ばれてこないうちに、グレームは銀のレースのついた黒いビロードのダブレットを着て巻き毛を肩まで垂らした奇妙な男に捕まってダンスの相手をさせられていた。彼は妙に古風なフランス語を喋っていたが、ルイ十三世時代の男性的かつバロック風の優雅な雰囲気をそうやって醸している、というのが本人の言う理由だった。私はまもなく石炭のような色をした恐ろしげな黒人の男に誘われてワルツを踊ったが、一言も喋らないこの男は踊りが非常にうまく、しだいに面白くなってきた。目の回りそうなフランス風のワルツは、相手が誰であろうが、酒の勢いを借りて踊るワルツよりはいつだって素晴らしい。バンド演奏がやむと、黒人は私を誘導して黙って私たちのテーブルに戻ってきた。テーブルではボブが発泡ワインのマグナムをらっぱ飲みしていた。彼が帰りかけるとボブが坐れと言った。

「君はアメリカ人だろう。どうだ?」と彼は英語で言った。

黒人ははにかんだようににやっと笑って、「そのとおり、名前はジャック・レリーフだけど、外国人で通そうと思っているんだ。それじゃ、ひとりだから二、三分お邪魔するよ。それにしても君の友達はステップが軽くて踊りがうまいよ。本物のキューバタバコをもっているんだが、どうだ吸わないか？」彼は銀のケースを取り出した。ボブはタバコを吸わなかったが、私とグレームは細巻の茶色いタバコを一本とって火をつけた。香りは素晴らしかったが、煙は奇妙な匂いがした。

「ここはいいところだ。よく来るの？」と私は訊いた。

「ああ、雰囲気が好きなんだ。色もあるしな。僕はどんな形でも色が大好きなんだ。ここの色は僕の想像で言えば一種の黄緑だな」

「いや」とボブが言った。「藤紫色だ。糞の茶が混じった藤紫色さ」

「恐らくあんたは一般的というか、世間に受け入れられた言葉づかいで喋っているんだな。黄緑だと言ったとき、僕はマラルメか、ひょっとするとランボーの主観的スペクトルを使っていたんだけど、そうした受け止め方をすれば、考え方は自ずと違ってくる。もっともそういう印象は常に示差的で、議論のあるところだけれど」

「君は文学青年なんだ」とボブは言った。「好きな作家は誰だ？」

「シェイクスピア」ジャック・レリーフはためらいもなく言った。「彼の次はトーマス・ハーディかな」

「ハーディ？　いや、暗すぎるし、田舎ばかり書いていかん。彼は人間精神にともる蠟燭の明りを消し回っているよ」

「恐らく彼はプロテスタントすぎる、ヤンセン主義者だ*」とレリーフは言った。「しかし、彼の本には微風が吹いている。ハーディを読むと、エグドン・ヒース*を吹く風に頬を撫でられたような気がするんだ。それは運命の息吹きなんだが、自由の息吹でもある。我々はみんなその風に吹かれているんだよ」

私は出し抜けに吐き気を覚えた。部屋がめくるめく明りに浸ってぐるぐる回っているようだった。黒人のタバコはニコチンが強すぎたのに違いない。何とかドアに近付こうとした。グレームが心配顔で蹤いてきた。ボブが急いでシャンパン代を払って蹤いて来ると、「コーヒーを飲ませなくちゃ」と言って私を店から押し出し、先に立って街角の喫茶店へ入っていった。私たちは亜鉛張りのカウンターの前に立ち、チコリー入りの熱いコーヒーを飲んだ。すると忽ち気分が治った。

「黒んぼにやたら好かれちゃったな」とボブが言った。

「パーティーを台無しにしてすまなかった。ダンスもしないし、シャンパンを飲み終えもしないうちにあんなことになっちゃって」

「気にするなよ。おい、グレーム、君と俺にウィスキーを頼んでくれ。確か俺たちは長老派だったな。親父は長老派の牧師だった」

「僕の親父もだ」とグレームは言った。しかし彼は教会をもったことがない。馬にまたがってユーコン川流域のインディアンに布教して回っていた」

「馬鹿こけ！　連中はとうの昔に改宗したぞ」

「いや、彼らは異教徒だった。親父は彼らをカトリック教から改宗させていたんだよ」

「どうやって改宗させたんだ？」

「百人ぐらいにもう一度洗礼を受けさせたんだと思う。だけど、結局みんなカトリック教徒になっちゃったけど」

「アーネストに言ってやるべきだよ、グレーム。彼はカトリック教徒だし、インディアンが好きだからな。あいつ、それを種に短編小説でも書くんじゃないかな。便秘したような小説が一編増えるわけだ。文学なんて糞食らえだ！　ブリックトップ*の店に行こう。君はどうだ？」

「ああ、行こう」と私は答えた。「ブリックトップだ。ところでどこだ？」

「ピガール広場といって距離はかなりあるが、まだ宵の口だ」彼はカウンターを両手で摑んでタップを踏み始めた。「遠いには遠けれど、あそこに行けばポン引きが遊んでいるし、売春婦は腰をくねらせ、ホモは黄色い声で、『あたいとダンスを踊って、飛んで跳ねて、ピガール広場で友達になりましょうよ』なんて言いながら寄ってくるぞ」と言って彼はすり足で不恰好なステップを踏んだ。「さあ、行こうぜ、タクシーはどこだ？」

バスティーユでまたオープンタクシーを停め、煌々と照明に照らされた大通りをボーマシルシェ、マジェンタ、ロシュショワールと走って、ピガール広場に着いた。周りにはナイトクラブや勘定をぼる潜り酒場が蜘蛛の巣状に林立し、旅行者がいいカモになる。ここは初めてで、照明が険しい丘をよろよろ昇り降りするさまは魅力的だったけれど、街角という街角にポン引きが俯きかげんに佇み、ナイトクラブやキャバレーの入口では客引きが通りかかった兵士や旅行者に声をかけ、ときおり通るバスの仕切られた窓からは鈴なりのアメリカ人の中年女性がもの珍しげに覗いている、という巷の雰囲気は気の滅入るものだった。私たちはカフェ・ピガールのカウンターの前に立ってブランデーを飲んだ。ボブは傍らで猟犬よろしくクンクン匂いを嗅いでいたが、やがて彼は、

「おい、この界隈は何ていい匂いがするんだろう！」と言い出した。「故郷の田舎町の祭りみたいだ。信じられないほどいんちき臭いから特徴もあるな。偽物の勝利というか、ぺてん師の勝利というか、いかさま野郎の勝利というか——素晴らしい、これぞまさに人生なりだ」

飲み代を巧妙にごまかされた後で、私たちは暗がりから鳥のように飛び出す売春婦をやり過しながら丘を下り、真鍮の鋲を打った皮張りのドアにたどり着いた。ドアには目の高さに小さな丸い覗き穴があった。

「これはこれは、ミスター・ボブじゃありませんか！」紫と金の制服を着た大柄な黒人がドアをさっと開けながら叫んだ。「どうぞお入りください、ミスター・ボブ！　ご機嫌いかがでございますか？

ブリックトップ、こっちへおいで。大盤振舞いの旦那が見えたよ」

髪を赤く染めた小柄でぽっちゃりした黒人女が頬を染めながら小走りにやって来てボブに抱きつき、囀るように言った。「あら、いらっしゃい。お会いできて嬉しいわ！　お若いお友達とバーにお坐りになる？　ヒューストン、そのストゥールを片付けてお客さんに席を空けてあげて。聞こえた？　カウンターの後ろへ行ってて！」

白いジャケット姿の小柄な黒人が愛想笑いを浮かべ、カウンターを潜って向う側に姿を現わした。

「先ず一杯ずつ店のつけで差し上げて、ヒューストン」とブリックトップが言った。「シャンパン以外なら何でもお客さんの言うとおりに出してあげて」

私たちはヒューストンの特製ハイボールを三杯飲んだ。これはアルコールの度が強く、一杯すすっただけで頭がくらくらした。

慣れた環境にそわそわしていたボブは、例によって挑戦と敵意の籠った態度でテーブルの客を眺め回した。ブリックトップはグレームににじり寄って囁いた。「いい子だからあたしが歌い終るまでボブのお相手をしてくれない？　悪さをしそうで心配なの。今夜はショービジネスのお偉方が来ているから、ボブに面倒なことを起こされちゃ困るのよ」

「わかった」とグレームは言った。断固たる態度と素早い思考が必要な状況に立たせられると、グレームはいつも頼りがいがあったし、ボブの気を紛らわすのがうまかった。ボブはと見れば、夜会服や燕尾服姿の一団に話しかけようと、丸椅子から腰を上げかけている。彼らのなかにビアトリス・リリーの顔もあった*。

「一つ訊くけど、マコールマン」と彼女は言った。「どうしてあなたはこの三十年間に書かれた本を一冊のこらずこきおろすの？　ヘミングウェイは本格的ですらないからあなたの意見に賛成するけど、フィッツジェラルドはどうなの？　ギャツビーはいい小説じゃないの、偉大な作品だといってもいいんじゃないかしら？」

「偉大？　あんな俗物のたわごとが偉大だと言うのか？　戦争と平和の横に並べてみろ」

「戦争と平和？　ド・ミルの映画なんて*漫画の登場人物がわんさと出てくるやたら長い壁画じゃない。精神薄弱者向けの叙事詩だわ」

ボブは薄い唇に微笑を浮かべた。「雄弁だな。そこがいいところなんだ。ぽっと出の長老派信者かと思ったけど、見方を変える必要がありそうだ。とにかく俺の嫌いな人種は銀行家だ。その点じゃ賛成かな？」

「全面的に賛成だわ、兄は銀行員だけど。シーッ」

ブリックトップが歌い出した。低いけれど、本物の響きをもつ美しい声は歌と語りの中間をたどって、年老いた黒人の奏でる旋律にぴったり合っていた。はかない旋律はそこはかとない郷愁を呼び、歌声は彼女の回りにアラベスク模様を描く。バーリンかポーターが作曲したどこか月並みな旋律*は変貌し、聞かれたものが立聞きされたものになり、メッセージがうっとりする甘さと親密さのそれになる領域へと移行する。

慇懃な喝采のさざ波はボブを怒らせたらしい。彼は、「アリス・ファイのような偽物が歌っていると思うだろう。*ここにいる奴らは歌がどんなものがわかっちゃいないんだ。馬鹿やろうめ！」とだしぬけに叫んだ。「紳士および淑女諸君！　君らは死んでるってことを知っていたのか？　俺は君らに喋っているんだ――そうだ、そこにいる君ら人間の屑どもに言っているんだ。まあいいからちょっと聞け。俺はここでショーをやっている者の一人だ。これから俺の演技を只で見せてやるぞ」

笑い出した者がいた。これがボブを上機嫌にした。彼は立ち上がると、やけに気取ったおじぎをしてから、「我らが友人諸君、古風な馬鹿の言うことに耳を傾けることができるのは幸運と思いたまえ。君らのなかにはイギリス人もいるだろう。俺はイギリス人が嫌いだ。アメリカ人と思《おぼ》しき顔も見えるが、アメリカ人も嫌いだ。もし君らのなかにカナダ人がいるとすれば、カナダ人は押並べて嫌いだと言わせてもらう。但しヤンキーやリミー〔英国水兵。イギリス人〕ほどじゃないが」

「賛成！」ビアトリス・リリーが叫んだ。「メイプル・リーフ・フォレヴァー〔カナダ国歌〕」

「メイプル・リーフなんざ糞くらえだ！」ボブは怒りに駆られて叫んだ。双頭の鷲なんか撃ち落せだ！　現代は鼠と雑草の時代だ。君らの鈍い頭にそいつを叩き込むんだ！　いいか、君らは世の中から押し出されつつある。俺はそれを見て喜んでいるんだ。身を飾り立て、髪に格好よく櫛を入れて粋がっていても、みんなバイバイおさらばだ。そんな星の下に生れついたのさ。嘘じゃねえ、野外便所の壁にそう書いてあるから行って見な――」

「ねえ、ボブ」ブリックトップは彼ににじり寄った。「お願いだからやめて。あたしと踊りましょう。

あなたがいま言ったことをこの人たちに考える時間をあげてよ。あなたはいいこと言ったわ。ウォルター、ピアノを演奏して」

老いた黒人がクローエ*の出だしの小節を叩き出すと、彼女はボブをダンスフロアに引き出した。ボブはカントリー風に体を接触せずにブリックトップを抱き、ぶきっちょに足をばたつかせた。アルコールのせいでバランスがうまくとれない。しかし、曲がやむと彼はすばやく丸椅子に戻り、グラスを空けるとウィスキーをもってこいと言った。ブリックトップはヒューストンに合図をした。

ボブはグラスを半分空け、また腰を上げた。「俺は歌うぞ！　これは俺の中国オペラのアリアだ」彼は両腕を頭上に掲げ、口を大きく開けると、言葉も旋律もない奇妙な叫び声を上げた。その効果はばかげて痛ましく、部屋中がしーんと静まり返った。彼はよろけて椅子にぶつかり、天井に頭を向けて犬のように吠えるさまはもはや酔っ払いどころか狂人を連想させた。気が狂ったか、狂う寸前に違いないと私は思った。彼は突如として蒼白になり、よろめきながら狂ったように辺りを見回すと、カウンターにやって来たタキシード姿の背の高い黒人の腕に倒れ込んだ。

「皆さん、ミスター・ボブに手をお貸し願います」用心棒は朗らかに言った。

「タクシーは表だわ」とブリックトップ。「お兄ちゃんたち、ちょっと鎮静剤を服ませただけだから、三十分もしたら治るわよ。目を覚ましたら、わたしからよろしくと伝えてね」

ボブは注意ぶかく担ぎ出され、タクシーに押し込まれた。

「どこへ行こうかな」私はグレームに相談を持ちかけた。

「まずクーポールで腹拵えをしよう」

クーポールに着いたときボブはまだ前後不覚だった。

彼を抱え降ろしていると、二人乗りの自転車を漕ぐパトロール警官が*こっちへやって来た。この連中の仕事は夜の生活の取り締まりで、何か国語も喋る愛想のいい右岸の交通警官とはわけが違う。グレームも私も身分証明書を持っていないことを思い出すと、胃がでんぐりかえるのを感じた。

「おや、これは何だ？」と一人の警官が自転車を停めて言った。

「僕らの友達だよ」グレームは英語で早口に言い、身振りを交えながら、「アメリカ人でさ、ぐでんぐでんなんだ」とつけくわえた。

「なに、酔っ払いのアメリカ人だって？」警官は自転車から下りて、私たちが支えているボブに近づき、頬を叩いたり、脈を取ったり、衣服に触れたりしてから、「間違いない、アメリカ人だ。こういうのはみんなアメリカ人だ。これは我々の仕事ではない、お休み、気をつけてな」

「フランス語で返事したらどうなったかな」

「君はフランス語を使うんじゃないかと思ったけどな。これですんだわけだ。明日県庁へ行って身分証明書を取ろう。それじゃボブをバーに連れて行くか」

彼は驚くほど軽く、二重ドアを通って長椅子まで運ぶのに何の苦もなかった。両手を胸のうえに揃えているところへガストンが駆け込んできた。

「君ら、彼をどうしちゃったんだ？　まさか死んだんじゃないだろうな？　この男には三千フランも貸しがあるんだ」

ボブは大いびきをかきはじめた。

「やれやれ、とんだ心配を掛けやがって」とガストン。「何が飲みたいかね？」

「スクランブルド・エッグとホワイトコーヒーの大きいのを二つずつ」

食べものが運ばれたが、ボブはまだ目を覚まさない。しかし、眠りはときどき呻きや罵声でとぎれた。酒に入れた睡眠薬は切れてきた。げじげじ眉の下の洞窟のような目が開いたり閉じたりし、口が引きつりはじめた。額に手をやると冷たい汗でびっしょり濡れていた。

「ブランデーを胃に流し込んでも大丈夫だろう」とグレームが言った。「六時間前からウィスキーを飲んでいるんだ。変えないほうがいい」

グレームがバリモア〔アメリカの俳優〕ばりの高い鼻の下にストレートのウィスキーが入ったグラスを当てがうと、彼は上体を起こそうとした。反応は素早く、次の瞬間にはグラスを床に叩き落とし、「毒か！」と叫んだ。「毒はもういらん。ママのおっぱいをくれ」

グレームの腕に脇の下を支えられ、彼は私たちが差し出したホットミルクのピッチャーから大きく一口飲み、犬のように首を振って静かに泣き出した。

「さあ家に帰るよ、ボブ」と私は言った。

「俺には家なんかない、ないんだよ」

「それじゃどこに泊まっているんだ？」

「君が払ってくれたって家なんかもたん。俺の妹はどこにいるんだ？」

「あんたはホテルかどこかに泊まっているんじゃないのかい？」

「俺は亡命者だ」涙が頬を伝い流れた。

バーは照明を消し始めた。

「アトリエに連れて戻ったほうがいいよ」とグレームが言った。「ここへ放置したら外へ放り出されるからな」

「さあ、僕らのところへ帰ろうよ、ボブ」

「フィッツロイの酒場へ連れてってくれ――フィッツロイ広場だ、角を曲がったところの」

しかし、私たちが支えてタクシーに乗せると彼は抵抗しなかった。ブローカ通りへ行く途中、彼はまた眠り込んだから二人で抱えて庭を通りアトリエに入った。窓ごしにうっすら明るんできた。彼を私のベッドに寝かせて靴と上着を脱がせてネクタイを外し、毛布を掛けてやった。しかし、それから二、三時間後に寝苦しくなって目を覚ますと、彼は私とグレームの間にはさまって寝ていた。そこで私は、クーポールのバーでは前後不覚に見えたけれどあれは芝居だったのか、と首を捻らないわけにはいかなかった。

7

身分証明書を取るつもりだと言うと、ボブは、

「馬鹿なことを言うな！」と答えた。「パスポートを見れば君らは二か月前に来たことがわかる。ということは、二千フランの罰金に処せられるか、国外追放になるかを意味する。恐らく罰金をくらったうえで国外追放だろうな。役人のやることはわかっている。対策は一つしかない。一週間かそこらフランスからいなくなって、戻ったときパスポートにスタンプを押してもらう。それから身分証明書を申請するんだよ」

「僕らは今のところ国外に出るわけにはいかないよ」とグレームが言った。

「なぜだ？　ベルギーかルクセンブルクへ行けばいいじゃないか。汽車で二、三時間の距離だぞ」

「理由は金がないからだよ」と私は答えた。

「何だそんなことか。皆でルクセンブルクへ行こう。旅費は俺が出す。いずれにしても俺はしばらくここからいなくなる必要がある。本の校正をしなきゃならないのでな。君だって書きかけの本があるだろう。やっておいたほうが後のためだと思うけどな」

私たちはルクセンブルク行きの午後の汽車に乗った。荷物はそれぞれ鞄が一つだった。車窓の外を春の風景が通りすぎた。畑はすでに緑一色で、森は薄いオリーヴ色をしていた。ロングワイで雨が降りだした。しかし、国境でルクセンブルクの税関の役人がパスポートにスタンプを押したときにはほっとした。役人はブルーのスカートに制服を着た無愛想な年輩の女で、運転手風の帽子をかぶっていた。ボブがタイプライターの受取りをくれと言ったところ、年配の女性は、

「あなたの持ち物だということがどうしてわかるの?」と答えた。「盗んだものじゃないということがどうしてわかるのよ。受取りを見せなさい」

「それじゃ言ってやるがね、マダム」ボブは打って変わって偉そうな口の利き方をした。「私はこう見えても高名なアメリカの文学者だが、もし君がそんなものの言い方をこれ以上すれば、税関局にいる友達のムッシュー・パンサングランに報告してしかるべく取り計らってもらうが、それでいいかな? 私が戻ったときこの機械に関税を払わないですむように、黙って受取り証を作成しなさい」

「アメリカ人て何ていけ好かない連中なんだろうねえ」と老婆は愚痴った。「外国人はおとなしく国内にいればいいのよ。その方がずっと幸せなのにねえ」

「友達のパンサングランて誰なんだい」役人がいなくなるとグレームは訊いた。

「そんな奴なんかいるもんか。だから君らのような長老派の信者は馬鹿だって言うんだ」

ルクセンブルクに着いたのは夜も遅い時刻だった。街は言葉では言い表わせないほどもの寂れ、人通りのない真直な広い街路に照明はなく、とてつもなく大きな建物は一階から最上階まで明り一つ点いていない。

「繁華街へ行こう」とボブが言った。「ここよりはましだろう。そうでなかったらすぐにパリへ戻ろ

う」

タクシーが大きな石の橋を渡ると、いくらか賑やかになりはじめた。小さな中央広場に着くと、片側にはずらりカフェが並んで、煌々と照明が点いている。タクシー代は十五セントだったが、ボブがチップとして五セント余分に渡すと、運転手は地面に頭がつくほど深いお辞儀をした。

「どうもここが気に入りそうだな」とグレームが言った。

いたるところで小さな弦楽器のオーケストラが静かに演奏していた。凝った軍服姿の将校が色つきアイスクリームを売る屋台のまえで腰掛けている。顎髭か口髭を生やした黒い服の体格のがっちりした男たちが、大きなマグでブラウンビールを飲んでいた。広場の周りを綺麗な若い女が二人三人と手を繋いで歩いていた。手作りの長いスカートがシュッシュッときぬずれの音をたて、彼女らは語らいながら意識的に賑やかな笑い声を響かせていた。反対の方角はと見れば、黒いビロードのラッパずぼんを穿き、短い上着に銀の鎖や、ピンや、徽章を付け、大きなばたばたした黒い帽子をかぶった若い男たちが歩いていた。まるで十八世紀のヨーロッパにタイムスリップしたような気がした。時間と空間をはなれたスターンとカサノヴァの世界――行く先々のあらゆる都市で新たな生活を発見したという感じを与え、全ての滞在先のロマンスと欲望の泉で英気を養ったあの驚異の旅人の世界を垣間見るようだった。彼らにとって、見知らぬ町を訪れることは、えも言われぬ青春を謳歌するために新たな皮膚を身に纏うことだった。

私たちは一番大きなカフェのテラスに腰を下ろし、ブラウンビールを注文した。それは砂糖をまぶしたバンと一緒に出てきた。

「ここは悪くないな」ボブは辺りを見回しながら言った。「もちろんひどくブルジョワ的ではあるけどな」

周りの会話は柔らかいドイツ語か、後でわかったことだが、ルクセンブルク特有の北ドイツ方言だったが、それは石の上を水が流れるように響いた。

白髪のウェイターにどこかいいホテルはないかと訊くと、高級レストランの上に部屋を借りるといい、と言って隣りのテーブルに坐る白い顎髭を生やした柔和そうな老人を振り返り、商人で市参事会員のムッシュー・ベフォールだと紹介した。慇懃な会話を交わしたあとで、ムッシュー・ベフォールはリーブフラウシュトラーセの角を曲がったところのニコラスの店が良かろうと言った。「それにムッシュー・ニコラスは私の最初の妻のまた従兄弟《いとこ》でしてな。彼は自家製のソーセージを店で出すばかりか、ワインも小さいながら自分のブドウ園で栽培したブドウを使っていて、両方とも実にうまい。この名刺をお出しください」

私たちは礼を言い、ニコラスの店に出かけた。道すがら、名刺からムッシュー・ベフォールの商売が女性の下着とストッキングの販売であること、および彼がこの国最大の駝鳥の羽毛の輸入業者であり、自他ともに許す宮廷商人でもあることなどがわかった。

ニコラスの店は小さかったが立派な十八世紀の建物で、一階の部屋はレストランに改造されていた。ニコラスその人はいが栗頭のがっちりした男で、フロックコートを着、小枝細工のカフスボタンをつけていた。

貸間用の二階の二部屋は広く、驚くほど豪華な造りで、巨きな張り出し窓には重いビロードのカーテンが付けられ、大きな天蓋付き四柱式ベッドは高い台の上にあって、そこまでは小さな階段をいくつか上らねばならない。テーブル、洗面台、机、整理箪笥、等々の家具類はマホガニー製でワックスをかけてピカピカに磨かれ、鏡には筋の入った白い花崗岩が張られていた。この豪華な部屋の欠点といえばただ一つ、一つしかないバスルームの場所が家の一階の奥まったところにあることだった。しかし、ムッシュー・ニコラスはそれぞれの部屋の小さなカーテンの掛かったアルコーヴを指差したが、そこには磁器のバケツが一つと、大きなマホガニー製の便器があった。

部屋代は全て一日一ドルだという。

「食事代はいくらになりますか?」

「もちろん食事代込みです」

私たちは早速荷ほどきにかかった。

マットレスもベッドカヴァーも共に羽毛製とあって、寝ると体が一フィートも沈んでしまうから窒息しそうになる。したがって寝ることは奇妙な経験だった。

明くる日朝食にはフライドエッグと、小さなソーセージと、焼きたてのパンと、ジャムタ一ツと、大型カップにコーヒー、といった具合に全て量もたっぷりだった。ボブはベッドに戻った。

グレームと私は市内を歩き回ったが、街には魅力があった。エルサレムに似ているといわれ、ジブラルタルに次ぐヨーロッパ最強の難攻不落の砦だと考えられていた。しかし、私たちは主として誰も働いていないように見えるという事実に感動した。カフェはまたしてもビールを飲み新聞を読むでっぷり太った男たちで既に満員のありさま、彼らは私たちが通りかかるといちように顔を上げ、おじぎをしておはようと声をかけた。ただひとり凝った白い口髭を生やし、金モールで飾った制服姿の警官だけは踵を合わせ、威厳のある半敬礼をして見せた。

場所によっては高さが二百フィートを越える砦や、支柱が一本の構造体としてはヨーロッパ最長の石橋や、レ・トロワ・グラン――人間のペニスの形に似ているところからレ・トロワ・グラン〔三つの亀頭〕と呼ばれる三つの山頂の景色――これは全くもって壮観だった――などを鑑賞したあと、曲がりくねった道や小さな石造りのコテージの側を流れるエルベ川のほとりの田園地帯に出た。太陽は非常に暑く、私たちは栈橋に腰を下ろして靴を脱ぎ、足を水に漬けた。土手には大きなヤナギの古木が並んで生え、小鳥がさえずっていた。私たちはカワセミをしばらく眺めていた。

「ここに住んでいると金のことなんかしばらく忘れちゃうな」とグレームが感慨深げに言った。「アメリカタバコがいくらすると思う？　一箱十五セントだよ。税金なんか全くかからないようだし。どうやって国を運営しているんだろう？」

「自給自足じゃないのかな、ラジオや自動車みたいな贅沢品はほとんどないみたいだし。誰一人働いていないように見えるんだけれど、どうしてこれほど金があるんだろう？」法衣をまとってシャベル帽をかぶった年配の牧師が向こうからやって来たが、私たちを見ると立ち止まってドイツ語で挨拶をした。

「すみませんね、神父さん」と私は言った。「僕らはフランス語しか喋らないんだけれど、ちょっとその辺に腰を下ろしてお国の問題点を話してくれませんか？」

「いいですよ」彼は流暢なフランス語で答えた。「喜んで話しましょう」

それから彼は、国の経済は主として東部の豊かな鉄の鉱山に依存しているが、蒸留酒製造業や、ビール醸造業や、皮革工業などもある、と言った。

「それにしてもどうして何でも安いんですか？」

「すこぶる簡単なことです。我が国のシャーロット大公妃はもともと大金持ちで、国民に何の負担もかけていないし、大地主もいなければ、資本の集中もなく、外国からの借金もほとんどありません。しかし、最も重要なことは軍隊がないという事実です」

「しかし昨夜カフェで将校を二、三人見かけたと思いましたが」と私が言うと、彼はにっこり笑って、「あなたが見かけた紳士は肩章付の軍服を着ていたでしょうが、彼らは宮内庁の侍従か、大公直属楽団の団員です。ところで、楽団は毎週水曜日と土曜日に広場で演奏しますが、彼らの正装用軍服は豪華なものです。ぜひご覧ください。我が国が繁栄している理由に戻りますと、一つには今度の悲惨な戦争に巻き込まれなかったことが挙げられます*。しかし、実をいうと両側にかなりの量の鉄鋼を売ることができたためです。やっ、こうしてもおれん、行かなくちゃなりません。それでは失礼します、皆さんご機嫌よう」

私たちは昼食に間に合うようニコラス・レストランに戻ったが、ボブはまだ眠っていた。スープ、マス、子牛のカツレツ、フライドポテト、カリフラワーのクリームかけ、パンケーキ、それに大きなピッチャー入りの辛口のホワイトワインで昼食をとった。ダフニとアンジェラが居たらどんなに喜んだかと私は思った。

広場でコーヒーを飲んだが、そこでは小肥りの男たちがリキュールを飲んでいた。

私には人生は非常に楽しいような気がしはじめ、文章を書きたいという衝動さえなければどんなに幸せかと思った。自分を苦しめながら言葉を紙に書き留めて果てしなく推敲を重ね、言いたいことの四分の一も言えずにタイプライターで打って出版社から出版社へと売り歩いてやっと印刷に回され、同じことで忙しい少数の人々に読まれるとすれば運がいいほう、という生活を続けることの何たる空しさ。果てはボブ・マコールマンのようにナイトクラブで挫折の叫びを上げるのが落ちではないか。

「今日は」ムッシュー・ベフォールが出し抜けに現われた。「ムッシュー・ニコラスとはうまくいっているでしょうな。食べ物の量は足りていますか？　ところで、あなたがた三人がみんな文学者とわかったからには、我が国の国民的詩人であるレンツ*の生誕百年祭を祝う宴会が明日開催されるのですが、発起委員の一人として勝手ながらご招待申し上げたい。招待状はお住いのほうへ届けてあります。恐らく我が国の偉大な詩人についてはお聞きになったことがないでしょう。彼は全ての詩をレッツェブルゲッシュ、即ちルクセンブルク方言で書きましたので、国外ではあまり読まれていないのです。演説の一部は当然のことながら公用語であるフランス語にならざるをえませんが、メインディッシュはやはり言うまでもないことながらレンツの叙事詩五十編の原文の方言による朗読ということになります。朗読は詩人の孫娘のマダム・レンツ・バッサーマンが行ないますが、彼女は独自の女流方言詩人であるばかりでなく、朗読の名手でもあります。ついでながら当日は五コースの料理に我が国特産の各種ワインが振る舞われます」

驚くと同時に感動した私たちはその場で招待を受け入れた。

「お受け入れいただいて恐縮です」と彼は言った。「宴会はレンツ広場の野外会場、レンツの銅像のまえで開催されます」

ボブにその知らせを言ってやったところ、彼は無関心を装ったものの、私たちに劣らず嬉しかったことははっきりしていた。

「くだらん」と彼は言った。「これは市民の騒ぎの一つに過ぎん。レンツとはいったい誰なんだ？」

「どうして僕らが文学者だとわかったのかな？」と私は言うと、彼は、

「登録簿に全員の名前を署名したとき俺が職業を明かしたんだ」と言った。「どこかに理髪店がないかな。みんな髪を刈る必要があるぞ。君なんか特にそうだ」

「僕は必要ないよ。ここで髪を刈っているのを見たことがある。とにかく僕は文学者だ、髪なんか刈る必要はない」

「それで思い出したけど、君の書いてる自叙伝を見せろよ。少なくともシュールレアリスムの詩ほど悪くはないはずだ」

私は内心彼の意見には注意を払わない覚悟でこの本の最初の二章を渡した。それからグレームと二人でレンツの銅像を見に出かけた。

それは繁華街の外れの樹木に囲われた小さな広場にあった。詩人の等身大の像はフロックコートを着てバイロン風の襟をつけ、美しい先細りのズボンを穿いて、左手に書簡をもっており、空の一角に目を据え、唇はこころもち開き、右手の指で頭上の宙から何かをむしり取っているようだった。広場にはもう既にテーブルがいくつか並べられ、きれいに拭かれたあとがあった。

私たちが像を見上げているところへボブがやって来た。「その詩人とやらはこれか？　こりゃあしこたま飲まなくちゃならんな」

クロス広場に戻ってみると、バンをかじりながらビールを飲んでいた体つきのがっちりした男たちはアペリティフとアンチョビに切り替えていた。彼らの多くは小さな栓つきの氷の詰まった凝ったガラスのタンクに覆いかぶさるような格好をしていた。これがアブサンのフィルターだと気がついた私はすぐに一杯頼んだ。やがて薄い緑の液体を四分の一ほど注いだアペリティフ・グラスが運ばれてきたが、それには大きなドミノ牌形角砂糖の載ったフランジつきの穴のあいたスプーンがついていた。それから氷のタンクが運ばれ、グラスが栓の一つの下に置かれた。小さな栓を捻るだけで冷えた水が砂糖の上にゆっくりしたたり落ちてグラスを満たす。

清潔なキレのある味は合法的なフランスのペルノー酒の胸くその悪くなるカンゾウの香りよりもはるかに優れているので、公衆道徳のためにあの惨めな飲み物を本物のかわりに飲まされるフランス人の積年の恨みがわかるような気がした。その効果は麻薬の影響並みに穏やかで陰険なものだった。飲んで五分もたてば世の中は他のどんな種類のアルコールを飲んだ場合とも違う素晴らしい感情の霞に覆われる。一八九〇年代に流行った紺碧の魔法使いという言葉を真に理解させる感覚だ、と私はそのとき初めて思った。

ニコラス・レストランの正餐にはスープ、キュウリウオ科の魚、ローストポーク、焼きじゃがいも、生キャベツ、サワークリームをかけた料理、チーズ、ピッチャーに一杯のロゼワインなどが出た。

明くる朝、ボブがタイプライターを打つ音が聞こえ、鳴り止まぬキーの音が羨ましかった。これほど速く書けるとは素晴らしいことに違いない。書いた本は既に九冊もあり、さらに三冊が準備段階にある、と彼が言っていたことを思い出し*、それから競争心に駆られたのと、レンツの亡霊がやがて顕賞されることに思いを致して、私は本書の第三章を書き始めた。しかし、二百語ほど書いたあとで、書いている出来事に近すぎはしないか、という疑問にぶつかった。自分を語るには少なくとも一か月の間を置き、内容がひとりでに遠近法のなかに沈殿するのを待つほうがいい。そう気がつくとなぜかほっとした気分になり、私はメモ帳を閉じて散歩に出た。例によって時間はいくらでもあると考えたのである。巨きな石橋を半分渡ったところで景色の美しさに打たれ、低い壁に腰を下ろして物思いに耽った。人生についてこれに似た遠い展望はまだもっていない。いまだに細かいことに気を取られ、こだわっている。人間の顔の毛やにきびは見えるけれども、顔そのものは見えない。さらに、恍惚以外に何の経験もない。文学的表現を除けば、絶望や苦悩の何たるかを知らない。飢餓、挫折、疾病、純潔、等々に耐えたことも

身分証明書を取るつもりだと言うと、ボブは、……

なく、これらは他人の苦しみだった。道義心など何もなく、孤独、恐怖、退屈、等々以外の原因で泣いたこともない。こんな私にものを書く資格があるだろうか？　私は人生を面白い光景や、一種の冗談として扱い続けることができるだろうか？　私が抱いたたった一つの真剣な感情は、自分の幸福が実にはかなく過ぎ去っていくという気持と関係があり、自分の見たもの全ての美しさのはかなさであり、自分の肉体の衰退から死に至るたゆみない進行の思いだ。しかし、以上から引き出せる結論は独創的でもなければ深遠でもなさそうだった。私は遂に唯一の悩みは金が十分にないことであり、文学の世界に望むことは退屈な人間にはならないことだという事実に直面したのである。

そろそろ神の恩寵が私の身に降りかかり、何らかの普遍的な愛の精神、高貴な目的、同胞への何らかの感情などで我が身を貫き、あるいは少なくとも私にその典型的な希望のメッセージをもたらしてもいい頃だ。しかし私は、神学的な言葉を用いて言えば受容的ではなかった。恩寵の到来に対する最大の障害は私自身の完璧な幸福で、神は小鳥や小犬に対すると同様に、幸福な者には一顧だに与えないことはよく知られている。恐らく神は彼らが神を必要としないことを知っており、慈悲をもって放置するからであろう。私はまた、病床にあってこうした言葉を述べつつ、神の限りない慈悲を感謝している。なぜなら私は苦しみの無意味さ以外に何一つ教わらず、己の精神的不安の深まりを感じないからだ。私にできることの全ては、暑い夏の日にルクセンブルクの橋上に腰を下ろす一人の若者の胸中に去来する想いを記録することである。

私は腰を上げて橋を渡り、新しい町に入っていったが、そこには例によって鉄鋼カルテルや、労働者の組合や、集団的努力を体現するがっかりものの建物など、もったいぶった建築物が立ち並んでいた。私はきびすを返して戻った。

下町に戻りながら愛読する詩人のワーズワースを思い出した。彼は英語で表現した最も偉大な感情の調達者である。かくも神秘的に詩人と気取り屋を結びつけたこの冷ややかで控え目な人間の意識のなかに入ることは難しい。しかし、いま私を悩ませるのは彼がまだ三十歳にもならない一七九八年以降、優れた詩を書かなくなった事実である。その割でいくと、私にはあと十年と少ししか創造の時期はないが、創作はまだ始めたばかりだ。そう思うとその日は一日中憂鬱だった。鬱状態から抜け出たのは夕方になってからで、店の外にミルク缶を満載した小さなカートがあって、それに繋がれたバセットハウンドを見たときだった。この犬は見る人ごとに尻尾を振っていたが、神によって与えられた使命を果たすのに喜びを感じているのは明らかで、私はそれが気に入った。「幸せなだけで十分だ」と犬は言っているようだった。「自分のやっていることが何だかはわからないし、それで構わない。カートは神である主人のものだから引いている。主人に仕えることは大きな社会的喜びだから、こうして尻尾を振り続けているんだ」

――愛すべきルクセンブルクの犬は今どこにいることか。今夜はお前の無事を祈ってやりたい。

8

「俺だったらそんなくだらねえシュールレアリスムの詩なんかやめちまって思い出の記を書き続けるな」とボブは戻った私に言った。「人間の記録だからそのほうが本物だろう。ただ傲慢にだけはなるなよ」

それはわかっている、と私は答えた。

「第一章を「ジス・クオーター」*に送るつもりだ」と彼は言った。「エセル・ムアヘッドは気に入るだろう、子供らのおどけは面白いに違いないからな。それじゃ仕事に取り掛って書き上げるとするか。もし君がこの質を落さなければ、俺は全部自分で出版できるよ」彼が自分の作品の全てはもちろん*、ガートルード・スタインを取り上げたヘミングウェイの第一作や、マースデン・ハートリーの小説のほか、ウィリアム・カーロス・ウィリアムズの詩などを出版したことは知っていたので、私は喜びと恐れを覚えた。質を落すなと彼は言ったが、それができるかどうか不安だった。

取り掛ったはいいが、第四章の一頁から先へは進めなかった。生きることにどっぷり浸った結果、書く時間がなかったからだ。暇ができて、記憶が鮮やかに蘇り、入院生活の言うに言われぬ退屈さのあまりまた書く気になった今になって初めて、私は死んだ青春の記録を書き綴ることができるようになった。死んだ青春といっても私はまだ二十歳で、姦通や、衣服や、夜の生活といった若い者が興味を抱くばかげた遊びを一時脇へ押しやっただけの話だ。私は心を入れ替え、出来れば死なないように心掛けるのが一番の関心事だった……

レンツの記念行事は正午に始まる予定で、私たちは服装を整えてころあいを見計らい、レンツ広場に行った。既に大勢が集まっていたが、群衆は主として黒い服に身を包むでっぷり太った男たちで、広場のカフェに坐っている彼らの姿には見覚えがあった。ほかに軍服姿の宮廷の侍従や、レンツその人と同じ銘柄の折襟に白いネクタイという出立ちの気品のある人物もちらほら見えた。長いテーブルについて早々と飲んでいる彼らには、いかにもルクセンブルク人らしい押えた陽気さがあった。女性の姿はどこにもなかった。ムッシュー・ベフォールはフロックコートに身を包み、胸に勲章をいくつも並べ、首には十字勲章を下げて、あちこち駆けずり回ってはウェイターを呼んだり使いにやったり、一度に五、六人の人々と喋ったりしていた。私たちに気がつくと、彼は一つのテーブルへ連れていき、さまざまな言語を喋っている外国人と思しき人々のグループに紹介し、坐る席を指示した。私は上品そうな男の隣に坐らされたが、彼はフランス大使館の文化担当アタッシェだと自己紹介した。私がカナダ出身の詩人だと言ったところ、彼は、レンツの作品には馴染みがあるかと訊いた。何の知識もなかったので、自分の無知を悟られないようにしてなるべく多くのことを発見してやろうと思い、

「じかには知りませんが、とてもいいものだと理解しています、もっとも叙事詩ではありますが」と

答えた。

「そういう話ですな。かならずしも私の好きなジャンルではありませんが、言うまでもなく叙事詩には叙事詩なりの長所があります。このごろ叙事詩が書きにくいのは、題材が見つけにくいことが原因のようですな。五十年足らず前にあまり書かなかったことで、彼の評価はいやがうえにも高まっているわけです」

この言葉で彼のレンツに関する知識は私のそれ同様に取るに足らぬものだとわかり、私は話題をフランスの詩に変え、シュールレアリストをどう思うかと訊いてみた。

彼は用心深い視線を私に向け、「言うまでもなく彼らのことは聞いていますが、これといった意見はありません。職掌柄クローデルしか読みませんので〔クローデルは詩人・劇作家、外交官でもあった〕」

「確かに偉大な詩人です。しかし、ちょっと重いというか、ヴィクトル・ユーゴー風なところがありますね」

「実を言いますとムッシュー・コクトーには目がないんですよ」彼はもう一度素早く辺りに目を配るようにしながら言った。「彼にはウイットが大いにある、と思うんですが」

「ええ、しかし他にはほとんどなにもないですね」

「思想などというものはもちろんありません。しかし、非常に気の利いた語句というか、そうした特長があります。恐らくあなたは彼の「バタリー〔砲列〕」をご存知でしょうが、あのなかで詩人は目くるめく独創性を発揮して裸で海辺に寝そべって体を焼くイメージを描き、太陽の日焼け効果をいくつかのカプレットで示しています」と言って彼は次の二行連句を口ずさんだ。

白い歯を見せて笑う黒人は*
外が黒で中はピンク
私は中が黒で外はピンク
太陽が私をひっくりかえす

この詩は読んだことがなかったが、とても気の利いた作品のように思われ、私はマーヴェルの詩*の一節を思い出した。好きなその詩は、バラの花を食べユリの茂みで眠っていて殺された子鹿を詠んだものだった。

もし彼がもっと長く生きていれば
外はユリで、中はバラになっただろう

しかし私は、これはコクトーの詩よりも美しくはあるが、スマートさでは比較にならない、とりわけ翻訳では押韻の微妙さが失われる、と気がついたから引用は控えた。

バンド演奏が始まった。牧師の言葉どおり一流のバンドで、管楽器と打楽器だけで構成され、主としてポルカと行進曲など、行事にふさわしい曲目だけを演奏した。話声はたちまち静まり、燻製の魚、ソーセージ、ジャガイモの酢漬け、ザウアークラウト、ゆで卵、甜菜のピクルス、などのオードブルを盆に載せて運ぶウェイターもいれば、高級ブランドのホック〔白ワイン〕を注いでまわる者もいる。グレームは前に坐る青いスーツを着た顔の四角な男の話に耳を傾けていたが、英語を喋るその男はデンマーク領事館に勤めているということで、ハムレットについて話していた。

「ある意味であの芝居は滑稽ですよ」と彼は言った。「我が国の歴史上の人物でハムレットほど悪い男はいません。デンマークの国民はみんな彼を恥じています。飲んだくれで、不信心で、嘘つきで、誘惑者で、鼻持ちならぬ個人的習癖の持ち主とくる。これは全てサクソ・グラマティクス〔一一五〇?—一二二〇?　デンマークの歴史家。ラテン語で書いたデンマーク史にはハムレット伝説も出てくる〕の著書に書かれていることとです。あの時代の真の英雄は善王クラウディウスでしたが、彼が優雅で教養のある人物だったことは間違いのないことで、彼の死は我がノルウェーの隣人たちによる唾棄すべきユトランド半島侵略の原因となりました。幸い彼らは長くは滞在しませんでしたが。我々は決してあの吐き気を催すような道化師のハムレットを誇りに思ってはいません。何せ彼のユーモアの概念ときたら雄鶏の鳴声を真似ることにあるんですからね。まるで彼の犯罪や道化は若さの言い訳でさえないかのようです。なぜなら彼が唾棄すべき偽りと、欺きと、人殺しの経歴に取り掛ったのは五十の声をきいてからでしたからね。悲しいことにシェイクスピアは間違っています」

「シェイクスピアは歴史的正確性には決して拘束されなかった人です」とグレームは抗議した。「全てを史実に忠実だったか否かで判断するとすれば、ロミオとジュリエットは非行少年以外の何者でもないことになります。私の国であれあなたの国であれ、今日では彼らは少年鑑別所に入れられるでしょう」

デンマーク領事館員は頬を膨らませ、「問題を取り違えていますよ。私が言っているのは、シェイクスピアが描いたハムレットの性格には真にデンマーク人らしいところは何もない、ということです。我々デンマーク人は率直で、友好的で、運動好きな国民です。偉大なネルソン卿をおおいに誇りとしていますが、彼はやはりデンマーク人でした」

料理は魚のコースに移って、ウェイターはキュウリウオとホウレンソウのパイを配っており、会話は中断していた。

隣りに坐るフランス人は料理に舌鼓を打っていたが、しばらくすると私に顔を向け、「お勧めのカナダ料理は何ですか？　メイプルシュガーしか味わったことがないもので」と訊いた。

「それはお気の毒ですね」と私は答えた。「カナダにはグラスペ沿岸産のサケがあります。これをさっと茹でて、卵ソースとキュウリのマリネを添えて食うんですが、これがまたたまらなくうまいんですよ。絶品のカキやエビもありますしね。それからヨーロッパではどういうわけか栽培しない二種類のうまい野菜もあります。トウモロコシとグリーンアスパラガスなんですが、牛肉も非常に味がよろしい」

「バッファローはもう食べないんですか？」

「ほとんど絶滅しましたのでね」

「残念なことです。インディアンが殺してしまったのでしょう。ところで、私はあなたの国に住むインディアンに大きな関心を抱いています。いまだにあなたの大きな国の荒涼たる独立を体現していると聞くあの未開の人々に関心があります。彼らは気位が高く、寡黙で、敏感かつ勇敢な民族だと思います。弓矢を携え、狩や漁をしながら流浪の旅を続ける彼らの生活をしばしば思い浮かべます。偉大なアメリカの小説家フェニモア・クーパー*はインディアンの魂を深く理解していた、というのは事実ではありませんか？」

私はクーパーを読むに耐えないと思っていたので、満足のいく答え方はできなかった。しかし、私はインディアンが現代ヨーロッパ人にたいしてもつ魅力のこの新たな例と、パリのアパッチ族*についての

　「俺だったらそんなくだらねえ……

似たような概念には大笑いしたに違いない男の心に彼らのロマンティックなイメージが今でも生きていることに感銘を受けた。

パイのあとに焼きジャガイモを付け合わせた子牛の肉のローストが出てきた。子牛のあとはチキン・コロッケで、つづいてブラックベリー・ジャムを詰め、砂糖を薄くまぶしたパンケーキ、飲み物はホックにつづいてロゼワイン、それから地元産のシャンパンが振る舞われた。やがてスピーチが始まったが、言葉は全て地方語とあって、レンツの名前がひっきりなしに繰り返されることを除いて一言もわからなかった。演説者は次々と演壇に立ち、喝采はほとんど軍事的な間隔で鳴り響く。メインテーブルから立つ禿頭または白い帽子をかぶった演説者には陽光が降り注いだ。

「彼らは何を言っているんですか?」私は派遣先の国語にはいくぶん通じているに違いない、と思ってフランス人の領事館員に訊いてみた。

「それがさっぱりわからないんですよ」と彼は言った。「後で新聞を読めばわかると思いますが」

ボブが落ち着きを失い出したことに気がついた。どうやら彼は何らかの意思表示をすべきではないかと思い始めているらしい。するとそのとき、レンツ・ベッサーマン夫人の名前がアナウンスされ、拍手喝采の響き渡るなか、痩せた長身の女性が詩人の銅像の真ん前に置かれた小さな読書台に歩み寄った。レンツの孫娘は、袖が長く垂れ、裾を引きずる中世風の黒いガウンを纏い、ウィラ・トランスのと驚くほど似たナポレオン風の帽子をかぶっていた。落ち着き払った大ぶりの顔にはデスマスクを思わせるような厚化粧をしていた。彼女は横隔膜からじかに出てくるような力強い声で二言三言つぶやき、それから朗読が始まった。

最初のうちは楽しかった。朗読する詩句の意味が何であれ音楽的なリズムがあって韻を踏んでいることは紛れもなく、三韻句法に則って鐘の音のように強弱が繰り返される。彼女は美しく制御された抑揚に雄弁ながら抑えたジェスチャーを添え、感情の籠った箇所では白い手袋をはめた手を上げ、終止点では美しい弧を描いてその手を下ろした。

しかし、しばらくすると、私はその演技に変化の欠如を意識しはじめた。韻に耳を傾けるうちに、レンツの詩がある種の典型的なスペンサー風のスタンザで書かれ、それぞれのスタンザは全く同じ扱いを受けていることがわかった。朗読者の欠点か詩人のそれかは知らないが、繰り返しの多いことに気がついた。少なくとも彼の孫娘の抑揚が型にはまっていることに間違いはなかった。はじめは低くスリルに満ちた出だしで、しだいに強度と音量が増していき、短い示唆的な間を置いたあとで、徐々に、次いで素早く沈黙の終結を迎える。このパターンを白い手袋をはめた手が同じ美しいジェスチャーで強調するのだ。そうした発話法の繰り返しでレンツは何を語りたかったのか、と私は思い続けた。彼は物語を語っていたのだろうか？　対話をしているのだろうか？　それとも、聖霊に訴えていたのか？　何れともわからなかった。絶妙に訓練された声は壊れたレコードよろしく蜿蜒と響きつづけ、白手袋の手は掲げられ、振り下ろされた。聴衆は料理とワインと陽光に酔い痴れ、陶然としているように見えた。レンツ・ベッサーマン夫人の朗読はいつ果てるともなくつづいた。しかし終りは馬のいななきに似て突如として訪れた。

同時に喝采の嵐が起こった。全員が起立するなか、彼女は白手袋の手を胸元に握りしめながら読書台をやおら離れた。バンドは厳かな音楽を奏で、全員が合唱した。後でそれは賛美歌だと聞いたが、この曲も彼女の祖父が作詞したそうで、宗教と愛国心が混然一体となった歌だった。

「散歩に行くぞ」群衆が散りはじめたときボブは言った。彼は顎を突き出し、胸をこころもち前屈み

「俺だったらそんなくだらねえ……

にしながら歩き出したが、その後何か月か馴染みになったその姿勢をはじめて見たのはそのときだった。彼はそのとき、生者だろうが死者だろうが、他人が公衆にへつらう姿を見て覚える苦々しい不満を感じていたのに違いなかった。

彼はその週いっぱい、気まぐれに女のヘアネットをかぶり、一日に六時間はタイプライターに向かい続けた。私も原稿書きにいそしんだけれど、彼ほど精魂込めたわけではない。グレームは「ドクター・ブレーキー組合に反対す*」と題する面白い短編小説に取りかかっていたが、これの内容は長老派の牧師のがみがみ女の女房が壊れたバルコニーから落ちて死ぬ、というもので、これはエドワード・タイトゥスが出版した。ボブが書いていたか手を加えていたかする作品は『二人の天才』だったと思うが、それを読んだのは六か月ぐらい後のことで、私は他の作品とほとんど同じだと思った。

三人ともルクセンブルクにはそろそろ飽きがきた。

私は退屈の度合いが最も深刻で急速に鬱状態に陥り、過去は全く無駄で、未来には何の約束もない、そんな気がしはじめた。だから、ボブが『二人の天才*』を完成したからパリへ戻るぞ、と宣言したときには大いに安堵した。私たちは篠突く雨のなか帰途についた。楽しい旅行だった。私たちの財政はボブのお蔭で少なくともこの先二週間は金の心配はしないですむ状態だった。

事実、私たちは上機嫌だったから、旅行したもともとの理由などはすっかり忘れてしまった。身分証明書などは取らなかったけれど、その後は必要ともしなかったのである。

9

パリに戻ると、果たしてボブがアトリエで私たちと同居するかどうかという微妙な問題に直面することになった。三人は仲良しではあったけれど、一部屋ではちょっと狭すぎるという気がした。しかし、隣りに住む指物師のルーヴリー老人が女が同居しないという条件で仕事部屋をまた貸ししてもいい、と言ってくれた。

「よかったら喜んで貸すがね」と彼はボブに言った。「だけど、女に居つかれて料理なんぞやられるのはごめんだ！　商売女を連れこむのはかまわん。こう見えてわしは物分りのいいほうでな。しかし、同棲は困るんじゃ」

作業場にはベンチや、鋸や、木工道具や、作りかけの椅子やソファが散乱し、鼻を突くおが屑や糊のにおいが充満していた。ボブはマダム・エルニーから藁づめのベッドを借り、たった一つの旅行鞄を荷解きして原稿を取り出し、住み着くことにした。

「ここは立派な仕事場になるだろう」と彼は言った。「ソローを思い出すなぁ。[*]芸術のディレッタントの溜り場なんかと違って、手仕事をする職人の仕事場だからな、禁欲的な本物だよ」明くる朝から彼のタイプライターはかたかた鳴り出した。

　彼は出版した本を二冊私にくれた。*『連れの本』と『村』という作品だったが、率直な感想は言いにくかった。褒めたいところだったが、そうもいかなかった。*それらは、実際に起こったから鮮やかに思い出せる、というだけの理由で書いた感じの文章だった。ごまかしはないが創意も感じられない。思い出が終われば物語も終るのである。まるで系統的でなかったり、苦しすぎて思い出したくなかったりする大団円への自己防衛ででもあるかのように、書き手の記憶にシャッターが降ろされるような印象を受けるのだ。それらの作品がもつ唯一の統一性は、中心人物であるボブ自身だ。この人物は、フレッチャー・ファイルズ、ハロルド・フレッチャー、ハロルド・ファイルズ、ファイルズ・フレッチャーなどとさまざまに呼ばれているが、謎めいた苛立たしい性格の持ち主である。彼は全ての中心で、誰もが彼の助言や、調停や、意見や、赦免を求める。彼はのべつ喋っているが、何の効果もなければ要領もえない。なぜなら彼の考えは否定的で混乱しているばかりか、支離滅裂とあって真面目に考えるわけにはいかないからだ。ときたま観察眼と理解力を閃かせ、洗練された箇所さえ仄見えはするが、文体や統語法は無教養をさらけ出している。まもなく私にはボブが二十年以上も全く何も読んでいなかったことがわかった。書物に対する批評眼は書評や個人的接触から身に着け、ほとんど全ての作品をおおむね扱き下ろす態度は主として怠惰と不平からきている、ということがわかったのである。

　しかし、小説は書けないけれど、彼には題名をつける才能があった。あたかも彼は二つの大パノラマ的小説、『実存の政治学』と『同時代人の肖像』を書いていた。*しかし、二つの小説の内容は似たり寄ったりなので、彼は絶えず一つの作品の章をもう一つの作品のそれと入れ替え、題名そのものも変えるべきかどうかで迷う始末だった。最終的な入れ替えについて私の意見を訊いたことがあったが、私はそのとき、どっちでもいいだろうと答えるしかなかった――すると彼は私の意見に喜んだのである。ところでグレームはもう一度『空とぶ絨緞』の構想を練り直しており、カリダッドとの情事を蒸し返していた。私はどうかというと、ダイアナ・トゥリーを誘惑する計画にかかりっきりだった。彼女ほどのインテリ女はいなかったし、文学問題ではあらゆる点で意見が合わなかったけれど、人生問題では同じことで笑いあった。しかし、彼女を愛慕する気持は欲情によって補われるというより混乱したし、彼女はいまだにどぎまぎするような素早さで男を取っかえ引っかえしていたけれど、私は自分の順番をひたすら待っていた。

十八歳になるかならない年で、私は自分の情熱が大きな問題だと感じていた。十八といえばセックスへの尽きない関心がある年ごろで、人生で最も重要なことはそれだと思えてくる。パリの巷が夏の暑熱にうだる頃、思い出の記も遅々として筆が進まず、私はかなりの時間をモンパルナスで過ごし、かりそめの恋にうつつを抜かした。金に糸目をつけず、努力も惜しまなかったけれど、使った金と払った努力に見合う結果はとうてい得られなかった。今にして思えば、最大の間違いは売春婦に不当な偏見を抱いていたことだった。あの頃は彼女らをほとんど女とは認めなかった。しかし、まもなく私は売春の最も快適な側面を紹介され、あの若き男たちの寄港地でありパラダイスでもある許可監察を受けたパリの売春宿という重宝な施設を利用するようになった。

近くのグラシエール通りには図体のばかでかいアメリカ人画家、シドニー・スクーナーが住んでいた。これ迄のところ彼は持ち前の画才をほとんど示さず、トロンボーンのプロの演奏家や、劇場のポスターのデザイナーになったり、衣裳史の本を書くなど、折角の画才を浪費していた。こうした活動は持ち合わせのない忍耐力を必要とするばかりか、もともと向いていなかった。彼は社交術に長けており、画家仲間にはパッシン、キスリング、ピカビアらがいたが、真摯な画家としての道を彼はまだ手探りで歩き始めたばかりだった。彼はとりわけ売春婦が好きだった。

私たちはドームで既に会っており、まもなく行き来する間柄になった。彼のアトリエには黒いソファや、椅子や、中国風衝立や、壁画などがふんだんにあったが、トルコかエジプトの知事の住居でもあるまいにベッドにはテントが張られ、黒地のクレープデシンのシーツが敷かれていたが、こんなのを見たのは初めてだった。「黒い生地が太った肌の白い女には映えるんだ」と彼は説明した。「それから生地のごわごわした感触が肌をうまいぐあいにくすぐる。俺は別に官能的な方じゃないんだが、そうした舞台装置は嫌いでもない」

彼の絵はいいと思ったが、ドゥアニエ・ルソー*〔ドゥアニエはアンリ・ルソーの愛称。税関吏の意〕を意識的に真似すぎている、というのが率直な感想だった。全ての絵の片隅に小さな乳母車*が描かれていることにも気がついた。「奇妙なことだがどうしても描きたくなる」と彼は説明した。「描かずにはいられないんだな。気違いじみている、構図を壊してしまう、レッテルを貼られるぞ、と自分に言い聞かせて描くまいとするんだが、駄目なんだ。どこかにあれを描かないではいられないんだよ」精神科の医者にかかってもみたが効果はなかった、と彼は言った。

彼が付き合っている情婦は右岸で練り粉菓子職人として働く大柄で太った賢そうなフランス人の女だった。彼女は絵に関心はなく、彼がとりわけ好きだとも見えなかったが、彼に言わせればいつでも相手になってくれるし、焼き立てのパイの皮のすてきな匂いのするところが何とも言えず良かった。しかし彼は売春宿に足繁く通う男でもあって、ボブが『生存の政治学』に入れあげている最中に、いいところがあるんだ、一緒に行かないか、と誘ったぐらいだった。

「とても静かで、けばけばしくもなければ値が張りもしない」と彼は言った。「鑑札付で、もちろん検査も受けている。れっきとした由緒もある。何でもエドワード七世がお忍びで通った、というからな。――とにかく、カウンターの上に彼の油絵が掛かっているよ。先ずポルト・サン－ドニの近くで夕めしを食おう。パリきってのカタツムリを食わせるレストランを知ってるぜ」

グレームはその日の午後にディンゴでサイコロ賭博をやって百フラン稼いだから、私たちは二つ返事で賛成した。

レストランは非常に暗く、壁面のタペストリーは朽ち、シャンデリアはガス灯で、鏡は曇っていた。年配のいかにもれっきとしたまだら顔の客で座席の半分が埋まっていた。彼らは申し合わせたように皿に覆いかぶさるようにして食事に余念が無かったが、彼らの多くはジュースやソースでワイシャツが汚れるのを防ぐためによだれ掛けをしていた。スクーナーは四ダースのカタツムリと、エビのブロイルを三匹と、シャブリを一本注文した。

こんなカタツムリを食べたのは初めてだった。太くて柔らかくて、とても香ばしい。焦げたバターとパセリとニンニクのソースのなかで泳いでいる感じで、スクーナーは半分以上を平らげたから、私はエビが出てきて初めてありつくことができた。

パリというところには、こんなレストランはちょっと探しさえすれば掃いて捨てるほどある、とスクーナーは言った。「レストランで気をつけることは一つ、ボーイ長だ。姿を見かけたら回れ右をして出る。それから、こんろ付卓上鍋にも気をつけろ」

「いいレストランはどうやって見分けるのかな」とグレームが訊いた。

「俺に言わせれば、いい店である印は小さなメニューと、テーブルクロスと、そのへんに年取った犬がいること、この三点だ。しかし、大抵は勘でわかるけどな」

「経営者がブルーのエプロンを締めているところはどうだろう」と私は訊いてみた。

「そうだな、あの風変わりな衣類は食い物が美味いことの印だ。ひょっとすると不味いかもしれんが、勘定は間違いなく高いし、恐らく計算も間違っている。いいレストランの経営者は夏にはワイシャツ姿で、冬場はウールのコートセーターと決まっている。また、奇妙なことだが、経営者が痩せて、禿頭で、冴えない顔をしている方が食い物は美味い、と決まっているんだな。そんな馬鹿なと思うかもしれんが、俺はいいレストランのこうした特徴をロンブロゾ*が犯罪者の人相の特徴を決めるに当たって到達したルールを発見したのと同じ要領で集めたんだ。言うまでもなくロンブロゾは科学者だが、画家の目は作家の目のように無意識裡にこういうことを記録するんだよ」

私たちはポルト・サン゠ドニの向かいの小さなカフェでコーヒーを飲んだ。十一時近い時間だったが、七月の夜は穏やかで、香ばしかった。空には夕方の紫の光の名残が漂い、長いドレス姿の女店員や、小さな山高帽をかぶって体にぴったりの服を着た会社員が、ゆっくり歩いていた。モンマルトルの上空には石鹸の広告の赤ん坊がにこにこ笑っていた。私たちはコーヒーにセント・ジェイムズ・ラムを入れ、最後のアメリカタバコを吸った。やがて私たちは腰を上げて売春宿に向かった。酔っ払いが女を買いに来るまえで、売春婦がまだ眠気を催さない今の時間が一番の潮時だ、とスクーナーが言ったからである。

「開店は六時で、閉店は午前四時だ」と彼は言った。「ところで金は十分にあるか？」

七ドル近く残っていた。「ありあまるほどだ」とスクーナー。「デラックスなナイトクラブじゃないからな」

ピンクの明りが控え目に照らすサン・アポリーヌ通り十五番地の入り口が高くて狭いビルに入るやい

なや、そこは裕福な暮しに退屈している人々の古風な住居ではない、ということがわかった。狭くて暗い廊下を歩いていくと、赤い明りが点って赤い壁紙の張られた大きな部屋があって、そこには低いテーブルや、子供の頃に見たカナダ鉄道の一等車のようなフラシ天張りのベンチが置かれていた。黒いアルパカのチョッキを着て、長さが床までの白いエプロンを締めた年配のウェイターが男女のカップルに飲み物を出した。女性はみんな若くて全裸であることがたちまちわかった。戸口の一段高いところに勘定台があって目つきの鋭い小綺麗な老女が坐っていたが、彼女は黒い衣裳を着てスティール縁の眼鏡をかけ、白髪をきちんと後ろで結わえていた。部屋の向こう端の大きなエドワード七世の微笑をたたえた肖像の下の、ビールのグラスの載った長いテーブルの向こうではさらに十人あまりの全裸の美女がタバコを吸いながらお喋りをしていた。彼女らのくつろいだ様子には魅力があった。私たちは隅のテーブルに腰を下ろし、冷やした発泡ワインを一本注文した。年配の女性はスクーナーに向かって慇懃にうなずき、私とグレームに射るような一瞥をくれると、美女のテーブルに指を一本上げて見せた。そのサインで彼女らはみんな立ち上がって駆け出し、尻を振り胸を揺さぶりながら肉の奔流よろしく私たちのテーブルに殺到して猥褻な科白を口走り、舌を出すなどした。

「好きな女を選ぶんだ」とスクーナーは言った。「いずれにしても三人に飲み物を奢らねばならん。選ばれなかった女は飲み物を自分たちのテーブルに持ち帰るからな」と言って彼は女たちを楽しそうに品定めをする目で見た。「俺は真ん中の大きなノルマン女が気に入ったな」彼はカンタロープ〔南欧のメロン〕のような乳房をした見事なブロンドの女を指差した。すると女は勝利の雄叫びを上げ、たちまち彼の隣りに割り込んだ。

私はすでに相手を選んでいた。髪をショートカットにした小柄で面白そうなブルネットだが、戦略的なあらゆる箇所の毛を剃り、ラインストーンの首飾りをしていた。彼女は腰を下ろして私の手をしっかり握った。グレームは決めかねていた。彼の最終的な決定は個人的な好みに従ったというより同情に動かされてのことに違いない、と私は思った。彼女は美人だったが黒人との混血女性で、後ろのほうに立っていたところから内気そうに見えた。見事なナシ形の乳房が二つ突き出し、両手は頭の後ろで握りしめ、情感の籠った目を天井に向けていた。

女たちは何なりと飲むことになっている無害な飲み物を注文した。背の高いグラスに入った色が深紅の飲み物がスプーン付きで三人に配られた。

「これは只のレモネードとザクロのシロップなの。あなたにお願いがあるわ。アルコールの入ったものを飲みたいけれど、マダム・ヒブーが見ていないときに発泡ワインをグラスに注いでほしいの」

マダム・ヒブーには十二対の目があるようで、これは生やさしいことではなかった。しかし、古めかしい黒服を着たいかめしい顔の顧客がベンチからやおら腰を上げ、女の一人のあとから勘定台の方へ歩いていった。すると彼女は部屋代の支払いと帳簿への記入に注意を引かれた。私はその機会を捕らえて半ば空になった女のグラスにワインを注いだ。すると女は一気に飲み干した。

知的な内容からは程遠かったけれど、会話はそこそこに楽しめた。しばらくすると、ノルマン女とブルネットの間でベッドの技巧について自慢話が始まった。話を聞いていると、性の技巧に関するかぎり女たちにはできないことはなさそうだった。セネガルから最近来たばかりだというグレームの混血女は、フランス語は片言しか喋れず、ときおりすてきな歯を見せ、目をくりくり回すだけだった。「彼女は自然児なの。でも心は金だわ」とブルネットは言った。

「そろそろベッドへ行きたくなったぞ」ワインを一本空けるとスクーナーが言い出した。「言っておくけど、時間で帰るかぎり部屋代は十五フランで女は一人二十五フランだからな。泊まればその倍だ——しかし、これは市外からやって来てホテル代を節約したいビジネスマンの場合だ。入って来たとき部屋代は勘定台で前金で払った。女の代金は後払いだ」

請求書をマダム・ヒブーから受け取ったあとで、私たち六人は腕を組んで階段を昇り、年かさの兎唇の客室係の案内で続き部屋の三部屋へ通された。その女は請求書を受け取り、お望みならばあと十五セント出せば部屋同士の鍵は空けておくがどうか、と訊いた。「そのほうがバラエティがあっていいでしょ」と彼女は言った。「思慮深さが犠牲になるわけじゃなし」これはいい着想だと思われた。私たちは余分の金を払い、ぶっ通しで部屋を使うことにした。

「それから言っておくけど」と客室係は言った。「一時間たったら時間になるから帰ってもらうからね。アーネット」とスクーナーの相手に警告した。「お前、大声を上げたりしてみっともない真似はするんじゃないよ！　それじゃ旦那方、ごゆっくりどうぞ」

私たちは早速夜の仕事に取りかかった。私にとっては、フランスの売春婦の初体験は天の啓示だった。こんなに楽しい経験をしたことはいまだかつてなかった。私は、ルイ十五世が感じたジャンヌ・デュ・バリー*の魅力をすぐに理解することができたし、それが彼女の「単純な売春婦らしく扱ってやっただけだわ」という短い言葉によく表現されていることもわかった。グレームはしばらく休んだあとでアーレットに乗り換え、スクーナーはブルネットに乗り換えた。で、私は混血女にスイッチした。しかし、アーレットに乗り換える番が来ると続けられる状態ではなかったので、彼女は第三コースをひた走るグレームとスクーナーを横目にビデに腰掛け、ノルマンディーの農園で過ごした日々の話で私を楽しませた。

「いつかそこへ帰りたいのよ」と彼女は言った。「子供をたくさん産んで、ガチョウを何羽か飼うの。だけど、それにはお金が要るでしょ。だからチップ頂戴。そしたらお友達にあなたが駄目だったなんて言わないから」

この脅迫に五フラン払うと彼女は愛情を込めてキスをした。それから髪に櫛を入れているとドアを叩く大きな音がして、客室係の兎唇ごしに空気の漏れる擦過音とともに「時間だよ、旦那方」という声が聞こえた。

グレームとスクーナーは一分後に姿を現わし、私たちはまた腕を組みながら階段を下りた。マダム・ヒブーに勘定を払って、みんなして女たちに世辞を言い、お休みと別れの挨拶を交わしてビロードのようなパリの夜気に紛れ込んだ。サン゠ドニ地区がこれほど美しくバラ色に見えたことはなかった。カフェや店には煌々と明りが輝き、薄地の夏のガウンに身を包んだ歩行者がひっきりなしに通る。彫刻を施された古風な門そのものは、どこからどこへ行くともわからぬ壮大な入り口のように佇み、交通に対する一種のえも言われぬ不必要な障害物となって、フランスの象徴よろしく空に突き出ているように見えた。何と幸福で平和に感じたことだろう！

スクーナーは腕時計を見ていた。「地下鉄の終電に間に合いそうだな」と彼は言った。「セレクトでチーズトーストなんかどうだ？」

一時ちょっと過ぎにモンパルナスに着いて、店の特製料理に舌鼓を打っているところへダイアナ・トゥリーが突然タクシーから降りてテラスに現われた。彼女はドラマティックなミッドナイトブルーのケープを纏っていた。

「あら、みんな一緒なのね」と彼女は叫んだ。「素晴らしいニュースがあるの。一杯奢って、スクーナーさん！　ウィスキーの水割りでいいわ……」

ウィスキーを飲みながら彼女は雄弁になった。彼女の四番目か五番目の小説が出版されたばかりで*ロンドンで反響を呼び、百ポンドの印税を前払いで受け取ったばかりだという。

「一年は食べていけるわ！」彼女は叫んだ。「嬉しくて歌いたいぐらいだわ。ゲーテの小説に登場する若者の一人は何と叫んだっけ？*そうだ、『宇宙にこのキスを！』だったわ」彼女は両手を上げ、空に投げキスをした。「ところで、あなたたちは何をしてたの？」

「色々やったけど、中でもカタツムリを四ダース食ったばかりだ」とスクーナー。「それで今はチーズトーストを食っている。腹ごしらえ中というわけさ」彼女はテーブルの下で私の膝を物凄い力で握って目を潤ませた。こんな美しい彼女は見たこともないし、これほど魅力的だと思ったこともなかった。灰色がかった青い目が恍惚境に潤んでいる。

「トイレに連れてって」彼女は私の耳元に囁いた。「タクシー代に一スーの果てまで使っちゃったのよ」彼女について急な階段を下りた。小さな踊り場で彼女は私の首っ玉に抱きつき、「ねえ、今夜一緒に過ごさない？」と囁いた。「わたし、とっても幸せなの」

「だけど、どこへ行くんだ？　ボブやグレームのことだってあるし――実を言うと気分があまりよくないんだよ――カタツムリのせいじゃないかと思うけど――」

彼女はケープを肩に掛けたまま一言も言わずくるりと回れ右をしてトイレに姿を消した。私は二十五サンチームを皿に入れ、トイレ係の女にお辞儀をして階段を昇った。悪行には罰がつきものだが、これは清教徒の守護神による復讐だ、と私は思った。

みんなしてタクシーでブローカ通りに戻り、ダイアナと不屈のスクーナーは彼のアトリエに降ろした。一時的に悲しくなりはしたものの、私はワインの助けを借りていくぶん元気を取り戻し、ラインストーンのネックレスを下げたブルネットを思い出しながら眠りに陥ちた。

10

翌朝ボブは、これから北アメリカ文学界の希望の星に会う、と言った。「名前はキャラハンだ。*『奇妙な逃亡者*』という本でしこたま入った金を尿瓶《しびん》に入れてパリにやって来たばかりだ。読んだことはあるか？」

「いや」とグレームが言った。「しかし「ニューヨーカー*」に載った彼の短編は知っているよ。都会的ないい作品だった。ヘミングウェイの小説に似ているけど、ちょっと哀調があって、道徳的なところが違う」

「そうか、フィッツジェラルドがいいと言っているから*恐らくくだらんだろう。それはとにかく、金をうなるほどもってるからメシでも奢らせてやろう。彼もカナダ人だ。どんな奴だと思うかね」

「そうだな」とグレーム。「背が高くて、痩せて、金髪で、皮肉屋で、縦縞のスーツを着た男、というかな。とにかく文体からそんな感じがするよ」

「くだらん」とボブは言った。「そう聞いても驚きはしねえよ。都会的なニューヨーカータイプとはどんものかわかってるからな。なあに、高が立身出世主義の徒輩《やから》じゃねえか」

しかし彼は剃刀の刃をじっと見つめながら注意深く髭を剃り、ソックスで靴を磨き、新しい水玉模様の蝶ネクタイを絞め、ヴァンジラール通りにまだ借りているホテルの部屋に出かけた。そこでキャラハンと会うことになっていた。

「四時頃クーポールのバーで会おう」と彼は言った。「それまでに相手を手なずけておくからな。都会的？　都会的が聞いて呆れるよ。こう見えて若い頃にはジョン・バリモアを手玉に取ったもんだ。しかし待てよ、君ら二人とも髪を刈ってこい」

私はグレームと床屋に行って、四時頃までその辺でぶらぶらしていた。クーポールや、ドームや、セレクトや、ロトンドを覗いたけれどボブは見かけなかった。五時までにはディンゴ、カレッジ・イン、フォールスタッフと覗いてみたがやはりボブはいない。フォールスタッフから出てきたとき、角の小さなタバコ屋に男女の二人連れと一緒に坐っているボブを見かけた。彼が声をかけてきたから私たちは腰を下ろした。

モーリー・キャラハンは小柄で色黒な、ずんぐりした男で、ストライプが入った襟なしのワイシャツを着ていた。丸顔に小さな口髭を生やしているのでヘミングウェイと見間違うほどだった。小さな抜け目のない政治家風の目までそっくりで、唇を曲げてにやっと笑い、取り入るように響く声までよく似ていた。彼の妻もやはり背が低くてずんぐりむっくり、珊瑚色の服を着てビーズのネックレスをかけていた。二人とも親しげで気取りがなかったから私はすぐさま好意をもった。小さな町からやって来た人に会うような感じだった。私たちはもっと早く見つけられなかったことを詫び、クーポールを覗いてみたことも打ち明けた。

「あのクーポールという店は好きになれなかった、勘定が高すぎます」とキャラハンは言った。「ここの飲み物は味もあそこと同じ程度にいいんですが、値段はずっと安い。どうかね、ロレット？」

「そうね、十五パーセントぐらい安いわね、モーリー。あなたもこの町には同じ見方をしているのね。美しい町だけれど、フランス人は何でも手に入れようと追いかけてくるのね。そう思いません、テイラーさん？」

「ええ。でも、そのうち慣れますよ」

「それはそうだな」とモーリーは言った。「私たちはアパートを探しています。泊まっているホテルはひどく高いものですから」ここで彼はだし抜けに話題を変えて訊いた。「ところで、ジェイムズ・ジョイスにはどうすれば会えますか？　マコールマンさん、あなたは彼をご存知だと聞きましたが」

「確かに知っています」とボブは答えた。「しかし、パリでは何をするつもりです？　物見高い文学好きみたいに有名作家に会いに行くんですか？　言わせてもらえば私だって有名ですよ。何でも訊いてください。何だったら署名しましょうか？」

「あなたは立派な作家です」とモーリーは言った。その言葉に彼の性格の力が現われていた。「しかしあなたはジョイスではない——まだそこまではいっていません」と言って彼は言葉を継いだ。「ジョイスは偉大な小説家です。『ユリシーズ』は今世紀最大の小説だといえます。私は彼にはとうてい及びませんが、あなたはどう思いますか？」

「それは謙遜ですよ。あなたは一流の小説家だと自負しています。隠そうたって私にはわかります。なぜそれを認めないんですか？　なぜジョイスが今世紀最大の作家だなどとくだらないことを言うんです？　ジョイスをそんなに高く買っているのならば、ヘミングウェイのような糞詰《ふんづ》まりの小説家をアイドル視するのはやめてジョイスを模倣すりゃいいんだ。ヘミングウェイの文章なんて痩せて、ぱさぱさして、糞詰まりで、無表情じゃないですか。純真ぶりやがって鼻持ちならん」

「マコールマンさん、冷静になりましょう。何よりも先ず、私がジョイスのような文章を書かないのは書けないという単純な理由からで、彼のように書けといわれても無理な話です。しかし、ジョイスを崇《あが》めてもいいでしょう」

「いや、いけません。ジョイスを崇めながらヘミングウェイのような文章を書くのは許されません。それじゃあなたは売女《ばいた》ということになる」

モーリーの顔が赤くなった。「あなたは面白い人だ。本気で言っているのかどうかわかりませんが、私が最大の努力を払って書いていることに間違いはありません。あなたは私の作品を読まないかもしれませんが……」

「あなたの作品は読んだことがありません、「ニューヨーカー」は読まないのでね*」

「じゃあ一体何を話しているんですか？　恐らくジョイスも読んだことがないんでしょう？」

「そのとおり！　ジョイスもヘミングウェイも読んだことはないんですよ。だいいち彼らは知っているから読む必要なんかないのでね――それにモーリーさん、あなたも知っていて好意をもっています。特に怒ったときなんかね。あなたが優れた作家であることはわかっています。いい作家であるかどうかは怒ったときにわかるんですよ」

「あなたたち、議論はもうおしまいなの？」とロレットが言った。「それじゃどこかでお夕食にしましょう」

「それがいい。しかしこんなおんぼろ店じゃだめだ。マコールマンさん、どこかに安くていいレストランはありませんか？　フィッツジェラルドの話ではあなたはパリの隅々まで知っているそうだから訊くんですが」

「私の世代は夕めしは食わないんですよ」とボブは答えた。「もう一杯飲みたくなった。ボーイ、ウィスキーの水割りを五杯くれ！」

会話は同じ調子で続いた。どういうわけかボブはひどく粗野だった。モーリーは辛抱強く真面目な態度を崩さない。やがて座が白け、私は注意が散漫になった。

みすぼらしい格好をした小柄な老人がピンクのチラシを手にやって来ると、

「パリの雌鶏のガイドだよ！」と甲高い震え声で叫んだ。「パリ中の若い女とたったの十フランで遊べるよ。ほらこのとおり名前や住所がぜんぶ書いてある！」といって彼はにたにた笑いながら舌なめずりをした。「ああ、かわいいめ雌鶏ちゃん、パリの喜びのわ若い娘っこだよ！　さあ、買った、買った、バラのガイド*を買った！　パリ中のかわいいめ雌鶏ちゃんがたったの十フラン、十フランだよ！」

そばに坐っていた二人のアメリカ人が笑いだした。小男はピンクのチラシを揺らしながら彼らに近づいた。

「パリ中の女の子が十フランとは安いな」と一人が言って青い十フラン紙幣を差し出した。すると小男は紙幣を引ったくり、チラシを一枚渡すと逃げ出した。二人は背を屈めてバラのガイドにしばらく目を通し続けた。「おい、これは本物だな――『ピエレットは美的なマッサージをします』『スージーの*店では殿方の望むことは何でも致します』『黒人の個室でマドモワゼル・フロッギがお待ちしています。各種特別サービスあり』だとさ」

「こういう女たちはどこでつかまえるんだ？」

「電話番号が書いてあるじゃないか」

「番号だけだ――交換局が出ていない……」

二人はチラシを仔細に見た。やがて一人が呆れ顔で片隅を指差し、「出ていないわけだよ、これの印刷は一九一〇年だから」

「畜生、一杯食わせやがって！」

ロレット・キャラハンは私にむかって首を横に振り、「人を騙すなんていかにもフランス人らしいわね」と言った。

「あれは君の言う都会的なニューヨーカータイプの男だよ」安いレストランを探しにモーリーとロレットが出かけるとボブは言った。

「あの夫婦はとてもいい人たちだよ」とグレーム。「彼は頭がよくて決断力もあるし、奥さんが献身的だ。成功すると思うな」

「何を言うか、只の馬鹿で都会的な田舎者に過ぎん。感傷的なカトリック教徒だ。何かあるとすれば子供の素質だよ」

「努力家に違いないと思うけどな」と私は言った。「見習いたいよ」

「彼のように努力なんかするんじゃないよ、馬鹿。努力をしたからといってどうにかなるもんじゃない。本物の作家は言葉を大事に仕舞っておくものだ。感情や、情景や、人生の本質を率直に表現するのが本物の作家なんだ――俺みたいにな。文学論なんて糞食らえだ！」

私は『生存の政治学』が手を付けたばかりでもたついていることを思い出したが黙っていた。ボブがその気で本腰を入れさえすれば筆も進むのだろうが、そうなればなるで書けないことがはっきりして尚更いけないのかもしれない。

「文学論は退屈だ」とグレームが言った。「詩人のお喋りみたいにつまらないよ——彼らはみんな生真面目で、時流をかぎ分け、互いに引っ掻きあうかキスをしあっているかのどちらかだ——」

「綺麗なシャツを着るのが作家がすべきことの全てだ。やあ、カリダッド、まあ坐って一杯飲め」とボブは言った。

「じゃ、頂こうかしら。グレームさん、真面目くさった顔をしているわね。あなたたちはみんなそうよ。そういう顔をするのはすぐにやめなきゃ。今夜いいパーティーがあるんだけど、わたしと一緒に行かない?——詩人や、絵描きや、作家の集まる本物のパーティーだわ」

「俺はやめておこう」とボブは言った。「せわしないパーティーがどんなものかわかっているからな」

「でも、これは有名人が大勢来るパーティーだわ——金持ちもたくさん来るし。ホステスはアメリカの偉大な女流作家、ミス・ガートルード・スタインだわ」

「あのオールドミスか! 君ら三人は行けばいいだろう。行って文学のげろでも嘗めるんだな。俺はごめんだ」

「とにかく先ず夕食にしましょう」とカリダッドは言った。「わたしは金欠だから払ってちょうだい。でもね、ボブ、クーポールの不味い鴨だけはごめんだわ。スパゲッティがふんだんに食べられるサトーみたいな安いところに行きましょうよ」

私たちは角を曲がってフォールスタッフの上の階のサトーへ行った。料理の量と安い赤ワインで有名な店だったが、ここの料理は美味かった。それだけで腹が一杯になるミラノ風スープがいつもあるし、葡萄入りでマルサラ〔シチリア産のワイン〕に漬けた一種の黄色いケーキでできたすてきな自家製菓子を食べさせる。カリダッドは喋りどおしに喋りながらアンチョビを一皿と、ボウル一杯のミネストローネ〔米・麵類・野菜などの入ったスープ〕と、一盛りのスパゲッティと、オッソブーコ〔骨つきの子牛の脛肉の煮込み〕、それに菓子を平らげた。ボブは子牛のカツレツをいじり回し、私とグレームはグリーンペパーと、セロリと、ライマメをあしらった香ばしい兎のシチューを食べた。それからコーヒーを飲みにドームへ出かけた。

「これからミス・ガートルード・スタインのところへ行って国際教養を吸収しましょうよ」カリダッドはコーヒーに十セントラムを注ぎながら言った。「彼女のパーテイはお上品で、いつもお金持ちの男が大勢来ているところがとても気に入っているのよ。女は食べていかなけりゃならないでしょ。ボブ、あなたは有名な小説家だし、本を出版する実業家でもあるわけだから、ぜひ顔を出すべきだわ。そうすれば騎士を三人従えて行くわけだからわたしにも箔が付くわ。――ここから通り二、三本しか離れていないんだから行きましょうよ――」

「くだらん。彼女のパーティーには行ったことがあるから家ぐらい知ってるよ。二度と行くもんか。ガートルードは五ポンドの本を出版するために俺に金を払ったけど、それ以来俺たちは変わった。俺が利益の一部を隠している、と彼女は思っていやがるんだ。俺は行かん。君らは急いだうがいいぞ」

私もグレームもガートルードの作品は別に好きではなかったが、偉大な女性には心から会いたかった。彼女に会ったことを父宛の手紙に書いてやれば、仕送りの金を増やしてくれるかもしれない、と当て込む気持もあった（マギル大学の英文学科で父が彼女の人物について問い合わせたことが一度あった）。月額五十ドルの仕送りで暮すことはほとんど不可能になりつつあった。私たちは常に金が足らず、十分に飲んだり食ったりができなかった。ボブはしばしば気前よく振る舞っていたが、彼も手持ち金が乏しくなって、じきにまた義父に無心しなければならなくなるのは目に見えていた。外国人だから正規の仕事には就けないし、グレームのポーカーダイスの腕が鈍って、損をすることは滅多にないとはいえ百フラン稼ぐのに一時間以上かかることもしばしばあり、アメリカ人のバーの常連の退屈な会話を我慢しなければならないことも多かった。最悪の事態は、彼が作戦中に稼ぎの四分の一近くも使って彼らと酒を飲まねばならないことだった。

　そんなわけで私たちは六月の夕方、プラムブルーの明りのなかをカリダッドと連れ立ってラスパイユ大通りを出発して*フルリュ通りに着き、葉が枯れ落ちたような女性に迎えられた。彼女はカリダッドの姿に驚いた様子だった。

「ミス・トクラス！」カリダッドは愛情あふれる叫びを上げた。「ずいぶん久し振りねえ。わたしはカリダッド・ドゥ・プルマよ、覚えていらっしゃるでしょうけど。で、この人たちは若きカナダ人の大地主さん、あなたや、あなたの有名なお友達に紹介したくて連れてきたの。ロバート・マコールマンさんと一緒に来るつもりだったけれど、彼はよんどころない用事で引き止められちゃって」

　彼女は喋りながら抵抗できない力に引き寄せられでもするように前へ進み出、ミス・トクラスは退いた。そして気がついてみれば私たちは、地味な服装をしてもの柔らかな口調で喋る人々が大勢いる広い部屋に足を踏み入れていた。

　教会の内部のような雰囲気で、私はモーリー・キャラハンに会うために着た一張羅のダークスーツ姿だったことにほっとした。カリダッドはパーティーに招待されていなかったのに私たちを引き連れて押しかけたのではないか、という疑問が沸いてきた。しかしカリダッドは、招待されていようがいなかろうが、程なくパーティーの中心になって輝きはじめた。彼女の魅力はきらめき、大きな歯は白く光り、染めた髪は和らげた照明をとらえた。彼女はグレームや私などもはや眼中になく、例によって金持ちを物色しているな、と私は思った。

部屋は広く、落ち着いた色調の家具が備わっていた。しかし、壁面には収集したブラック、マチス、ピカソ、ピカビアらの豪華な絵画*がところせましと並んでいた。私はそうした絵画の集積的な影響から回復した途端、部屋の向こう端にブッダよろしく鎮座するそれらの所有者の影響のもとにひれ伏していた。

恐らく彼女を取り囲むへつらいの雰囲気のせいでもあろうが、ガートルード・スタインからは後光のようなものが射していると思った。ある種の黄麻繊維の粗い布で仕立てたらしい床まで引きずるガウンを纏った長斜方形の彼女の体は絶対に反論できないという印象を与え、裾の襞におおむね隠れた踵は寺院の柱の基部を彷彿させた。彼女が身を横たえるなど考えることさえできなかった。往時のローマ帝国風にカットした髪は、あいにく首筋の美的な助けがないから農婦紛いの広い肩に降りかかっていた。目は大きくてあまりにも鋭い。私は彼女に魅力と嫌悪の入りまじった奇妙な感情を覚え、まるで信じることのできない異教の偶像ででもあるかのように本能的な敵意と、不本意ながら尊敬の念を抱いた。

彼女の視線が私に注がれ、知らぬ男として退けると、彼女自身の小さなサークルに戻っていった。私は居心地の悪さを覚え、グレームを見つけて一緒に帰ることにした。このパーティーには私なんか只の邪魔者だ、ということはわかっている。しかし、折りしもナーワールがやって来て面白い話をはじめたから席を立つわけにはいかなくなった。

「ジェーン・オースティンの小説を初めて読んでいるんだが*」と彼は持ち前の鼻にかかったもの静かな声で言った。「これが実に面白い。誰か同じ意見をもつ者はいないか、探しているところだ。彼女の小説はなかなか出来がいい――ここにいる作家たちのなかで彼女の小説を私ほど本気になって読んだ者はいないと思うな。実際問題として、大抵の人は彼女の小説が好きでもないようだ。しかし、この嫌悪感は彼女が相当な地位の女性だったという間違った印象に基づいているんだよ」

「ジェーン・オースティンがかい？」

「私は彼女がふしだらな女だったとか、処女ではなかったと言っているのではない。きっと処女だっただろう。要するに彼女は貴族で、ブルジョワではなかったし、鼻持ちならない女ではなかった。貞操や礼儀作法などという社会的慣習はどうでもよかったんだな」

「しかしヒロインはそれを問題にしている」

「そうだ、そう見える。彼女らはそうせざるをえなかった。さもなければ初めから物語にならない。しかし、オースティン自身は問題にしなかった。『分別と多感』のヒロイン、原・ヒロインは誰なんだ？　それはマリアンであって、マリナではない。『高慢と偏見』はどうかね？　それは軍人と駆け落ちする若い女性だ。『エマ』のどこが悪いか？　エマだよ」

「ウィロビーやウィッカムは彼女の本当のヒーローだという意味？」

「いや、彼らは操り人形にすぎない。わかるかね？　しかし、彼らはオースティンが心から愛した行動と男らしさという暗い人生原理を象徴している。マリアンとリディアが女性解放という人生の力を象徴しているようなものだ。アン・エリオットがウェントワース大尉に惚れ込んだとき――彼が三人目のWだったことに気がつくだろうがね――それは同じことだった。但し今回は彼が飼い馴らされていたことはあるがね。これは私が昨日気がついたオースティンの才能の新しい概念で、プリンス・ルーシファー*が多くの学者も明言しているように『失楽園』の真のヒーローであるという事実からヒントを得たんだ」

ジェーン・オースティンは一種の早期のD・H・ローレンスだとするこの考え方は新しいものだった。彼女の小説の価値がこの異常な解釈によってこれほど高く評価されたことはいまだかつてなかった。これこそ真の賛辞というべきだった。

「オースティンの肖像画があるかどうか知っていますか？」

「従姉妹が水彩で描いたと思います」

「なるほど、それじゃ大したものじゃない」彼は満足そうに言った。「それというのも彼女の想像上の肖像画を考えていたからでもあります。森のなかで白くて長いドレス姿でキノコを見ているところを描いた絵ですな。しかし、周り一面にはまっすぐ伸びた太い若木が立ち並んで——一部は根と茎の間が白い小さな黒い木で、教会の牧師の象徴、なかにはブルーで、大英海軍将校を象徴するものもあります。また、ミニチュアの人間を背景に立たせることも考えています。魔女のような服装をした一種の小妖精ですが——まだはっきりしたことは言えません」

「なるほど結構な構図です」

「構図の焦点はキノコということになるでしょう」と彼は言った。「それは、ほとんど一夜にして開花した彼女の才能を象徴しています——及びそれの限られた特質というか、それが世の荒波から守られ、避難所だったことを示唆しているということ、わかりますか？——加えて構図の経済性を表わしているわけです」

「食べられるキノコがですか？」

「そのとおり。それが肖像の秘密なんです。見る人は知らないし彼女も知りません。我々は性の神秘に直面してジェーン・オースティンの疑問のお相伴をするのですよ」

客が数人、取り囲んでいるところを見れば、私たちはガートルード・スタインのパーティーには珍しい活気をともないながら喋っていたに違いなかった。

「あなたたちはジェーン・オースティンの話をしているんですね？」と茶色の長い口髭を生やし、ツイードの服を着たイギリス人が言った。「話題はお互いに排他的です。あの干からびたゲス女は長年レースカーテンの向こうで暮してきました。彼女は石版刷りの絵みたいなもので、価値などありません。そうだろ、ガートルード？」

私は突然そのとき女主人が前へ進み出て刺すような目で私を見つめていることに気がついた。

「あなたを知っていたかしら？」と彼女は言った。「知らないわね。恐らくあなたはジェーン・オースティンを崇拝する馬鹿な若者の一人だわ」

ナーワルは静かに姿を消しており、私はミス・スタインと、ツイードの男と、ミス・トクラスの真ん前に立っていた。招かれざる客であることに居心地の悪い思いをしていた私は、彼女の口調の計算された侮辱に気付いてかっとなった。

「そうです」と私は言った。「あなただって彼女を崇拝しない馬鹿な老婆の一人じゃないか」

太ったブッダに似た顔は微動だにしなかった。ミス・スタインは砲台の大砲よろしくきびすを返して、悠然と歩み去った。

ツイードの男は彼女に蹤いては行かなかった。彼は口髭を震わせながら私のほうへ上体を傾げ、もの静かな声で言った。「たった今ここを立ち去らなければ、あなたを身体ごと表へほうり出すことに大きな喜びを感じることになりますが、それでいいですか？」

「本気でそうしたければ」と私は答えた。「三分間表で待って、出てきたら目にものを見せてやるぜ」

言い捨てて外へ出た。私は歩道できっかり三分待ったあとで(それまでに相手が出てこないとわかってほっとした)、ドームまで帰った。十五分後にグレームがやって来た。

「招待もされないでパーティーに出かけるのはこれが最後だな」と彼は言った。

11

その後二、三週間はモーリーやロレットと頻繁に会い、彼らがますます好きになった。二人はホテル・ニューヨーク*から安いアパートに越すとくつろぐようになった。彼は女主人について奇妙な話をした。

「私のフランス語はあまり上手ではないが、私に理解できた限りでは彼女の夫はニューヨークのメトロポリタン歌劇場で歌っているらしい」とモーリーは言った。「しかし彼女には恋人がいてね、毎日二時に来るらしい。郵便配達夫みたいな制服を着た小柄な男だ」

「フランスの女って手が早いらしいから」とロレットは言った。

モーリーは新しい小説に取りかかっていたが、彼の仕事ぶりが刺戟になって懸命に書き進めた結果、六月末までには第三章の終りまで漕ぎつけた。彼自身の作品が最高の技巧を駆使した洗練されたものだと思うにつけても*、書きかけの原稿を見せる勇気は私にはなかった。

モーリーは土曜日の夜には仕事をしなかったので、こうした一夜にパリの夜の生活を覗いて見ようじゃないか、と誘われた。私は待ってましたとばかり、サン・ポリーヌ通り二十五番地の売春宿に行こうと提案したが、彼はモンマルトル*のほうが面白そうだと言った。その地区に関しては、私はまだピガール広場周辺のブリックトップ、ル・グラン・デュック、ラ・ボワト・ブランシュ、などの粋なキャバレーしか知らなかった。私は彼に、ずいぶんぼられますよと言った。すると彼は、

「みんながみんなぼるわけでもないよ」と答えた。「ジョー・ゼリという名前の男が経営しているル・パレルモ*という店があるけど、何でもあそこではいいフロア・ショーを演《や》っていてね、バーに坐っていれば大して高くもないそうだ」

「それじゃ行きましょう。しかし個室は禁物ですよ。どうもあそこはテーブルに電話があって、気に入った女の子がいれば誰とでも話せる仕組みになっていると思うんだけれど、それをやるとサービス料をしこたま取られるんですよ」

「バーに坐ればいい。私の奢りだ」

私たちはピガール広場行きの最終電車に乗り、クリシー大通りを歩いた。雰囲気は思ったよりもよかった。大通りには街路樹があって木の葉に照明が踊り、大勢の売春婦が歩き回っていた。パリ中で最も積極的なのはモンマルトルの売春婦で、今日は観光シーズンたけなわの土曜の夜とあって、彼女らは何とか客をつかもうと腕捲りしていた。

「これは一体どうしたことだ。私たちはそんなに金持ちに見えるのかね」モーリーは女に五、六度話しかけられ、手荒に腕を引っ張られたあとで言った。

「服装からアメリカ人だとわかるんですよ」

「そうと知っていれば古いセーターにスニーカーを履いてくるんだった」

「それでもズボンのカットでわかります。ここをうまく切り抜けたかったら折り返しのない二ドルの

フランスズボンに、手編のシャツを着て、先の細い靴を履く必要があります。それだけじゃない、景色なんかに見とれたりせず、通りは自分のものだといわんばかりにさっさと歩く。女の子なんか見ないで、彼女らの頭越しに目を遣るんですよ」

「それじゃあ折角出てきたのに何にもなりません。私は楽しみたいんだ！」

私たちはブランシュ通りを歩いて（一年とたたぬうちにいやというほど詳しくなった通りだ）ル・パレルモが大きな電気看板を掲げている角へやって来た。モーリーは表に掲示された胸もあらわな女の写真を食い入るように見つめ、ボクサー並みの肩を怒らせて先に立って中へ入った。折りよくバーには空席が二つあり、そこから首を伸ばすと、ダンスフロアで歌っているコーラスを斜めに見ることができた。騒音は耳を聾するばかりで、最初のうち私たちは何を言っても聞こえなかった。モーリーはビールを注文し、私はブランデーの水割りを頼んだ。

コーラスの女の子は若くて美しく、凝ったコスチュームを着ていたが、生憎踊れる者は一人もいなかった。おまけにみんな疲れ果てているようだったが、十五分おきに五分の出演とあれば無理もなかった。私は彼女らの重い肉体と、顔に張りつけたような微笑と、白い体の輪郭を見ているうちに悲しくなった。要するにここは狼の集合所にすぎない。欲望と、妖しい魅力と、金がせめぎあってジョー・ゼリだけが懐を肥やす。いや、彼には破産寸前という噂があるからそれさえ怪しい摩訶不思議《まかふしぎ》な世界だ。

モーリーも物思わしげだった。彼は比較的静かな幕合いにバーの天井からぶら下がる広告を指差した。それには「仕上げ料金——四十フラン」とあった。

「仕上げとは何だろう？　セックスを意味するのかな？」と彼は言った。

「いや、ただの飲み代です」

彼は哀れむように首を振った。「飲み代に四十フランも払う馬鹿がいるかね。仕上げねえ！　一体どんな内容なんだろう？」

再開したバンド演奏の騒音のお蔭で彼にはその内容がしばらく知らされなかった。しかし、それが目の前に置かれたとわかったとき彼は好意的に受け入れた。

「この飲み物二杯で一晩中ここに坐っていられますよ」と私が言うと、彼は、

「そりゃあそうだ。いずれにしてもタクシーで帰ればいいからね」と上機嫌で答えた。

「そうです。それにここは悪くない。コーラスの小柄な色の黒い子、あの端っこの女の子ですが、彼女にはいいところがありますよ」

「ビールをもう一本飲みたいんだが、また四十フランも取られたんではかなわん。尻ポケットに何か入れてくるんだった」

「ブランデーでよかったらフラスコがありますよ。しかし気を付けてください。ビールにちょっと注いで下さい」

彼は目立たないように手際よく注いだ。「ほう、これはトロントのキング・エディ*に似ている！　ウィスキーをそこのティーカップで飲《や》ったほうがいい」

彼は満足そうにブランデー割りのビールを味わった。「ブランデー割りのビールも仕上げとしては悪くない。ここが気に入ったよ」

彼の喜びが私にも伝染《うつ》った。私は自分の飲み物にウィスキーを注ぎ足し、背凭れに体を預けてコーラスに目をやった。そろそろ耳も騒音に慣れ、会話が可能になってきた。

「君とグレーム君が気に入ったよ」と彼は言った。「ロレットもそう言っている。それにしても君の友

人のマコールマンは何が気に入らないのかね？　私には理解しかねるが」

「いつもああなんですよ」

「彼の作品は立派だが——ある意味でだがね。「ミス・ナイト」なんかいい作品だよ。あの種の女役のホモを書いた人は今迄いなかった。実際、ホモを書かせればマコールマンの右に出る者はあまりいない。君はそれをどう説明するかね？」

私はじっくり考えて判断を下している風を装いながら、「彼は異常なもの全てに生来共鳴するんじゃないですか？」と言った。

「そうなんだ」彼は思い巡らすような言い方をした。「君の言うとおりに違いない。彼はまるっきり間違っているような人物を好む。これははっきりしている。しかし彼は判断を下さない。白黒を全くつけないんだね。作家というものは時としてコミットすべきだとは思わないかね？」

「ドス・パソスみたいにですか？」

「いや、彼はただのプロパガンダだ。十年もたてばドス・パソスはアメリカ文学の忘れられた作家になるだろう。あれだけの視野と勢いのある作家だからいかにも残念なことだがね。彼はアメリカという国をどこもかしこも、隅々まで知り尽くしている。国中の事実や、音や、匂いや、人の話を書いているんだが、どういうわけか読者は登場人物や、彼らの行動や、問題や、態度を何一つ思い出せない」

「恐らくコミットしすぎているんですよ。さもなければ、恐らく彼は人間について何も知らないとか。彼はセックスなり金なり仕事なりを求めながら、人間を只の欲望やオルガニズムに矮小化しているんですよ、ある意味でゾラがやったように」

「そうだ、ゾラはコミットしすぎたとも言えるな」

「しかしゾラのほうが事実や音や匂いの収集がうまかった」

彼は笑った。「私はいま実にいい収集をしているよ、あの女の子らを見たまえ！」

コーラス嬢は小鳥よろしく嘴をつけ、頭巾をかぶり、羽毛に似せた襞飾りつきのズボンを穿いて、先がピンクの長い手袋をもの憂げにばたばたさせながら登場した。

「コミットの話をしていましたが」と私は言った。「今日《こんにち》何かにコミットしているいい作家はドライサーを除けば思い出せませんね」

「なに、ドライサー？　実に優れた成功物語を書くこと以外にドライサーが一体何にコミットしているというのかね？」

「私に言わせれば彼は芸術を除く全てのことの不誠実さ——例えば、犯罪、窃盗、嘘、詐欺、虚偽一般などにコミットしています」

「文体はひどいものだがね」

「ええ、マコールマンの文体とどっちがひどいか、という程の悪文です。彼には時間がなくて文章を練ってなんかいられない。絵を描くことと、感動的な物語を書くのに忙しくてね」

「彼が窃盗や嘘や詐欺にコミットしていたと言ったとき、あなたはカウパーウッドが主人公の物語を意識していたんじゃありませんか？　『シスター・キャリー』＊についてはどうですか？」

「彼女もひどいものです。『アメリカの悲劇』に登場する人物もすべてそうです。小説のなかにあれだけの嘘つきが登場する作品に出くわしたことがありますか？　特にヒロインが嘘をつくんです。しかも彼女らはさりげなく、ごく自然に嘘をつきます。それがドライサーを偉大にしているんですよ。彼はアナーキストで、不道徳で、未成熟で、時代遅れです」

だしぬけに私はハクスレーの小説の登場人物のようなものの言い方をしていることに気がついた。コミットするしないの問題を持ち出したのはモーリーで、私ではなかった。私には漠然と我関せずの態度をとる以外にコミットのしようがなかった。妻もいなければ職もなく、野心もないし、銀行口座もない。大金には縁がないし、名声に意欲を覚えもしない。要するにこうしたもののどれかを手に入れる誘惑に駆られることはないのだ。思うに当時の私は、こうしたものは全て錘《おもり》をつけたダイヴァーの靴だと無意識裡に考えていた――人生の水面に留まっていたい者には何の役にもたたないものだ、と達観していたのである。もしそれらが翼ならば、喜んで身に纏いもしただろう。しかし今、こうして十歳しか年上でないモーリー・キャラハン*と生真面目に向き合っていると、モリエールからジョージ・ギッシングまで、およそ文学を生業《なりわい》とする全ての人に向かってあんぐり口を開ける深い淵のイメージが彷彿とした。文学は全ての儲かる職業と同じようにもう一つの罠にすぎない。

「なるほど、同感です」モーリーは言った。「しかし彼もやはりコミットしていました。今では共産主義者だと思いますね。やっ、彼女らがまた来たぞ」

今度は兎の格好だった。

しばらく見たあとで、ル・パレルモのショーはもう沢山だ、と二人同時に決めた。表でタクシーを拾い、モーリーのアパートに乗りつけて代金は割勘にした。降るような星空だったからブローカ通りまで半マイルを歩くことに決め、足を踏み出した途端、彼が突然私の腕をつかんだ。

「あれがうちの女主人のボーイフレンドです」彼は私を物陰に引き込んで楽しそうに囁いた。だぶだぶのブルーの制服を着た小男が守衛室の呼び鈴を押していた。彼が振り返ったとき、運転士の帽子の徽章で地下鉄職員であることがわかった。「市営地下鉄だ」と私は思った。私たちは彼が中へ姿を消すまで用心深く待っていた。

「いい知らせがあるぞ」明くる朝ボブはそう言って黄色い便箋に書かれた手紙を見せた。「エセル・ムアヘッドが「ジス・クオーター」の次号に君の本の第一章を載せることになった。稿料だ、五百二十五フランある」

私は口が利けなかった。

「第二章をきれいにタイプ印刷しておけ」と彼は言い続けた。「嫌でなかったら「ジ・エグザイル*」のエズラに送ってやる。俺の言うことは聞いてくれるから、さっさと取り掛かってくれ。ほら、目がその気になってるぞ」

「五百二十五フランねえ！」

「エズラはそんなに払いやしないからあまり当てにするな」

「当てにするもしないも、予想外だったからな」

「エセルには君が空っけつだって前以って言ってある」

アトリエでパーティーを開いて大盤振る舞いをすることにした。たまたまバスティーユ牢獄襲撃の日でもあったから、二重にめでたいと言うべきだった。友達に電話を掛け、気送管*で速達葉書を出すことになってグレームとボブが出かけた。私はヴァンドーム広場にタクシーを飛ばし、モントリオール銀行で小切手を現金に換えた。実を言うとこれは必要がなかったけれど、身分証明はまだもっていなかったから顔の知られたところへ行く方がいい、それに私は一か月以上も一人でタクシーに乗ったことがなかった。

サンテ刑務所の側で客を降ろしたばかりのタクシーを拾った。レザーシートがよそ行のチェックのズボンごしに焼けるように熱かったのを覚えている。巷は暑熱のもやと幸福感に霞んでいた。運転手のハンドルさばきもよかった。暴れ出した象のようにクラクションを鳴らしながら大通りを疾駆するタクシーに揺られ、私は有頂天になっていた。

そんな瞬間はめったにあるものじゃない。この病院に入院して以来、当然のことながらそれは一度もなかった。ここでは、娯しみは時々オレンジジや、まんざら不味くもない食事にありつくか、手紙や新聞を読んだり、糊の効いた制服の下の看護婦の体の線を想像することぐらいのものだ。私は不幸せではない。ただ退屈しきっているのと、次の手術の結果が気になるだけだ。今度手術をすればかなりの確率で生き残る可能性があるらしい。私は模範的患者と見なされていることに誇りさえ感じる。氷点下に凍てついた窓外の雪景色を眺め、こうしてぬくぬくと身を横たえてまだ生きていると思えば、ある種の否定的な喜びさえ覚える……

エセル・ムアヘッドの小切手を現金に換えると、私はバスでリヨン・ドゥ・ベルフォールに戻った。後部に立っていた私は角を曲がるとき大きく揺さぶられたけれど、それさえ楽しかった。今にして思えば、あの頃はちょっとしたことで楽しくなれたものだ。

アトリエではパーティーの準備もかなり捗《はかど》っていた。みんな来ることになっており、リカーやワインの瓶が三十本ほど並び、角のカフェから借りてきた氷桶や、ボール紙箱入りのグラスもある。カリダッドはガスマントル〔ガス灯の点火口にかぶせる覆い〕だけでは足りないとみて二隻の船のランタンをもってきて、隅で埃を払っているところだった。スクーナーはアルコーヴで演奏させるつもりで手回しオルガン弾きを雇ってきた。「十フランとワインを飲ませる約束で連れてきたよ」と彼は言った。「オルガンはおんぼろで四つの旋律しか弾けないけれど、同じ旋律を繰り返せばバックグラウンドミュージックみたいで差出がましくないから却っていい。ところで、アーレットと小柄なブルネットには抜け出られたら来いと言っておいた。あの女、最後には脱ぐぜ」

私たちはラ・グラシエール通りの小さなレストランで遅い夕食をとった。十時に戻ると客が来はじめた。

スクーナーが手回しオルガンを思いついたのは気が利いていた。四つの旋律はオッフェンバックのもので、陳腐でもなければ飽きもしなかった。オルガンそのものが大いに注意を引いた。ものすごく重くて小さな車に載っていたが、それは側に置かれたバケツに穴のあいた紙テープをゆるゆると吐き出した。老人が片手でクランクを回しながら空いた手でテープを巻き、器用な手つきで取込み口に返す。「昔は自動的にテープを巻き取ったものだが」と彼は愚痴った。「その仕掛けが壊れてな。パリには直す職人がいねぇっていうから妙な話だぁな。一八八六年というからこないだ出来上がったばかりなのによ」テープは恐らく出来た年も同じなのだろうが擦り切れてしまい、四つの音符のうち三つしか残っていないとあって、リズムは元のままで妙に騒々しい効果が出るようになった。客のなかには踊り出す者もいた。

「すてきなパーティーだわ！」とダイアナ・トゥリーが叫んだ。「これであなたも作家としてデビューしたわけね、おめでとう」彼女は私の首っ玉に抱きつき、二人はキチンの流しの横で抱き合った。

アーレットがラインストーンの首飾りをしたブルネットを連れてやって来た。二人とも花柄の長いスカートに当時流行っていた小さなウジェニー皇后帽*という凝った服装をしていた。グレームはストレートのブランデーを大きなグラスに注いで出した。二人はまもなく馴染みのない男たちとも親しげに喋り出した。

私は飲みすぎないように気をつけていたが、まもなくそれは不可能とわかった。音楽と、流しのかたわらでダイアナが見せた紛れもない愛撫と、みんなの陽気な雰囲気が一緒になって、一杯の酒で二杯の効果があった。

「ミセス・クエイル」とボブが言った。「これが俺の言っていた青年だ」

私は麝香の香りを放つ高価な服装の小柄な伏し目の女性と握手をした。

「とても立派なストゥーディオをお持ちですわね」滑らかな響きの彼女の声にはボストン訛があった。「あなたはここへ女の人を連れていらっしゃるの？」

「いればそうしたいところですが、ミセス・クエイル」

彼女は一瞬目を上げ、それからボブを見やると、「かわいい女の人を見つけてあげなければならないわね、マコールマンさん。そう思わないこと？」

「気に入られたじゃないか」ボブは立ち去るミセス・クエイルを見送りながら言った。「こっちへ来て飲め」

「これ以上飲んだら吐いちゃうよ。ちょっと外の空気に当たらないと」

外へ出ようとしたとき、砂色の口髭を生やしツイードの服を着た男を見かけた。彼は私を睨みつけた。

「また会ったな。何とか取り入ろうとしている。そうだろ？」

「よしてくれよ。こないだはミス・スタインに失礼なことをしたと今でも後悔しているんだ。彼女に謝り状でも書くべきだと思うのか？」

「そうじゃない。田舎者みたいに振る舞っただけだ。お前の招待者を今夜は侮辱するな、と言いたいだけだ——招待されて来たとすればだが。わかるか？」

夜気に触れるため構わず外へ出た。「ジス・クオーター」の次号に作品が載ると思えば天にも昇る気持だった。私は密通するエスキモー像の冷たい石の台座に腰を下ろし、星が輝く夜空を見上げた。パスカルとは違って、私は無限の空間の広がりに怯えもしなければ、顕微鏡で見た世界が恐ろしくもなかった。そのときはバークリー司教の忠実な信奉者だった——彼は事物の外見の真実と、宇宙における人間固有の役割を把握した唯一の哲学者だと私には思われた。ちょっと酔った私には、彼の哲学体系が十分に理解できた。存在は実感しうる（エシ・エスト・ペルシピ*）と私は思った。目をつぶって目に見える世界を消去し、それから目を開いて再び現出させる。意識問題の唯我論は非常に魅力的で、私は意識そのものの事実の検討をはじめた。意識は人間に限られているのだろうか？ いや、動物や植物も意識をもっている。動植物が目を閉じるなり葉をたたむなりすれば現実は消え去るのか？ 花の基本的な意識もまた眠るなり枯れるなりするやいなや宇宙を消去することができるのか？ そして石でさえ一種の意識をもっているか、少なくとも石に働きかける重力の力に反応するのではないだろうか？ ショーペンハウアーの言葉がふと思い浮かんだ*。「落下する石に意識が備わっていれば、落下したいから落下しつつあるのだ、と信じるであろう」。このとき私は、石が落ちたいと思うのはひたすら休みたいからでもある、休んで現象の世界を消してしまいたいからだ、と考えた。実を言うと、この瞬間に私が後日、「意志の二元性」と題したエッセーで詳述することになった哲学体系が生れたのである。

「あなた悲しそうね」ラインストーンの首飾りをしたブルネットの女が、ふざけ半分に私の耳をつねりながら言った。「おしっこしたいんだけれどどこ？」

私は彼女の先に立ってトイレへ連れていった。行く途中彼女には、踝を水浸しにしたくなかったら慌ててチェーンを引っ張らないこと、と言い聞かせた。

「ずいぶん原始的だわねえ」と言いながらドアに掛金をかけようと懸命なブルネットを尻目に、私は立ち去った。

アトリエに戻ると、アーレットが衣服を脱いでツイードの男と踊っていた。パーティーは佳境に入り、客はまだやって来た。

「リカーはまだあるのか?」私はグレームに訊いた。

「ブランデーが三本残っているだけだ。ワインはみんななくなった。オルガン弾きが四分の一ぐらい平らげたらしい」

「どうしようかな。こんな遅くじゃ買いに出るわけにもいかないし」

「心配するな」とボブが言った。「みんなミセス・クエイルに招待されているんだ。住いはシャンゼリゼのどこかだ。あと五、六分でおとなしくずらかろうぜ」

これはうまい解決策に思われた。やがて私たち三人は、スクーナー、ダイアナ・トゥリー、カリダッドらとミセス・クエイルの大型ツーリングカーに乗り込み、牢獄の横を通ってセーヌ川に向けて走った。

「十二月じゃなくて六月にバスティーユ牢獄を襲撃するのもいい考えだったわ」

「彼らは恐らく先のことを考えていたんだよ」とスクーナーが言ったが、彼は向かいの補助席に坐っていた。「実際的な奴らだから」

手を動かすと前にいる彼の手に触れた。

「ねえあなた」ダイアナが耳元に囁いた。私たちは長いキスを交わした。

運転手がシャンゼリゼのロータリーで車を停めた。「車は人込みを抜けられないわ」とミセス・クエイルは言った。「私のところまでアヴェヌーを歩かなきゃならないわ、遠くはないけど」しかし、車から降りたとき角で客待ちをしている三、四台の馬車に気がつき、あれに乗りましょうと言った。ほかの連中は二台に乗り込み、ダイアナと私は三台目に乗った。このほうがずっと速かったし、いずれにせよ雑踏で馬車しか通れない。そのうえダイアナを独り占めできる利点もあった。

「すてきだわぁ」と彼女は感じ入ったような声を上げた。

私たちの馭者は左折してアヴェニューを離れ、ほかの馬車に蹤いていった。しかし彼女は馭者に向かって、「まっすぐ行って！」と、『ボヴァリー夫人』に登場するレオン・デュピのように叫んだ。*「凱旋門をぐるっと回って戻ってちょうだい！」

アヴェニューに戻ってきたとき、プレスブール通りからパレードがやって来た。百人ほどの学生が、太鼓とトランペットだけの間に合わせのバンドを先頭に巨大な男根を載せた山車《だし》を引きながら現われた。男根にはロープが結ばれて先がゆらゆら上下する。それがゆるゆると照明の中に現われ、アヴェニューを這い進むと群衆は喚声を上げた。私たちはこの第三共和国の象徴の後ろにつけた。カフェ・トルトニに着くと、私たちの馬車はアヴェニューを折れてガリレ通りに入り、まもなくミセス・クエイルのアパートがある建物のまえで止まった。私たちは互いにうっとりと目を見つめ合った。恋人同士になっていたのである。

12

ダイアナとの情事は長くはつづかなかった。何事につけ意見が一致することはなかった。例えば彼女はトルストイ、レベッカ・ウェスト、ヴァージニア・ウルフ、コクトー、ヘミングウェイ、ドス・パソス、モーリヤック、W・C・ウィリアムズ、エズラ・パウンドらが好きだったが、私には彼らの誰一人として我慢がならなかった。私はツルゲーネフ、フォースター、ファーバンク、ブルトン、ドライサー、プルースト、エリオット、ランサム、それにロバート・フロストなどが好きだったけれど、彼女は彼らを押し並べて軽蔑していた。二人ともジョイスは好きで、D・H・ローレンスは嫌いだったが、理由は全く違っていた。何よりも我慢がならなかったのは、私が彼女の作品を無内容で気取っていると考え、彼女は私のをばかげていると思っていることだった。

同じ映画でさえ一緒には楽しめなかった。エイゼンシュテインの『イワン雷帝*』については喧嘩になるところだった。

「ねえ、わたしの見た中でこれほど現代的な映画はなかったわ」小さな農民映画館から出てきたとき彼女は言った。

「現代的なものか、粗野なだけだ。ドゥ・ミルよりもひどい」

「馬鹿なこと言わないで。最高の演出だわ。壮大なスケールと華麗さがあったじゃない」

「十二歳児向けだよ。付け髭に至るまで教区ホールの芝居みたいなもんだ」

「いいところが全然わからなかったんだわ」

「いや、それはくらくらするまで私の頭を打ち続けたよ」

「視覚的に素晴らしいわ」

「全編通俗性に覆われているじゃないか」

無料のチケットでコンサートに出かけたことも何度かあった。私たちはプレイエル・ホールでコルトー〔アルフレッド・～。一八七七―一九六二。スイス生れのフランスのピアニスト〕を聴いた。

「美しいと思わなかったかい？」ショパンの練習曲*を聴いたあとで私が言うと、彼女は、「通俗としか言いようがないわ。ソフトでロマンティックな安っぽい感傷――ほんとにこんなのが好きなの？　髪にポマードを塗りたくって、顔がなまっ白くて女みたいないけ好かない男、おまけにしょっちゅう間違っていたわ」

「しかし彼のペースは合っているし、感情の激発もポーズも抒情的だった」

「ここの庭園は月光が射しすぎるわ」

「君はショパンが嫌いなんだよ」

「そうじゃないわ。ストラヴィンスキーかオネゲルみたいなクリーンでシャープなものを聴かせてよ」

ある日私たちは作曲家自身が指揮するエドガー・ヴァレーズのコンサートの無料チケットをもって出かけた。

「あなたは好きになれないわ」とダイアナは言った。「だって彼の音楽はリアルで、新しくて、生き生きしてて、暗示的な上に生きているもの」小さなコンサート・ホールはフォリー＝ベルジェールからあまり遠くないところにあった。前衛音楽の会場にしては驚くほど快適で、座席にはクッションがあった。プログラムの最初の二、三曲はスティール弦楽器による無強勢の嘆くような合奏で、これには訴えるものがあった。宇宙の音楽のようで、エーテルのなかで惑星が運動する趣きがあった。聴衆のなかには好意的なサクラがおり、いかにもヴァレーズらしい個性が発揮されていた。しかし、曲が進むにつれて打楽器が目立ってきた。私はヴォリュームの大きな音は苦手なほうだけれど、ヴァレーズの音楽はしだいに声高《こわだか》になってくる。フィナーレに差し掛かって、ドラムとシンバルの音がひときわ高くなり、とてつもなく洞ろな木箱と三組の小槌を叩く音が火事場の笛の音《ね》とともに響き渡ると、私は不安の目を凝らした。たいして長くはなかったが、終曲に近づくにつれて騒音は耳を聾するばかりになった。フィナーレは殊の外力強く、全ての太鼓が同時に打たれ、三人が木箱を叩き、シンバルは絶え間なく衝撃音を出し、電気ベルが鳴り出すと、火事笛は金切り声をあげ、ヴァレーズはと見れば汗だくで、ちぢれ毛を逆立てながら楽団員を駆り立てている。最後の五十小節ほどの間、私は誰にも気づかれないことを願いつつ目立たぬよう指で耳を塞いだ。コンサートが終ると、聴衆の喝采は演奏の騒々しさにほとんど引けをとらなかった。彼らは歓呼し、咆え、足を踏み鳴らした。

外へ出ると、ダイアナは呆れ顔で私をじろりと見やって、「見たわよ！　あなたはフィナーレの見事さにわざと気づかないふりをしたわね。あの最後の素晴らしいクレッセンドで彼は沈黙の効果を達成したというのに」と言った。

金をめぐる問題もあった。彼女の小説に払われる印税の小切手は全て男の赤ん坊の養育費に消えた。

私たちには落ち着いて愛しあう場所がなかった。彼女は友達のアパートからアパートへと渡り歩いていたが、移るたびに部屋は狭くなり、ベッドのへこみもひどくなっていく。私たちの情事には先がなかった。

私たちは真剣に愛しあってはいなかったので、ある夜セレクトで将来について友達のように話し合うことができた。

「おたがい相手に飽きてきたからもう駄目だわ」とダイアナは言った。

「僕は飽きないけど」と私は答えた。「相手の気持を尊重していないのがいけないんだ。例えば君は僕を馬鹿だと思っている——一種の頭のいい昆虫というかな」

「そうよ。あなただってわたしのことを態度にくっつけた張りぼての顔かなんかだと考えているわ」

「全くそのとおりだ。君のウイットが僕を欺いた。君ぐらい面白い女はいないよ。だけど、もし僕らが本気で愛しあっていたらどれほど恐ろしいか、考えてみろ。涙は流す、喧嘩はする、悪態はつく、皿は割る、夜中に別れる、そして僕はぼろを纏って夜の巷をさ迷い歩く——」

「わたしはわたしで泣いて枕を濡らす。そのほうがずうっといいんじゃないかしら?」

「いいどころの話じゃないよ」

「わたしはあなたの子供っぽい偉そうな態度が我慢ならないわ。書くものだってひどいし」

「そうかもしれない。しかし、君だって僕より大してましというわけじゃない。違いがあるとすれば君のほうが努力をしているだけだ」

「なに言ってるのさ。あの本はわたしが腹わたから絞り出したのよ。それで五百ドル貰ったけれど、あなたはたった二十ドルかそこらじゃないの」

「一章でだろ？　あれは全部で二十五章になるはずなんだ。すると稼ぎも同じじゃないか」

「これまで書いた話の二十五倍も書くつもり？　呆れた。本気で続けるというわけ？」

「ああ、続けるさ」

「一体誰が出版すると思っているの？」

「ボブが出版すると言ってたよ」

「彼、どうかしているわ」

「僕らが本気でなけりゃ面白いんじゃないか？」

「わたしは二度と誰にも真剣にならないことにするわ」

「君ほど面白い女に会えるとは思わないよ。僕らがやっていけるとは思わないんだろう？」

「そりゃあ、やっていけないわよ。千回も言ってやるわ。すてきだったけど、互いに相手の気持を尊重しないってあなたも言うし。わたしたちの情事の一番いいところは何だと思っていたか、あなたは知っている？　一緒に暮さなかったから、あなたが自分の歯ブラシや剃刀の置き場所を探さなくてすんだことだわ。きちんと片付いていたこと、これが今迄の情事のなかで一番よかったことだと思うのよ」

巷は耐えられないほど暑かった。アトリエには大きな明かり取りと窓があったけれど、日中には住めないほど暑かった。ムッシュー・ルーヴリーの仕事部屋も同じだった。モンパルナスは旅行者でごった返しているのでうだるような暑さで、腰を下ろす場所を見つけるのさえ難しかった。外へ出るしかないのははっきりしていた。

「季節外れなところへ行こうぜ」とボブが言った。「リベリアなんかどうだい？　マルセイユ港を出発してさ」

明くる日荷物をまとめて午後の汽車に乗った。三等車だったが、座席は木製で、暑いといったらなかった。食べ物の用意はなかったし、三等車の乗客は食堂車には入れないとあって、戦死した兵士の未亡人が駅で売る安い赤ワインや、堅いサンドイッチで我慢するしかなかった。食べ物のないことはボブには気にならないらしい。とにかく彼は何も食べなかった。アヴィニヨンに着つく頃には胃が背骨にくっつくほど腹がへった。十分の停車時間があったが、グレームは何も言わずに下りてプラットホームを突っ走った。

「どこへ行ったんだ?」ボブが目を開けながら訊いた。

「知らない。食うものでも探しに行ったんだろう」

「心配するな、昼飯はマルセイユで食う。エビジャコやロブスターなど、食いたいものが何でも食える。なあにあと十時間待てばいいんだ」

汽車が動き出したときグレームが喘ぎながら戻り、チョコレートバー三つと、袋入りの皮つきピーナッツを差し出した。「やっとこれだけ買えたけど、腹の足しにはなるだろう」

ボブはウィスキーの瓶を取り出した。私たちは手から手へ渡して飲み、しまいにはみんな酔っ払って木のベンチの上で眠り込んだ。目を覚ますと、辺り一面極楽のような風景だった。窓から見える地中海は絵葉書よりも美しく、四角な家々や赤い土を日光が焼き、灰色がかった草木や棕梠の木が見える。私は喉に焼けるような乾きを覚えた。肌には汗にまみれた煤が張りつき、体中が痛かった。しかし、神々と人間の母なる穏やかな内海は詩の乳母であり、古代世界の壮大な不変の事実であって、私を喜びで目くるめく思いにしないではおかなかった。その瞬間は永遠に忘れ難く、まさにキーツの世界だった。

「何を喚いているんだ？」ボブは目を開くと言った。「良心に恥じるところでもあるのか？」

彼は窓外に目をやると、だし抜けに上体を起こした。「大変だ、マルセイユを過ぎちゃったぞ！ニース行きじゃないか。いま何時だ？」

誰一人時計をもっていなかった。私は隣りの車両へ行って時間を訊いた。二時だった。「問題はニースに着くまでこの汽車に乗り続けることだ」とボブは言った。「いいかみんな、ニースまで行くかマルセイユまで戻るか。どっちにするんだ？」

「ニースだな」とグレームが言った。「僕らはそこまで行く途中にいるんだからさ、どこだろうと引き返すのは縁起が悪いよ」

「それじゃニースで決まった」とボブ。「いずれにしてもモンテカルロやエセルには近い。車掌が来たら寝たふりをする。いいな？」

「汽車はどこまで行くんだろう？」と私が訊くと、

「国境を突き抜けてイタリアまでさ」とグレームは答えた。「ボルディゲラだと思うけど」

「イタリアに行ってみないか？」

「馬鹿なことを言うんじゃないよ」ボブがたしなめた。「俺たちの切符じゃマルセイユまでしか行けないんだぞ。国境で係官にいろいろ訊かれているうちに、気がついてみりゃ刑務所に入れられてるのが落ちだ。行けたらせいぜいニースまでだ。おい、車掌が来たぞ！」

全員が車掌の通り過ぎるまでベンチに丸くなった。

「ウィスキーは残っていないか？」訊いたのはグレームだった。「合成ワインが半分ばかり残っているけど、今日は悪酔いしそうだからやめておく」

汽車は小さな駅に着くところだった。彼は窓を引き下ろした。「すいません」と、ワインの瓶を差し伸べながらプラットホームに立つ髭もじゃのみすぼらしい男に向かって言った。「これ何かの用に立つかね？」

男は瓶をつかみ、頭を下げるとにっこり笑って匂いをかぎ、それから派手な身振りを交えながら突き返すと、「ありがとうごぜぇます。大変ありがてぇんですが、体のことも考えなきゃあならねぇんで」言うなり彼はぼろぼろの帽子を掲げ、歩み去った。

私が本物のプロヴァンス風の慇懃さに出くわしたのはこれが最初だった。彼の言葉の奇妙な詩的単調さも新しい経験だった。浮浪者のような身なりをしながら最高貴族の振る舞いをする男だ、と私は思った。

ボブは笑った。「それじゃ本格的に飲むか」と言って彼は鞄をまさぐり、手付かずのウィスキー瓶をもう一本取り出した。

アルコールに霞んだ目を見開きながらニースに着いたのは数時間後で、私たちは静かに汽車から降り、重なるようにしてタクシーに乗り込んだ。

「プロムナード・デザングレ〔イギリス人通り〕」ボブは運転手に命じた。「それから東へ向かってくれ。ペンションを探しているんだ」

「正解です」運転手は答えた。「東へ行けば行くほど安くなるし、宿は良くなります」

タクシーはヴィクトル＝ユーゴー・アヴェニューを海に出るまで走り*、それから右折した。道幅が広く、建物が装飾的で、エドワード王朝風のこの町がたちまち好きになった。これほど多くの太った男も、美しい女も見たことがなかった。四人に一人が犬を引いていた。

タクシーはルール、サヴォイ、ネグレスコといった白いウェディングケーキのようなホテルを通り過ぎた。石の浜辺には海水浴客が点在し、小さな船の白い帆や、かもめの群れや、椰子の木、そしてそれら全てを抱き込むアンジェルス湾の美しい海岸線が見えた。

大きなホテルのあとには、月桂樹やアカシアの垣根を巡らした金持ちの別荘が並んでいたが、それらは全て四角く、屋根が平らで、上が丸いムーア式の窓があって、表に装飾が施されていた。それから長く低い家が続くが、全てにつましいけれど信じられないほど広い庭があって、パンション・ミラマー、パンション・ボーレパス、パンション・スイス、パンション・モン・レヴなどと看板が掲げてあった。

「パンション・モン・レヴがよさそうだな」とボブが言った。「ここで停めてくれ。みんな、まだ入るな。いいパンションは匂いでわかるんだ」

彼は五分で戻ると、「駄目だ」と言った。

パンション・デザングレ、パンション・デュ・グラン・ブリュ、パンション・アニータ、パンション・ジェフ、パンション・ル・オーム。ボブは出たり入ったりしては首を振りながら出てきた。パンション・ポギ、パンション・ルッス、パンション・ドラ・メルローズ。

「パンション・ドラ・メルローズがよさそうだな」と彼は言った。

道路から奥へ引っ込み、低い石塀に囲まれた広い庭があって、漆喰の剝げかけた長い二階建だから、確かによさそうに見えた。

「これに決めた」ボブは戻ると言った。「三人で一日百二十五フランだ。ワインつきでな。部屋を見るまで待とう。夢のような話だ」

私たちは鞄を降ろして中へ入れた。女主人は黒い服を着た背の高い太った女性だったが、彼女は微笑を浮かべながら姿を表わした。

「マダム・メルローズ」とボブは言った。「この連中は友達ですが、私のように綺麗好きで、おとなしくて真面目です。もうここが気に入りました」

「ようこそ来てくれました。わたしはドラ・メルローズではありません。彼女は一八八〇年に亡くなりました。わたしの名前はマダム・ジップです。今夜の料理はシラスのパイです。ここの料理はみんなバターで行ないます。いいですか、オイルではなくてバターですからね」

二階に上がって、広くて明るい部屋に入ってみた。三室が続き部屋で海に面していたが、最上階の間数はそれだけだった。個室のトイレまで備わっていた。

「だから言ったろ、宮廷みたいなものだって。部屋を見なくてもわかっていたんだ」ボブは得意そうに言った。

いいレストランに関するスクーナーのレシピを思い出し、どうやって見極めるのかと訊いてみると、

「簡単だよ。店の女主人が心配そうな顔をしているかどうか見る。心配そうだと彼女が人間であることを示しているわけだ。ボーイがいなければ勿体ぶったところがない、という具合だ。階段をごしごしこすっているかどうかも問題になる」

「それじゃドラ・メルローズという名前は何の意味ももっていないのかい?」

「もちろんもっている。それは伝統の力を示しているんだよ」「要するに彼女がここをパンション・ジップと呼ぶことはほとんど出来ないわけだ」とグレームは言った。

「それは間違いだ」とボブ。「もしそう呼んでいたら、これは彼女がアメリカの俗語を知らないことを示すから、もう一つのいい兆候になるんだよ〔ジップには詐欺という意味がある〕。ところで泳ぐ時間は

まだあるな」

「水泳パンツはもってこなかったけど」と私が言うと、ボブは、

「くだらん、明日買えばいいだろ？　今のところは下着でたくさんだ」と切り捨てた。

十分後には人けの絶えた浜辺に出た。初めて海水に漬かるのは洗礼に似ていた。埃や汗やアルコールは全て地中海に抱かれて流れ落ちるような気がした。私たちはイルカのように戯れた――グレームと私はパンツを穿き、ボブは男性用下着だった――それから波に摩耗した太古の石に身を横たえ、沈む太陽の光で体を乾かし、暖めた。暑い雑踏のパリも、忌まわしい旅も、サンドイッチも、ピーナッツも、チョコレートも、ワインやウィスキーも、一千マイル彼方だ。肌を焼く太陽は一種の恵みだ。私たちは逃避し、幸せだった。

腕組みをして身を横たえ、アンジェルス湾をみはるかした。小さなヨットはことごとく姿を消して、カモメがどこかの塒《ねぐら》に帰って行く。散策する人が二人三人と広いプロムナードを歩いているだけ、空の青は藍色に変わった。私は手についた塩を嘗めながら幸福とはこれだと思った。幸福はまだ私の生存のルールで、当然のこととして摑み、享受すべきものだった。飢餓と官能もまた然りだ。欲望は突如として女のイメージに集中した――もの静かで、暖かくて、官能的で意欲的な女のイメージ――それからイメージはばかげているが抵抗し難い快楽の連想によって、食べたことのない神秘的なシラスパイのそれに変わった。

13

二週間後には、みんなヤマウズラみたいに茶色に太った。水泳と、日光浴と、食うことで毎日を過ごした。厳しい日照りが続いたから海は天国で、食べ物はうまかった。

おお、あの目くるめく陽光に焼かれた日々よ、おお、あの美しく青い水よ、私がお前をふたたび楽しむことがあるだろうか？　バターでいためたロブスター、ブラックソースをかけて食べたポルトガル牡蠣や小さなタコ。お前たちの思い出はこのコーンビーフ・ハッシュとゼリーの住家で何としばしば蘇ることか！

私たちはそれぞれの仕事に打ち込んでいた。ボブはヘアネットをほとんどかぶりっぱなしで書くことに没頭していたが、彼は『気まぐれな少年』*という題名しか明らかにしなかった。グレームはヒロインの体重が二百五十ポンドという『空とぶ絨緞』の構想をまだ練っていた。私はこの本の第三章に取り掛っていたが、内容がごく最近の出来事とあってなかなか先へ進めなかった。ダフニとアンジェラはどんな遠近法のなかでもイメージが浮かばず、起こったことを事実通りに書かざるをえなかった。

ボブは酒を一切断ったおかげで男前が良くなり、出てきた腹も引っ込んだし、白目から黄色い色合が消えた。おまけに寝言も止まった。

私たちの住いは長期契約で年配のオランダ人のものになっていて、彼はマダム・ジップが他人に使わせることを禁じていた。しかし彼は十月までは帰ってこない。したがって私たちには夏場を地中海で過ごす見込がたてられた。おまけにボブには義理の母親から多額の仕送りがあった。何もかもがうまくいった。

「金はフィッツジェラルドが思うほど重要じゃない」と彼は言った。「しかし、多少はなくちゃな。だけど多すぎてもいかん。明日サリーやテレンス・マールと昼飯を食ってみれば気がつくよ。彼女らは言うまでもなくルールにいる。すてきな連中だ。彼女があれほど金をもっていなければ彼らもこの上なく幸福なんだけど」

「どれだけもっているんだ？」とグレームが訊いた。

「二、三千万かな。知るわけはないだろう。彼女自身も詳しくは知らないに違いない」

明くる日私たちはルールまで歩いた。そのホテルはニース最大でもなければ、装飾的でもなく、ネグレスコ・ホテルほど見えを張った造りでもなかったが、中へ入った途端、落ち着き払ったドアマンの態度から全てがわかった。ここはもの静かな億万長者の住家なのだ。

サリーとテレンス・マールは海に面した広くて天井の高い散らかったスイートルームに泊っていた。

ボブがテレンスについて私に言ったことから推してみても、彼がこれほど魅力的だとは思わなかった。

彼ほど男前な人間には会ったこともなかったけれど、本人はそれに気がついてさえいないらしい。太陽

 二週間後には、みんなヤマウズラみたいに茶色に太った。……

の光よろしく彼から射しているのは申し分のないマナーだけでなく、もって生れた暖かさだった。わけてもカモメの嘴のように曲がった鼻が羨ましかった。T・S・エリオットの鼻に比べて権威ぶったところがないし、カサノヴァの鼻と違ってもの問いたげでもないところが気に入った。目は鮮やかな青色で、言葉にアイルランド訛があって面白かった。彼は、

「何を飲みますか?」と私に訊いたが、彼は飲みますかをのほみますかと発音した。「シェリーにブランデーにスコッチがありますが」

サリー・マールも魅力では決して劣らなかった。彼女の頭はエジプト人のそれのいちばんいい形をしており、黒い瞳は生き生きと輝いていた。息を切らしたような鼻にかかった声には抵抗できない魅力があった。

ボブはウィスキーを飲み始め、グラスを次々と空けた。

「ドラ・メルロホーズ」テレンスは物思わしげに言った。「君のペンションの名前には古いイギリスの生垣の息吹《いぶ》きが感じられる。彼女はヴェールをかぶって二叉手袋をはめているかい?」

「何を言っているんだ。彼女は俺たちが生れるまえに死んだよ。昼飯はいつ食うんだ?」

「ここで食うことにしようか?」テレンスは言った。「電話をかけてみる」

「駄目よ」サリーが言った。「部屋は散らかっているし、ウェイターは嫌味な男だからグリルにしましょう」

みんなしてグリルに行き、テレンスが贅沢な昼食を注文した。中身はカキ、アカザエビのマヨネーズ和え、子牛の膵臓、グリーンピース、パセリを添えたジャガイモ、パイナップル・タルト、マグナム入りのシャンパンだった。

「この冬を過ごす別荘を探しているんだけれど」とサリーは言った。「どこへ行けばいいかしら。モンテカルロは嫌だし、ビューリじゃ息詰まるし、キャップ・フェラットは崖だらけで起伏が激しいし。浜辺がいいわね」

「アンティーブあたりがいいんじゃないか？」ボブが言った。「メアリー・レイノルズ*とマルセル・デュシャンがいるよ。黒ミサがやりたけりゃアリスター・クローリーだっているしな。*浜辺もきれいだ」

「昨日見てきたけど人が大勢いたな。戦場の死体みたいにごろごろ横たわっていてね」

「女の子を連れた太った男の人がたくさんいたわ」とサリーは言った。

「情婦づれの男はみんな来ている、という感じだった」とテレンスは言った。「サリー、いっそニースでいいじゃないか。ボブや彼の友人もいることだし、いい人たちばかりだから、ここでスイートを借りればいいんだよ」

「駄目だわよ。庭が欲しいし召使も雇いたいんだもの。ここはいいところだけれど、プライバシーがないもの。イーズはどうかしら？」

「あそこも坂道だらけだ」

会話は退屈になってきた。私は金のありすぎる人間についてボブの言ったことがわかるような気がした。

「そうだな、イーズを見てみるか」昼食を終えるとテレンスは言った。「車の手配をしよう」

「お願いだから一緒に来て」テレンスがいなくなるとサリーは言った。「あなたたち、どうせ忙しいわけでもないでしょう？　テレンスは車を乗り回すだけなの、絶対に停めたがらないんだから」

「彼は一生あちこち乗り回してばかりきたんだよ」とボブは言った。「俺だってそうだ。ま、身軽というやつ、それだけだ。俺たちは根を下ろすのが嫌なんだ」

「二人とも放浪癖がある、ということだわ。ところであなた」と言って彼女はグレームのほうを向いた。「あなたには放浪癖はないわ、とても家庭的に見えるもの。あなたは家庭を大事にするほうね」

「家庭が自分のものでない限りそうですよ」と彼は言った。「要するに僕は他人の家庭が好きなんです」

「それじゃ寄生虫だわ。他人がつくった家庭に入り込むわけね。あなたはどう？」今度は私に顔を向けた。

「僕は去年の冬に家から逃げ出しましたが今のところ後悔していないし、いますぐ家庭が欲しいとは思いません」

彼女は鋭い目つきでじっと見た。「今は世の中がわかっているつもりらしいけど、三十年もたてばどうなっていると思う？　嫌らしい年寄りだわ」

彼女の黒い瞳は一瞬恐ろしい色を宿し、言葉は裁判官の宣告のように響いた。それから彼女は妙に鼻にかかった乾いた笑い声をたてた。「心配しなくてもいいわ、遠い先の話だから。その頃わたしは魔女になってるわね」

「会ってみたいものですね」

「それで決まったわ、一九五九年にまた会うということね」

帰ろうとして席を立つと、ウェイターは「サインをしていただけますか？」と慎み深い声で呟きながら請求書を差出した。

テレンスはプロヴァンス語でボーイと喋りながら車のそばで待っていた。後でわかったことだが、彼はバーテン、担ぎ人夫、ウェイター、タクシー運転手、レジ係、客室係のメイドなど、あらゆる種類の人々を魅了する能力のほか、語学の才に恵まれていた。

車はすてきなヒスパノ・スウィザのオープンカーで、ボディーはヨットのように木製、フードはアルミニウム製で、ラジエーターの上には急降下する鳥の紋章がついていた。実に美しい自動車で、ボブとグレームと私は後部座席の皮張りのクッションに身を沈め、贅沢な気分を味わった。しかし、テレンスは気違いじみた運転をするので、私にとっては悪夢だった。運転技術に問題はないとはいえ、見通しのきかない角や丘を上りつめたところで他の車を追い越す癖には肝を冷やし、降ろしてもらいたくなった。車を運転したことのないグレームやボブは風景を楽しんでいた。やがて、みんな神の手のなかにいるのだと思えば、私も楽しくなってきた。

ものの二、三分でイーズに着いた。サリーは貸し不動産のリストをもっていたが、私は彼女が外から見るだけでてきぱき判断できることに感心した。

「ここでスピードを落して」彼女は時々テレンスに言った。「ヴィラ・ジャニータ、駄目、むさ苦しいわ。先へ進んで……ヴィラ・マンシーニ、ここは狭すぎるし……ヴィラ・ベラ・ヴィスタねえ……こんな名前の別荘で死んでいるのを発見されたくはないわ……ヴィラ・モントレソル、道路脇のごみ捨て場といったところだわ……シャトー・デザルバレトリエール。停まって！　悪くなさそうだわ」

テレンスは高さ十フィートの石柱の門の横にキーッと停まった。左右の柱の上には前向きのライオンが唸りながら盾を構えている。

「君はほんとに入ってみたいのかい？」と彼は訊いた。「ひどいところに思えるけどな。家主はきっとギリシア人だよ」

「ええ、でも入ってよ、面白いかもしれないから。家賃は安そうだし」

私たちは堂々たるカーヴをいくつも通って狭間胸壁や、石落しや、石弓射手用の隙間のある塔まで備わる城を模した大きな建物の前に出た。

「素晴らしいわ」サリーは揉み手をしながら言った。「信じられないほどばかげているわ。はね橋がないだけだわ。ここを借りましょう」

「先ず中を見なくちゃ」

「見る必要はないわ。中がどうなっているかはわかるもの。押し型模様入りの革張り椅子や食堂テーブルがあって、塗料が塗ってあり、壁掛や下手な絵が飾ってあるに決まっている。広くて個性がなくて、わたしの趣味にぴったりだわ」

「明日不動産屋へ行こう」

「いますぐのほうがいいわ。ニースに戻りましょう」

しかし、シミーズの町中を走っているうちに、車が曲がり道で揺れた拍子に彼女は突然「そうだ、フランク・ハリスの家があったんだわ*。忘れちゃうところだったわ。停めて、彼がいるかもしれないから」と言い出した。

テレンスは「ヴィラ・エドゥアールVII」と風雨にさらされた表札の出ている小さな醜い家のまえで車を停めた。「恐らく昼寝中だろう」と彼はそのほうがいいといわんばかりの口の利き方をした。

しかし、私にとっては過去五十年で最も有名なイギリス人の悪漢に会えることは娯しみだった。私は短編小説を二、三編と、『我が人生と愛』の最初の四巻を除けば彼の作品は何も読んでいなかったが、後者は冒険と実録とくだらない内容がまぜこぜの実にいい仕事だと思っていた。生き生きとした描写はニュース映画そこのけので、情報に富んでいるところは犯罪記録さながらだった。ニューヨークや、極東や、赤道直下のアフリカや、世紀末ロンドンの描写は実に生き生きとしており、往時のブロードウェイや、牛やカウボーイに覆われた平原や、ジャングルや田舎の村々や、ハンサム馬車、政治謀略や豪華なシャンパンサパーなどは、名うての話し手か、稀代の嘘つきの話を聞いてでもいるようだった。彼の著作には生の息吹が感じられ、既に不滅の感があった。

彼はルソーよりもいいと思う、*と私はサリーに言った。

「そう言ってやれば彼も喜ぶわ」

彼女は車を降りて、コンクリートの柱にぶらさがるベルのロープを引いた。すると奥から遠い嫌な響きの音がした。しばらく待っていると、赤いストライプの入ったヴェストを着た一癖ありげな執事が門までやって来て、サリーをうろんな目で見つめ、

「ムッシュー・アリスは不在です」と言った。「どなたがいらしたとお伝えしましょうか？」

「もちろん彼はいるわよ」とサリー。「ミセス・サリー・マールだといってください、急いでね。フランクは借金取りじゃないかと思っているのよ。面白い本を書いたものだから借金取りがわんさと来るんだわ」執事が去ると彼女はそんなことを言った。

「前以て知らせておけば良かったんだよ」とテレンスが言った。

「そして私から金を引き出すために彼に何か奇抜な計画を立てさればよかった、とでも言うの？ とんでもないわ」

執事はにこにこしながら戻って来ると、「ムッシュー・アリスは喜んでミセス・マールとお連れの方々にお会いするそうです。どうぞお入りください」

「ボブ」サリーは振り向きながら言った。「あなたは入らない？」

「くだらん」彼は車から降りようともせずに言った。「俺はヴィクトリア朝時代の老人なんかに用はない」

私たちはイギリス様式の家具の置かれた長い部屋に通された。部屋は涼しかった。灰色の顔をした小柄で白髪の男が進み出ると、腰から上をぎくしゃく曲げてお辞儀をし、大きな手のひらをサリーに差し出した。彼にはフランク・ハリスらしいところは全くなかった。肖像のかつらめいた髪や、睨みつけるような目や、鴨の嘴に似た口や、漫画じみた口髭はどこへ行ったのだろう？　この人物は大変な男前だ。薄茶色の目が特にいい。口は大きく茶目っけがあり、とてつもなく大きな口髭はこぢんまりと刈り揃えられ、繊細で驚くほど弱々しく見える。しかし私をいちばん驚かせたのは真直で、太く、白毛混じりの立派な眉で、それが今は顔全体の印象を和らげている。それらは確かに肖像画や写真の細く威嚇的な線とは違うし、描いた線でないことははっきりしているので、私は出し抜けに、彼の全盛期にはローゼンスタインやビアボームが複製したメフィストフェレス的な催眠効果を狙って小さな目を大きく目立たせるために太い線を描き入れたのに違いない、と気がついた。

変わっていないのは彼の衣裳だけで――黒く襟の高いエドワード王朝風のジャケットに明るい色のチョッキを着、大きなストライプ入りの幅広のネクタイは装飾的なクリップで留め、有名な堅い翼状カラーは高さが少なくとも三インチはあるが、これは明らかに長すぎる首を隠すのが目的だが、目的は首尾よく果たしていた。彼の手には異常に力が籠って醜く、耳はキャベツの葉を思わせた。

「やあ、テリーにテレンス、久し振りだね」彼の口調はきびきびしていた。しかし、かつてカフェ・ロワイヤルのラウンジ全体は言うまでもなく、四十人のディナー・パーティーの出席者全員に響き渡った有名な朗々たる声は、今では震えるぜいぜい声にすぎなかった。「お掛けください。みなさん、一緒にヴェルモットを飲みましょう。フランソワ、グラスをもってきなさい――アイスと――レモンだ！」

彼はグレームと私に素早い一瞥をくれたが、その目つきは驚くほど鋭かった。彼には人を見抜く能力が備わっており、靴の踵をかなり高くしているにもかかわらず、極端に低い背丈は、彼を一層印象的にしているような気がした。それかあらぬか、彼の前では誰によらず負けたと感じてしまう。そんな役者的才能が彼にはあった。編集者であれ閣僚であれ、億万長者であれ女であれ、彼はボーリングのピンよろしくいとも簡単に倒してしまう。彼の注意は全てサリーに向けられていたが、彼が警察との間で起こす悶着の話は面白かった。

「『我が人生と愛』が金になったんで寄付をせがむ奴等がまだ大勢で追いかけてくるんだよ。フランスのような国では信じ難い話だ、そうじゃないかね？」

「去年でそれは終ったと思いましたが」とテレンスは言った。

「表向きはそうだが、蔭ではそうでもないんだ。奴等の乞食根性には呆れてものが言えん。あの本のお蔭で殺されそうだ。いっそ書かなきゃよかった、と思うこともあるねえ」

「そんなこと言わないで、フランク」とサリー。「ルソーよりましだと言った人がいるわ」「誰かね、そんなことを言うのは？　ショーじゃないだろうな。ルソーよりましときたか。彼も自分の書いた本でいろいろ面倒を起こした。かわいそうなことだ。しかしわしに比べれば物の数ではない。ところで、ジョージ・バーナード・ショーは今この町のアンタイヴズに泊まっていてね、訪ねてくることになっている。今にも来るかもしれん。彼はまた下手な芝居を書いたばかりらしいね。ま、いつまでもレベルを落さずに書ける人はいないものだが」

突然彼には疲れが見え、老いた顔になったが、同情を求めるような男ではなかった。気力が失せるとすれば、それは明らかに自分の殻の中に引っ込むというか、内なるエネルギー源に戻るためであって、他人から力を得るようなことはなかった。

私たちが帰るとき、彼は心を込めて一人一人の手を握った。いよいよきびすを返す段になると、彼はサリーをかたわらに引き止めたので、テレンスとグレームと私は車に戻った。

「老いた好色男は元気だったか？」とボブは訊いた。

「七十男にしては潑剌たるものだったよ」とテレンスは答えた。「しかし声はかすれていた」

「そうなってもおかしくない年だよ」

サリーが出て来て車に戻った。彼女は何か思いに沈む風だった。

「レイプしようとはしなかったか？」とテレンスが訊くと、彼女は、

「触れただけよ」と言った。

「いくら欲しいと言ったんだ？」とボブ。

「百ポンド」

「憐れな男だ」とテレンスは言った。「くれてやるんだな」

「後で知らせると言っておいたわ」

自動車の速度を上げてルールに戻った。「これから城のことで不動産屋に行くわ。今夜十時にペロケで会いましょう」とサリーがボブに言った。「みんなも来てね。踊りたいの」

「ペロケ？　あんなしけたところでかい？」

「車で迎えに行くよ」とテレンスは言った。「ドラ・メルローズで十時頃だ」

「場所はわかっているのか?」

「テレンスが探すわよ。何でもみつける人だから」

ペロケはリヴィエラに住む金持ちの屑どもが一人残らず贔屓にしている店だった。なぜサリーがあそこを選んだか、私にはわからなかった。装飾は悪趣味だし、値段は法外に高い。従業員は前科者めいて見える、と三拍子揃っている上に、オーケストラは軽蔑にも価しない。ところが店は顧客で押すな押すなの盛況だった。テレンスはいちばんいい席を予約してあり、テーブルのアイスバケツには下等シャンパンのマグナムが冷やしてあった。

私たちが入っていくと小さなざわめきが起こった。サリーはティアラをかぶり、スパンコールで飾った白のディナー・ドレスを着ていた。テレンスはと見れば、淡いアップルグリーンのスーツ姿だったが、生地はエジプト産である。ボブとグレームと私はダーク調の服を着ていたが、これは二人にとって格好な背景になっていた。

気がつくと私はサリーの向かいに坐っていた。

「城の話は決まりましたか?」私は訊いてみた。

「駄目だったわ。私たちが誰かわかった途端に家主が家賃を跳ね上げたのよ。ひどい話だわ。いずれにしてもこの暑さでは住めたものじゃなさそうだし」

私たちは踊るために腰を上げた。バンドはパソ・ドブレをぎくしゃく演奏しており、フロアは立て込んで体を動かすことさえ難しかった。

三十分ほどたってからペロケをあとにしてシコーニュへ行き、それからカカトーエ、フラミンゴと梯子をしたが、まさにそれはキャバレーからキャバレーへと人が遊び回った年だった、とスコット・フィッツジェラルドは言ったに違いない。どこへ行こうが同じだった。顧客《きゃく》で立て込んで立錐《りっすい》の余地もなく、音楽は下手くそ、ホールはうだるような暑さで、シャンパンは偽物とくる。しかし、サリーはしだいに朗らかになった。目は輝き、言葉は小さな滝をなしてほとばしり、休む間もなく踊り続ける。テレンスは傍目にも疲れていたが疲れたとは言わなかった。グレームとボブはひたすら飲むばかりだ。私は頭痛を覚え始めた。ボブは午前一時にトゥカンから出てきたとき歩いて帰ると言い出した。

「まだ早いわ、帰っちゃ駄目」

「どうして帰っちゃいけないんだ？」

「第一あなたはまっすぐ歩くことさえ出来ないじゃない」

「それじゃぐるぐる回りゃいいだろ」

「みんなでぐるぐる回るか」とテレンスが言った。「そうすりゃ少なくとも新鮮な空気が吸える」

私たちはヤシの木とシャクナゲだけが生える公園をふらつく足取りで歩いた。花の香が立ちこめ、満天の星が輝いていた。黒い服を着た短躯で小肥りの男が近づき、「今晩は」と帽子を脱ぎ深々とおじぎをしながらフランス語で言葉をかけてきた。言葉にはプロヴァンス訛の響きがあった。「ちょっとしたお娯しみはいかがですか？　いい映画をお見せしますよ。ポルノのうんといかす奴です。二、三分で始まります。角を曲がったところの、旧市街です」

「素晴らしいじゃないか」とテレンスが言った。「サリー、そういえばそういうものはしばらく見ていないな。行こう」

「退屈でなければいいけれど」

「退屈なんて飛んでもない」と男は言った。「それはそれは奇怪で、コケットこの上ない代物でベルリン製ですよ、はい」

「いくらなの？」

「とても安いんで。お一人さま百フランです」

「百フランもするの？　五人で二百フランにしておきなさいよ。駄目ならよすわ」

「せめて三百フランにして下さいよ、奥さま。こういう映画は買い値が高いもので。ほんとに面白い映画で、キャストはありとあらゆることをしますよ、まあ、言ってみれば彼らは訓練された動物でもあるわけで」

「二百フランだわね。いい映画だったら割り増しをもう五十出すけど」

「負けました、手を打ちましょう。こちらへどうぞ」

私たちは彼に蹤いて公園を戻った。くねくね曲がった狭い街路を通り、カリガリ博士の映画セット*のような高いビルの間を抜けると、まもなく旧市街に出た。

「一体どうやって帰るんだ？」とボブは言った。「俺はもう迷ったぞ」

「心配は要らないわ、テレンスが何とかしてくれるから」

小肥りの男は角を折れて狭くて暗い通路に入り、重い木の扉を開けると、「着きました」と言った。

「二百フランいただきます」

テレンスが紙幣を二枚渡し、私たちは真っ暗な小さい映画館に入っていった。照明に照らされたスクリーンには何も映っていない。ほとんど満員らしかった。

「始めろ、始めろ！」腰を降ろした途端、観衆の一人が大声をあげた。「ひどいじゃないか！　暗闇に坐るために来たんじゃないぞ」

それを合図にみんなが早くやれと叫び出した。やがて蓄音機からシュトラウスのワルツが流れ出し、スクリーンには最初の映画のタイトルがデア・ツァイトフェアトライプ・ラージャス、レ・デラスマン・デュ・ラージャ、ザ・ラジャーズ・リクリエーション〔インド国王の気晴らし〕、と独仏英の三か国語で出た。

出だしはターバンを巻き宝石に身を飾った国王が、女のかつらをかぶっただけの全裸の少年が差し出す砂糖菓子を食べながら太った黒人宦官と話すシーンで、悠然たるテンポで始まるのだが、菓子には催淫性があるために、しだいに催した王は遂にいたたまれず、衣服をかなぐり捨て親子ともどもすっくと立ち上がった。宦官が両手を打つと、緩いズボンを穿きボレロを纏った二人の年配女性が駆け込んで王のまえに跪いた。すると王はにっこり笑ってカイゼル髭をしごいた。しばらくすると宦官がズボンを脱ぎ、王は少年が踊るかたわらでいかにも国王らしく心ここにあらずという面持で宦官を愛撫した。王を除けば誰一人娯しんでいる様子はなかった。

「何たる芸術家だ」テレンスは囁いた。「しかしそう言っちゃ不公平だ。何しろ彼は全ての責任者だからね」

「ウィーンのワルツ以外に演奏するものがないのかしら、インドの歌とかダーダネラとか*」

宦官がもう一度手を叩くと、さらに二人のがっちりした女が裸で駆け込んで王のまえに現われ、目をくるくる回したり乳房を揺すったりしはじめた。こうしたジェスチャーがクローズアップで映ると、にやにやした王の顔とダブる。それからカメラがパンして宦官を映し出すと、彼らは王のまえを開けるが、王にその気が全くないことにがっくりきて肩をすぼめる。やがて王は立ち上がって女の一人をわしづかみにし、長椅子にほうり投げる。蓄音機の音楽はジプシー男爵*に変わった。終りに近づくと王のターバンは解《ほど》けたが、今度はカメラが次から次とものすごい速度でクローズアップを映すので、スクリーン全体がまるで超現実的になってしまい、突如としてエンドマークが一瞬出てスクリーンは暗くなり、あとは映写機の空回りする音が響くだけになった。

「ブラボー!」と観客は叫んだ。「すげぇー! アンコール!」

サリーとテレンスから目をそらすと、視線の先でボブが眠っていた。

「中休みなの?」とサリーが訊いた。「飲みたくなったわ」

「酒ならあるよ」テレンスがウィスキーの小瓶を差し出した。「ここにはバーはなさそうだ。なかなかの入りだな」白いスクリーンの明りで仄かに見える観客を見回しながら彼は言った。蓄音機はまだこするような音でジプシー男爵を奏でていた。女はほとんどがマスクを掛けていることに気がついた。

「これは無視された芸術形式だとは思いませんか?」テレンスは私に言った。「こうした映画を見るたびに本当にいいものをつくりたいという野心が起こるんですよ。先ず第一に、いま見たのよりはいいシナリオが書ける、と思いますのでね」

「だけど、いい役者はどこで見つけるの?」

「下層社会を隈なく探す必要があるだろうな。しかし、国王は選ばなければならない、老練な俳優でなきゃならないんでね」

「もう沢山という気持になったわ」サリーが出し抜けに言い出した。「みんな、一杯飲む必要があるわね。あの男に五十フランあげてくれない、テレンス?」

外へ出るとビロードのような地中海の夜で、テレンスが先にたって車を駐めたところまで公園の中を戻った。グレームはまだ目が覚めきらないボブを支えた。

「けっきょく飲むのはやめにしたわ。みんなを家まで送って、今日はおしまいにしましょう」車に乗り込んでテレンスににじり寄るサリーの目が輝いていた。

14

気がついてみるとのべつ女のことばかり考えていた。私はダフニや、アンジェラや、エミリー・パインや、ダイアナ・トゥリーや、ラインストーンの首飾りをした女の子を思い出した。ミセス・クエイルやサリー・マールのことも考える。国王の気晴らしを夢に見さえした。それだけではない、私は遊歩道を一人で歩いてパンションを通り過ぎるむっちりした黒い瞳の若い女にも気がついた。彼女は脚に窮屈なほどぴっちりした白いズボンを穿いていた。あんな素晴らしい脚線美は見たこともなかった。彼女はいつも物思いに耽っている感じだった。恥かしがっているだけだろうか？　擦れ違う時にはまっすぐ前を見据えているか、反対側に目をそらすかする。

彼女はスカンディナヴィア人か、トルコ人か、ユダヤ人の何れかに違いない——とにかく難攻不落という印象を受け——私はそっとしておくことに決めた。

しかし彼女のイメージは私をそっとしてはくれなかった。気がつけば今度は白いアヒルの牢獄に閉じ込められた輪郭を夢に見ている。私は怒りに駆られながら自問した。もし寄ってこられても構わないとすれば、少なくともスカートぐらい穿けばいいじゃないか。

ボブとグレームも彼女には気がついていた。

「彼女は僕らの誰にとっても若すぎるよ」グレームは何か考えるような面持で言った。「それに純情すぎるような気がする」

「くだらん」とボブは言った。「幼な太りの女なんかに騙されるんじゃないよ。ああ見えて男を知っていたりするんだから」

「どうしてわかるんだ?」と私は訊いた。

「彼女の質と、態度と、こっちを見る目つきからわかる。あんなすれっからしなんか忘れたほうがいい。悪いことは言わん、面倒なことが起こるに決まってる。思い出に打ち込むことだ。イズラに送ってやるものはもうできたのか? 第二章は駄目だ。長すぎるし、まとまりがないしな、だいいち、ジョージ・ムーアみたいな老いぼれに関心をもつ奴なんかいやしねぇよ」

私は夕方に第三章をタイプで打った。ダフニとアンジェラが登場する章だ。彼は薄い唇に冷笑を浮かべながら読み通すと、「これでいいんだよ」と言った。「本物の若さがあるからな。イズラは採用するだろう。明日エセル・ムアヘッドにも見せることにしよう。そう言っちゃ何だが彼女は笑うだろうな」

グランド・コルニッシュをモンテカルロまでバスに乗った。白い波頭に洗われる赤い岩肌の断崖と、青い波の寄せる凹凸のある入り江の光景は魅力的で、デュフィの絵よりも素晴らしかった。* しかし町そのものには失望した。年配のイギリス人が多すぎるし、食べ物は胃にもたれ、湿疹に罹った者が大勢いて、金がだぶついている印象だった。

デセンテ・ドゥ・ラルヴォットにあるエセル・ムアヘッドの家はイギリスのオールドミスにふさわしい住いだった。中にはチンツや真鍮製品や家族の肖像など、壁面二つに書棚がずらり並んで中に前衛的な書籍が詰まっていることを除けば、サセックス州のコテージを彷彿させた。美しい海に面して置かれた机には原稿や、絵や、ゲラ刷りが山と積まれ、一九一〇年前後に製造されたと思われるタイプライターもあった。

彼女は背が高く、痩せて骨張った体つきで、踝までの長いスカートを穿き、シャツブラウスを着ていた。断髪にした艶のない茶色の髪が顔を縁取っているが、白粉を薄くはたいた頰にはいまだに少女めいた輪郭の面影があった。彼女には信じられないほど内気なくせに測り知れないほど抜け目のないところがあった。絶えず頰を染めながらも凛《りん》として妥協を拒むのである。彼女の父はモーリシャス島の軍政知事だったとボブが言っていたことを思い出した。

甘いベルモットが小さなグラスで出され、私たちは腰を下ろして喋った。彼女はおよそ想像もつかないほど「ジス・クオーター」誌の不屈の編集者らしくなかった。ほとんど口を利かず、相手の話に熱心に耳を傾けるおどおどした、いかにも乙女風のこの女性が、過去五年にわたってほとんど全ての一流作家の最初の出版者として文学史をつくり、ヘミングウェイや、ケイ・ボイルや、ポール・ボウルズを見出し、ジョイスを擁護しパウンドを扱き下ろした、とはとうてい信じられなかった。彼女が私の読んだなかでも最悪のがらくたを世に出したこともまた事実である。しかし、こうして彼女に会ってみると、あの雑誌に見られる不条理と光輝の比類のない混交は彼女の個性がもたらしたのではないか、という気がしてきた。彼女の目には猫のそれを思わせる神秘的な色があった。

ボブから聞いて私の知るかぎり、「ジス・クオーター」は「ザ・ダイアル」や、「ポエトリー」*や、「トランジション」のように裕福な個人がはじめた雑誌ではない。エセル・ムアヘッドにはわずかばかりの資産しかなく、資金の大半は個人や匿名の寄付者——主として寄稿する作家——に依存していた。

彼らがいい作家か前途有望に過ぎないかは問題ではなく、病気に罹っている、食うに困っている、あるいは失意のどん底にあえいでいる、というだけで十分だった。事実彼女は下手な作家により大きな共感と同情を覚えた。もし文学界の功労者として誰かを選ぶことにでもなれば、不可知論的な傾向があるとはいえ当然の候補としてエセル・ムアヘッドの名前を挙げたい。彼女の人柄の良さは明らかで、周りに光を放っているように思われた。

ボブは彼女に私の本の第三章を渡した。彼女はすぐさま読みはじめ、どぎまぎする私をよそに一五秒か二〇秒おきにページを繰るという信じられない速さで目を通す。やがて口元に浮かべた微笑がしだいに広がっていった。読み終えると彼女は、

「なかなかいいわ」と言った。「おめでとう。俗っぽさを巧みに避けたところがいいのよ。ロバート、あなたはこれをプーンド〔パウンド〕に送ると言ったっけ?」

「あなたが「ジス・クオーター」の夏期号に載せなければね」

「夏期号はないのよ。私の雑誌は休刊にするつもりなの」

「それはないよ」とボブは言った。「イギリス文学はどうなっちゃうんだ?」

「ミスター・タイタスが引き継ぐかもしれないから何とか続けられると思うわ。でも、もし彼が引き継がなければイグザイルを書いたプーンドが例によって何とかしてくれるわ」

「くだらん、雑誌の編集のし方は彼にはわからん。本気で言っているのかい?」

「本気だわよ。ねえ、ロバート、やめる必要が起こるまえにやめるのが一番と私はいつも考えてきたのよ。ギャンブル、運動、食べること、何でもそうだわ――雑誌の編集だって同じことよ」

彼女の腹が決まっていることは明らかだった。詩人アーネスト・ウォルシュの死を彼女がまだ悲しん

でいたから、彼と切ってもきれない関係のあった仕事を続けることは彼女にとって言葉には尽くせないほど苦痛だった、ということは当時の私としては知る由もなかった。彼女は数週間後に、彼の思い出だらけの「ジス・クオーター」という誌名を聞いただけで涙が出る、と私に言った。

「もしこれが最後の号ならば」ボブは感慨深かげに言った。「『生存の政治学』という俺の新作の抜粋を送るよ」

「感謝するわ、ロバート」一瞬彼女の目が猫のそれの光を宿した。「たとえあなたの最近の作品に似ていても載せると約束するわ」

「ほかに何を載せるんだ?」

「ダールバーグ、ジョウゼフ・ヴォーゲル、ポール・ボウルズ、アーチー・クレイグ、といった若い人たちの作品だわ。カルネヴァリの『日記』の続きも載るけど」

「へえ、あの浮浪者もか。ところで彼はどうしているんだ?」

「この世もあまり永くなさそうだわ。そういえば彼とバッソーのナーシングホームからあなたに宜しくと言ってきたわ」

「エセル」とボブは言った。「君の雑誌を宿無しや浮浪者の溜り場にしちゃいかん。カルネヴァリは駄目だ。彼は人にものを食わせてもらう地中海根性しかもっていないからな。自分では抒情詩人のつもりでいるが、なに只の手回しオルガン弾きの馬鹿にすぎない。確かに彼の『日記』にはキラッと光るところが多少あることは認めるがね、彼は自分を哀れんでばかりいる」

「哀れむ理由はないというの?」

「もちろんあるさ」彼はぞんざいな言い方をした。「余命いくばくもないことを知っているからな。ウ

　気がついてみるとのべつ女のことばかり考えていた。……

ィスキーはあるかい?」

「そりゃあるわよ、ロバート。いつもジョニー・ウォーカーを切らさないようにしているから」

この二年間、重症の脳炎に罹っているカルネヴァリの面倒を見てきた彼女をボブが援助してきた、と知ったのはずっと後になってからのことである。ボブの性格には物事を周到に隠すような一面があった。彼は夕食の時間までにジョニー・ウォーカーの角瓶の量を四分の一ほど減らした。

「食事をしにあなたたちをヴィルフランシへ連れていくわ」とエセル・ムアヘッドは言った。「あそこのほうがずっといいから」彼女は目を輝かせながら私のほうへ顔を向けた。「あそこには確か同性愛の若い女も大勢いると聞いたわ」

ヴィルフランシにはタクシーで行き、街路の浅い階段を降りて小さな港に出た。夜気はすでに涼しく、星々が現われ始めたところだ。水面に三、四軒のカフェが照明に照らされた影を投げかけており、どこか頭上からアコーディオンの奏でる曲が流れてくる。さらに向こうの入り江では、アメリカの戦艦の三角の明りが巨大なヨットの輪郭を縁取っている。エセル・ムアヘッドはオーベルジュ・デ・パルミエールに水面をじかに見渡せる一番いいテーブルを予約していた。彼女はまた牡蠣と、ライス付きのブイヤベースと、冷やしたモーゼルを三本注文してあった。

「わたしはあなたが好きなワインを知っているのよ、ロバート」と彼女は言った。「それからお友達は小さなタコが好きだって言ったでしょ、だから魚のシチューにはタコをたくさん入れるように注文したの。でも、ウィスキーはもう飲まないほうがいいわ」

牡蠣はフォークで触れると震えるほど新鮮だった。黒パンを丸めてバターで焼いたウェファースは軽くて木の香を放ち、ブイヤベースには牧歌的な味わいがあった。

会話の話題は重々しくもなければ軽はずみでもなかった。エセル・ムアヘッドの話のもっていき方はさりげなかったから、彼女が巧みに操っていることには気がつきもしなかった。皆が順繰りに自分のことを喋った。いつもそうせずにはいられなかったからだ。デザートにオープン・アップル・タルトを食べながら、彼女は下院議事堂の外の鉄の欄干に体を結びつけて戦った少女時代の婦人参政権運動の話をした。

「あのときは皆が一週間ぐらい拘留されたわ。世の中が騒然となって、私たちを鞭打ちにしろと叫ぶ連中もいたわ。女性看守のひどい仕打といったらなかった！　体罰を加えることに酔っていたのに違いないわ」彼女はここで口をつぐみ、ちょっと頬を染めてから言い足した。「でも、ミス・パンクハースト*は決してくじけなかった。『皆さん、もし彼らがあなたたちにこの屈辱を押し付けるとすれば、それは婦人参政権への忠誠心を示すもう一つの機会に過ぎないことを銘記すべきです』と彼女は言ったわ。ああ、あの人は英雄だった。聖者であり、真の英国ジェントルウーマンだった。わたしはこうした言葉を軽々しく使っているのではないのよ」

黄色い月が海に光を投げかけ、どこか近くからマンドリンのかすかな音が聞こえてきた。

エセル・ムアヘッドは闇に目を凝らしながら溜息をつき、

「わたしには友達が大勢いたわ」と言った。「でも、ミス・パンクハーストや、あの頃彼女が率いていた小さな女性集団のメンバーほどの人はいなかった。彼女らと共に闘うことは誇りだった。それで結局勝った、そうでしょ？　そうだわ、あのウィンストン・チャーチルという男に勝ったんだもの」彼女はここで言葉を切って勝利を思い出す風だったが、その顔を一瞬悲しげな表情がよぎった。「それじゃ三十分かそこらカジノへ行きましょうよ。若い人たちは誰も行ったことがないと思うけど、経験して損はないわよ」

「ゴミ捨て場みたいなところだけど、こいつらには刺戟になるんじゃないかな」

私たちは街路の階段を上り大通りに出た。賭博場へ行くよりはここにいて、静かで夢のようなヴィルフランシュの夜景を楽しみたかったが、エセル・ムアヘッドの夜の習慣についてボブに聞いた話から推して、カジノで二、三百フラン賭けたいのは彼女のほうだと気がついた。したがってカジノの入口で入場を断わられたとき、私は大して失望もしなかった。

「マダム・ムアヘッド」デスクの向こうに立つタキシード姿の男が微笑を浮かべながら言った。「申し訳ありませんが――手前どもにはちょっとした規則がございまして」

「あらムッシュー・ロカテッリ、年は確かに若いけど頭と判断力は大人だわよ」と彼女は反論した。「年はカレンダーで数えるものじゃないと思うけど」

「カジノは悲しいことにそれ以外の方法を知りませんので。ご存知のとおり、ここでは全てが数学的に行なわれております。このお方がパスポートをちょっとお見せ下さればいいのですが……」

「その必要はないよ、僕はまだ十八だから」

「羨ましい限りで！」ロカテッリはうっとりと天井を見上げながら叫んだ。「全くもって黄金の年齢です。マダム、使われている者の立場にちょっと身を置いてごらんになれば私の気持もおわかりいただけると思いますが」

「ばかげているわ」エセル・ムアヘッドは反り身になった。「いいわ、それじゃみんな帰ることにするから」

「僕は賭博が好きじゃないから外で待ってるよ」と私は言った。「あそこのカフェ・ドゥ・パリには行ったことがないから、雰囲気を味わいたいと思うんだ。でも、五十フラン出すから僕のかわりに賭けてほしい。僕は六番トランスヴァーサルだけど儲けも損も折半にしよう」

彼女の目がぱっと輝いた。やる気がいやがうえにも募ってきたのがわかった。「六番トランスヴァーサルと言ったわね？」

「そう、十六から十八」

「まさに黄金の年ですなぁ」ムッシュー・ロカテッリは入場料を受取りながら呟いた。

彼らはみんな中へ入った。いなくたって後でグレームに聞けば内部の装飾など、詳しい様子を小説家の目で観察して教えてくれる、と思いながらカフェ・ドゥ・パリまで歩いて行った。すると白いズボンを穿いた若い女が一人でテーブルの前に坐っていた。

私は彼女に会釈をして隣りのテーブルに腰を下ろした。彼女がボックビール*の入ったグラスを両の手のひらで囲んでいるのを見て私も一杯注文した。状況から一定の大胆な行動に出る必要があると思って、フランス語で、「二人とも家を離れて遠いところからやって来たんじゃないかな、マドモアゼル？」と訊いてみた。

彼女はいらついたように頭をのけ反らせ、「フランス語は喋らないわ」と言った。口を平たくして母音を発音する訛から、彼女が北アメリカの出身であることははっきりしていた。

「エクスキューズ・ミー」と今度は英語で言った。「二人とも家を遠くはなれてここに来ているんじゃないかって言ったんだよ。三千マイル以上の距離だとは気がつかなかった」

彼女は一瞬びっくりしたような顔になり、それから内気な微笑を浮かべた。

「僕はこの二週間君に話しかけようと思っていた、友達になりたくてさ」

彼女はなにも言わなかった。私は深々とした黒い瞳と、むっちりした頬の曲線と、青みがかった小さな白い歯と、ラファエロ前派の絵に見るようなむっつりした口を見つめた。しかし、私が言葉を継ぐまえに彼女の性格ががらりと変わった。出し抜けに若返って無防備な別人になったかと思うと、

「今夜は不機嫌でごめんなさい」と言ったのである。

「ボックビールをもう一杯飲もうよ。タバコは吸うかい？」

「ええ」

「ここはモンテカルロだ。悪い奴と都会ずれした連中がやって来る町で、E・フィリップス・オッペンハイムの世界だ。リヴィエラの職人にでもなったつもりでカフェ・ドゥ・パリでビールを飲み、タバコを吸い、夏の夜を楽しもう——」

「賛成。お金がいくらかかったってかまやしない。カナリアにもう一つ種をあげて」

「冗談はよそうや。地中海の空の下、照明は煌々と輝いているし、月も出ているから何も言うことはないさ。考えてごらん、僕らはこの瞬間にも一生保つような思い出を創っているんだ。もしそうしたければ有名なカジノを見てもいい。まるでリボンで結んだ黄色い復活祭の卵みたいじゃないか」

すると彼女は急に涙声になり、「ニースからはるばる来たというのに、入れてくれないのよ。入り口の小男が若すぎると言うの」

「僕にも同じことを言いやがった」

「それじゃあたしたち同じ船に乗り合せたんだわ」

「君の名前は？」

「スタンリー・ダールというの。カナダ人で、ウィニペッグから来たわ」

「僕もカナダ人で、モントリオールの出身だ」

「スカンディナヴィア人かと思った。だって背が高くて色が白いんだもの」

私たちは月を眺めながら有頂天な気持で黙っていた。背後ではストリング・オーケストラがクライスラーの曲を演奏している。迷子の子猫を拾ったけれどかわいくてたまらず、別れられない、そんな気持だった。

「お仲間が来たわ。あなたのテーブルに戻って」と彼女は言った。

「紹介するから一緒に来いよ」

エセル・ムアヘッドとスタンリーはたちまち相手に好意を抱いた。互いに惹《ひ》かれたのははにかみと誠実さが共通していたからに違いない。なぜかといってほかに二人を結びつけるものは何もなかったからだ。ルーレット-テーブルでうまくいったことでエセルは機嫌がよかった。彼女は大儲けしたらしいけれど、いくら儲かったとは言わなかった。「今夜は二人とも運が良かったわ」と彼女は言った。「あなたの六番トランスヴァーサルは二回転目でうまくいったの。それで私はあなたに二百七十五フランの借りができたわけ」

「だけどあなたは二回やることにはなっていないよ。僕のほうが二十五フラン払わなきゃならない」

「それはあなたの分け前の六百フランからとっくに差し引いたわよ」彼女は金を私のほうへ押しやりながらきっぱり言った。「それじゃあなたたちはわたしを家まで送って、寝酒を一杯飲んだらニース行きの最終バスに乗るのがやっとだわ」

ボブはバスのなかで寝込んだので、私ははるばるニースまでスタンリーの手を握り続けた。バスは暗闇をがたごと走った。私たちは左右に揺さぶられたり前のめりになったりした。時折かいま見える地中海は黄色い月光に照らされていた。ざらざらしたスタンリーの小さな手は、太古の昔の貝のように私の手のひらに納まっている。バスが古い港の美しの波止場の辺りでぐらりと揺れた拍子にキスをしたとき、彼女は眠っていて無感覚だと思った。しかし、反応がないとはいえ、冷たい唇の感触の素晴らしさに変りはなかった。

15

それから数日間はスタンリーに会わなかった。しかし、マニャン広場にほど近い新築のビルに住んでいることはわかっていた。我慢がしきれなくなった私は彼女を訪れた。

彼女の借りている二部屋のアパートは快適だったけれど家具類は金属チューブ製、床はむき出しで、バスルームにはタイルが張られ、窓から見下ろす中庭はコンクリートで固められて日が当たらず、何ともわびしい感じだった。浴室には簡単なキチンがあって小さなガスストーヴや、皿やごみ入れ用の食器棚も備わっており、洗面台は流し兼用だった。彼女は全てを誇らしげに見せた。白いサテンの普段着を着ていたが、これはズックのズボンと同じ生地節約の目的で体にぴったりのつくりだった。

「飲み物は何も出せないけど」と彼女は言った。「牛乳とビスケットならあるわ」

ゼリーグラスに入れた均質牛乳は半ば暖められ、イギリスのライス・プディングの残りみたいな味がした。ビスケットにはイチジクのペーストに似た香りがあった。彼女の横のテーブルにウクレレがあるのに気がついたから、

「あれを弾くのかい？」と訊くと、

「ちょっとだけ。何か聞きたい？」と言って取り上げ、弦をつまびいた。「モーツァルト？　ラヴェル？　それともセゴヴィア*か何か簡単な曲にする？」

「簡単なのがいいや」

「それじゃ『うかつな恋*』にするわ」

彼女は小さな楽器をまるでギターのように扱い、弾き方もギターに似ていた。はじめは単純なリフレインをゆっくり、メロディーを強調しながら弾いたが、やがて小さなヴァースをダンス・リズムで弾き、それから遅いテンポのリフレインに装飾音をつけた。そのあとは趣味と創意で曲を積み上げ、驚くべきオブリガートで装飾をする。彼女は遠い目つきになって、草履ばきの足で椅子のクッションを叩いてリズムをとった。赤ん坊よろしく楽器を抱いたかと思うと出し抜けに、音叉のように正確な低いかすれ声で歌いだしたが、彼女の声には胸も引き裂くような哀愁があった。

うかつな恋がしたことを見て
うかつな恋がしたことを見て
今じゃエプロンの紐が結べない
うかつな恋がしたことを見て

かわいそうなママが何と言うかしら？

かわいそうなママが何と言うかしら？

ママは腕組みをしたまま何も言わない

　　だってママが若いときは恋人がいたもの

彼女の歌声は突然やんだ。「こんな具合にいつまでも続くのよ。イギリスの古い歌だけれど、メロディーはすてきでしょ?」

「君が本物の音楽家だったとは知らなかった」

彼女は口をぽかんと開け、「本物なんかじゃないわ。ヴァイオリニストになるつもりだったけど、下手でなれなかったの。その話はおしまい。あなたは何をしているの?」

「何もしちゃいないよ」

「ねえ」彼女は牛乳を一口飲んでゼリーグラスごしに私を見ながら言った。「あたしたち、親友になれそうな気がするけど」

明くる日の朝、彼女はドラ・メルローズの外の浜辺で私たちと合流した。ベルトと肩飾りと折り返しがついた黄褐色のレインコートを着ていた。彼女とボブは注意深く見つめあった。二人のそりが合いそうにないことは明らかだった。

「お邪魔じゃなかったかしら?」

「もちろんそんなことはないさ」グレームは言った。「坐れよ。コートを脱がなきゃむしむしするよ」

「水着をもってくりゃよかったのに」椅子を運んでくるグレームを手伝いながら私は言った。

「下に着ているわ」腰を下ろしてしばらく話し合った。彼女はニューヨークのことを話し、ボブは彼女が聞いたこともない有名人の名前を次々と挙げ、知っているかと訊いた。

「君はきっとヴィレッジに住んでいたんだ」

「いいえ、クレマンシー広場に住んでいたわ、ジャクソンという人と。彼について聞いたことある？　——デール・ジャクソンといって呆れるほどお金持ちなんだけど」

「ダーティ・ジャクソンとみんなが言ってる男かい？　彼と一緒に住んでいたのか？」

「ちょっと変わっていたけれど、ダーティなところは全くなかったわ。とてもいい人で、いろんなことを教えてくれたわ——本や絵のことだけど」

「本についてはどんなことを教えたんだ？」

「エドナ・ファーバーやファニー・ハーストなんか捨ててしまえ、と言ってネン・ヘヒトや、カベルや、パーシー・マークスの本を貸してくれたわ」

「ひでぇな」

「あの人たちのどこがいけないの？」と彼女は訊いた。「みんなすごく立派な作家じゃないの？　少なくともファーバーやハーストよりはいいと思うけど。あたしはユルゲンが好きよ。かわいそうで泣けてくるもの」

ボブは立ち上がって海に入った。

「あたし何か間違ったことを言った？」

「彼は現代文学について強い意見をもっているんだよ」とグレームは言った。「彼は誰も好きじゃないんだ、自分が作家だから」

「あらそうなの？　知らなかったわ。ヴァイオリニストみたい。パガニーニ以降のヴァイオリニストは誰も好きになっちゃいけないみたいなのよね」

「パガニーニがどうして好きになれるんだ？　彼の演奏を聞いた者なんかいないんだよ」

「そこなのよ。リストの言葉で判断しているんだわ。* 問題は彼は死んでいるから競争相手ではないということなのよ。音楽家がどれほど嫉妬深いかは想像もつかないほどだわ。あたしの友達がハイフェッツと一度寝たことがあったんだけど、音楽学校ではその後一週間、彼女とは誰も口を利かなかったわ」

「パガニーニはニースで死んだということを知っていたかい？」とグレームが訊いた。

「そろそろ午後に過ごす場所を探しに行こう」と私は言った。「旧市街がいいな。彼が死んだのはいつだ？」

「一八四〇年五月二十七日」スタンリーが敬意の籠った言い方をした。「喉の病気だったらしいわ*」

「きっと家はまだあるはずだ」とグレーム。「昼飯前にひと泳ぎしよう」

スタンリーはコートを脱いで、白いワンピースの水着姿で現われたが、彼女はマイヨールの彫刻を強調したような体つきをしていた。

私たちが水に入るのと入れ違いにボブが上がってきた。「昼飯を食うまえに運動しようと思ってな」ボブはぶっきらぼうに言った。

「彼、まだ怒っていると思う？」スタンリーは波間に浮き沈みしながら訊いた。「彼の本を何か読んで面白かったと言ってあげようかしら。そしたら機嫌が直るわね」

それは絶対にない、ということは間違いなかった。

スタンリーはマニャン広場の角のカフェで私たちと落ち合った。白の襞スカートを穿き、白い横縞の入ったブルーのセーラージャージーにベレー帽という出立ちだった。何を着てもカーニヴァルにでも出かけるような大袈裟な格好になる。

観光課でパガニーニについて訊いてみた。すると彼らは名前さえ聞いたことがないと言い、「ここで死んだと言うんですか?」と、机の向こうに坐る薄汚い片腕の年取った男は言った。死んだとは観光事業にとって感心しない、とでも思っているような口ぶりだった。「墓地にでも行って探したらどうですか」

「実は彼が死んだ家のほうに関心があるんです」とグレームが言った。「記念銘板があると聞きましたから」

「さあ、どうですか。パガニーニねえ」老人は首を傾げた。「イタリア人だな。山賊でしたか?」

「いや、ヴァイオリニストです」

「ああ、芸術家ですか」老人は蔑むように言った。「ニース生まれの偉大な政治家や、マッセナ元帥*のような武勲赫々《ぶくんかくかく》たる将軍ならば記念碑もありますが、外国人ヴァイオリニストじゃ記録もないと思いますねえ」

「しかし、彼はニースがイタリア領だった一八四〇年には外国人じゃなかったんですが」

老人は腹を立てて何も言わず、口を閉じたまま新聞を取り上げ、帰れという意味で先のない腕を振って見せた。

「旧市街を探し回ることにしよう。そのほうが涼しいし」と私は言った。

狭い街路が網の目のように入り組んだ市街地に入ると、ものの五分で西も東もわからなくなった。スタンリーはすっかり魅了され
「ここは市内きってのいいところだわ」と言った。「小さな屋外店舗や屋台店がたくさんあって。それ

に家だって古めかしくて神秘的じゃない！　いまにも倒れそうだわ。ここに住んでみたいわ」

モントリオールの古い巷の中にはそんな気のするところもままあった。しかし、家の内部を思い出してみると、暗くて、汚くて、悪臭が漂い、配管がむき出しになっている。ここの状態はもっと悪いような気がした。

私たちはしだいに貧しい地域に入っていくようだった。街路は狭くなり、家屋は壊れかけ、洗濯物はみすぼらしく、子供は薄穢くなっていく。とうとう私たちは立ち止まった。「わかっているのは迷子になったということだ」と私は言った。「方角を確かめようにも太陽が見えない。どうすればここから抜け出せるかな」

背が低くずんぐりした男が朗々たるバリトンの歌声を響かせながら角を曲がってこっちへやって来た。彼は私たちを見るなり足を止め、さっと帽子を脱いだ。

「皆さん、また会いましたね」と彼は言った。「何たる幸運でしょう。きっと私どもの小さな劇場をお探しに違いありません。それではご案内いたしましょう。マチネーがたった今始まったばかりですが、午後はお値段も格安で、お一人様たったの五十フランでございます。素晴らしい映画、題して『何でもやる女中』が只今絶賛上映中で、ヴェリーヴェリー・ブルーな内容でがんす」

「ありがたいけど、ちょっと早すぎるようだ」

「私たちはパガニーニが死んだ家を探しているんだ。ここから近いかどうか、知っているかい？」

「パガニーニ？　不滅のパガニーニですか？　偉大な魔術師ですね？　よろしい、喜んでご案内しましょう、蹤《つ》いてきてください」

私たちは彼のあとから蹤いて行くことにした。彼は歩きながら声を張り上げてまた歌い出した。

それから数日間はスタンリーに会わなかった。……

「きっと劇場へ連れていかれるぞ」私はグレームに言った。「魔術師とか言っていなかったか？」

「彼は魔術師だったという伝説があるんだ」

黒い衣裳の男は歌いながら貧しげな街すじから街すじへと私たちの前を歩いていった。私たちは絶えず小路や裏道を歩いているようで、トンネルに近いアーチの下を通ったことも五、六度あった。雑貨屋の裏を抜けて反対側に出、角を曲がると陽光がさんさんと降りかかった。ガイドは帽子を脱いで茶の漆喰が剝げかけシャッターの降りた狭い四階建の家屋を芝居がかった仕種で指差した。

「あそこです」と彼は叫んだ。「魔術師の家は！」

見上げると風雨にさらされた壁面と同じ色をした石の記念銘板があって、ニコロ・パガニーニと大文字で名前が刻まれ、周りを装飾的な小さい文字の文章で囲んであった。

「とうとう見つけたわね」スタンリーは押えた声で言った。

「皆さん、私どもの小さな劇場はこの先、小路をちょっと行ったところにあります。三人様で百フランぽっきりにお安くしておきます。どうです、賛成していただけますか？」

「考えてみよう。いずれにしてもここまで案内してくれたことは感謝するよ。ほんとに有難かった」

「いえ、お安いごようで」彼はそう言って帽子を地面すれすれに振り、ちょっと間を置いてから肩をすぼめると歩き出した。

私たちは石の飼い葉桶の端に腰を下ろし、やっと見つけたパガニーニの住居跡を見やった。一階は香水店と、文房具屋と、ドライクリーニング店になった何の飾りもない長方形の、ごくありふれた家に見えた。管理人室らしいものはなかった。

「部屋を見てみようか？」とグレームが言い出した。

「掲示には何と書いてあるの？」スタンリーが訊いた。

「イン・クエスタ・カーサ」と彼は言った。「ぜんぶイタリア語だな。待てよ。『ジェノバの人、偉大なるニコロ・パガニーニ、一八四〇年五月二十七日夕刻、この家にて死す。彼の魂はここにてミューズに再会し、万物の永遠の調和に還《かえ》りたり』」

「おお……」スタンリーはむせぶような声を出した。

私たちは入り口を占めるクリーニング店に入り、偉大な人が死んだ部屋を見せてもらえないか、と女主人に訊いた。

「ぜったい駄目」女主人はイタリア語でにべもなく答えた。「ここは公の建物じゃないからね。いずれにしても全部に鍵が掛けられているのよ」

「管理人はいないんですか？　いくらか金を払ってもいいんだけれど」グレームはおぼつかないイタリア語で言った。

「ママ・ルチーア！」彼女は叫んだ。

黒いショールを肩にかけた老婆が店の奥から足を引きずりながら出てきた。片手を耳にあてがっている。

「この人たちがパガニーニの部屋を見たいんだって」女主人は大声で言った。

「死んじゃったよ」と老婆は言った。

「そりゃそうだけど、お金を払うってさ」

「いくらだぇ？」

「五フラン」グレームは指を掲げて見せた。


それから数日間はスタンリーに会わなかった。……

「十にしときな」と言って老婆は両の手のひらを上げた。

「ノー、ノー、それじゃ高すぎる。まるで強盗じゃないか」と言ってグレームは顔を背けた。

「九フランにしとくよ、シニョール」と老婆は言った。「階段を昇るし、年も年だからの」

「七フラン以上は出せない」

老婆はにやっと笑ってうなずいた。「七フランにまけておくよ」

私たちは老婆のあとから店の奥を通り、かつて道路と直接つながっていたに違いない立派な階段の吹き抜けに出た。ママ・ルチアは手を背中に当てながら喘ぎ喘ぎ浅い階段を昇り、最初の踊り場で一休みした。言葉では言い表わせないほど穢く、さびれて、二十年も人が住んでいないという感じだった。二階の踊り場まで昇ると、老婆は階段の手摺につかまり、もう一方の手で脇腹を押えた。彼女は装飾の剝げたドアを顎で示し、「ちょっと待って、いま開けるから」と言った。

老婆は鍵束を取り出し、一つずつ鍵穴に押し込んでは試した。やがて鍵がギーと音をたてて回った。老婆はドアを開き、黙って身振りをした。

私たちは足を踏み入れた。部屋は広くてほとんど真っ暗、埃に覆われ、がらんとしていた。

ママ・ルチアは踊り場で待っていた。彼女は手を差しのべ、グレームはその手に七フランを載せ、「ありがとう。無理にお願いしてすまなかった」と言った。

「なんのなんの」

老婆のあとから階段を下りて行くと、ドライクリーニング店の女主人が両手を腰に当てて見上げていた。

イタリア語で早口の言いあいが始まった。どうやら女主人は老婆をペテン師呼ばわりしているらしい。

老婆は店に駆け込んだ。私たちが立ち去ったとき女主人はまだがみがみ言っていた。最後に耳にした言葉は老婆の、「それでどう違うと言うんだよ」という科白だった。「上の部屋と同じじゃないか！　どうせ空《から》なんだもの……」

「どうして言い争っているんだ？」

「分け前をくれのくれないので喧嘩になっているんだよ」と私は言った。

「どこでもいいからバーに寄って飲みましょうよ、あたしが奢るから」とスタンリーが言った。

角を曲がったところの小さなバーのカウンターで私たちはブランデーを三杯飲んだ。素晴らしい午後だった。

やがてスタンリーは毎日一緒に泳ぐようになった。ボブはますます不機嫌になった。

「君は仕事を全然やらないな」彼は私に言った。「書きもしないでどうするつもりなんだ？　あの女は有り触れた寄生虫に過ぎん。君は彼女なんか相手にして時間を無駄にしている」

今にして思えばただ時間を無駄にしていたのではなかった。遊びと仕事、生と芸術の要求のどちらかを選択していたのである。選択の機会は人生の早い時期に数回、誰にでもやってくる。いずれかを数度選ぶと、人生の道はほとんど取り返しのつかぬほど決まってしまう。そうした一見手当りしだいの重要とも思えない決断が見た目よりは遥かに大事なのである。なぜなら、悲しいことに人の人生の方向は結果として成熟も叡知も伴わず、感情や、欲望や、気まぐれによって決まるからだ。若い者にとって人生の野心を早く決めることは彼がそれを達成しないではおかないという単純な理由で大事なことだ、と言ったのは確かバルザックだったと思う。しかし、私はこれを知らなかったので、辛い芸術の生活には何

それから数日間はスタンリーに会わなかった。……

時でも戻れる、と自分に言い聞かせ、現在を楽しむ華やかな生活を選んだのである。楽しむこともまた大事だ、と思っていたわけだ。

こうした繰り返しの選択を果たして悔いていたかどうか、今となっては判断は難しい。しかし、それで健康を害し、希望を失い、早死にという恐るべき結果に直面せざるをえなくなったとすれば、私は過去の行動を悔い、もって他者への戒めとすべきかも知れない。けれども、その選択をまた行なうとすれば、同じことの繰り返しになるような気がしてならない。自分自身に約束できるのは、どうやら死は免れそうとあって、この先は遊びも程々にということぐらいのものだ。

こうして文学と本を書くことの魅力はスタンリー・ダールのそれに膝を屈した。実を言うと前者にはほとんど勝てる見込みがなかった。彼女ばかりでなく私自身の若さ、天真爛漫な彼女の魅力、気が置けない友情、押え難い欲望にもだえる私の目の前に彼女が繰り広げる官能の饗宴、等々が勝利をおさめた。彼女はまた秘密の収入源（恐らくダーティー・ジャクソンだろう）から毎月百五十ドルの小遣いを貰っており、それをグレームや私と使ってもよさそうなそぶりだった。

「もしあたしのアパートの契約が明日切れたとして」スタンリーはパガニーニの住居探しをした翌日に言った。「あなたのところのマダム・ジップが大きな部屋をただで貸してくれるとすれば、あなたとグレームさえ構わなければ引越していってもいいわ」

私たちは一向に構わなかった。

三日後ボブは荷物をまとめて出ていった。

「俺はアテネに行く」と彼は言った。「パルテノンの神殿をもう一度見てくる。君ら愛の小鳥たちは精々楽しむことだな。また会おうぜ」

16

リヴィエラの九月は快適な月で、草が再び萌え出すのにちょうどいい量の雨が降る。夏の酷暑は穏やかな秋の陽気に変わり、海は一層生気を呼び戻す。スタンリーと私たちの関係はまもなく複雑になっていった。

ある日、グレームは彼女をバスで城壁に囲まれた有名な観光スポットであるサン・ポール-ドゥ-ヴァンス町に連れていった。二人は夜遅く、私がベッドに入って飲んでいる時に戻り、爪先立ちで階段を昇り、彼女の部屋に入っていく物音が聞こえた。それから三十分の間、私の感情には複雑なものがあった。彼らは二人っきりでいないほうがいいのではないか、と私は思った。それから私はどっちにしても同じことだ、と思い返した。グレームがやって来たとき、私はほっとした。

「一緒に飲まないかと彼女が言っているんだけどね」と彼は言った。

スタンリーがウクレレをもって入ってきたときには、グレームはグラスとソーダ水を用意していた。

「ラモーの小曲でも弾こうかしら?」*

ウクレレで弾いたラモーの曲は聞いたことがなかったが、控え目で優雅な響きがあった。カントリー・ダンスの曲で、リズムは重いバスのストロークで強調されていた。スタンリーは椅子の背凭れに体をあずけ、足を交叉させて感情を込め上手に弾いた。彼女は目を窓の外の夜空に据え、小声でハミングした。

「これはブレ〔オーヴェルニュ地方の舞踏曲〕よ。クラシックなのはわかっているけど、とても楽しい曲だから感じるままに弾いたの。もう一杯飲ませて」

牧歌的な夜だった。瓶のなかのブランデーの量が減るにつれて会話は弾み、スタンリーの歌も奔放になった。新たな友人のレパートリーには聞いたこともないような歌が含まれていた。

それからあとの二か月は非常に楽しかった。野心、羨望、貪欲、誇りなどに駆り立てられてはいなかったので、何かをやろうとする者は誰もいない。私たちは食い意地と、怠惰と、官能にかまけていた。これは三つの最も好ましい悪徳で、満足感と社会的安易さを促進するものだから、彼らがそれにどっぷりつかって何をしているのか私にはわからず、それらは関係者全員にとって更に悪い罪悪である嫉妬や、搾取や、残酷さなどに置き換えられるべきだと何度も考えた。ドラ・メルローズでの生活が不規則だったにせよ、何らかの意味でふしだらだったとは思わない。誰かに害を与えたわけではないし、時間の使い方が間違っていたどころか、自分たちはもちろん、世の中のためにも有効に利用していたからだ。なぜなら、人間の惨めさの半分は十七歳から二十歳にかけて暇や、食べ物や、性的満足感が十分に得られないことからきている。成長して思慮分別もできる頃に暴虐的になったり、憎悪を抱いたり、欲の皮が突っ張った人間になったりするのは恐らくこのためだ。彼らは勉強や、生活の安定や、立身出世のためにかけがえのない歳月を無駄にした、と悔いているのである。

遊びすぎて体を壊し、入院するはめになった男がこんな科白を吐いたところでぞっとしないのはわかっている。しかし、私自身が無茶な生活をし不運にも病気に罹ったからといって酒と薔薇の青春を謳歌してはならない、ということにはかならずしもならないのではないか、という気がまんざらしないでもない。

十月の終り頃に、私たちのスイートを貸しているオランダ人がまもなく帰ってくる、とマダム・ジップが言った。新しいアパートを探し回った挙句、半ブロックしか離れていないカリフォルニー通りの角のパンション・ロドルフ・プラカシエに落ち着いた。私たちは二部屋を借り、グレームとスタンリーが広いほうを使うことになった。

ドラ・メルローズと同じように、ロドルフ・プラカシエも死んでから長い年月がたっており、パンションの経営者はアメデオ・ドンジベーネ*という名前のフランス系イタリア人だった。ドンジベーネはパリや、ローマや、ベルリンの一流ホテルでシェフをやっていただけに食い物はドラ・メルローズよりもうまかった。彼はジーン・ネグレスコやアンリ・リッツの名前を親しげに口にし、ウィーンでウェイターとして一緒に働いたと言っていたが、イギリス人、わけても貴族には激しい憎悪を示した。

「イギリス人を信用しちゃいかん」と彼は言った。「貴族となれば一層警戒する必要がある。なぜかってあんた、イギリス貴族ぐらい大泥棒の詐欺師はいないからだ。ロシア貴族は信用ならんと人は言うが、そんなのには滅多に会ったことがない。フランスの貴族は値切るけど、概して正直だな。ドイツ貴族は好人物ぞろいで自分の勘定はおおむね払う。アメリカの上院議員は完璧な紳士でね、ふんだんにチップをくれる。インドの王子はどうかというと、忘れないかぎり幾らでも金をくれるねえ。しかし、世襲貴族は大抵けちくさい。ところで、あんたらのパスポートには郷士と書いてあるけど、郷士というのはカナダの肩書きかね？」

私たちは早速、これはカナダ外務省の無意味な気取りに過ぎない、と説明した。

ドンジベーネはパンションで金を払わずに逃げようとしたさまざまな策略と、それを防止する自分の機転について大いに語った。

天候が寒さを増すにつれて、生活はしだいにつまらなくなってきた。スタンリーの仕送りを足してさえ、金は全て賄い費と家賃に消えてしまう。私たちはブランデーをキルシュ〔サクランボでつくるブランデー〕に切り替えねばならなかったし、冬場には値上げされるカフェやナイトクラブ通いも止める必要があった。おまけにドンジベーネの判読不能な勘定の総額もどういうわけか毎月上がるようだった。私たちは費用を節約するために最善の努力を払った。グレームは毎週二晩フランス通り沿いのクリスチーのバーにダイスを転がしに出かけたし、私は私でサヴォイ・グリルでジゴロとして雇われた。しかし彼はツキに見放されたらしい。私もやがて老女の相手をしてダンスフロアを誘導することは退屈なばかりか金にもならないことがわかった。スタンリーだけが何の悩みもなさそうだった。眠るか食べるかしていないときにはヴァイオリンソナタの作曲に没頭し、毎朝五線紙に鉛筆でおたまじゃくしを書きなぐったり、弦を爪弾いたり、歯音をたてたりしていた。

冬が近づいてきたが、部屋の温度はしだいに下がり、私たちの意気も消沈していった。あらゆることから面白みが失せてゆくような気がした。

「ここから出ていくべきだという気がするな」とある朝グレームがもの静かに言い出した。「いずれにせよリヴィエラはもう沢山だ。一か所に三か月以上いるべきじゃないと思うけど、ここはもう六か月になる。勘定だってどうしようもないほど溜っているしな」

「どうすりゃいいんだ？」

「方法は一つしかなさそうだ。ずらかるってことさ」

「さあ、どうかな。ドンジベーネの奴、ずらかった下宿人のことばかり言ってるじゃないか」

「そりゃそうだけどさ、彼だってこの三か月僕らの勘定を水増ししているぜ。精しく調べてみると、ここへ来てから百ドルは余計に取られているよ。あいつは独特の四捨五入方式を使っているし、十五から二十パーセントものサービス料を加算している。おまけに三週目と四週目は八日の計算になっている」

「何かいい計画はあるか？」

「もちろんある。スタンリーのことで痴話喧嘩をおっぱじめるんだ。僕が負けてさ、ドンジベーネに地下室から君の大きなトランクを三つ運んでくれと頼んで、僕らのいいものを詰め込んで、勘定を払って出ていく。同じ日の夜、君とスタンリーはいちゃいちゃ芝居を打って君は大きな部屋に移り、僕のカンヴァス製のトランクに古い衣類やなんかをぎゅう詰めにして――ぎゅう詰めにするのはある程度重くなきゃならないからだけど――ドンジベーネに頼んでさ、地下室へ運ばせるわけだ。それから二人で必要なものを荷造りして午前三時にこっそりずらかる。僕はマニャン広場の角を曲がったところにタクシーを待たせておく。ジェノヴァ－マルセイユ間の急行が発車するのは午前三時半だ」

「置いて行くのはどんな古着だ？」

「例えば僕らの冬のコートなんかだ」

「僕のアライグマのコートは？」

「十ドル以上はしないよ。僕はお祖父《じい》さんのトランクも置いていくつもりだ」

「重くする必要があるならボブに貰ったガートルード・スタインの『メイキング・オヴ・アメリカンズ』があるじゃないか」

「名案だ。コートと一緒にそれも詰め込もう」

「いつやるんだ？」

「先に延ばす必要があるか？　今夜だ」

スタンリーはこの計画に有頂天だった。「面白いじゃない」と彼女は言った。「犯罪みたいで。実はそうじゃないんだけど。ロビン・フッドみたいな世直しなんだから」

しかし、グレームがトランクをもっていなくなった夜には不安そうに部屋を見回し、「月光を浴びながら歩きたいわ」と言った。「ニースの町とロマンティックな別れ方をしたいじゃない？」

「危険すぎるよ。ここにいるほうがいい」

「あなたの言うとおりだと思うわ。でも、出し抜けにこの部屋が嫌になったのよ。部屋に閉じ込められ、所有されるような気がする。どうしてかしら？」

「僕らはもう出ちゃったんだよ。何れにしてもいい部屋ではなかったからね」

「マダム・ジップのアパートにあなたたちが借りていたいいお部屋とは違うのよね。物事がだんだん悪くなっていくなんておかしな話」そう言って彼女はわびしげに私を見やると、急に泣き出した。私が慰めにかかると、彼女は、「いや、いやよ」と言いながら押し退け、「無駄だわ……生きるなんてもういや」

彼女はずらかるまえにヒステリーを起こした。

しかし、汽車がカンヌに着く頃には彼女の機嫌も直り、鞄の一つからばかでかいハムサンドイッチと瓶入りの牛乳を取り出しながら、

「二人ともこれは思いつかなかったわね、きっと」と言った。

私たちは狼のようにむさぼり食った。

「わたしたちはどこかへ行く途中なんだけれど、行き先はどこだっけ、パリ?」一息ついてからスタンリーは言った。

「グレームも僕もウィーンには行ったことがないんでね」

「わたしは行ったわ。一度でたくさんという感じ」

「僕らの切符ではマルセイユまでしか行けない」とグレーム。

「それじゃパリまでの旅費は僕がもつよ。カルチエラタンや、モンマルトルや、バスティーユ監獄やサクレ-クールも懐かしいな」

「エッフェル塔を忘れてるぞ」と私は言った。

「そうだわ」雨もよいの朝のくすんだ明りのなかでスタンリーの顔が突然輝いた。「エッフェル塔があったっけ!」

17

再訪したパリはかつてない美しさだった。タクシーが陽光のさんさんと降る街路をモンパルナスへ向けて走っているとき、私はスタンリーの目を通しても見ているような気がした。私たちは駅からジュール゠セザール・ホテルへ直行し、二部屋をとった。

「明日アトリエを探すことにしよう」とグレームが言った。

グレームと私が髭を当たっている間、スタンリーはトイレを使い、まもなく小鳥のように囀りながらシャワーを浴びはじめた。

四月に入って初めての暖かい日和で、老婆が早々と二輪手押車を押しながら鈴蘭を売り歩いていた。私たちはスタンリーに鈴蘭を一束買ってやり、ドームのテラスのテーブル席でシャンベリ゠フレーズを飲んだ。知り合いは一人残らず足を止めて話し掛けてきたが、黄褐色の誂えのスーツにレモン色のベレーという格好のスタンリーが関心を引くようで、彼らは興味と欲情もあらわな目で見つめた。スクーナーが腰を下ろすと、まもなくカリダッドもやって来た。私たちは仕事場か安いアパートを探している、と言った。

「あなたたちは運がいいわ」とカリダッドが言った。「明日ある実業家とアムステルダムに行くんだけれど、角にあるわたしのちいっちゃなアパートを一か月の間貸そうと思っているのよ。六百フランでどうかしら？」

スクーナーは目をぐるぐる回し、グレームは高過ぎると抗議した。

「そう、じゃ友達のよしみで四百フランに負けてやるわ。ほかにガス、電気、水道、リンネル、管理費などが当然かかるけど。わたしのちいっちゃなアパートであなたたち三羽の鳩ちゃんは幸せになってほしいわ。ところでランチにしない？　春はおなかがすいてしようがないわ！」

明くる日私たちはデランブル通り沿いの彼女のアパートに越した。中庭の真ん中に大きな栗の木が一本あって、周りの灌木は花盛り、今は使われない井戸の上には等身大の石の神の像があり、管理人小屋の外の大きな鳥籠にはカナリアやナイチンゲールがたくさん飼われ、さかんに鳴いていた。

「すてきなところだわ！」スタンリーは大きなドアの把手に手を掛け、中庭を見回しながら言った。

「こんなところがあるなんて知らなかった」

「感想は部屋を見てからだな」とグレームが言った。「とても狭いらしいから」

三人がやっとという広さで、荷物の置場はなかった。しかしスタンリーは有頂天になって狭い三つの部屋を駆けずり回って箪笥や食器戸棚を覗き込み、大きなベッドで跳ねたり、窓の外を眺めたりした。中で寝そべらず坐る坐浴槽があったが、これは空間と水と肉体的努力を節約するいかにもフランス的な創意の勝利というべきものだ。スタンリーは早速中に入った。

「これはすてきだわ」彼女は私たちを見上げてにっこり笑った。「パリのモンマルトルで、こんな素晴らしいアパートにいるなんて信じられないぐらいだわ。あなたたちに会ってよかった。もしひとりでパリにきたらどんなところに住んだか知れやしないわ」

「大学都市の折紙つきの部屋といったところだな」と私は言った。

「その通りだわ。大勢の筋ばった女性教師や、口辺ヘルペスを患う眼鏡を掛けた熱心なタイプと女性専用ホステルで自己研鑽《けんさん》を積んでいたりしてね」

「僕らは君に人生を体験させているし、君は僕らの人生に魅力を添えている」とグレームは言った。

「さて、これから出かけて一杯やるか」


それから数週間の春の日々は楽しかった。うまいものを飲み食いするだけの金があったから、スタンリーをオペラ座や、オペラコミック座や、メドラーノ・サーカスや、フォリー＝ベルジェール〔モンマルトルにあるミュージックホール〕などへ連れていった。ある朝ドームで食事をしているとダフニ・バーナーズが現われた。エレガントな身なりをしていたが頬がこけ、放心したような顔つきだった。彼女は私たちのテーブルに坐るとペルノーを注文した。アンジェラが彼女の許を去ってシュールレアリストの画家とマルケサス諸島へ行った、という話は聞いていた。

「あなたは画家なの、ミス・バーナーズ？」とスタンリーが訊いた。

「ええ、そうよ」

「画家には見えないわ。わたしが会ったことのある女流画家は爪が穢くて、ターナー*とかいう人のことをしきりに喋っていたわ。たいした画家じゃなかったようだけど」

「ターナーはもちろん立派な画家だけれど、もう議論の対象にはならないわね」と言って彼女はグレームに顔を向けた。「例えばテニスン*やワーグナー*みたいなものじゃないかしら？」

「テニスンには何も悪いところはないよ」とグレームは言った。「彼の思想を除けば」

「ワーグナーには我慢がならないわ」とスタンリー。「あの深刻ぶったところが嫌いだわ。それにどうして同じことを五度も繰り返さなきゃならないの？　ドイツ音楽は嫌い。バッハ、ベートーヴェン、ブラームス――彼らは三大ペテン師だわ*」

「ミス・ダール」ダフニは愛撫するように低い声で言った。「あなたは異端者だわね。どんな種類の音楽が好きなの？」

「十八世紀のイタリア音楽はみんな好きよ*――ペルゴレーシ、ボッケリーニ、フレスコバルディ、ヴィヴァルディ、コレッリ、それからモーツァルト、彼が一番好きだわ」

「あなたが絵について意見をもっていなくてよかったわ。だって、フラゴナールや、シャルダンや、ブーシェ以外*はみんな嫌いじゃないかという気がするもの」

「彼らの名前は聞いたこともないわ。ミス・バーナーズ、あなたはヌードをお描きになるの？」

「描くわよ。ダフニと呼んで……実を言うとそのうちモデルになってほしいと思っているのよ」

「いつ？」

「そうね、今日の午後だととても都合がいいんだけれど、もし暇だったら」

「わたしはいつも暇だわ」ダフニが去るとスタンリーはちょっと考える風にしてから、

「彼女、とてもいい人じゃない？」と言った。

「いい人だし、美人でもあるな」と言ったのはグレームだった。

「スタンリーを失いつつあるような気がするんだけど」小さなタバコ屋〔カフェを兼ねていた〕でチン

ザノ〔イタリア産ベルモット〕を飲みながら彼女を待っていたときグレームが言った。

「そのうち彼女はいなくなるだろう。こんな状態がいつまでも続くはずはないからね。あれっ、モーリーじゃないか」

モーリーはもの静かに喋っていた。スコット・フィッツジェラルドや、マイケル・アーレンや、ルビンシュタインらに何とか会ったということで、ボブの紹介でジョイスにも会った、と言った。今度取り掛った小説はほぼ書き終えたが、ヘミングウェイ相手にボクシングをした、とりわけ満足げに喋り、あの偉大な男をノックアウトしたとか、鼻血を出させたとか自慢げに言ったけれど、実際はどっちなのかはっきりしなかった。彼は謙遜して大したことではないような話ぶりだったが、実を言うと勝利に酔い痴れていた。彼はもの静かな言い方をすることで経験に一定の神秘性を付与する術《すべ》を心得ていた。それが彼にとって大事件だったことは明らかだった。

「ヘミングウェイの面《つら》をぶん殴ったとは愉快だな」モーリーがいなくなるとグレームは言った。師匠が試合で小男にやられたとは面白い、ということで私たちの意見は合致した。

「ヘミングウェイにまんざら思想がないわけじゃない」とグレームは言った。「胸毛と情熱の下に、運動選手や犯罪者崇拝の下に、陳腐ながら印象的な性欲と死の関係を認識している。彼の描く主人公は愛と死の経験を等号で結んでいる。とにかく愛には常に死が伴っている。ヘミングウェイの主人公の図式は、愛するが故に死ぬというものだ。ハードボイルドな登場人物の科白じゃないが、彼はいっぱつやって死ぬわけだ」

「そうだ。しかし、その過程が長すぎるな。死ぬまでに旅行をし、酒を飲み、喧嘩をし、魚を釣り、そそくさと姦通をやらかし、百姓どもがつくられた放言を喋る。何が言いたいんだかさっぱりわからん。

言いたいことがあったらさっさと短編にまとめて次の作品に取り掛るか、さもなきゃおしまいにすりゃあいいんだよ」

「一旦取り掛ったら止められないんだろう」とグレームが言った。

「それについては僕らのどちらもはっきり言い切れないな。とにかく、モーリーの話は傑作だ」

「化けの皮がはがされたわけだ、いい気味だよ。スタンリーが来たぞ」

彼女は腰を下ろし、レモン色のベレー帽を脱いだ。

「どうだった？」とグレームが訊いた。

「描いてもらうところまではいかなかったわ。彼女のアトリエってすてき！　蓄音機もあって、取って置きのレコードを聴かせてくれたわ！　気取らないし、素朴なところがあって、誠実な人だと思った。すてきな人だわ……シャンパン・カクテルを一杯くれない？」


デランブル通りでの一か月はあっという間に過ぎて、住むところを探す問題にまたぞろ直面した。ダゲール通り沿いの仕事場に引っ越したのはそのときだった。リヨン・ドゥ・ベルフォールの裏手である。家賃が安く、清潔に見えたからだが、翌朝目を覚まして驚いた。スタンリーの首筋が小さな赤い斑点だらけで、斑点は私の首にもあった。彼女は鏡を見、それから私に目を向けた。

「病気に罹ったんだわ。梅毒だと思う？」

グレームが私を廊下へ連れ出し、「スタンリーには言いたくないけど、ナンキンムシだよ」

「間違いないだろうな？」

「絶対に間違いない。今朝シーツのうえを這って逃げるところを見た。部屋を燻蒸する必要があるな」

「出て行こう」

「そんな余裕はないよ。一か月分前払いしたんだぞ」

「スタンリーが金をもっていないかな」

「もってはいないだろう。しかし、この分じゃ彼女をあてにはできないな。君は彼女を朝食に連れ出して、それからクリュニー美術館*へ行って貞操帯を見せてやってくれ、まだ見ていないそうだから。僕は硫黄を手に入れて管理人に部屋を消毒してもらうことにする」

私はスタンリーと連れ立ってダンフェール・ロシュロー広場のカフェ・バッファローに朝食に出かけたが、彼女は食欲がなく、梅毒じゃないかしらとまた言い出した。只でさえうっとうしいのに雨が降りはじめた。

ダフニ・バーナーズが黒地の長いレインケープというしゃれた格好で入って来ると、「ハロー」と言いながら腰を下ろした。彼女は皆にジンフィズを注文した。

「アンジェラから何か言ってきたかい？」と私は尋ねた。

「今迄のところヌクヘヴァから葉書を一枚よこしただけだわ。あなたの本、どんな案配なの？」

「調子はあまりよくない。書くのをよそうかと思っているところだ」

「馬鹿なこと言わないで。うまくいっているってボブが言っていたわよ。あなたに必要なのは誰かにびしびし言われることよ」フェルト帽にケープをまとった彼女はとても愛らしく、私は出し抜けに欲情を覚えた。彼女は銀鎖のブレスレットをした手を差し伸べ、私の腕をつかんだ。「そしてあなたをスタートラインに立たせるのよ」

それから二分か三分、私たちは黙っていた。

「どうかしたの、スタンリー？」と彼女は言った。

「今のところで幸せになれないのよ」

「坂を下っているような気がするんだってさ」と私は言った。「励ましてやらなきゃならないんだ」

「もちろんだわ。一緒に散歩しにいらっしゃいよ、スタンリー。そして悩みを打ち明けて」

彼らが帰ってから、私はやって来たバスに乗った。二等席に坐って、夏の最初の雨に濡れそぼつ灰色のパリの巷の中を揺られた。街路は想像もできないほど醜く、荒涼としており、高い建物は薄汚く、裏ぶれていた。これはひどい町だ、と私は思った。ここの生活は無意味で恐ろしい、そんな気がした。

雨はやみ、太陽が顔を覗かせた。巷は再び銀色に輝き、言葉では表現できないほど美しい——そしてこれが物事をいっそう悪くするだけだった。窓外に目をやると、路線の終点、植物園に着いたとわかった。情緒不安の治療法はゾウやカバのような大型哺乳動物を見ることだ、と言ったサミュエル・バトラーの言葉を思い出した。ポケットをまさぐってみたが、植物園の入場料がなかった。そこで私はリヨン・ドゥ・ベルフォールへ戻ることにした。

翌日スタンリーは荷物をまとめ、ダフニのアパートへ越していった。

18

それから二、三日、ダゲール通りは非常に悲しかった。私たちはスタンリーが恋しくてたまらなかった。それだけではない。彼女の金がないので忽ち生活に困り、またぞろオー・サン・コロンヌのような定食レストランでめしを食うはめになった。そこでは二十八セントでスープ、アントレ、野菜二皿、チーズまたはデザートが食えた（パンは食い放題）。料理の種類と味は今でも頭についてはなれない。一日中腹がすいていた。ケーキ屋のウィンドーの前を通るときは、エクレア、ミルフィーユ、ガトー・モカ、パヴェ・スイス、バルケット・デ・フレーズ、マドレーヌ、ケイク・アングレ、それに船体のような形をしてデッキの半分にチョコレート、残る半分にはモカを塗ったナッツとヌガーの香りがする名も知らぬケーキ類には目を伏せて見ないようにした。かてて加えて、パリでは物価が全て上がっているらしい。私たちは働かねばならないと思った。

私たちのようにパスポートに「給料の支払われる仕事に就くべからず」とスタンプの押された外国人にとって、仕事を探すのは簡単ではなかった。しかし、気乗りのしない努力でさえ実を結んだ。グレームは「ニューヨーク・ヘラルド」紙の編集長にバーで会ったことが縁で校正係として採用され、私はパリ在住のアメリカ人作家の原稿をタイプライターで清書する仕事で小銭を稼ぎはじめた。彼の仕事は単調だったが、読めない自筆の短編または長編小説を、句読点の修正を含め、一ページ二フランでタイプ清書する私の仕事は、出版の当てはまったくないとあって気の滅入る作業だった。たとえそれでかつかつの生活を維持していたとしても、文学修行熱の高まりには希望が持てなかった。当時のアメリカでは、ほかにこれといってやることのない者はこぞって作家を志望する。ものを書くことには音楽や絵画と違って特別な修行も素質も必要としないからだ。一か月もたつと、文章の正確さや綴りの正しさが効果を発揮し始め、評判になってきた。ある日グエン・ル・ガリエンヌから電話がかかってきた。彼女の継父の最新の小説の最後の三章を彼の監修の下にタイプライターで打ってほしいという依頼だった。

リチャード・ル・ガリエンヌ〔一八六六―一九四七。英国の作家・批評家・詩人〕! 私は畏敬の念を覚えた。彼は死んだとばかり思っていた。彼が書いたものというより、ワイルド、ビアボーム、ビアズリーらの友人として知っていただけで、デカダン風の単調で、疲弊した、九〇年代様式の詩を二、三編と、耐え難いほど気まぐれなエッセーをいくつか読み、純粋に文学的な意味で海と関係があるという事実を漠然と知っていたにすぎない。

私はタイプライターとカーボン紙を携えてレンヌ通りの彼のアパートに出かけた。グエンと彼の母親が戸口に出迎えた。

「ル・ガリエンヌは気分が優れませんの」とミセス・ル・ガリエンヌは言った。背が低く、色黒で、怒ったような表情の女性だった。「でも、タイプライターで打っていただくのは五十ページほどです。彼が原稿を読んでお願いすることになるでしょう」

「口述では打てないような気がするんですが」と私は言った。「非常にゆっくり喋っていただかないと」

「それはご心配なく」彼女は辛辣な言い方をし、狭い、乱雑な部屋へ案内すると、「リチャード！」と大声で呼んだ。「最後の三章をタイプするという方が見えたわよ。次の便で送ってほしいとミスター・タウンから電報がきてるよ。契約にそう書いてあるからね」

衝立の蔭に隠れていた作家は用心深く出てきた。青いブレザーを着て皺だらけの白いフランネルのずぼんを穿いた彼はぐでんぐでんに酔っていた。私は痩せてやつれた顔つきの年老いた姿に驚いた。生気があるのは青い目だけで、それもほとんど焦点が合わない。

「あは」彼は軽いテナーの音声を発した。「船があった」

「そうよ」彼女は白痴にでも言うような口の利き方をした。「それはお前が書いている本だろ。若い方に原稿を読んであげなさい。カナダの人で、作家だそうだけれど、タイプを打ってくれるっていうから」

ル・ガリエンヌは衝立につかまりながら恭しくおじぎをした。「ご協力ありがとうございます。ブランデーのソーダ割りでも一杯いかがですか？」

ミセス・ル・ガリエンヌは眉を潜めながら私にむかって首を横に振った。

「ありがとうございます。しかし、後で頂くことにします」と私は答え、細くて読みにくい字で書かれた原稿の散らばるテーブルにタイプライターを据えた。

「それじゃお任せするわね、リチャード」ミセス・ル・ガリエンヌは言った。「だけど、ミスター・タウンは次の便で三章をぜひ送ってほしいと言っていることを忘れないでね」彼女は手を振って姿を消した。

「うるさい女だ」ル・ガリエンヌは低い声で言った。「バシリスクというか吸血鬼というか」テーブルにはタイプ原稿が積んであり、第二十章で終っていた。手書きの原稿の一枚目は二十一章から始まるらしい。

『船があった』というのが題名でね」ル・ガリエンヌは芝居じみた声で言った。「海賊が出没した時代のカリブ海物語だ。血塗られた恐ろしい話でもある」

「第二十一章はどんな話ですか？」用紙を彼のほうへ押しやりながら私は訊いた。読んでいただければ書き取りますが、ゆっくり願います――ブラインドタッチでは書き取れませんから」

「わかりました。カナダ人だそうですが、私もカナダにいたことがあります、かなり昔のことですがね。ト－ロン－トというもの寂れた町で講義をしたんだからひどい話だ！　まさかあなたはト－トン－トの出じゃないでしょうな？」

「いや、あそこに行ったことはありません」

「行かないほうがいい。ところで始めるまえに一杯やらなくていいんですか？　それじゃあごめん被ってちょっと一杯やらせてもらいます、健康を祝して」と言って彼はブレザーの胸ポケットから水兵がもっていそうな平べったい瓶を取り出して大きく一口飲んだ。一瞬顔から目が消え、それから背筋を伸ばすと原稿を睨みつけ、甲板員よろしく「いいかな、キャリッジ中央からはじめる。大文字で第二一章。ダブルスペースだ。改行。インデントなし。『偏屈者！』とメリー・モナークは叫んだ。『この若者には注意する必要がある。どう思うかな、バーバラ？』と言って彼はカスルメイン伯爵夫人を振り返った……」

彼は十語から十二語ずつ区切り、感情を込めてゆっくり読みすすめ、私が打ち終えるまで辛抱強く待った。こんな簡単な仕事は初めてだ、と私は思った。二十一章はものの三十分で終った。

「さて、ちょっくら一杯やるか」彼は角瓶をまた取り出しながら言った。「タンブラーはないが、文学仲間にそんなもの要るかね？　不滅のサーリー・ギャンプ（ディケンズの『マーティン・チャズルウィット』に登場する酒好きの助産婦。友達ミセス・ハリスの話と称してとんでもない作り話をする）だって『口飲みしろ』と言ってるじゃないか。なに、飲まない？」彼は長々と一口飲んで口を拭い、溜息をついた。「私はディケンズが『チャズルウィット』のあの場面を読んで聞かせるところを実際に聞いているんだよ。ちょうど君ぐらいの年だったが、あれは忘れられないねえ」彼はだし抜けに俯き、片手を胸にあてがって目を上に向けると、しわがれた太い単調な声で歌うように科白を言いはじめた。『だからあたしゃ男だろうが女だろうが家事を取り仕切っている者に言うんだよ、飲む飲まないはとにかく、マントルピースの上に一瓶置いておけばその気になったときちびっと口飲みができるじゃないかってさ』

科白回しは全くもってプロの出来栄えだった。耳を傾けていると、まるでチャールズ・ディケンズの肉声をじかに聞くようで、一瞬、過去の栄光と声でつながっているような錯覚を覚えた。彼はげっぷをして椅子に倒れ込み、瓶を振って見せた。私が首を横に振ると彼はもう一口呷り、前後不覚になりでもしたか椅子の背凭れに体を預け、目を閉じ口をぱっくり開けた。しかし、私が二十二章とタイプライターで打つと彼はまた立ち上がり、原稿をつかむなり口述を続けた。

次の章はかなり時間がかかった。彼はときどき読んでいる箇所がわからず、言葉もしどろもどろになった。三か所を続けてとばし、意味が分からなくなったところで私は打つのを止めた。私のコピーは削除でひどく汚れてきた。

「休んだほうが良さそうですよ」

「なに、休む?」と彼は叫んだ。「いや、もう一杯飲むよ」

「だめよ」ミセス・ル・ガリエンヌは静かに入ってきて瓶を取り上げた。「紅茶になさい。清書は一時間以内に済ませて臨港列車便に間に合わせなきゃならないのよ。さもなきゃ契約通りお金を取られるんだから。どういうことかわかっているでしょ。二十ポンドも払わせられるんだからね。紅茶の濃いのを淹れてあげるから頑張って」言い終ると彼女は姿を消した。

「シェリダンの女房もこうだったらしいね」ル・ガリエンヌは言った。「しかし、彼は愚痴を書かずにすんだだけましだった。彼に比べりゃ私のほうが辛いねぇ」と言って彼は深々と溜息をついた。「悪いことは言わんから物書きでめしを食うのはやめたほうがいい。ろくなことにはならないからな……そりゃあ趣味でやる分にはいいがね、いざそれで食っていくとなったら大変だ。もしほかに収入でもあれば、私はもともと向いていた詩をつづけるつもりだった」

平坦で疲弊した模倣的な彼の韻文を思い出し、これはイギリス文学にとって大きな損失では決してない、と思った。しかし、私が思い出すことのできる唯一の彼の詩の最も優れたスタンザ、「第二の磔刑《たくけい》」を繰り返すことで彼を励ましても害にはなるまい、と感じた。

憐れラザルスは待っても無駄だ
　バルティマエウスはなお盲いている。
癒しの手は決してふたたび
　苦しむ人類には触れまい。
けれども私は日々に

ロンドンのあらゆる小路や街路で主に会う。

「おや？」と彼は言った。「君は私の作品を知っているのか！　これは素晴らしい。近頃は三流詩人のエリオットか、エリジャ・パウンドとかいうヤンキーのよた者しか読まないのかと思っていた。これに驚いたね。私の詩を間違って引用しているが、それはまあ許すとしょう。少なくとも四行はおおむね合っておるのでな。さあ、一杯やってくれ」

そう言ってブレザーの胸ポケットをまさぐっているところへミセス・ル・ガリエンヌが紅茶を盆に載せて現われた。

二時間で何とか清書を終えた。ル・ガリエンヌは最後に大きくエンドマークを書き入れると主張した。ミセス・ル・ガリエンヌはタイプライターで打った原稿を集めて親指を濡らして数え、ページ数を確かめて大きなマニラ紙の封筒に入れ、素早く数回なめて封をすると、しっかり胸に抱き締めた。

「横になったほうがいいと思うわよ、リチャード」と彼女は言った。

「この若い紳士に一杯飲ませなきゃならん。ご苦労を願ったからな」

「なにを馬鹿なこと言っているのよ。あなたが休む番じゃない」彼女は悪賢そうな微笑を私に向けた。

「明日請求書を送ってください」

「その必要はありません」と私は答えた。「六十ページとカーボン紙が一枚につき二フランで百二十フランです。それに三枚の反古代が五フランで計百二十五フランですよ、ミセス・ル・ガリエンヌ」

「あとで。これを急いで郵送しますから。それじゃご機嫌よう」彼女はさっさと姿を消した。

ル・ガリエンヌは両手を広げて私のほうを向き、「酒を飲んでもらうしかないようだね」

「酒なんかありませんよ、奥さんが取り上げたじゃないですか。僕は百二十五フランいただければそれでいいのです」

「ポケットには一ペニーも入っておらんのだよ。しかしこれならある」と言って彼は反対側の胸ポケットに手を入れ、平たい瓶をもう一本取り出した。「まあ、いいじゃないか一杯やろう」

「わかりました。でも、百二十五フランは頂きますよ」

「女房が明日払うよ。さあ」と言って彼は空《から》の紅茶カップに瓶から注いで差し伸べた。

「払ってくれるとも思いませんね」と私は言った。「とにかく、健康を祝して」

私たちはしかつめらしく乾杯をした。

「言っておきますが、ブランデー一杯で六十ページもタイプライターを打ったのではありません。こっちの身にもなってください」

「それはわかるが、私には女房がいる。調整が難しいねえ」

「あなたには自由になる金がないんですか？」

「只の一スーもないんだよ」

「わかりました。それじゃ署名入りの本を一冊ください」

「素晴らしい思いつきだ！　どの本が欲しいかね？」

「『海の歌』です」

たちまち彼の表情が警戒の色を帯びた。「あれは蒐集家向けの作品だよ。それに今は一冊もない」

「あそこにあるじゃないですか」私は本棚を指差しながら言った。

「あれは私のでね、手元にはあれしかない——全集のなかでたった一冊なんだ！　少なくとも十ポンドの値打ちはある。いいかね、ほとんど値打ちの違わない本が一冊ある。しかも非常に珍しいものだ」彼は本棚から薄い表紙付きのパンフレットを取り出すと、表紙をめくって大仰な身ぶりで署名した。「これはどこへもっていっても今じゃ二ポンドはする」と言って彼は私の手に押しつけた。「百冊限定版だからね」

「香水のカタログじゃないですか！」

「君は扱いにくい青年だ。あそこの小説はどうかね？　どれでも好きなのを取りなさい」

「それじゃあそこの『ザ・ブックビルズ・オヴ・ナーシサス』をください。あれで手を打ちましょう」

「しかしあれは優に二ポンドはする」

「古本屋ではそんな値はつきませんよ。署名してください。もし一ポンド以上で売れたらその分は返します。それでいいでしょう」

「まあ、よかろう」彼は溜息をついた。「本代だからな〈ブックビルには本代請求書の意味がある〉。何と書けばいいかね？」

「簡単で内容がよくわかれば何でもいいですよ」

彼は腰を下ろし、見返しをひらくと、遊び紙にちょっと書き殴って「これでよかろう」と言った。見るとそこには、「若き文学者の労に対し感謝と愛情を込めて献ず、リチャード・ル・ガリエンヌ、於パリ、一九二九年」とあった。

「ありがとうございました。きっと一ポンドにはなると思います」

「これでいいかな？　それじゃ払ったよ」と言って彼は手を差し伸べた。

「充分に頂きました」私たちは握手をした。

　それから二、三日、ダゲール通りは非常に悲しかった。……

「それじゃもう一杯いこう」彼はまた紅茶カップにブランデーを注いだ。

私は礼を言って断わった。彼は千鳥足で玄関まで蹤いてきた。

「文学で食うことについて私の言ったことを忘れないようにしなさい」敷居の上に立ったとき彼は言った。「自分のためにそうした考えは今、ここで直ちに捨ててほしい。明日では遅すぎるかもしれん。文学なんてものは資産のある者に任せることだよ」

バッファローのカウンターでグレームに会うと、彼は、

「疲れたような顔をしてるな」と言った。私はル・ガリエンヌの本を見せ、

「明日ガリニャニへ行って、いくら出すか訊いてみるんだ」

「百五十フランにはなるだろう――ついでにムーアのパンフレットももって行くといいよ」

私は悲しげにうなずいた。同じことを考えていたからだ。

「要するにこうしたことには感傷的にならないのが一番だからな」

「それはそうだ。しかし、まともな読み方さえできないんだよ。封を切ることだってやりたくなくてさ」

「もう少しいい金になるんじゃないかな。『老人と海』はどうだった？」

私がグレームに、ル・ガリエンヌはディケンズの『チャズルウィット』の朗読を聞いたことがあると言っていた、と言うと、彼は、

「ぺてん師め」と言ってのけた。「ディケンズは一八七〇年に死んでいるし、人前で朗読することは少なくともその五年前――つまりル・ガリエンヌが生れた年に止めているんだよ」

ガリニャニ古書店のミスター・スリープは顎の突き出た老人だったが、彼は二冊の本と私をかわるがわる用心深く見つめ、

「本はどうやって手に入れましたか？」ととがめでもするように訊いた。

「貰いました」

「そういう意味のことを書いて署名していただけますか？」

「先にいくらで買うか言ってください」

「いくらで売りたいのですか？」

「ル・ガリエンヌの本は百四十フランです」

「ふうむ」彼は黴菌でもつまむように取り上げた。「言うまでもなくこれは屑みたいなものです。百フランでどうですか？　言っておきますが上書きだけの値ですがね」

「最低でも百五十フランだな」

そのとき私は、相手がパンフレットのほうにもっと関心がある、と出し抜けに気がついた。

「それでは」彼はそう言うと突然歯を見せて笑った。「二冊で千フランでどうです？」

「署名入りで封を切っていない新品同様のジョージ・ムーアがたったの八百五十フランですか？　冗談でしょう、ミスター・スリープ」

彼はビーズのような目で私を見たが、その目をしみ一つないパンフレットのカバーに戻すと、繊細な手つきで取り上げ、もう一度署名を仔細に眺め、背を見つめると、

「二冊でいくら欲しいですか？」

「二千フラン」

彼は二冊の本を取り上げると落ち着き払った手つきで封筒に戻し、私のほうへ二、三インチ押してよこした。「私どもではお取引できかねます」

私は封筒へ手を延ばした。

本をもっていた彼の手は緩まなかった。

「私どもの最終的な付け値は二千フランです」

「それでいいです」

彼は封筒を引き戻した。相手の目に浮かぶ勝利の表情が腹立たしかった。

その後私は『印象派画家の思い出』の無署名本がニューヨークで二百ドルで売れたことを知った。しかし、その日の午後、古本屋からせしめた八十ドルをポケットに入れてリヴォリ通りに出てきた私は地に足がつかない思いだった。八十ドルあれば一か月以上贅沢に暮せるだろう。

「小さなパンフレットにいくらの値がつくかムーア先生にわかっていたと思うか？」その夜私はグレームに訊いた。

「もちろんわかってなんかいないさ。晩飯を奮発してさ、彼の健康を祝って乾杯でもするか。本屋との駆引には彼も賛成してくれるんじゃないかな」

19

その後一か月は幸福な毎日だった。グレームはじきにニューヨーク・ヘラルド社をやめたし、私は私で原稿の清書をやめ、『クリノリン物語』*と題する最初の小説を出版した。これは服装倒錯をモチーフとする連続ものの歴史短編で、主人公の若い男がさまざまな女の衣裳で登場する。それはフランス語で書かれ、ファージンゲール〔十六―十七世紀に流行したスカートを広げるための鯨の髭などで作った腰回りの輪〕、プラケット〔ペチコート〕、シュミーズなどの詳細は、波止場で拾った挿絵入りの衣裳史から取った。出版したのはサン＝ペール通りで出版社をやっていたエリーアス・ゴーシエという信用の置けない人物だったが、彼を紹介したのは一人のシュールレアリスト詩人*である。ゴーシエは靴や、扇子や、婦人の下着類に関する書物専門の出版者で、オクターヴ・ウザンヌ*をフランス最大の作家だと思っていた。

「非常に面白い原稿を書きましたね」彼は指でゴム輪をいじりながら言った。「もっとも、ところどころに不正確な箇所がありますがね。修道院のエピソードでは主人公は一七五〇年に先絞りのズロースを穿いていることになっていますが、あれが使われたのは五十年近く後になってからです」

「間違いありませんか？」

彼は太くて短い眉を上げた。「もちろん。ペニリエールによれば、使われたのは一七九三年五月のテロワーニュ・ドゥ・メリクールに対する大衆の襲撃*後のことだそうです。なにしろ彼はこの問題に関してはバイブルと言われる人ですから」

「リアン・ドゥ・ローリの話を聞いたんですよ、彼女なら知っていると思ったもので」

彼は哀れむような目で私を見、「リアン・ドゥ・ローリ*はバルザックの友人だったということだけが取り柄の三文文士、ルイ・ローランのペンネームですよ。彼の『ルビーの宝石箱』は駄作というしかない代物です。それに、古今東西を通じて最大の服装倒錯者であるムッシュー・ラベ・ドゥ・ショワジー*の作品はお読みになっていないようですな」

「実を言うと読んでいます。『デバール伯爵夫人』も読みましたが、あれは神聖で盗みようもありませんでした」

彼は目をにわかに輝やかせ、ゴム輪をパチンと弾いた。「私の目に叶った若い人だ！　偉大なショワジーを愛し崇拝しているというだけの理由で十分です、あなたの物語集の版権を即金で買います。二千フランでどうですか？」

二千フランといえば八十ドルだ、と私は考えた。期待したより少なかったけれど、即金と聞いては例によって断われなかった。

「現金でならいいです」

「もちろん現金です。ところでペンネームはお好きなので結構です。但し、貴族的な響きをもっていることが条件です」

「僕は本名で出したいんですが」

「それはいけませんよ、名前にドゥがつかないと。うちの社の著者はみんな貴族を表わすドゥがついていますのでね。失礼ですが、どちらのお生まれですか?」

「モントリオールです」

「カナダだ!」彼は嬉しそうに叫んだ。「これは思いも寄らなかった。実はうちの社から本を出した第一号がカナダ国籍の作家なんですよ。それじゃフィリップ・ドゥ・モントレオールではどうです? 響きもいいじゃないですか、古風で」

「言葉を返すようだけれど、犯罪者の別名みたいだな。どうしてフィリップなんですか?。僕の本名ではいけないとでもいう意味ですか?」

「うーん、ジャン・ドゥ・モントレオールか。それでも悪くはないか。しかし、ちょっとピンときませんな。それじゃ封建的な含蓄がなくなるんですよ。ちょっと待てよ——なんというストリートで生まれましたか?」

「セント・ルーク・ストリートです*」

「それで決まった。ジャン・ドゥ・セント‐ルーク、これがいい。絶対にいける! 完璧です。ジャン・ドゥ・セント‐ルーク著『クリノリン物語』、ぴったりだ。絶対にいい! 中世的な響きがあるし、母音が朗々たる響きとうまく結びついている。さあ、それじゃ契約を交わすことにしましょう。一部があなた、もう一部は私用にね」

契約書は六行にわたるタイプ印刷文で、私が二千フランで本の所有権と翻訳権を彼に譲渡し、私は出版された本を五冊献本として受け取る、という内容だった。

「現金で払ってくれますか」と私は訊いた。

「クレジット・リオネのサン・ジェルマン大通り支店の小切手で払います。角を曲がったところです」

「それでは受取りに『支払いは小切手による』と書いてください。もちろん形式を踏むだけですが」

彼はにやっと笑い、ゴム輪をピシっと弾いた。「結構です、ビジネスライクな取引相手は好きですから。『支払いは小切手による』と書き入れるのは当然です」

それから契約書を取り交したが、それは既に署名の読み取れない人物が証人となっていた。ジャン・ドゥ・セント＝ルークか。これは多少のエロティックな名声へのパスポートだ。このばかげた小さな本には挿絵入のカバーがつくのかな。

翌日ムッシュー・ゴーシエの小切手をクレジット・レオネ社に出したところ、預金不足を理由に支払いを拒否された。

次の週は彼を探すことに費やされたが、杳《よう》として見つからなかった。サン＝ペール通りの小さなオフィスには鍵が掛かっていた。シュールレアリスト詩人に相談を持ちかけると、しばらく待てと言われた。

「新しい情婦をシャルトルへ連れていったんだよ。彼女は宗教建築が好きだから、墓石の拓本を取りにどこか遠くへ行ったのかもしれない。しかし、彼はプチ・サン＝ブノワ・レストランへ普段行っているから、あそこへ行けば捕まるんじゃないかな。あの男は脅迫に弱いから脅してやるといい。そもそも彼の小切手を受け取るほうが悪いよ。言っておくが情婦はもっと悪いから訴えても無駄だ」

それから二晩、私はグレームとプチ・サン＝ブノワで食事をした。小さなレストランとしてはパリきっての安いレストランで味もよく、あんなうまい子牛の胸腺は食ったことがなかった。薄く切ったのに卵の白みとパン屑を練った衣をつけ、バターでフライにしてレモンを添えて出す。ボイルしてモルネーソースをかけて出てくるぐちゃぐちゃした代物とは全く違う。ここで私たちはオシプ・ザッキンにも会ったが、彼は魅力的な醜い男で、紫色の縁の広い毛皮のフェルト帽をかぶったところはキノコみたいだった。

「ヨーロッパの彫刻界には偉大な名前は三つしかない」と彼は言った。「ミケランジェロとロダンと俺だ。* 造形芸術の預言者は我々だけなのだ」

「絵画は無情な抽象主義に屈したように見えますが、彫刻もその危険にさらされてはいませんか?」とグレームが訊いた。

「その危険はない」と彼は言った。「彫刻は三次元によって救われている。この水差しを見たまえ」と言って彼はそれを取り上げた。「陳腐で何も言わないけれども、これを線と色のシステムに還元することはできない。絵画の論理的展開は言うまでもなく黒で全てが表現される四角なカンヴァスへ向かい——地獄、死、虚無、記憶、マダム誰某、など画家のウイットや画商の商才しだいで何であれ好きな表題をつけることができる。しかし、彫刻家は対象すなわち物に縛られるし、石、木、大理石、真鍮、等々の論駁しようもない媒体にも拘束されるから、そうした不毛の状態に陥ることはない」

「しかし、ブランクーシの『黄金の鳥と彼の魚』は三次元的抽象化へ移行する途上にありませんか?」と私は質問した。「彼の鳥の空かける感情は容易に洗練され、流線形化されて、小気味よい葉巻に変わる可能性があるでしょう」

「そのとおり。コンスタンティンはどこへ行くのか自分でも知らない。しかし、私は知っているから彼にそういってやった。彼は聞く耳を持たなかったね。彼はすべすべした手触りに魅了されていて、それを素朴さと混同している。私は彼とは逆に、究極の造形表現は焼きじゃがいもの表面に見るような凸凹やぎざぎざのような擦れやねじれを表現するものだと思っているんだ」

「それでは彫刻が砲弾や子供の積み木のように、最も単純な球や立方体といった三次元的形式に堕する恐れはないんですね？」

「この問題について私に発言権がある限り、それはない」彼の表情は暗かった。「デ・スティル*に参加するオランダ人芸術家は不倶戴天の敵だ。いちばん悪い奴はユークリッド*だ。人間であり続けるには彼の恐るべき論理から逃れねばならない。芸術を彼のベッドに合わせてはならないし、そもそも公理からして意味をなさない不埒なギリシア人のために詰めたり、伸ばしたりしてもならない。幸い直線なんてどこにもない。線は揺らぎ、曲がり、交叉し、絡むだけだ。幾何学的な形態は有害で無意味なものだ。例えば私は満月は不毛な愚かしい円だから反対なのだ」

プチ・サン＝ブノワに三度目に行ったとき、ムッシュー・ゴーシエが大柄な金髪娘と連れ立ってやってきたのを見かけた。私がテーブルに近づくと、彼は私をひどくしゃちこばった態度で紹介し、腰を下ろしてアペリティフでもどうかと勧めた。私は友達と一緒だといって断わり、仕事の話を持ち出すのもどうかと思うがと断わったうえで、不渡りになった小切手を見せた。

「わかってました、わかってました」彼は叫んで額を打った。「あなたが帰られるとすぐに銀行の残高を確かめたところ、支払えるだけの預金がないとわかりました。たいそうご迷惑をおかけしました。明日会社においでになれば、即刻支払います。三時でどうです？」

翌日彼の会社は午後いっぱい閉まっていた。それで私は払う意思がないとわかった。こうなれば直接行動に出るしかない。

彼の会社の向かいにある小さな酒屋で三日つづけて待った挙句、ようやく会社に入っていく彼を見かけた。グレームは怒り心頭に発した私を抑え、五分間待てと言った。「万一の場合には左右から抱え込む」と彼は言った。

私たちはノックもしないで会社に踏み込んだ。彼は机の向こうで顔を上げ、真っ青になった。「やあ、紳士の皆さん、ようこそおいでになりました。お掛けください。金は用意してあります」彼は引き出しを掻き回し、小切手帳を取り出した。

「小切手は要らない」と言いながら私は詰め寄った。「金を払ってもらおう、約束通り現金で」

「私の友人は待てるだけ待ちました。彼は二千五百フランを払ってもらうといっています」グレームはそういいながら反対側から進み出た。

「なに、二千五百フラン？　二千フランだったはずです」

「五百フランは徴集料です」とグレーム。私たちは机の背後に回った。「さあ、法的借金を払ってもらおう」

ムッシュー・ゴーシエの頬に血の気が戻った。「これは法的借金ではない」彼は歯擦音を発した。

「契約書はどうなるんだ？」

「何の契約書かね？　知らないのは女物の下着だけかと思ったら、ビジネスの遣り方も知らんと見えるな、カナダのお若いさんは。フランスでは政府のスタンプが押してなければ契約書に拘束力はないんだよ。時間の無駄というものだ」

「払ってもらわないうちは帰らないからな」グレームはそう言うと、落ち着き払った態度で机に腰を下ろした。

「馬鹿野郎！　何をぬかすかギャングめら！」ムッシュー・ゴーシエは財布を出すと中身を机上に放

り出しながら言った。「有り金はこれだけだ、もって帰れ」

グレームは額面の小さな札束を拾った。それから会社をあとにし、サン－ペール通りを歩いてジャコブ通りへと足を運びながら金を数えた。

「一七三五フランあるぞ」と私は言った。

「これでしばらくはサン・コロンヌでめしを食わなくても良くなったな。もう一つ、払った金の元を取るために本は出さねばならないだろう。これだけ搾り取りでもしなければ、原稿は引き出しに突っ込んだままだったに違いない」

「そんなことは考えなかったな」

「僕だったらもうフランス語では書かない。結果は見たとおりだ。『思い出』に戻るべきだよ。僕は『空とぶ絨緞』よりずっとましなカナダの伝統に従った小説を構想中なんだ。明日から書き始めるつもりだ。ベストセラーにでもなれば有名になって金がわんさと入ってくるさ」

しかし、明くる日に彼宛の電報が届き、父が重病で夏までは保つまいといってきた。追っつけモントリオール銀行から百ドルの電報為替が届いた。「たった百ドルでどうやって帰るんだ？」と彼は言った。親に対する気持は私とはいくぶん違うらしく、電報を見たあと彼の手は震えが止まらなかった。

「僕らの持金で三等ぐらいの切符は買えるよ、少なくともハリファックス迄は」と私は言った。

「いや、もっとましなことを思いついた。貧窮カナダ人扱いでモントリオールまで帰るんだよ。だから百ドルは置いていく。これからぼろ服に着替えて大使館まで行ってくる」

「だったら膝に穴があいたフランネルのズボンを穿いて行けよ」

「うん。捨てなくてよかった。しまった、きのう髭を剃るんじゃなかったな」

「金には困っているけど身だしなみは心得ているように見えるから、落ちぶれたりといえども誇りまでは失っていないようで、却ってよかったよ。芸術学士を気取ってもいいしな」

「それじゃ行くとするか。大使館員はのんべんだらりやってるからな」私たちはタクシーでアヴェニュー・モンテーニュまで行った。そして私は、ぼろぼろのズボンを穿いて大使館の中へ消えていくグレームを見送った。彼はもっともらしくびっこを引きさえした。アヴェニューにはベンチがなかったので縁石に腰を下ろし、大きな邸宅のひどい建築を見つめた。富と、疲れと、愚かさの臭いがする通りには何か人を寄せつけぬ、おずおずした佇まいがあった。美しい憂鬱そうな少年が子守りに付き添われて二、三人通りすぎた。日差しは耐え難いほど暑く、プラタナスが乾いた葉擦れの音をたてていた。やがてグレームが出てきた。「大使館員はとても協力的だったよ」と彼は言った。「小柄だけど親切な男で、オタワ近くの森林地帯のどこだかの出だと言っていた。二週間後に船に乗ることに決まった。偽証罪に問われるようなことは言わずにすんだよ。困窮したカナダ人向けの救済金から五百フランの金までくれた。カナダ自治領に返さなきゃならないな」

私たちは再び金持ちになった。しかし、別れの影はその事実から全ての喜びを奪った。バスでモンパルナスへ戻り、そこらじゅうのバーに寄ってみたけど面白くも何ともない。知った顔には誰一人会わなかった。ペルノーを三杯飲んだが酔わなかった。夕飯を食って、パリに戻って初めて早い時間にアパートに帰った。

その後の二週間が終りに近づいてきた。二週間が過ぎたことを喜ぶ気持が二人にはあった。サン－ラザール駅で別れることにほっとした気持を味わった。

「無理をするなよ」と彼は言った。「思い出を書き続けるんだな。金を貯めて二、三か月で戻ってくる。

その後一か月は幸福な毎日だった。……

じゃあな」
「じゃあな」
サン＝ラザール広場に戻ると、たちまち孤独感に襲われ、目くるめく日差しに気を失いそうだった。ダゲール通りに一人で帰る気にはとうていなれず右岸をさまよい歩き、芸術橋を渡って、セーヌ通りからサン＝ジェルマン大通りへと出た。足も頭も燃えるようだった。リップ・ビアホールは市内きってのジン・フィズを飲ませると聞いたことを思い出して入っていき、一杯注文した。

ここの顧客はモンパルナスと違って年配者が多く、身なりもいい。彼らはいちように裕福そうで奔放な感じがした。赤ら顔の男たちは品があって、なんとなく強欲そうに見え、女の客には囲われ者らしい風情があった。しかし、幸福そうだったり、屈託がなさそうに見える者は一人もいなかった。そこの雰囲気には奇妙に爽やかなものがあって、私はレジヨンドヌール勲章のバラの花飾りをつけた恰幅のいい白髪の紳士に注目した。横にはやつれた顔つきのシックな女性が坐っていたが、彼は皿に盛られたアカザエビをむしゃむしゃ食い、アイスバケツに寝かせた白ワインをがぶ飲みした。殻を手で割っては身にマヨネーズをつけ、口にほうり込む。爪を噛み砕いてしゃぶり、唇を拭い、頭を割り、ワインを注いで飲む、といった具合に手は片時も動きを止めなかった――しかし、手の運動の経済性は見事なもので、無駄な動きは一つもなかった。食いながら彼は連れの女に向かってひっきりなしに話し続ける。女が見せるにこやかな笑いにわざとらしさがないところから、彼の話がウイットに富んでいることがわかった。

気品があって、手先が器用で、自分に満足して、健啖な食欲を持ち、こんなスマートな情婦を囲っているとは何と素晴らしいことだろう、と私は思った。少なくとも三代にわたって贅沢な暮しが続かなければこれだけの育ちの良さと、洗練された物腰は身に付かないだろう。彼がアカザエビを皿に盛り、軽いおくびを押えるためにナプキンを口へもっていく仕種に目を遣りながら、ジン・フィズをもう一杯注文していると、こっちへやって来るダフニ・バーナーズの姿が見えた。腰を上げる間もなく彼女は椅子を引き寄せた。「このガレー船で何してるの？」と彼女。目立つ格好をした彼女はいつになく悲しげに見えた。薄地の灰白色のドレスにはきちんとアイロンを掛け、すべすべした白いブラウスにフォアインハンドのネクタイ、フェルト帽という彼女の出立ちは、例によってハンドバッグは持ち歩かないという事実によっていくぶん強調されていた。

「悲しみを酒で紛らしているんだ。付き合えよ」

「ジンフィズ？　わたしも頂くわ」

「僕らのスタンリーはどうしているんだ？」私はしばらくたってから訊いた。

「もう付き合えないわよ、親に呼び戻されちゃったから」

「またかい？　いなくなっちゃったのか？」

「ニューヨークへ帰ったわ」

「グレームも帰ったよ」

ダフニはしばらく無表情に私を見つめ、「あなたたちは若すぎるからこんな退屈なところは向かないのよ」と言った。

自分だって若すぎるじゃないか、と私は思い、どうしてここへ来たのかと訝った。男たちはいかにも好色そうな流し目を彼女にくれ、女たちは惹かれて憎たらしげに見た。

「ここから出ましょう」と彼女は言った。「神経に障るところだわ」

店を出て、デュ・マゴの前を通りながら、私は、「あんなところで一体何をしていたのか、訊いてもいいかい？」と尋ねた。

「どうしても訊きたければ言うけど、あそこはアンジェラに会ったところなのよ。ちょっと散歩をしない？」

「サン＝ラザール駅から歩いてきたばかりなんだよ」

「もう一マイル歩いたってどうってことないでしょ。ノートルダムを見ましょうよ」

私たちはサン＝ミシェル通りまで行き、川のほうへ道を曲がって波止場沿いにデ・ポン通りを歩いた。ノートルダムは信じられないほど美しかった。

足を止めて石の堤防にもたれながら、「君の言うとおり、ノートルダムを見ると気持がとても静まる。なぜかな」

「大きいからじゃないの。とても古い建物ということもあるし。見てると、悲しみを含め自分が小さくはかない存在に思えてくるわね。実はちっとも美しくなんかないのよ」

「正面は素晴らしい。クロード・フロロ〔ヴィクトル・ユーゴーの小説『ノートルダム・ドゥ・パリ』に登場するノートルダム大聖堂の助祭長で、エスメラルダによこしまな恋心を抱く卑劣な人物〕が落ちた身廊は見たくもない」

「文学の話はよしてよ。いずれにしてもあのすけべな牧師は目的を果たしたわ。ここは見通しがあまり良くないわね。引船道へ行きましょう」

階段を下りて砂利道に出、川岸に腰を下ろした。そこには誰もいなく、私たちは灰色がかった緑の川をまたぐ蜂蜜色の石の崖に囲まれていた。交通機関の音はくぐもり、大きな塔を二つ備えた大聖堂は私たちにのしかかる感じで、薄暮のなかを行く船のように見えた。私たちはしばらく坐ったまま見つめていた。

彼女が私の腕を取り、「何か詩を知っている？　できたらフランス語の詩がいいわ」

夕暮れが降りてきた。秋のはっきりとしない夕暮れが。
美しい女たちは、夢みるように私たちの腕にもたれかかり、
声も低く、あまりにも気のきいた言葉を寄せてくれたので、
そのとき以来、私たちの心はふるえ、乱れつづける。*

（窪田般彌訳）


「続けてよ」

「この先は知らないんだ」

「そう、キスをしてあげる」

彼女の唇はとても柔らかかった。情熱的だったり、欲情的だったりはせず、愛情と、悲しみと、慰めに満ちたキスで、合わせた唇の回りが涙で濡れた。

「ダフニ、ダフニ」この瞬間がいつまでも続くことを願いながら、私は胸のうちに繰り返した。まるで男という性を超越して全てが許され、この果てしないキスがいつまでも続くことを願う領域に入り込んだような気がした。目を開けると、うっとりしたダフニの大きな灰色の瞳と、その向こうにノートルダムの塔が見えた。

「暗くなってきたわ」と彼女は言った。

彼女の後ろから階段を上って街筋へ戻り、ポン＝ヌフ〔セーヌ川に架かるパリ最古の橋。一六〇六年完成〕を渡る交通機関の騒音に包まれた。グランズオーギュスタン波止場で食事をしたが、川を見渡しながらほとんど言葉を交わさなかった。それからはるばるブローカ通りまで歩いて帰った。アトリエは一年前に去ったときと同じように見えた。

「スタンリーに何が起こったんだ？」私はコーヒーを淹れるために腰を上げたダフニに訊いた。

「ジャクソンという名前の男と一緒にいなくなったわ」

「どんな感じの男なんだ？」

「背が高くて、痩せてて、近衛兵のネクタイを締めてパナマ帽をかぶった、人当りのいい男だったわ。お金をたくさん持っていたみたい」

「スタンリーは金に弱かったということか」

20

私は縁起の悪いダゲール通りの仕事場から引っ越して二週間ほどダフニと一緒に暮し、互いに仕事を励ましあった。

しかし、ある日アトリエへ戻ると彼女の四角い女学生じみた筆跡でメモが残されており、「アンジェラが船で戻ってくるからマルセイユ港へ迎えに行く」、と書かれていた。「あなたの軽馬車は好きなだけここに置いといてもいいわ」メモには如才なく付け加えてあった。翌日私はどこかほかに暮す場所はないかと思ってドームへ出かけた。パリというところはほっつき歩かなければアパートも仕事場も見つからない町である。金持ちか軽率ででもなければなにひとつ公的には提供されない——提供されたとしても家賃が高い。パリでは全てが友情か好意で行なわれる。心暖まる原始的な遣り方に違いはないけれども、それでは困ることもある。フランス人が一般に考えられているほど金ずくな国民ではなく、本来女性的な民族として他国民に親切を施すことでエゴイズムを満たし、優越感を覚えたがるようなところがある、と気がつくのはこうした場合である。

しかし、私の場合はフランス人の親切気に訴えて問題が解決したのではなかった。時期は初秋で、ドル札を懐にした観光客がまだ巷にあふれていた。私はバー・フォールスタッフにとぐろを巻いてアパートがなかなか見つからない原因は何だろうかと思案していた。何せ人間の数が多すぎる。

やがて私は誰かに見られていることに気がついた。目をやると見ていたのはぼろぼろの長いクロークをまとった女で、連れはいなかった。ミセス・クエイルの変装だと気がつくまでにしばらく暇取った。スラム街を訪れていたのに違いない、と思ったが、彼女が顔に秘めやかな微笑を浮かべたとき、私はちょっと会釈をして側へ寄っても構わないだろう、という気がした。

「何ぞお悩みか、そこな重騎兵は?」彼女は声を潜めて言った。「ただ独り、青ざめてさまよいおられたかな? 先にお会いしてこの方、いとバイロン風の憂いと美しき日焼けを召されたようだが――あれはいつであったかな?」

「去年の七月十四日」

「それじゃまた会いましょう、十分後にデランブル通りの角の小さなカフェで。奥のビリヤードルームにいるわ」

私はうなずき、噴火口よろしく撒き散らす高価な麝香の香水の香りを吸い込みながらテーブルに戻った。彼女は二、三分後に私のほうを見もせずに帰った。

彼女は言葉どおりビリヤードルームにいたが、湯気のたつカップを目の前に置き、クロークは鼻までたくし上げていた。

「ひとり?」と彼女は訊いた。

「そう」

「情婦たちはどうしちゃったの?」

「いなくなった、一人のこらず」

「今日は髭も剃っていないのね」

「昨日だって剃っちゃいないよ」

「何を飲む？　思い出してみると相当飲んでいたわね。わたしは牛の肉汁でジンを飲んでいるけど、いっぱい奢るわ」

「ブランデーにしてくれるかい？」

「試しに飲んでみなさいよ、おいしいから」

「ドライジンがいいな、こんなところにあるかどうか知らないけど」

「置いていないわよ。ボトルをもっているわ。ボーイさん、ブイヨンをもう一つちょうだい」

ブイヨンが運ばれると、クロークに隠してもち歩いているショルダーバッグから皮袋入りの携帯ボトルを取り出してなみなみとカップに注いだ。

「それは困ります」とボーイは膨れっ面をした。

「お願い」と言いながら彼女は受皿の下に五十フラン紙幣を滑り込ませた。するとボーイは微笑を浮かべて歩み去った。

「お金があるということは素晴らしいことだわ」彼女はカップを置きながら言った。「わたしはうなるほどもっているけど、あなたは目下のところぜんぜんなさそうだわね。実を言うと貧乏の臭いがぷんぷんしている。こういう問題についてはわたしの五感に狂いはないのよ」

「ぴったりだよ、ミセス・クエイル」

「オナーと呼んで」

「それがほんとのファーストネームなのか？」

「そうよ」

「すてきな名前だな。どうしてそんな異常な格好をしているのか、訊いてもいいかい？」

「面白いからだわ、ハールーン・アッラシード*になったみたいで」

「だけど彼は非常時に備えて高官と太刀持ちを連れ歩いていた」

「東洋人は意気地なしだからよ。わたしには怖いものなんかないから大丈夫」

「それはよかった。冒険はもうしてみたかい？」

「今しているところだわ」彼女は一瞬目を見開いた。そのとき私は会ったとき彼女が私にくれた目つきを思い出した。それはじっと見据える心のない猛禽の目だった。見返す間もなく青く塗ったまぶたは閉じた。「ジンスープをもう一杯いかが？」

「ぜひいただくよ、ミセス・クエイル」

「オナーと言って」

カフェをあとにしたとき、私は酔っていた。エドガー‐キネ広場まで歩いて戻ると、彼女が手を上げてタクシーを停め、ガリレ通り沿いの自分の住所を注げた。

ほとんど記憶のない彼女のアパートのリビングルームは広く、地味な家具が備わっており、銀と皮張りの額縁には多くの写真が納められていた。

「もう一杯飲みましょうよ」と彼女は言った。

彼女は冷たいコンソメをジンで割った飲み物をカップに注いで出した。彼女は長さが膝までの黒いスエード製のドレッシングガウンに着替えていた。脚から下がむき出しだった。抱き抱えようとすると「だめよ。キスはしないで、ベッドルームに行きましょう」と言った。

ベッドルームは狭くて薄暗かった。壁も、家具も、クッションも、カーテンも、全て黒っぽい革製のようで、馬具屋の臭いがした。低くて広いベッドは子山羊か子牛の皮で覆われていた。ミセス・クエイルはドレッシングガウンをするりと脱いだ。


「うちの人に車でモンパルナスまで送ってもらわなきゃならないわ」二、三時間後に彼女は言った。「車はいつでも用意できるから」

バスのほうがいい、と私は言った。すると彼女は愛しげにちらと私を見、「あなたがとても好きだわ」と言った。「だけど気落ちしているようね。私ってベッドがわがままなのよ。許して。また会いたいけど？」

「ああ、いつでもいいよ」

私たちは手を握りあった。彼女は私なんか何とも思っていない。二度と会うことはないだろう、とそのとき思った。アパートを出た私は孤独感に襲われ、踊り場でほんのしばらく立ち尽くした。エレベーターのボタンを押して、ややあってから鍛鉄のドアに上り専用と書かれた小さな陶板があることに気がついた。階段を下りながら、私は象徴性について考えた。それは整然として、月並みで、文学的で、災難の予感に満ちている。私は最初の密会で恋人を担いで階段を四つ上ったが着いたときには息が切れていた、というドーデの『サッフォー』*の主人公を思い出した。私の置かれた状況は、逆とはいえある意味で同じだった。私は絶望的な恋に陥っていた。

簡単なことだ、と自分に言い聞かせた。なあに、一週間もたてば忘れるさ。大して過酷なことでもないだろう。彼女には二度と会わない。しかし、住むところを見つけなければならない。おまけに金の問題もある。何よりも本を書くことが肝心だ。まずは書く作業に専心すること。彼女は何としても忘れなければならない。どうせ利己的で、甘やかされた、我儘な女だ、付き合えば災いをもたらすとわかっていながら、恋に陥るとは何といううかつさだろう。

どこへ行こうとしているかもわからず、シャンゼリゼをほっつき歩いた。辺りには紫色のたそがれが立ちこめ、自動車が雁のようにかしましく警笛を鳴らしている。流行《はやり》のカフェのテラスはアペリティフを楽しむ恰幅のいい男やスマートな女で込み始めていた。

問題は彼女を愛する気持が純粋なことだ。幼稚園で好きになった小さな巻き毛の女の子を除けば、初めて女性に感じた純粋な愛と言ってもいい。なぜ彼女を愛したのだろう？　恐らく私がいつも色紙を切っていたテーブルの下で彼女が私の脛を蹴ったからだ。なぜミセス・クエイルを愛しているのか？　彼女が同じことをしたからだ。それでもしかし意味をなさない。第一彼女は私の好きなタイプではない。だから好きになった、というのだろうか？　私を愛することが彼女にできないから愛しているのではないだろうか？

私はシャンゼリゼの円形広場でベンチに腰を下ろした。長いことそこにいて通り過ぎる交通機関の音に耳を傾けながら元気を出そうと思い続けた。あんな女に参っちゃいかん、二度と会わなければいいんだ。どれほど愚かで貪欲な女か考えてみろ。

無駄な努力だった。彼女とキスをするイメージが脳裏に焼きついてはなれない。しかし、キスでさえ何も解決しないことはわかっている。私は彼女の全て、彼女の全人格が欲しかった。彼女に愛してもらいたかった。私だけが男だと言ってほしかった。頭を抱えて背を丸め、体を左右に揺さぶりながら考えた。これが愛だ、愛に捕まってしまった。自分だけは捕まらないつもりだった。しかし、そうではなかった。

　腰を上げてチュイルリー宮殿のほうへ歩き出したときには暗くなりかけていた。庭園の木陰に入ると護られているような気がした。踊る子供たちに囲まれたペローの胸像*を通りすぎ、クリとスズカケの並木の暗い小路を縫うように歩いたことを覚えている。やがて目の前が開けると、コイセヴォーとクストー*の像が立っており、壮大なルーヴル美術館と、凱旋門が見えた。

　テオフィル・ゴーティエの魂よ*、今夜は私を助けに来てくれ、と胸のうちに呟いた――絶望的な愛の何たるかを知っている君、よき季節に形式の美に自らを捧げた君よ。おお、高踏的な紳士よ、近寄るポン引と立身出世主義者の波をものともせず、頭を高く持する偉大で誠実な君よ、身を堕して卑劣な行為に及ぶことはせず、シンメトリーこそ純粋さに対する己の献身の影と心得るがゆえにチュイルリー宮殿を愛する君よ、どうすればミセス・クエイルへの情熱を克服できるか教えてくれ！

　答えはなかった。ゴーティエはもはやチュイルリー宮殿に出没することはないからだ。

　私はさまよい続け、カルセル橋を渡ってセーヌ川を越え、サン゠ペール通りを通った。それから、疲れきって倒れそうになりながらセーヴル゠バビロンでバスに乗り、ブローカ通りに戻った。戻ってみると父の手紙が待っていた。

「作家として身を立てるというお前の計画には反対することをもう一度言っておきたいので手紙を書くことにした（と父は書いていた）。家に戻ったほうがいい、と声を大にして言っておく。言うまでもなくフランスに留まるのはお前の勝手だが、月額五十ドルの仕送りは今日かぎり打ち切ることにした。友人のサー・アーサー・キュリーについてのお前の言葉ほど悪趣味なものはないが、この決定は「ジス・クオーター」という雑誌に載ったお前のいわゆる「自伝」の抜粋が対外問題局のバードライン大佐によって最近私の手に渡ったという事実とはほとんど関係がない。そこで最も経済的な方法でモントリオールに戻る船賃を含め、百五十ドルを小切手で同封することにした」

これは前世紀の宗教作家が天からの導きである兆しと呼んだもののように思えた。これで私は金、住居問題、女関係、等を一挙に解決することができた。それらの全てを逃れて船に乗ることができるのだ。最も適切かつ思慮深い、賢明な行動はこれだった。やむをえずやったことだ、と自分に言い聞かせることで良心の呵責はいつだって逃れることができた。最大の困難は帰郷したくないことだった。それに私はいつも、漠然とながら帰るべきではないと感じていた。そのうえ私は、ミセス・クエイルから逃げたら一生後悔することになる、ということを知っていた。したがって、帰郷は多くの点で降伏であり、卑怯な退却であり、敗北を認めることだった。

明くる日の夜、私とスクーナーはモンパルナス大通りの小さなタバコ屋の店先に腰を下ろし、この問題をじっくり話し合った。ミセス・クエイルのことは言わなかった。彼は帰ったほうがいいと助言した。「第一金がないんじゃ自由に振る舞うこともできないだろう。文明人はエネルギーを三つの目的――つまり社会と芸術とセックスの三つの目的追求だな、これに分けることができなくてはならない。これで儲かる職業に就く時間はなくなるし、逆に言うとそうした職業に就けば、僕が言ったような基本的活動をする時間が足りなくなる。第二に、こんな表現を許してもらえば君は育ちがいいようだから、君には僕もそうだが浮浪者のような生活はできっこない。実を言うと、一切れのパンと玉葱を食いながら不朽の芸術を生み出すのに何の困難も見出さなかった頑丈な中部ヨーロッパの百姓や、ゲットー出身の友達に比べるとひどいハンディキャップがあって、ここが僕らの弱点なんだよ。第三には、君は聞いていないかもしれないけれど、ニューヨーク、ロンドン、パリ、そして東京で株式のひどい暴落が起こってね、パーティーはそろそろ終った感じなんだ。とにかく誰も彼もが帰郷しているのが現状だ」

「僕にとっちゃパーティーは始まったばかりだけどね」

「君の年ならそう思うのも無理はない。しかし、実を言うと来るのがちょっと遅かった」

「急いで来たつもりだけどな」

「賢明な来かたをした。君は死につつある時代に新しいヴィジョンをもたらした。しかし、それを見ているだけでは一人で生き返らせることはできない。エトランゼの生活はギーと音をたてて終りつつあるんだ。神々のたそがれは終りかけている。国際銀行家は空の昇降口を閉めている。あるいはむしろ鉄のよろい戸を降ろしている、と言うべきかもしれない。信用は失墜し、ゲームは終った。世界は仕事に戻らねばならない」

こうした隠喩には心を乱された。しかし、私はその妥当性を認めたくなかった。若かったし、恋していたからだ。

丁度そのときカリダッドが現われた。「あなたがいないと悲しいけれど、ひもじそうな格好でその辺にいられるともっと悲しいわ」と言って彼女は私をじっと見つめた。「養ってくれるような金持ちの女を見つける機会はなさそうね」

「そうでもないと思うけど」

「たまにはわたしと食事をしてみない？　今夜は金持ちだわよ」

スクーナーは辞退したので、カリダッドと私はサルトの店に出かけ、スパゲティを食べた。店を出ると、彼女は深刻な目で私を見つめ、「何か大変な問題を隠しているでしょう」と言った。「否定しないで。知っているのよ、だってわたしはジプシーだった先祖の女性本能をたくさん持ち合わせているから『若い男にとって最大の問題は何か』と自問してみると、『もちろん愛だ』と答えが出たんだもの」

私は恋していることを認めた。

「すると帰郷したくないほんとの理由はそれなのね。もちろん察しはついたわ。傷口を探っているわけね。あなたの恋は全然見込がないの？　彼女の愛を勝ち取る可能性は全くなしということ？　そうならばなるべく早く帰って、広大な祖国の大地でできるだけ早く忘れることね。それとももうものにしたんじゃないの？」

「ベッドを共にしたことはしたけど」

彼女は何かを考える風にガトー・メゾンを攻撃した。「なるほど。彼女はお金持ち？」

「言わないほうがいいと思うな」

「誰だかわかったわ。お気の毒さま！　彼女と恋に陥るなんて、どうしてそんなことができるのかしら？　馬鹿で、気取り屋で、ノイローゼじゃないの。ボストン出身の離婚女は毎年五十人もの男と寝ているわ。しかも彼女はアジアのバザーみたいなにおいを発散している。よくもまあ惨めったらしい男食い相手に恋をしたものだわ。あなたはひどい間違いを犯したのよ。どうしてそんなことになったのか、教えて。彼女の魅力って何なの？　金持ちの魅力というわけ？」

「違うな」

「それじゃあなたは殺されたって仕方がない。なんて可哀想な人。ワインをもうすこし飲みなさい」

「どうすりゃいいかな」

「わからないわ、こういう問題に助言してもあまり役には立たないから。先ずちょっと酔って、それから私と一緒に帰るのよ。あなたは疲労困憊しているし、いずれにしても今の気分では一人になってはいけないわ。その女を訪ねてみるのも一法かもしれないわ」

彼女は私の心を読んでいた。実を言うとミセス・クエイルに電話を掛けるつもりだった。私たちはセレクトに一時間ほどいてブランデーを飲んだり恋について話したりした。ミセス・クエイル相手の私の経験の肉体的な詳細について淫乱な好奇心を示したことを別にすれば、カリダッドは真剣で同情的だった。

「でもね」と彼女は言った。「あなたには希望はないという気がするわ。愛においては、プルーストが数千ページを費やして実証したように、愛する者と愛される者しかいないし、前者はいつも間違っているから、あのおかまは愛についてヴォルテールや、カサノヴァや、スタンダールよりも知っているのよ。あなたが愛しているのはこのアメリカ女じゃなくて、彼女のイメージだと知るべきだわ。しかもそのイメージはもう一人のあなたの想像上の投射または放射物なのよ。あなたは二人の自分に悩まされている。あなたの受動的な自己を愛したいと願いながら拒絶されたがっている。理由はあなただけが知っているのよ。とにかくあなたはこの愚かな色情症の女の前で香を焚くことを選んだ。あなたは破滅に向かってまっしぐらに突っ込んでいるんだけれど、これはあなたの想像が演じる一種のゲームだわ。このゲームは悪くすると健康に重大な結果を及ぼしかねないのよ」

「君の話はすごく合理的だ。だけど、僕の頭には彼女の唇しかない。それにキスをしなければ狂っちゃいそうだ」

「馬鹿だわねえ。それですむとでも思っているの？　体中キスをしたところで何も変わりゃしないわよ。外へ出るにしろ中へ入るにしろ窓を上ろうとする蜂みたいなものだわ」

私たちはデランブル通りへ行った。彼女のアパートはその年の春にグレームとスタンリーと私の三人が住んだときと同じだった。しかし、感傷的な連想は今の私には何の意味も持たなかった。私はミセス・クエイルのことしか考えられなかった。

ベッドに入ると、中庭のランプの揺らぐ黄色い炎の中をカリダッドがやって来た。赤い髪が背中に垂れていた。私たちは長いこと情熱も感じないまま黙って抱き合った。女の体を拒否したのはこれが最初だった。それは幸運だった。二日後に性病に罹っていることを知ったからである。

21

かなり大きな衝撃だった。二か月にわたってアルコールもコーヒーも止め、禁欲するというわびしく強制された休息を考えなければならない。しばらく躊躇したあとで、私はこの状況をスクーナーに打ち明けたが、彼の同情と励ましのお蔭で私は元気を取り戻すことができた。

「深刻に考えることはないよ」と彼は言った。「誰でもいつかは罹るんだ。カサノヴァに至っては本人の勘定によれば十四回も罹っている。もっともその回数のなかには治療の間違いで再発もあったらしいがね。僕の罹りつけの医者の住所を教えるよ。若くて、インテリで、治療代も安い。ついでながら彼の親父はパリオペラの終身指揮者でドビュッシーの友人だ。すぐ診てもらえよ。どこで伝染《うつ》ったかわからんと言う——これがいつだって一番安全な術《て》だ」

スクーナーは大方売春婦から伝染ったんだろう、と言ったが、彼の過ちを正すようなことはしなかった。こうなるとミセス・クエイルに知らせないわけにはいかない。しかし、症状は女にははっきり現われないというこの病気の性質上、彼女は恐らく知らないだろう。スクーナーの罹りつけの医者と連絡を取るまえに、私は彼女に電話を入れて実情を知らせた。長いこと沈黙したあと、彼女は、

「恐ろしいことだわ、間違いないの？」と訊いた。

「僕は明日治療に行くけど、君も行くべきだと本気で考えている」

「こんなことで罹りつけの先生のところへは行けないわ。彼はお人よしの老人だけれど、厳しいカルヴィン派の信者なのよ。ほかの人から伝染ったんじゃないの？」

「それはない」

「私たちが会うまで、五、六日は童貞だったということ？」

「少なくとも二週間はそうだったよ、ミセス・クエイル」

「オナーと言って、お願いだから……それじゃあなたをひどい目に遭わせたことになるわ。伝染《うつ》された相手を知っているような気がする。そうだ、ハンガリア人だったわ。でも、言ってみたところで今更しようがないけど。診てもらうのは信用できる医者なの？」

「そうだと思うけど。彼の親父はドビュッシーの友達だそうだ」私は彼女に医者の住所を教えた。

「わたしも明日予約するわ。待合室で会ったらお互いに知らないふりをするほうがよさそうね」


ビュッサー医師はパッシーのルイ＝ダヴィッド通りからちょっと離れた瀟洒なこぢんまりした家に住んでいた。待合室はなくて、メイドがグランドピアノのある応接間へ通した。ピアノの上には大きな額縁入りのドビュッシーの写真が飾ってあり、写真には流れるような筆跡で作曲家の顎髭までかかる横書きの署名があった。壁面には作曲家や歌手の署名入りの写真が並んでいる。サン＝サーンス、ダンディ、ジャン・ドゥ・レシュケ、ルクレチア・ボリ、と署名を判読しているところへビロードのスモーキングジャケットを着た小男の老人が駆込んで私の手をつかみ——それから黒いリボンがついた分厚い鼻眼鏡を整えると、じっと見つめて後じさりをし、言い訳がましくぶつくさ呟いて走り去った。二、三分後に白いコートを着た若い男が入ってくると、控え目な微笑を浮かべながら挨拶をし、私を手術室へ連れていった。「父はコウモリのように目が見えないものですから、あなたをマダム・ポンセルかと思ったようです*」と叫ぶように言った。

最初の治療がようやく終った。

「ところであなたの摂生法ですがね」とビュッサー医師は手袋を脱ぎながら言った。「アルコールはいけません。ワインもビールも駄目です。強いコーヒーや紅茶、スパイス、赤い血の肉、フライにしたもの、サラダドレッシング、などは控えてください。運動もいけません。坐れるときに立っていないこと。横になれるときには決して坐らないこと。おおむね煮たものを食べるように心掛け、なるべくミネラルウォーターを大量に飲むことです。わけても性欲は絶対に押えることが肝心です。私の言うことを守れば十週ぐらいで治ります。守らなければ時間がかかるし、費用もそれだけかさみます。ところで」彼はここで射るような目を向けた。「誰からこの小さな贈物を貰ったか、教えてくれると有難いんですがね、売春婦ならば住所を言ってください。当然のことながら好奇心から訊いているのではありません。実は全ての症例を厚生省に報告しなければならないんですよ」

「難しい問題ですね。相手は売春婦ではなくて、アメリカ人なのです。そのうち診察を受けに来ると思いますが」

「アメリカ人ですか？　するともう予約していますね。二日後に来れば治療を続けましょう。ところで治療代は現金で払ってください。それでは百フランいただきます」

帰り際にヴェールを深々とかぶった小柄な人物が縁石のそばに停ったタクシーに乗っているのを見かけた。通りすがったとき、ぷーんと匂った麝香の香りでミセス・クエイルだとわかった。膝が震えるのを感じ、私はまだ彼女を愛していることに驚いた。

ビュッサー医師の指示に従い、バスでブローカ通りに戻ると横になった。これほど意気消沈したことはなかった。何もかもが積み重なる感じで、何か仕事を見つけなければならないし住むところも探す必要がある。おまけに休息を取らねばならないとくる……しばらくしてから幸運を数え上げてみた。友達が二、三人はいるし、いい医者にもめぐりあった。金も三百ドル近くはある。要するに全てが失われたわけではなかった。私は一張羅《いっちょうら》の服を着て髪にブラシをかけ、地下鉄に乗ってモンパルナスに戻ると夕食をしたため、フォールスタッフに腰を下ろしてヴィシー水の小瓶を抱え込んだ。陥った窮状のばかばかしさが何ともいえず悲しかった。

どんな堕落した状況にあっても堕落を認めることは拒まねばならない。滑稽だと感じることほど滑稽なことはない。カサノヴァは小さな不幸を常に超越した人間の典型的な例である。彼は無視した偉大な人間たちの侮辱と同様、それらを鷹揚に手で払い除けた。町から去れと言った警察署長の言葉を何とも思わず、馬鹿にした女たちを意に介しなかった。少なくとも彼は私たちにそう言っているが、これは恐らく彼を信じることのできる数少ない点の一つだろう。なぜなら、思い出の行間に彼に対する世間の不信と拒絶が一定の無情な力で高じてくるさまを見るからである。私たちは再三再四、彼を彼自身の目でなく、銀行家や、政治家や、外交官や、警察官など、れっきとした人物の目で突如としてかいま見、彼が詐欺師で、ポン引で、いかさまトランプ師で、弱い者いじめで、辺り構わず威張りちらす傲岸不遜な山師であることを知っている。しかし、同時に彼は、洞察の閃きや、爆発的な優しさや、深遠な警句などで私たちの同情と賞賛を瞬時にかちとることもしばしばである。すると私たちは彼自身の条件で彼を再び受け容れる。換言すれば私たちは、俺はこうだと自称する彼自身ばかりか、あるがままの彼を愛しているのであり、二つの人格は互いに補いあって一つの理性的な全体を構成している、ということがわかる。こうして私たちは人間は生きた生物であるばかりか、自らを創造する人格だということがわかるのだ。こう考えて自分を慰めているところへ浮浪者のジョーがやってきて電話が掛かっていると言った。ミセス・クエイルからだった。彼女はほとんど囁くような声で、「あなたの言うとおりだったわ。会いたいんだけれど」と言った。

「会ってもあまりいい話相手にはなれないと思うけど」

「わたしだってそうよ。だけど、同じ涙を流すにも一緒のほうがいいと思って。独りぼっちなの。お願いだから辛く当たらないで。いろいろあった上に辛くされたんじゃ耐えられないわ」

愛しさで声が詰まる思いだった。彼女が僕を好きでも何でもないことはわかっている。病気を恐れ、孤独なだけだ。「どこで会いたいの?」

「ここへ来れないかしら」

「十五分後に行く」

「そう、ありがとう」

受話器を戻した途端、ひどい間違いを犯した、これでは絶望的な状況にさらに深入りするだけだ、と気づいた。私はヴィシーの小瓶を傾け、ガリレ通りには金輪際行くまいとしばらく考えた。情事に終止符を打つにはそれが最善の方法だ。しかし、そのときでさえ彼女に会わず、諦め、独りになることには耐えられない、ということはわかっていた。

今日、この病院にいながら、これが間違った手段であることはわかっている。孤独とヴィシーを相手に孤独に耐え、ブローカ通りで絶望の一夜を送るべきだった。そうしていればここへ来なくてすんだ。しかし、これが運命という奴だろう。そう思えば無駄な後悔にさいなまれることもない。

ガリレ通りの小さなエレベーターが私をミセス・クエイルのアパートの戸口まで送り届けた。呼び鈴を押すまえにドアが開いた。彼女は青ざめていたが、握手には力が籠っていた。「よく来られたわね、嬉しいわ。絶望で気が狂いそう」

私たちは居間に腰を下ろした。

「悪いことをしちゃったわ」彼女は率直にそう言った。

「大事なことは表沙汰にしないことだよ」と私は言った。「それから、言うまでもないけど元気を出すこと。二週間か三週間で全てがうまくいくんだからね、ミセス・クエイル」

「どうしてオナーと呼んでくれないの？　一度も呼んでくれないんだから」

「オナー」

彼女は微笑を浮かべた――まるで流れない涙ごしに浮かべた微笑のようだった。その効果には気がついたことがあった。要するにそれは彼女の技巧だった。それからほんとに泣いていることに気がついた。出し抜けに彼女への愛が込みあげた。彼女はそれを見たに違いない。二人はヴィクトリア時代の小説の登場人物よろしく同時に腰を上げ、前へ進み出るとひしと抱き合った。

そのときでさえ彼女が私を愛していないことはわかっていた。私たちはそれ自体乱交と、退屈と、気まぐれの結果であるばかげた汚らしい偶然によって結ばれた不幸のパートナーに過ぎなかった。彼女にとって、抱擁は命懸けであるとともにうっとうしくて、目の前にある唯一の対象にしがみつくというか、罪の意識に触発された怒りさえ感じたに違いない。しかし、私にとっては、彼女をかき抱くという行為そのものが狂おしいまでの恍惚体験だった。私は彼女が見上げる涙に濡れた顔に全身全霊を傾けてキスの雨を降らせた。

　これが最後になるはずはなかった。この先何か月も情熱と愛情と友情を込めてキスをするだろうが、同じ恍惚の思いでキスをすることはなかった。あの夜ガリレ通りで交わした果てしないキスは、彼女とともに到達した最高の境地だった。それ以来全てが衰退したのである。

22

新しい住いを探す必要は結局なかった。明くる日ダイアナ・トゥリーから気送管送達便があり、パッシーのボーゼジュール大通り沿いにあるダヤン・ムーダ・オヴ・サワラク殿下のアパートで会いたい、と言ってきた。

「あなたにやる気さえあればとても楽しい仕事だわ」広く明るい応接室に通されたとき彼女は言った。応接室にはイギリス風の椅子が置かれ、広幅絨緞が敷かれていたが、椅子は詰め物が詰まりすぎ、部屋には大きすぎる印象だった。椅子にはチンツのカバーがかかっていた。グランドピアノが一台と、趣味の悪い高価な装飾品がごてごて飾ってあった。「わたしはダヤン・ムーダの思い出をタイプライターで打っているんだけれど、これのゴーストライターはケイ・ボイルで、たいした手並みだわ。*殿下はいろいろな面でお年を召しているんだけれど、彼女は二つのことにご執心で、それがわたしに言わせれば厄介なのよ——一つは世間の注目を浴びたいという病的な願望があることで、もう一つは夫に復讐したいという燃えるような欲望を抱いていることだわ。夫は浪費癖を理由に彼女に禁治産宣告をさせ、子供たちは彼女が道徳的に子供を育てるのにふさわしくないとして大法官府の披後見人になったのよ」

「彼のやったことは正当化されたの？」

「最初の問題では当然だわ。だって彼女は金を湯水のように使ったもの。二つ目の件ではそうは考えないわ。彼はスパイを使って彼女をおとしめたのよ。一つだけわかっているのは、殿下が正常なセックスに関心がなかったことだわ」

「彼女の思い出は完成したと言ったっけ？」

「そうよ。あなたの仕事は清書して印刷屋に回すことだわ」

「それにしてもなぜ僕なんだ？」

「正直に言うと、しょっちゅうご機嫌をとっていなきゃならないお婆ちゃんに飽きちゃったのよ。あなたは彼女とお相手役のミセス・ハグリーンの三人でここに住むことになるわ。彼女は時々町へ出かけるのが好きで、メゾネット・ルスとか、シャトー・ドゥ・マドリッドとか、ベフ・シュル・ル・トワといったひどくしゃれたところへ行くんだけど、あなたはいい服を着てお供をすることになるわ」

「ダンスをしなきゃならないのかい？」

「そんなことはないわ。殿下は踊りを習ったことないもの。それに彼女は十一時にはいつも寝ているわ。間違いない仕事だし、あなたに打ってつけだと思うけど」

「あまり金にはなりそうもないな」

「日当はたった百フランだけれど、庭が見下ろせるわたしの綺麗な部屋が使えるし、食事も豪華だわ。ついでに言っておくけど、中国人のシェフもいるのよ。殿下は食べることが趣味なの。本の完成は別に急ぐことないわ。ジョン・レーン*には全額払ったし、原稿は十月に渡せばいいのよ。あまり根を詰めなくても、一か月か、場合によっては二か月ぐらい伸ばしてもいいと思うわ、そんなに長く耐えることができればの話だけど」

「どうしてそんなことを言うんだ?」

「退屈だからよ。食べちゃ寝、食べちゃ寝、の毎日だものね。でも、たまにはそんな生活をしてみるのもあなたにはいいかもしれない、と思ったわけ。ちょっとやつれたみたいだわ。ここで一か月暮せばしゃんとなるわよ」

「恩に着るよ、ダイ。彼女が雇ってくれるなら一つ引き受けてみるか」

「彼女に愛されるわよ」

「一つ訊きたいことがある。ダヤン・ムーダって何だ?」

「ボルネオ島サラワク州の文化の遅れた原住民がブルックス家の妻に与える称号なのよ。彼女はそれがとても気に入って、しょっちゅう使うことにしたわけ。最近彼女はそれに殿下を付け足したわ。だけど、プリンセスと呼ばれるほうが好きみたい。法律上の名前はもちろんミセス・ブルックなんだけれど、何をしてもいいけどそういう呼び方だけはしないほうがいいわよ」

「ダイ、君は僕の人生を救ってくれたよ」

彼女は腰を上げて私にキスをした。「あなたっていい方ね。あと十ポンドばかり体重が増えるといいわ。ついでにもう一つだけ、最後に言おうと思ってとっておいたことがあるわ。それは、プリンセスはお酒を全く出さないということ――一滴のワインも出さないんだから」

「そういうことには慣れると思うけど」

「何かを一本部屋に隠しておくことね」

「もちろん」

翌月のプリンセスとの生活はきわめて快適だった。さながらサナトリウムの暮しで、人生から切り離され、安楽さにくるまった日々だった。スプリングの入ったマットレスに目の細かい敷布を敷いて眠り、ベッドの中で早朝の紅茶を味わうのは素晴らしかった。イギリス風の朝食にはグレープフルーツ、スクランブルド・エッグ、羊の腎臓のグリル、ミルクコーヒー、バターを塗って焼いたトースト、マーマレードなどが出た。私はまもなくディナーほども量のあるランチに慣れたが、ディナーにはニューバーグ風ロブスター、ローストビーフ、羊の鞍下肉、野菜のクリーム煮、トーストにセイヴォリー、そしてデザートにはブラマンジュ、オープンターツ、アップルプディング、トライフルなどが出た。プリンセスは私が食欲旺盛な食事仲間だと知って喜んだ。彼女の大きな顎は何でもお代わりして健啖に平らげた。

彼女は身の丈六フィートの大柄な女で、もとは金髪、体重は優に二百ポンドを越え、賢さと、悲しさと、意地悪と、驚きと、あどけなさを扱《こ》き混《ま》ぜたような顔をしていた。彼女は日がな一日、何が何でも実現したい二つの問題を思い巡らしていた。それは新聞に名前が載ることと夫に復讐することだった。

当時イギリスとアメリカの新聞は、ニースのホテルの一室で高齢の億万長者である夫を撃った美しいミセス・ニクソン・バーリンガー事件でもちきりだった。後日フランスの陪審は、夫が彼女を強姦しようとしたことを理由に無罪の評決を下すという粋な判断を示した。プリンセスはやるかたない羨望を覚え、「むしゃくしゃするわねえ、夫を撃って有名になるなんて!」と言いながら新聞を放り出した。

彼女の最大の喜びは思い出の一部を私に読ませることだった。ケイ・ボイルは完璧な腕の冴えを見せて著者を信じられないほど純真な聖女風に描き、他の全ての登場人物を滑稽に描いていた。ミスター・ブルックを馬鹿で、紳士気取りで、卑怯者で、田舎者で、しみったれた薄のろに描いたくだりは彼女を有頂天にさせた。

「彼とぴったり同じだわ」と彼女は呟いた。あるいは、「面白いから彼が読むまで待ちましょう」とか、「さぞかっとなるでしょうね！」と、ツルニチニチソウみたいな褪せた紫色の目を輝かせ、大きな口にクロッケーの門のような皺を寄せた。

それから二週間か三週間たつと、私はミスター・ブルックが少々気の毒に思えてきた。一族が事実上彼を脅してこの我儘な大女と結婚させたことがわかったからだ。プリンセスはハントリー・アンド・パーマー・ビスケット社々長、サー・ウォルター・パーマーの一人娘で跡取り、ブルック家は国王と縁続きの家柄だが金には縁がないか、いつも不自由しているという事情があった。一族のなかで能力らしいものを持ち合わせていたのは義理の兄に当たる現在のインド王子だが、プリンセスは正直なところ彼を毛嫌いしていた。彼の妻である妃殿下に悪意に満ちた憎しみを抱いていたからである。

こうした思い出や、手紙や、文書や、エドワード王朝時代の伝説的な逸話を読むうちに、裕福な人々について最も心を打たれたのは彼らの生活が決して幸せではなかったことだ。互いに憎み、傷つけ、出し抜き、王侯貴族にへつらい、王室の園遊会への招待状を手に入れようと躍起になり、賃貸料を上げ、召使いを加重労働に駆り立てる新たな手立てを考えるなど、どうやら彼らは気苦労のない時間は持てなかったようだ。彼らの快楽は全て恥と恐怖にまみれ、愛と野心は台無しにされ、貶《おと》しめられた。そして彼らの生活そのものがばかげた条件とタブーによって愚かしいものになった結果、女が愛玩動物や猥褻な玩具に逃げ場を求め、男は索莫たる酩酊に逃避したのである。

しかし、プリンセスは夫やその一族への憎しみのお蔭でこの状況をいくぶん脱することができた。事実彼女には他のことに費やす時間がなかった。彼女にとっては全てが明白だった。要するにわたしは強奪された。彼女は再三再四、ミスター・ブルックに対する不満をぶちまけ、彼と兄の王子の背信行為によって自分の財産の半分近くを奪って子供たちに分け与えた、と繰り返した。そして最後は、「だってわたしの金じゃないか！」と歯を食いしばって叫ぶのだった。

彼女は大変な浪費家だった。ヨットを買ったが二度使っただけで、乗組員を雇って二年間もカウズに係留し続けた。競走馬を六頭買ったときには駄馬で役立ずとわかってからも飼い続けた。ウェールズに千エーカーの農場を買い、何千頭もの羊を飼育したさいには全部死んでしまい、毎年買い替えるありさまだった。ブルックス家がようやく法的手段に訴えたのは彼女が映画製作に手を出したときだった。映画はスタフォードシャーの陶器産業を描いた物語で、『陶土』という題名をつけ、主演者には莫大な出演料を払ってエレン・テリーを起用するなど、どう見てもずぶの素人の企画というしかなかった。計画を一目見ただけでブルック兄弟はプリンセスに禁治産者宣告を下すよう訴えた。彼らは『陶土』の映画化を中止させ、エレン・テリーには金を払って契約を解除し、ヨット、競走馬、農場、羊等々を売却した。プリンセスは怒りと当惑と悲しみで気も狂わんばかりだった。何かを売ったことは一度もなかったからである。

残された月額二千ポンドに近い財産で彼女が何をしたかは謎だった。家賃、召使いの賃金、食物、花、タクシー、ナイトクラブ、などに多額の金を使ったことに間違いはないが、さらに同額が個人的宣伝のさまざまな計画や、彼女がすでに持っていたものの高価な化粧直し料に消えている。例えば宝石類のリセット、家具類の修復、衣服の縫い直し、帽子の整形と装飾仕直し、毛皮の裁断し直し、等々は新品を買うほどに掛かるのだけれど、彼女は絶対に買い替えようとはしなかった。家に二、三百フランを越える金があったためしはない。だから私は二、三か月後には給料を諦めた。そんな金などなかったからである。中国人のシェフを除けば誰一人決まった賃金を貰ってはいなかった。メイドは毎週悪態づいては辞めていった。サッカレーの小説に登場するような干からびたミセス・グリーンは、わたしには五万フランの貸しがあると打ち明けた。

「だけどわたしはプリンセスを絶対に信用しているのよ」彼女は入歯をがたつかせながら言った。「あの人は色々と不運な目に遭ってきたわ。だけど、思い出が世に出たら元が取れて、わたしたちは間違いなし一サンチームの果てまできちんと払って貰えるわよ」

そんな幻想は抱かなかった。思い出はほとんど読むに耐えない代物だった。ケイ・ボイルがいかに才能を発揮しようと、プリンセスのばかげた生涯が面白いものになるはずはなかった。

しかし、私は金を必要としているわけではなかった。贅沢なものをたらふく食い、プリンセスに思い出を読んで聞かせると、日に二ページほどタイプライターを打って、後はのらくらしているだけでよかった。私は全てを飲み込むような柔らかいスプリングの入ったソファや、あちこちに置かれた円筒型の低いストゥールや、家族写真や、暖炉の前の敷物に生前と同じ姿でちょこなんと坐るスコッチテリア種の犬の石膏像をかたどった等身大のブロンズ像をはじめ、部屋の家具調度品の配置を娯しみさえした。私の治療も順調で、ビュッサー医師は彼の養生法を忠実に守っている私を褒めた。

「君を放蕩者と思っていたんだが、模範的な若者じゃないか」

「ご婦人の患者さんの具合はどうです？」

「彼女も順調だ。そういえば君の病状を訊いていたな」

この頃プリンセスはローマ教会への入信を決めた。手続きは一か月かそこらですむとわかった。ブルックス一族は言うまでもなく英国国教派の信者だから、そうなるとブルックス一族への侮辱と背信の格好な前奏曲になるだろう。フィナーレは思い出の出版である。

改宗に伴う手続きはオシュ・アヴェニュー沿いにあるサン・ジョゼフ大聖堂のマクダービー猊下《げいか》の協力を得て直ちに行なわれた。他の聖職者同様、陽気なこの高位聖職者は金銭ずくで動く人間ではなかったから、プリンセスに必要な宗教的指示を与えるのにやぶさかではなかった。金銭のやり取りは言うまでもなく秘密で、決まった額というものはなく、結局皆にとって満足のいくものではなかった。

プリンセスは教母に誰を選ぶかで頭を悩ませた。彼女自身が六十歳を過ぎているとあって、選ぶ相手も限られてくる。さらに、新聞に写真が載るほど有名でなければならない。自分一人の写真ではものたりないからである。

「そうだ、マダム・アルフォンス・ドーデに決めたわ」ある日彼女は昼食を摂りながら私に宣言した。「彼女の息子のリュシアンが一八九〇年にわたしとの結婚を望んだんだけれど、父親がブルックスのほうがいいと思ったために駄目になっちゃったのよ。彼がそれを知っていればよかったのに！」

「マダム・ドーデですか？　彼女が生きているとは想像もしなかった」

「もちろん生きているわよ。まだ八十五で、矍鑠《かくしゃく》たるものだわ」プリンセスの顎はバターを塗ったトーストとアスパラガスをしばらく噛み砕いた。「何よりも良かったのはマダム・ドーデが敬虔な信者ということで、マクダービー猊下は改宗者の援助を拒むのは罪だと言っていたからね」

彼女はチョコレートブラマンジュを平らげるやいなやマダム・ドーデ宛のメモをしたためたので、私がフランス語に訳した。それは非公式な品のいい依頼だったが、末尾には翌週のかくかくの時刻にマクダービー猊下の署名が入った正式招待状を副官に持たせて伺わせますので、差し当たってご返事が頂ければ幸甚に存じます、とあった。

「副官ですか?」

「あなたのことよ」彼女は含み笑いをした。「昇格させるわけ。それはそうと、このことのために何か粋なフランス名を考えなくちゃ」

「その必要はありません、とてもいいペンネームをもってますから。ムッシュー・ジャン・ドゥ・サン゠リュックというんですがね」

「ムッシュー・ジャン・ドゥ・サン゠リュック副官、すてきな名前だわ!」

それから彼女は紋章と王冠入りの最高の便箋にメモを写すと、「これを彼女の家にすぐもって行きなさい。しゃれたタクシーを乗りつけて中庭に待たせておくこと、いいわね」

「角のスタンドから小型リムジンに乗りますよ。三十フラン以上はしないでしょう」

「そう。あなた、三十フランはもっていないでしょう?」私は首を振った。「二十フランあるけど、持金はこれで全部。それじゃ出かけてよ」

明くる日彼女は勝ち誇ったように返事を振って見せた。それにはご招待を名誉と考え喜んでお受けします、お申し越しの時間までに正式な招待が届くようお待ちします、とあった。

そのあと事はとんとん拍子に運んだ。正式の招待状が急遽発注された。プリンセスはそれにちょっとした個人的なメモを書き込んでヴェロニカという新しいカトリック名(洗礼名はグラディーズだった)で署名することに大きな喜びを覚えた。

「これを先ず届けて」と彼女は言った。「全てはそれしだいだから、マダム・ドーデの家へ配達してちょうだい。名刺にあなたの名前を書いておいたから、執事に渡してちょうだい。でも招待状は直接彼女に渡して。返事を書いて貰うまで待つこと。いいこと、すっぽかされちゃ駄目よ」そう言うと大きな顎が音をたてて閉じた。

「リムジンタクシーを使いましょうか？」

「そうね、もう二十フランもって行きなさい」

タクシーをサンジェルマン地区まで飛ばしながら、これから偉いレディに会うと思えば体が熱くなった。まるで第三帝国時代の幽霊にでも会う思いがしはじめ、有名な彼女の夫の協力者で、彼の『サッフォー』の耐え難いまでに立派な献辞を考え、フローベールその人と文通のあった聡明な美女のジュリー・アラールと口を利くのだ、と自分に言い聞かせた。フランス文学の鼓動に手を触れるのだ。彼女は恐らくゴーティエと口を利いているだろう。窓の外を素早く通り過ぎる通りや家々に目をやって非現実的な感覚に襲われ、一瞬街路が馬車やシルクハットをかぶる人で満たされた。

私は小型リムジンを中庭に待たせ、曲がりくねった広く浅い階段を上った。ドアを開けたのは痩せて怒ったような表情の紳士だったが、彼はぴっちり合ったフロックコートに締めつけるような固く白いカラーをつけ、髪や眉毛や口髭は真っ黒に染めていた。プリンセスのアルバムを見ていたのでリュシアン・ドーデだとわかった。彼は唇をかみながら差し出した名刺を受け取り、どうぞお入りくださいと言った。

「母はじきに参ります。どうぞお掛けください」彼は歯の間から押し出すように言った。

玄関の広間は暗く湿った四角い部屋で、床のタイルにはワックスがかけられ、壁面に重厚な田舎風の衣裳簞笥が置かれ、椅子が並んでいた。かすかながら下水の臭いが紛れもなかった。しばらくするとリュシアンが戻り、蹤《つ》いてくるように言った。暗い廊下づたいに歩いて突き当たりのドアを彼がノックし、ちょっと待ってから開けた。

薄暗い部屋の奥に玉座めいた場所があり、マダム・ドーデはそこに腰を下ろしていた。彼女はなだらかに垂れる黒地の経帷子《きょうかたびら》にすっぽり身を包み、死者の髪を思わせる黄ばんだ白髪の頭に小さなレース編みのモブキャップ〔十八―十九世紀に流行した顎の下で紐を結ぶ婦人室内帽〕をかぶっていた。目鼻立ちはまだ美しさを留めていたが、顔には藤紫色のおしろいを塗りたくっていた。

「ママン」リュシアンはぎこちない身振りをみせながら言った。「ムッシュー・ドゥ・サン＝リュックを紹介します。プリンセス・サラワクの代理人だそうです」

マダム・ドーデは刺すような目でじっと私を見つめ、それからおもむろに頭を傾げた。彼女はフランスのあらゆる美徳を体現しているかに見えた。これがサッフォーに登場する美しいイレーヌの成れの果てだろうか？　明るい茶の髪をした口許に笑いの絶えないあの子がこうなってしまったというのだろうか？

「お会いできて嬉しいわ」彼女はブーツから聞こえてきたかと思うような冷ややかな声で言った。

私はしばらく黙ったまま彼女の次の言葉を待った。それから彫刻文字の招待状を胸ポケットから取り出して差し延べ、「マダム・ラ・プランセスの敬意の証《あかし》をお受け取りください。ご返事を頂くよう仰せつかって参りました」と、大使館員に倣ってr音を強調しながら言った。

彼女は恐ろしげに顔を顰めながら手を差し伸べた。私はその手に大型封筒を置いた。それを取ったとき、表情からプリンセスの言葉どおり彼女はこの宗教的義務を避けることができなかったのだと思った。

「ありがとう」彼女は同じ陰気な声で言った。「リュシアン、ムッシュー・ドゥ・サン＝リュックにシエリーを差し上げて」

彼は私にむかって染めた眉毛を上げた。私が軽く頭を下げると、彼は飾りつきの紐を引いた。マダム・ドーデは封筒を破って眼鏡をあわせると招待状を仔細に眺めた。丹念に繕った白いネクタイをしめた年老いた召使が小さなグラスを載せた白目の盆を手によたよたと入ってきた。会見は演出されていたと気がつき、ちょっと気持が落ち着いてきた。

「母が招待状に目を通すあいだどうぞお掛けください」リュシアンはぎごちなく言って私を窓辺に引き寄せると、グラスをちょっと掲げ、「ご健康を祝して」

「ご健康を祝して」

彼は咳払を一つすると何か言うことを考える風にした。私は黙っていた。この戯画に自分の果たす役割を恥じるあまり、当然の結果として母親と息子に怒りを覚えたからだ。彼らに対する侮辱がどれほどのものか、この瞬間まで気がつかなかった。ボーゼジュール大通りを走っているときにはこの計画は取るに足らず、面白いものでさえあった。ここで見えてきた本当の姿は、卑俗で、厚かましい限りと言うべきだった。私はせめて本名で登場しなかったことに胸を撫で下ろした。

「リュシアン、ライティングボードを取ってちょうだい」

彼は飛び上がるようにして前へ進み出ると、小さなカードテーブルに似た独創的な装置に吸い取り紙と便箋を添えて彼女の前に据えた。彼女はインク壺に長いスティールペンを突っ込み、力を込めて素早く書きなぐった。リュシアンは彼女の前に立ち、手を後ろに組んで天井を見上げた。私は窓辺に佇ずんでその様子を見つめた。まるで契約か処刑の許可証に署名をしている場面の歴史画でも見ているようだった。この恐るべき老女のやること全てに一種の残忍な威厳があった。

彼女は便箋に吸い取り紙を押しつけ、見もしないでたたむと封筒に入れた。それから背凭れに体を預け、手を振ったけれどそれは諦めの身振りだった。リュシアンは封書を取ると私に差し伸べた。私は頭を下げながら満足の気持を低い声に託した。マダム・ドーデは背筋をしゃんと伸ばし、腰から上を前に傾けて深々と優雅なお辞儀をすると冷ややかな微笑を浮かべた。私が部屋を辞去したときには、彼女はまた身を沈め、藤紫色の顔には元の怒りの表情が戻っていた。

プリンセスの会話はもの静かでおざなりだった。大聖堂にはほとんど人けがなかった。マダム・ドーデは貴賓席に坐り、フランス語で受け答えをした。式そのものは五分とかからず、最後に行なった猊下の式辞は簡潔と抑制の典型だった。彼は改宗を立派な行為と讃え、改宗者は教会を支えている点で柱と控え壁の二種類に分けられるがプリンセスは控え壁だ、と言った。ミセス・ハグリーンは結婚式ででもあるかのように声を殺して泣き、私の腕にしがみついた。経費節減の意味で音楽の演奏はなかった。

それから皆ですてきなランチを摂りにボーゼジュール大通りへ繰り出した。中国人シェフが腕を振ってアーティチョークの芯のサラダ、茶色の紙に包んだカレイのフィレ、トゥルネード・ブケチエール、チョコレート・スフレ、等が出た。マダム・ドーデは選好みをしたが、好きなものは健啖に食べた。しかし彼女は、食事の間じゅう息子としか口を利かない。会話をとりしきったのはマクダービー猊下だった。プリンセスその人は暗い表情で、心ここにあらずという風情だった——どうやら事の進展が彼女にはしめやかすぎたらしい。しかし、猊下がテーブルから腰を上げると明るさが戻り、意図的な顔になった。するとと待ってましたとばかり新聞記者やカメラマンが詰めかけた。

私は彼らに用意してきたプレスリリースを配った。するとカメラマンが居間に侵入してきぱきと装備を据え、椅子を並べた。

「ママン、ヴェロニカと猊下の間に坐ってくれませんか」息子の言葉にマダム・ドーデは手を振って同意を示した。

腹を立てたプリンセスは口も利かなかった。当然のことながら自分を中心に事が運ぶはずだった。ところがマダム・ドーデが驚くべきすばしっこさを発揮して真ん中の椅子に腰を下ろし、マクダービー猊下が彼女の隣の椅子に陣取ったのである。私はプリンセスに同情を覚えないではいられなかった。リュシアンが母親の横にしゃちこばった顔で坐り、プリンセスはあろうことか端に追いやられたのだ。私はマクダービーの後ろに移動し、ミセス・ハグリーンはマダム・ドーデの真後ろに坐ることになった。カメラのシャッター音が五、六回響いて撮影は終った。

写真は翌日の新聞に掲載された。プリンセスは歯を食いしばりながら各紙に目を通した。

23

「親愛なるサン＝リュック様」明くる日ミセス・クエイルからプリンセスのアパート気付で私に手紙が届いた。「あなたがどこにいるかわからなかったからとても会いたかったわ。プリンセスの副官として多忙な毎日を送っているんだろうけれど、暇があったら電話を下さい」

ガリレ通りで一夜会って以来、互いに連絡はとっていなかった。いかにも彼女らしい葉書の文章でミセス・クエイルの姿が生き生きと蘇った。まるで彼女の香水の匂いを嗅ぎ、からかうようなものの言い方が耳朶に響くようだった。私は金輪際会うまいという決意を忘れて電話を掛けた。「会いたいわぁ」囁くような彼女の言葉には相変わらずスリルがあった。

「僕も」

「元気？」

「まあ元気だよ」

「あなたのためにお金を貯めているんだけど、知ってる？……言えるのはそれだけだわ。じゃあね、会える日まであなたのイメージを抱いて我慢するわ」

「その日まで君のイメージにキスをしてるよ、オナー」

受話器を戻すと、彼女への愛と懐かしさで胸がいっぱいになった。ミセス・クエイルの口と体臭と体以外なにも考えられない。どんなに短かかろうが会うまでの時間は長すぎた。もう一か月なんて到底待てない、と思った。

しかし、そんなに長く待つ必要はなかった。私はじきに貧乏と行動の世界に戻った。プリンセスは二、三日後にアルフレッド・ダグラス卿がこのアパートへ来ることになったと言った。「一週間か二週間のことだけれど、刑務所を出てからこっち、パリを訪れたいと言っていたのよ。あなたの部屋を使わせても構わないでしょ？」

「もちろん構いませんよ。昨日最終稿を索引つきでジョン・レーンに送りましたからね。挿絵の印画はもう出来上がってました」

「本当？　車椅子に乗ったメレディスのスナップ写真もできたかしら？　パパがあげた毛皮の手袋をしたラスキンの写真もできているわね？」

「ええ、干し草をほうり上げるキューベリクや滑稽な顔をして見せるオスカー・ワイルドの写真もできています。僕のすることは何も残っていません」

「でも、まさかいなくなるわけじゃないでしょうね！　それは駄目よ。あなたにはとても助けてもらったし、ボジーも会いたがっているしね。あの人はいつも若い人たちに自分の詩の話をするのが好きなんだから」

キチンの奥の狭いメイド部屋には移りたくなかったが、アルフレッド卿にも会いたい気持があった。一八九〇年代の典型のような人物で、若い頃には美男子で、無分別で、怒りっぽく、裏切り行為を働いたかどで刑務所にほうり込まれた、などの伝説以上には何も知らなかった。彼の詩を読んだことがあったが、真面目な批判に耐えるような代物ではなかった。しかし、自己顕示欲と虚偽に満ちていたと思われるオスカー・ワイルドとの外聞の悪い関係に興味を抱いたことはなかった。

　私は彼が圧倒的な魅力の持ち主だとは思っていなかった。想像していたより遥かに小柄で、若い頃の肖像に見る繊細に湾曲した鼻は怪物めいた鉤鼻に変わっていた。しかし、否定し難い温かみと、人を愛する気持が顔からにじみ出ていた。彼ほど人付き合いやマナーがよく、言葉や振る舞いに好感のもてる者はいない、と私は思った。人を喜ばせることがただ一つの彼の願いなのだという気がしはじめ、この能力はもって生れたもので、何の努力も伴わずに完成の域に達した結果、第二の天性となり、彼はそのなかに喜んで自分を投入したのだった。アルフレッド・ダグラス卿の役割を演じることを彼が大いに娯しんでいるので、見ている人はつい心を奪われてしまう。彼の技巧と描写力には三十分も同席していてさえ魅せられ続ける。そのときでさえ、もし彼が疲れれば、もう一つの更に魅力的かつ見破ることのできない仮面が現われるのである。

　現存する最も偉大なイギリスの詩人は自分だ、と彼がぬけぬけと確信していると知れば驚かざるをえない。どんな経緯でこうした結論に到達したかは彼自身の秘密である。それは恐らく、イノック・ソームズ*のように彼が模倣者の模倣者だったという事実を受け入れることは絶対に拒否させようとする、専制的な心の命令によって強制されたものに違いない。彼は自分の分野で第一人者だと固く信じて疑わず、プリンセスのように脚光を浴びることに情熱を燃やした。彼もまた子供の頃の重要な時期に父親の存在に圧倒され、押し潰された経験が何度もあって、その後の人生を人目を引くことに費やしたのだった。しかし、彼の身に起こった唯一の重要なことがオスカー・ワイルドへの友情であり、爾来それを利用してきたことは明らかだった。無名の存在になることから彼を救えたのは純粋な肉体的欲望だったが、彼にはそれの持ち合わせがなかった、ということがやがてわかった。もともと彼を不毛なナルシシズムに追いやった個人的魅力は、結局世人が彼に注目する唯一の機会をもとめて無慮三十年という時間をかけて退屈きわまる努力を払わせることになった。しかし、他に何ができただろうか。無能な人間の例に漏れず、彼はいつも受動的だった。彼は全てを取りたがるが、何も与えようとはしない。利己的だからというより、非常に多くを必要としながらも常に巧みに利用してきた称号と美以外には何も与えることができなかったからだ。彼は信頼できない人物ではなかった、ただ弱かったのである。馬鹿ではなかったが、空っぽだったのだ。私は彼ほど高潔さに欠けた人間には会ったことがなかった。

このあと間もなく、ビュッサー医師は治ったと言った。しかし私には金が全くなかったし、ダイアナ・トゥリーもそうだったようにボーゼジュール大通りには飽きたこともあって、少なくとも約束の給料の半分は貰おうと心に決めた。結果はほぼ予想通りだった。

「三千フラン！」プリンセスは叫んだ。「そんな大金、もっていないわよ。それはとにかくあなたに出ていかれちゃ困るわ」

「だけど僕には金がない、タバコ銭さえないんですよ」

彼女は口を閉じた。「あと二週間いてちょうだい。そしたら千フランあげるわ」

「だけどあなたは二か月前に日当百フランを約束したじゃないですか」

「忘れてはいないわ。でも、経費がどれぐらいか知っているの？　食料費がびっくりするほどかかるのよ。ボジーとわたしとあなただけでやっていけないほどの額なのよ。それにワンには毎週払わなきゃいけないし――いいこと、毎週なのよ――払ってくれないと出ていく、とこうなんだから。実際に出ていったこともあるのよ、一日だったけれど。あなた知っている？　ミセス・ハグリーンにお金を持たせてやって、やっと連れ戻したのよ。それにこのアパートを所有している会社だかなんだか知らないけれど、あそこにも家賃はきちんと払わなきゃならないし。毎月払わないと出ていけといわれるしね。まあ大変な人たちに取り囲まれているもんだわ！　来る週も来る週も金、金、金なんだから。正直に言って銀行も借り越しになってるから入金しろの一点張りとくるし。嘘だと思ったら今度来た督促状を見せてあげるわ。三千フランだなんてありっこないでしょ！」

絶望的なことはよくわかった。私はメレディスの署名入りの『オーモント卿と彼のアミンタ』を盗んでミスター・スリープに売る場面を空想したが、思い留まった。人の道にはずれたことはしたくなかった。

「それじゃ払ってくれなくても結構です。しかし今夜ここを出ます」

「馬鹿なこと言わないで。どこへ行くの？　第一お金がないじゃないの」

「一週間の家賃ぐらいもってますよ」

「どう、いてくれたら五百フラン払うけど？」

「今ですか？」

「あさってになるけど」

「駄目です、出てったほうがいいな」

「恩知らずな子だわね。わたしが好きだとばかり思ってたわ」

「悪いけど、色々と世話になりましたが、文無しじゃ生きていけません。ここを出て稼がないとやっていけませんから」

「出て行くと言ったって、どこへ行くのよ」

私は一瞬躊躇してから言った。「マダム・ドーデのところで彼女の回顧録の手伝いをしますよ」

「まあ、回顧録だって！　彼女も思い出を書いているというの、あのいけ図々しい婆あが！」

「ええ、書いているに決まってますよ」私は想像で言ってのけた。「彼女は有名人を大勢知っていますからね、フローベールや、ヴィクトル・ユーゴーや、エドワード七世の書簡ももっているし……」

「あなたを彼女の許へやるわけにはいかないわ」プリンセスは今にも泣きそうな顔で言った。

「とにかく行ってみます」私はメイドの部屋に入り、二個のスーツケースの荷造りをして廊下に運び出した。プリンセスは男物のアザラシ革の財布をもって近寄ると私の手にそれを押しつけ、「少ないけど五百フラン入っているから取って。部屋へ戻って荷解きをしなさい」

「じゃあ、頂いておきます」

私はスーツケースの荷解きを始めた。財布を調べるとミスター・ブルックスの名前が金文字で押され、中には四百フランしか入っていなかった。夕食の時間が近づき、ボジーがロンシャンの競馬から戻っていた。夕食のテーブルにはグリーンピースを添えた羊のサドル〔鞍下肉〕と、オランデーズソースをかけたアンティチョークの芯と、黒スグリジャムをたっぷり詰めたローリーポーリー〔プディング〕が並んだ。客間でボジーの弾くショパンの小曲に耳を傾けたあと、いつも通り九時には就寝した。私は十時に皆が寝静まったのを確かめ、もう一度荷造りをしてアパートを抜け出し、ジュールセザール・ホテルまでタクシーを飛ばすと、一番安い部屋を一週間借りて金を払った。残ったのは三百フラン、切りつめれば一週間は食い延ばすことができそうだった。

モンパルナスは相変わらず賑やかでごった返していたが、知った顔は見かけなかった。二か月以上も酒に飢えていたので、ドームのカウンターでブランデーのシングルをストレートで三杯飲んだが、どこへ入ったものやら全く酔わなかった。私は悲しみと抑圧を感じ始め、モントリオールへ帰ろうかとしばらく大真面目に考えた。やがてセルジュ・キリレンコ*の声が聞こえてきた。彼はいかがわしい噂のある写真家でロシア人だったが、黄色みを帯びた顔色をしていた。彼は大きな尖った歯で子牛肉のサンドイッチにかぶりつきながら、

「何かあったのか、悲しそうな顔をしているけど」と私に言った。

「悲しいんだよ」

「金か？」

「ほかにも色々あるけど」

「いくらか稼ぎたいか？」

「いくらになるんだ？」モンゴル人を思わせる男前の目に白い目蓋が下りた。

「手数料なしで千フランだ」

「法に触れることはないのか？」

「俺を誰だと思っているんだ？　実はちょっとした企画があるんだ。俺は写真家であり肖像画家だ。芸術写真を撮っているんだからな、見損っちゃ困る。覚えているだろうが、君の写真はクーポールで二枚撮っている、無料でな。どうだ、いい写真だったろ？」

私は非常にいい写真だったと認めた。すると彼はちょっとした企画なるものを打ち明けた。ポルノ写真を二十枚撮るんだが、それに出てくれないか。出演料として即金で千フラン払う。写真の販売に関わる必要はない、という内容だった。

千フランといえば四十ドルか。割に合う仕事だと思った。私の知るかぎり、そうした写真の被写体になったところで犯罪を犯したことにはならない。犯罪になるとしても、法が適用されたことはこの十年間なかった。しかし、リチャード・ル・ガリエンヌ、ムッシュー・ゴーシエ、プリンセスらとの関係が私を用心深くし、「前金で払ってくれるかい？」と確認する気になった。

相手の目がまた閉じた。「ああいいよ。明日の午後ギー - ロベール通りの俺のスタジオに来てくれ」と言って彼は名刺を差し伸べた。「二時間もあれば仕事は終る」

「一つ条件がある。マスクをかぶりたいんだけど」

「なるほど。それじゃごく小さいのにしてくれ。表情が大事だからな」

明くる日私は風呂を浴び、髭を剃り、髪に櫛を丹念に入れてギー - ロベール通りに出かけた。小春日和で、プラタナスの木の葉は薄黄色に変り、私は非常に朗らかな気分だった。千フランもあれば優に一か月は暮せる。もう一章を書き終えることができるかもしれない、と自分に言い聞かせたりもした。プリンセスのアパートでは一行も書けなかった。ボーゼジュール大通りの雰囲気では呆然となっただけだった。

キリレンコのスタジオはおんぼろビルの五階にあり、広くて明るく、ひどく汚れていた。

「社長のムッシュー・ジュールを紹介する」と彼は言った。私は金目の服を着た男と握手をしたが、砲弾型の頭と細い口髭にはそこはかとなく犯罪臭が漂っていた。「こちらはセシルとカルメン、どうだ、魅力的だろう」

言葉通り魅力的だった。若くてみずみずしくて美しい。人当りも良かった。ポルノ写真に登場する赤ら顔で薄汚い酒樽のような女たちとはおよそ種類が違う。私が好意的な目で見ると、彼女らも同じ視線を返してよこした。皆が驚いた。彼女らはインド王子のような人物を予想していたに違いなかった。キリレンコはドアに鍵を閉め、閂《かんぬき》を二重に掛けると、彪の皮に覆われた大姿見と、ニンフやサチュロスを描いた綴織《つづれおり》をバックに、大きな古めかしいカメラを低い三脚に据えた。効果はまんざら芸術的でないわけでもなかった。「いいかな、みんな」彼は朗らかに言った。

女が事務的に衣服を脱いだので私も従った。ムッシュー・ジュールの冷ややかな視線が不快だった。キリレンコが最初のポーズをそそくさと決めたが、それは単純で、品がよく、創造性に富んでいた。全員の振り付けが終ると、彼は電球を二つ点灯した。彼がカメラを覆う黒布の下にひょいと頭を突っ込んだ途端、私はその朝ドゥ・ラ・ガイテ通りで買った小さな絹の仮面をかぶった。

「それは何だ?」ムッシュー・ジュールが唸った。「契約にはないぞ、君」

「静かにしてくれよ、ジュール」キリレンコは布の下から頭を出すなり言った。「変装すれば刺戟がそれだけ強くなる、とわかっているからやっているんだ。料理の味を引き立たせるのに塩を一振りパラリとかけるようなものさ」

「くだらん!」ムッシュー・ジュールは納得しなかった。「素人みたいなことを言いやがって」

キリレンコは両手を上げ、「頼むからあそこで坐って待ってくれ。芸術的感覚でやっていることだ。つべこべ言ったらぶち壊しになっちゃうじゃないか」と言った。

社長は詰物入りの肩をすぼめ、「任せるよ。但し最初の感光板は俺に見せろ」

「気に入るに違いないけどな」

キリレンコは私たちにウィンクをして見せ、女の子に歩み寄るとそっと肩を叩いた。「時間はたっぷりあるから安心してくれ。君、しばらくこの娘たちの相手をしてくれ。カルメンは彼を励ますことだ」

十分足らずで全てはうまくいった。「完璧だ、申し分なし！」キリレンコはセシルの脚の位置を直しながら呟いた。「そのまま動かさないで」

「わかりました」

彼は天井の電灯を点し、黒布の下に頭を突っ込んだ。

「全員チーズ……官能的な柔らかい微笑を浮かべて。ああ、それでよし……素晴らしい」カチッと音を立ててシャッターが下りた。「休憩」

女の子はくつろいで背筋を伸ばした。キリレンコはライトを消し、感光板を取り除いて覆った。

「現像するから暗室に入ってくれないか、ジュール。俺の芸術を見せてやるよ」

二人が部屋の隅の狭い暗室に入っている間、私は若い女の子たちとタバコを吸いながら談笑していた。

「ムッシュー・ジュールというのは何者だい？」私が訊くと、

「モンマルトル界隈の顔利きだわ」とカルメンが答えた。「色んなことに関係しているらしいわ。今度の撮影で彼がどれだけ儲けるか知っている？ 確かな筋から聞いた話だけど、少なく見積もって五万フランにはなるということだわ。あなたにはどれぐらい払うことになっているの？」

「千フラン」

「わたしたちと同じだわ。ひどい話じゃない？ わたしたちは利用されているんだわ」

「彼にはそれができるのよ」セシルはタバコの灰をすでに散らかった床に落しながら言った。「販売権を一手に握っているんだもの。それにリスクも伴うでしょ。付き合ってみると悪い人じゃないわ」

「そりゃ悪い人じゃないわよ」とカルメンは言った。「お母さん孝行だって聞いたわ。シーッ！」

キリレンコと社長が暗室から出てきた。社長は片唇を曲げて笑っていた。

「悪くないと言わなかったかい？　くれてやるから残りをもっていけよ」喋っているのはキリレンコだった。

この機会を逃してなるものかと、私は「昨夜ミスター・キリレンコとの間で合意したギャラを頂きます」とソファから腰を上げながら切り出した。

「そのうちに払うよ」

「いや、たった今いただきます」

彼は顔を顰め、「俺は仕事が終るまで払わない主義だ」と言った。

「それじゃ写真は只でくれてやるけど、僕は帰る」

私は部屋を横切って衣服を取り上げた。キリレンコは腕を振りながら追ってきた。女の子は自分たちも金を払ってもらえないとわかると泣き出した。やがてジュールが分厚い札束を取り出すと千フランを数え、私に突き出した。

仕事は二時間足らずで終った。キリレンコは前以て全ての写真の構図を決めていたので、スケジュールを見るだけですんだ。

数日後、彼は手頃な葉書大にプリントした一連の写真を見せた。その種の写真としては立派な出来で、私は百フラン出して一セットを買ったが、彼によれば小売価格の五分の一だということだった。記念の土産として買ってよかった、と私は思った。また、奇妙な想像力の働きというべきか、私は仮面をかぶった青年に対して羨望すら覚えた。

キリレンコは芸術写真が撮れたと言って喜んだ。彼には同じジャンルの映画を撮る計画があったが、彼は私に向かって、「問題は本当の意味で演技のできる女優を確保することにあるんだ。ところで、君は若い主役を演じることに関心があるか？　シナリオはもう出来上がっているんだけどな」と言った。

自分に演技の才があるとは思っていなかったから断わった。それに、微罪とはいえ犯罪に深入りしすぎたという気持もあった。私は身分証明のない外国人だという事実を忘れることができなかった。

24

それから二週間は静かに過ごして原稿を書いた。詩を三編つくりもしたが、私はそうすることで真のコミュニケーションを目指していた。死をテーマとする習作で、エリザベス朝の詩人、サミュエル・ダニエル*の影響を強く受けていた。彼の作品は発見したばかりで、母音の扱い方が音の用法に大きな可能性を開いてくれた、と感じていたものだ。まもなく私は詩の技巧の探究に没頭して一日に少なくとも六時間を研究に費やし、部屋を出るのはモンパルナス駅近くの簡易給食施設で食事をするときに限られた。そこでぴちぴちしたウェイトレスと出会い、ランフェールの六階にある小さな彼女のアパートでときおり一緒に寝た。彼女の勇気と、朗らかな性格と、素朴な情熱にはとても惹かれた。しかし、彼女の生活と未来には希望がないような気がして、私は会うのをやめた。ボヘミアンの暮しは私には向かない。この世のロドルフはつねに蔑んできた私だ、危険なミセス・クエイルに対する欲望を克服したいばかりに彼の轍を踏みたくはなかった。

冬が近づき、手持ちの金も尽きてきた。恐慌が回復するにつれ、パリ在住のアメリカ人は少なくなって、知った顔にも滅多に会わなくなった。はたして有り金が春まで保つか、心配になってきた。かといって帰国する気にもならなかった。詩は雑誌に掲載されるレベルまであと一息だから、このままパリにいつづけなければ何のための修行だったかということになる。

そもそもパリでどうやって生きるか、という問題は忽ち切実なものとなって身に降りかかってきた。十一月一日には、ホテル代は最低限あと一週間の猶予を当てにしても三週間分溜っていた。しかし、ある朝荷物が押収され、自分の部屋が他人に貸されたとわかるまで、私はパリジャンのホテル経営の原則というものを知らなかった。

「ご不自由をお掛けするようで恐縮ですが」ジュールセザールの経営者はにこやかな微笑を見せながら言った。「当方も商売なものでご勘弁を願います。お部屋代は六百フランになりますが、三日後にはお払いいただけますね？」

そんな大金がどこにあるものやら見当もつかなかった。ドルに換算すればわずか二十四ドルだから大した額とも思えない。しかし、もう一度フランに換算すると大金に見えてくる。恐れをなすほどの大金ではないが借りるには多すぎる金額だった。私はせめて今日の午後は忘れることにした。十五フランはまだ手元にある。これはムッシュー・ジュールの謝礼金の残りだった。

いずれにしても、くよくよするには勿体ない日和だった。その年は秋が夏に逆戻りしたようで、暖かな空気にはクリの花の香りが漂い、モンパルナスの上空は風もなく、抜けるように青い。セーヌ川ぞいにそぞろ歩いて、何か月ぶりかでサン－ルイ島まで足を伸ばすことにした。

この島には特別の愛情を抱いていた。巨きなシテ島の後ろに横たわる遠くて、静かで、荒廃した菱形の小島だ。小さな穴のあいた波止場の石や、湾曲した波打際を抱え込む、明るい色の彩色されない不揃いな建物や、自動車を見かけないことなどが、妙に落ち着いた田園風な佇まいを醸し出している。私はラルシュヴェク通りを歩き、小さなサン＝ルイ橋をわたって、ブルボン埠頭を周り、二重橋通りから島の中心を歩いてやって来ると、さんさんと陽光の降るオルレアン波止場に戻った。そこで、ル・グラッチエ通りの角にほど近い波止場の欄干に腰を下ろして夢想に耽った。建物を一つ選んで、やがて身を落ちつける自分を想像してみた。それはルイ十五世時代風の四階建の小さなホテルで、ミニチュアの前庭がついていた。石は淡い灰色で、古びて黄ばんでいた。窓は高く、天井の高さを示唆している。屋根の煙突には何十本もの通風菅が取りつけられ、各階に暖炉が少なくとも四か所はあることを示していた。三階の三室の外側はバルコニーになっており、鉄製の欄干には装飾が施されていた。あの三室を使おう、と私は思った。あそこだとセーヌ川や、アルシュヴェク広場の蔦をはわせた壁や、表よりも遥かに美しいノートルダム寺院の裏を見渡すことができるし、午後は日光もふんだんに入ってくるとあって、晴れた日にはバルザック風の部屋着を羽織ってバルコニーで朝食をしたためることもできる。夜には川面に映る巷の明りが楽しめるだろう……

これが一九二九年十一月のとある日、黄色い建物にさんさんと陽光が降り、かたわらを緑青銅色の川が流れるパリで描いた夢だった。遠くからくぐもった交通機関の音が響き、ノートルダム寺院の尖塔が煙る青空にそびえていた。今モントリオールの病院に身を横たえ、狭いベッドの窓から見えるのは煤けた雪景色と、新設された産科病棟である。今にして思えばあれは何と遠い昔の出来事だったことか。

オルレアン波止場をあとにしたのは夕闇も迫る頃だった。私はラ・トゥルネ橋を渡り、モンテベロ埠頭からサン＝ミシェルに向けて歩いた。巷に呑み込まれてその一部になったような気がした。それは壮大かつ生き生きしたものに取り憑かれたような経験で、私は石と川と空に絶対服従の夢現の状態で足を運んでいた。しばらくすると腹がすいていることに気がつき、サンタントレ＝デ＝ザール通りでフランスパンを半分に切ったのと、小さなソーセージと、オルディネールを一本買った。シテ島の突端のヴェール・ギャラン*の先の堤防に腰を下ろし、係留されたはしけの間を堤防沿いに近づく灯に目を遣りながら夕食をとった。辺りは何もかも静まり返っている。巷の物音は頭上を通りすぎて、ベディヴェア卿の科白*ではないが、聞こえるのは岸辺に寄せては返す波の音ばかりだった。

それはいわばビロードの時間、男が二つの究極の謎を解こうとする瞑想のときだった。どうしてここにいるのか。ここにいるとどうして知ったのか。全ての存在の神秘の根源にある、これら二つの問いかけには、私の好きな哲学者であるバークリー司教も答えることができなかった。どういうわけか彼はこの二つの問題への解答を避けた。良心的なキリスト教徒として、彼は言うまでもなく最初の問いかけを批判的に検討することはふさわしくないと判断した。まして興味深かったにしろ個人的な解答は避けたかった。第二の問題については、彼はあの惨めなデカルトを論破するという課題を避け、唯我論は難攻不落の城ゆえに攻略せず、将軍は更なる攻略に向かうべきだ、と称してこの問題をショーペンハウアーと同様に扱ったが、これは逃避的な弱い直喩というべきである。二人の哲学者がこれらの問題に答えることを拒んだのは明らかに彼らの気質のなせるわざというべきで、彼らの知性がともに哲学体系たる神と神意という礎石に基づいていたためだ。この点で私は彼らよりも優位な立場にある、と思った。

なぜ私はここにいるのか、という問題に思い悩むことはなかった。私はつね日頃、生きとし生けるものというか、現象世界は全て一種の間違いというか、偶然というか、無の中断というか、によって存在

　それから二週間は静かに過ごして原稿を書いた。……

しえたのではないか、と考えてきた。こう考えるとわかったような気がしてくるのだ。第二の問題、即ち良心の問題は難しい。しかし、ブローカ通りの公衆便所の外で私が行なったフランス革命記念日の瞑想の結果、私にはそれがある程度わかってきたので、この問題は冬の間によく考えてみるつもりだった。

ふと不安に襲われた。こうした問題のどれも解けなければどうなるか。いや、そのほうが却って良いのではないか。もし解ければ、ペギー*〔シャルル・ピエール・～　一八七三―一九一四。フランスの詩人・評論家。第一次大戦で戦死〕が人間の絶対的状態の自由とか、人間に対する神の秘密と呼んだものを所有することになりはしないだろうか？　そうしたことを知ったあとでは何が起こるか？　ペギーはただ、永遠の断罪を警告したのではないか。彼がこの印象的な言葉で何を言いたかったのかははっきりしない。しかし、そうした状態を恐れていたことだけは雄弁に伝わってくる。ヴェール・ガランで過ごしたあの夜、私はそれについて絶対的な退屈、無関心、もの憂さの高原というイメージを思い描いた。たとえこれがそうした知識の代価だとしても、私がそれを払わないことは間違いない。ノロ・ネスキレ〔知りたくない〕が最も安全なモットーだろう。その一方で、私はペギーを全面的に信用しているわけではない。恐らく彼の肖像の高く固い襟と気取った口髭のせいだろう。永久に退屈な生活を送ることになるならそれでもいい。少なくとも生きている間はいつだってパリがあるし詩もある。現代の哲学者は美に関する不安を十分に説明しなかった。出し抜けにそんな気がした。

ヴェール・ガランは漆黒の闇に包まれ、空気は涼しさを増した。私にはまだ寝る部屋がなかった。しかし、セーヌ川の明りを後にする気にはなれなかった。私はまだパリの巷に取り憑かれるところまではいっていない。あるいはむしろ、取り憑かれすぎたというべきかもしれない。川っぷちで夜を明かそうか、とふと思った。それはいつも考えていたことで、実行するときが今やって来たわけだ。そうすれば明日朝食と夕食にありつくことができる。しかし、川面を渡る風が肌寒くなったので、私はパンと、ソーセージと、ワインの残りをかき集め、ポン‐ヌフの下へ隠れ処を探しに行ったが、一つ目のアーチの先にきれいなところがあったので、そこで一夜を明かすことにし、ワインのコルクを抜いて片肘を突き飲み始めた。

上流から下流にかけて見渡すと、車はまだ行き交っているが、頭上の橋のアーチは揺るぎもしなかった。エンジン音は屋根に降る雨音のように心地よかった。ポン‐ヌフの建設者はアンリ三世だったか四世だったか。ともかく完成までに二十年近くかかった。凝ったアーチが一〇だか二〇だかあって、今でもパリ随一の美しい橋に変りはなく、ナポレオンのオーステルリッツ橋や、レナ橋よりもはるかにいいし、ガイドブックの説明文に、「立派な建造物で、第二帝国にまつわる行事や勝利を記念する陸海軍の戦利品で装飾されている……」とある廃兵院《アンヴァリッド》〔セーヌ川左岸にあり、現在は主として軍事博物館。ナポレオン一世をはじめ多くの軍人の墓がある〕や、アルマ橋や、ソルフェリーノ橋よりも立派だ。うとうとしかけると耳元でしわがれた泣きそうな声がした。

「旦那、ここはわしの寝場所だよ！」

見ればぼろを纏った髭面のいかつい男が肩からカンヴァス製の財布を下げ、キャンプストゥールを手に見下ろしている。後ろには大きな紙のショッピングバッグをもった不恰好な女が立っていた。

「ここはわしの寝場所だってばよ」男はひどいベアルヌ訛で繰り返した。「ここには権利があるだ」

「何の権利があるんだ？」

相手は髭に覆われた口をぽかんと開け、「ギャビー」と年老いた女を振り返って、どもりながら言った。

「そ、そうだよ、な。わしらのば、場所じゃねえけ？」

「んだ、うちらのとこだ」女は口ごもった。

「三人で寝りゃいいじゃないか」と私が言うと、

「プライバシーがあるだろ。それにお前さんは新入りだ。パリジャンでもない。パリジャンかね、ギャビー。まともに喋れもしないじゃないか」

「パリの人じゃないよ」

「あんただってパリジャンじゃないだろう」と私は言った。

「わしがパリジャンじゃないって？　ポン＝ヌフの男とはわしのことだ」

「僕だって今夜はポン＝ヌフの男だよ。がたがた言わないでくれよ、眠るんだから」

「アンリ」女は呟いて男の袖を引っ張った。

二人は二、三〇ヤード先へ移動した。男はキャンプストゥールを下に置き、女はショッピングバッグをまさぐってワインを一本取り出した。しばらくして二人を見やると、彼らは相手の体に腕を回してごそごそやっていた。

夜の明け白む頃に目が覚めると、先ず見えたのはノートルダム寺院のツインタワーだった。それはオルフェール埠頭の上にかかる太陽を背景にくっきり聳え、私の頭上に覆いかぶさってくるようだった。空気は冬の近いことを思わせて肌寒いが、今日もまた天気は良かった。薄緑色の水面を目指してカモメが急降下する。はしけの煙突からは朝食の支度をする煙が立ち上っていた。巷は身じろいで眠りから醒めかけている。そしてパリの、

老いた勤勉な労働者は
眠い目をこすりつつ
道具を手にする　　（ボードレール『パリの憂鬱』より）

私は起きて引船道に降り、水辺に佇ずんで対岸のサン‐ジェルマン‐ロセールをみはるかした。ポン‐ヌフは大きなアーチでシテ島に向けて三百年も歩んできたが、この先も文明が続くかぎり歩み続けるだろう。私はセーヌ川と島を一種の恍惚の思いで眺めた。今朝、私はヴィヨンや、ネルヴァルや、ボードレールのパリ*と、パリがなければ意味をなさなかったに違いない生きざまにどっぷりひたった。戻ってみると二人の浮浪者は巣穴のぼろにくるまって眠っていた。時はまだ優しい秋だ……


その夜、にわかに厳しい寒さが襲って冷たい雨が降りだした。小さなタバコ屋兼カフェのこぼれたビールや、おが屑や、濡れ雑巾のにおいがしみついた比較的暖かい奥まった部屋で野菜スープを飲んでいると、セルゲイ・キリレンコが入ってきた。毛皮の襟がついたオーバーにアストラカン帽というついになく金廻りの良さそうな格好をしていた。彼は腰を下ろすなり金の吸い口がついたタバコを勧め、

「元気がなさそうだな。痩せたじゃないか。文士生活はうまくいってるか?」

「上々だよ。僕は天才だということに気がつき始めたところだ」

「それはよかった。俺も詩が好きでな。穏やかで美しいやつなら何でもいい。ところで、二人にとっていい儲け話があるんだが、興味はないか?」

「また写真か?」

彼は顎の下で手を組み、長いこと考える風にしてから、「時期は春だがね、ちょっと痩せすぎたかな。俺の頭にあるのはちょっと違うんだ。マダム・ゴードノー*という名前を聞いたことはあるか？　ない？　ブランシュ通りで高級な施設を経営している非常にやり手な女なんだがね、一定の年齢の女にエトワルやモンソー公園地区の一流の顧客《きゃく》を斡旋しているわけだ。遊閑マダムや、未亡人や、オールドミスといった連中だな」

「何ていじらしい話だ」

「君はおどけてるが、俺は真面目だ。こういう女ははっきり言って愛に飢えているんだよ。飢えた者同士を結びつけてやりたい、と思ったことはないのか？」

「今迄はなかったな」

キリレンコはにやりと笑った。「まあいい。おたがいよく理解しあっている俺と君の仲だ、早速仕事の話だが、マダム・ゴードノーは君をこうしたレディに健康で清潔で心優しく、信頼のおけるカナダ人として紹介する。加えて俺が個人的に君という人物を保証するわけだ。彼女が高い歩合を払うのは言うまでもない。君の住所を教えてもいいか？　彼女は俺たちが作った葉書を見て感心していた。我々を失望させないでくれよな」

「いくらになるんだ？」

「相手しだいだが、大まかに言って千フランというところだろう。マダムと君が半々だ」

「君は取らないのか？」

彼は笑った。「ほんのちょっぴり、貰うたって雀の涙だ。それじゃ彼女のリストに載せてもいいんだな？　退屈な仕事だと思うだろうけど、詩を書くよりは金になるよ」

彼を見ていると、私はメフィストフェレスとファウストのテーマというか、ヴォートランとルバンプレの奇妙なテーマというかを*最も通俗な言葉とはいえ決して無力でもなければ抵抗できなくもない言葉でもう一度聞かされたような気持になった。住む家もなく、寒さに凍え、すきっ腹を抱えた私は、「それじゃやってみようか」と答えるしかなかった。

彼は顔色一つ変えず、「前金で少し欲しいか？」と訊いた。

「千フランもあれば助かる」

彼はやはり顔色一つ変えず、大きなピンク色の紙幣を二枚差し伸べると腰を上げ、アストラカン帽を深々とかぶって立ち去った。翌日、気送管で郵便が配達されたが、見るとモンマルトルのスラージを名乗って電話をして欲しい旨の依頼に相手の電話番号が添えてあった。電話に出たのは男のだみ声で、「どなたですか？」と訊いた。

「スラージですが」

「ソランジ？　いったい誰かね、その女は？」

「ソランジではありません、スラージです」

「ちょっと待ってください」

五分近く待たされた。受話器を戻そうとしたとき、女のがらがら声が槌のように耳朶を打った。驚いたことに相手の言葉は英語で、アメリカ中西部の訛があった。「どなたですか？」

「スラージです」

「まあ、スラージなの？　それじゃ今夜ブランシュ通り六五番地に来て。先ず顔を見てからだわ」

「マダム・ゴードノーですか？」

それから二週間は静かに過ごして原稿を書いた。……

「そうよ。それでは十時に」と言ったきり電話は切れた。

サルトの店で夕食をたらふく食ったあと、地下鉄でブランシュ広場駅まで乗って所番地の家を見つけた。思ったほど見てくれが不吉でもなく、玄関の上にはピンクの明りがともっていた。呼び鈴に答えたのはディナージャケットに身を包んだ真っ黒な黒人で、彼は玄関口に直立して温情あふれるうたぐりの目でじろりと見た。

「マダム・ゴードノーに会いたいのですが。お約束はしています」

「どなた様でしょうか？」言葉には強いアメリカ訛があった。

「スラージと申します」

途端に相好が崩れ、割れた西瓜からニッと白い歯がこぼれた。「カナダの方ですね？　どうぞお入りください。奥様がお待ち兼ねです。こちらへどうぞ」

私は彼のあとから暗い廊下を通り、分厚い絨緞の敷かれた急な階段を昇った。この家のドアというドアは黄色い薄明かりに縁取られ、建てつけが悪そうだった。しかし、奇妙なことに辺りはしんと静まり返っている。黒人はものも言わず、豹のように足音もたてずに歩く。白檀の強い香りが辺りに立ちこめ、どこからか蓄音機のくぐもった音が響いてくる。もしこれが約束の家だとすれば、十九世紀のその種の小説で読んだとおりだ、と私は思った。モーパッサン風の雰囲気があるのだ。* マダム・ゴードノーの耳障りな声には似つかわしくなかった。

「失礼を顧みず申し上げますが、私の名前はトム・コークです。初めまして」

「初めまして」私たちは握手をした。彼には好意を抱いていた。重量級のボクサーみたいながっちりした体つきだが、暴力団員じみたところは微塵もなかったからだ。彼はノックをし、煌々と照明の点る事務室風の部屋に私を案内した。机の向こうにはブルドッグのような顔をした女が坐っていた。彼女は紫色のカクテルドレスを纒い、髪は赤いポンパドゥール、指や手首は宝石で覆われ、青い小さな抜け目のない目をしていた。肘のところにはジョニー・ウォーカー黒ラベルの角瓶があったが、グラスはなかった。

「時間通りだったわね。帰ってもいいわ、トム」彼はにやっと笑って立ち去った。

「タバコはどう？」といってマダム・ゴードノーは藤紫色のサランボの箱から一本抜きとり私に勧めた。

「頂きます」

「お酒は？」

「遠慮します」

「飲まないの？　それとも気取っているだけ？」

「もちろん飲みます。ブランデーがありましたら頂きます」

「あそこのボックスの中だわ。自分で取って」

私はキャビネットを開け、クールヴォアジェのシングルを注いだ。

「乾杯」と彼女は言って机上の瓶から飲む仕種をした。まだ慎重に見極めようとしている、と私は思った。「それじゃビジネスに取り掛りましょうか？」

「そういたしましょう、マダム・ゴードノー」

「ロロットと呼んでちょうだい。早速お金のことだけど、あなたには一晩千フラン払います。一時間だと四百フランです」

「その中間ではいくらです？」

「中間なんてないのよ。二種類の顧客《きゃく》しかいないんだから。変装は余分に貰うし、あなた自身のコスチュームもうちで貸すわ。あなたに払うのはわたし、ということでいいわね。全てが折半だわ。ショー代は四分の一ということでどう？」

「結構です」

「拘束時間は四時から深夜まで。電報か電話で呼び出すことにするからそのつもりで。連絡場所として三つのバーの名前を教えてちょうだい。いいわね。仕事がなくても週に二千フランは払うわ」

実を言うと一週目には三千フランになった。相手は主としてヒステリックなスペイン系アメリカ人の老女だったが、まんざら魅力がないわけでもなく、口を利きたがらないという更なる美徳さえ備えていた。

それからひと月の間に、性の捕食者としての女についていくつかの奇妙なことを発見した。男と違って、女は夜といわず昼といわず突然の衝動に駆られてセックスを求めたりはしない。マニキュアリストや美容師と同じように、前もって予約するのだ。さらに、男にくらべてはるかに冷血だし見下したような態度をとる。マダム・ゴードノーの家でコトを済ます過程でいささかなりと優しさやユーモアを見せる女に会ったためしはない。彼女らの遣り方は例外なく利己的だった。顧客が私を愛撫するのは喜びを与えるのが目的ではなく、所有欲を満たすためだった。私が愛撫するときにも顔には同じ冷やかで、利己的な、遠い表情があった。これらは多くの男たちが女の体を抱くさいに見せるせいで慣れているに違いない蔑みと親しみの入り交じった男の感情とは違うものだ。女にとっては、それは自己愛の勝利であり、一種の努力を伴わないオナニーである。女が何を考えているかはわからない。大きなベッドと、鏡と、蓄音機（音楽を欲しがる女の何と多いことか）があって、薔薇色の照明が点りフラシ天のカーテンが下がる部屋で、私は名状しがたい神秘的な夢というか、据え置かれた子供や処女時代の夢想というか、が再び生まれるのを助けているのだ、という気がした。私は、ロマンティックな散文作家ならば魂のプライバシーの中でパートナーが長年書き溜めてきたと言ったかもしれない内面小説の主役、または悪党だった。ブランシュ通りの経験は楽しさから程遠いものだった。こうした貪欲な女のために奉仕を続けていれば、私はまもなく破滅したに違いない。何よりも痛かったのは詩が全く書けなくなったことだ。

幸いボブ・マコールマンが十二月にパリに戻ってきた。

それから二週間は静かに過ごして原稿を書いた。……

25

「どうして君はそんなごまかしをやるようになったんだ？」ボブは経緯を知りたがった。「他人の原稿の清書をやっていると聞いたけど」

「アメリカ人の作家がみんな帰国したんだよ」

「モーリーはどうなんだ？」

「ロレットは自分でタイプライターを打っている。とにかく彼らはトロントへ帰った」

「彼が君やグレームやスタンリーのことを書いた作品は見たのか、「ジス・クオーター」に載っているんだけど？」

「「春が来たからには」かい？　あまりいい出来じゃないんじゃないか？　ちょっと嫌らしくてさ、欠点だらけだ」

ボブは久し振りに懐が暖かく、アセス通りの広い家具付アパートをまた借りしていた。私は明くる日マダム・ゴードノーとトム・コークに別れを告げ、彼のアパートに転がり込んだ。

「いなくなるのは残念だわ」と彼女は言った。「顧客《きゃく》受けがとても良かったのに」

「五百フランの貸しがあります」

「そうかしら。何の貸し？」

「最後のショーですよ」

「覚えていないわね。トム、ほんとう？」

「何言ってるんですか。覚えていないはないでしょう」

「聞いてあげて、お金が足りないんだって。どのお顧客だったかしら？」

「まあ、いいですよ。皆によろしく言ってください。それじゃ失礼します」

「そんな別れ方しないでよ。百フランあげるわ。そのうち電話をするわ。木で鼻を括ったような言い方はしないで、いつまたお友達が必要になるかわかりゃしないんだから」

「そのとおり」とトムが言った。「にっこり笑って別れろ、って私はいつも言ってます」

アセス通りの生活は素晴らしかった。何より好きだったのはスチーム暖房である。冬にぬくぬくと暖まり、広い浴槽に何時間も漬かっていられたのはずいぶん昔のことのような気がする。私はまた、ボブがコンタクト・プレス社から出版した全ての本や原稿を読むことで現代文化の糸を手繰りはじめた——なかにはウィリアムの『春と全て』、メアリー・バットの『アッシュ・オヴ・リングズ』*、マースデン・ハートリーの『闇を食う者』、ケン・サトウの『黄色い日本犬』、等があった。こうした独創的な作品に接すると批判する気持を全て中断し、ひたすら読書を楽しんだ。私はかつてバッハの音楽を伴奏にスペンサーを読んだことがある。あのときは音やリズムやシンタックスに心を開き、判断を中止してニュアンスを受け入れ、イメージや母音の饗宴を満喫しながら、一種の官能的な言葉の霧に溺れたものだ。私は昔のようにこころゆくまで食べはじめ、脚が太るさまを見ては喜んだ。しかし、悩みがなくなり暇ができるにつれて、またぞろミセス・クエイルの追憶につきまとわれ、夜といわず昼といわず彼女を夢見た。

「君はビル・ウィリアムズの詩を本当はどう思っているんだ?」とボブが訊いた。「時々つまらないような気がするんだよ、いい奴なんだけど」

「日本語みたいに単調な文体が嫌いだな」

「わかるよ。キーツみたいなくだらないものが好きだからな。美にどっぷりつかったものなら何でもいいわけだ。だけど、ビルはすげえ技巧を一つもっていて、イメージや言わんとするところを五行で伝えることができるんだな」

「しかし、イメージも言わんとするところも何時《いつ》だって同じじゃないか、ちょっとした否定的なものでさ」

「彼の言うことはいつもバシッと当たっているよ」

「蝿叩きみたいにか?」

「イマジズムは嫌いらしいな」

「安易で、ナイーヴで、感傷的で、子供っぽすぎるからな。しかし、詩は恐らく手押し車やヒヨコみたいな二次元の世界に戻る必要がある。イメージを絶対的なものとしてそこに留まらない限りはな。たとえ留まっても社会批評詩よりはましだ」

「糞食えだ。詩の材料は怒りと絶望と歴史だけだ。思想は詩にふさわしくない。詩人が何を考えようが問題とするに足らん。詩人は叫んでりゃいいんだ」

ボブは大声で叫んでいるような長大な詩を書いていた。それは挫折と苦悩と欲望と下品な行為に満ちた愛の詩だったが感動的な内容で、言葉の猥褻性にも驚くべきものがあった。例によって彼には表題の才というべきものがあり、これの表題も「答えにはノーを」といったが、彼はカタログや百科事典から好きな散文を抜粋して継ぎはぎし、詩文風に作り直して書き足す、ということをやる。

「多様性が出てくるんだよ」と彼は言った。「読者に息を継いでちょっと見回すゆとりを与えるんだな。継ぎ足した箇所が退屈だなんて言わないでくれ。そりゃあ退屈だろうさ！　だから自分が書くことはしない。だってそうだろ、自然を改良するわけにはいかないんだからね、君」

文学的コラージュという考え方はあってもいいが、実際問題として効果は満足のいくものではなかった。抜粋箇所は趣味が悪くて索然たる思いがするし、所期の効果は出ていない、と思った。そう言ってやると彼は却って喜び、

「狙いどおりだ」と言った。「この詩はありのままの人生を描くつもりなんで、わざと嫌味な書き方をしている箇所が所どころにある。ひどいところはほんとにくだらん。こんなにひどい詩はない、と思うだろ？　君に献上するつもりだがね」

ある日彼は、ジェイムズ・ジョイスに会いに行こうと言い出した。「独りぼっちでさ、近いうちに目の手術だかをやることになっているらしいんで、あまり元気がないんだ。連れてきたい奴がいたら誰でもいいから連れてこい、と言っていた。一緒に飲もう。ノラがいないから絶好のチャンスだよ」

彼は丹念に髭を剃り、ワイシャツに全然合わないダークグレーのスーツを着ると、ちょっと擦り切れた幅タイを締めた。

タクシーを飛ばしながら、ボブは、ジョイスの作品については何も訊くな、ともう一度念を押した。「それから、何をしても構わないけど、『進行中の作品』*に何という題をつけるかは訊かないでくれ。題

名を言ったら最後、完成できないんじゃないかと気に病んでいるのでね」

「とにかく皆目見当《かいもく》もつかないよ」

「その言葉が好きだから機会があったらそう言ってやるんだな」

「君自身はどう思っているんだ？」

「彼がいい作品だと思えばいい作品だ」

この言葉を彼が吐くとは考えられなかった。私はこれまで彼が現代作家は言うに及ばず、ミルトン、スペンサー、ダン、ワーズワース、サッカレー、コンラッド、メレディス、の面々を（二、三ページしか読まなかったが、質を判断するにはそれで十分だ、と彼は言った）十把一絡げに切って捨てるさまを見てきた。だからこうして文句一つ言わずにジョイスを受け入れたことに驚いたのである。彼の熱意は共有できなかった。『若き日の芸術家の肖像』と、『ユリシーズ』は空んじることができるほどよく知っているし、両作品は今世紀最大のイギリス散文の傑作だと思っている。しかし、それぞれに欠点があることもわかっていた。また、最初の二章を「トランジション」誌上で読んだ彼の『進行中の作品』は、フローベールが『ブヴァールとペキュシェ』*や、『公認思想辞典』*でとったのと同じ方向をとり、混沌とした断片になった。これは恐らくこうした特殊化の巨匠にとって歩むべき唯一の道だった。彼らは己の媒体を自家薬籠中の物とした結果、まっすぐ突き進んで言葉と印象の世界を解体するしかなかった。ほかに取るべき手段があっただろうか？　私はフローベールのいまいましい韻文を思い出し、旋律的に弱い、ケルト語のたそがれに溺れた、アップルグリーンのカバーが掛かったジョイスの『ポームズ・ペニーチ』に思いを致す。よくもまあこんないくじのない、感傷的な詩を世に問う気になったものだ。二人は詩人であったが天職を間違え、今は思想をいじくりまわしているに過ぎない。齢《よわい》五十を過ぎて、二人の偉大な芸術家に残っていたのは涙と、癇癪と、高笑いと、たぐい稀な技巧だった。しかし、タクシーがグレネル通りにさしかかったときには、私はフローベールに会いに行きでもするかのようにわくわくしていた。

ジョイスのアパートの階段の踊り場でボブはネクタイを神経質に直し、それからドアをノックした。汚れたエプロン姿のメイドが仄暗い電灯の点る部屋に私たちを通すと、赤く燃える暖炉のかたわらから低い声が響き、「マコールマン君か？　入りたまえ」と聞こえた。ほっそりと優雅な曲がった人影が立ち上がって、私たちのほうへ揺れ動く。「よく来てくれた。君が連れてきたのはこの人かな？」

彼とボブが互いの友人について話している間、玉葱と家具磨きの家庭的なにおいがした。仄暗い明りで、家族の肖像だとボブの言っていた写真がずらりと壁面に並んでいるのが見えた。マントルピースの上にあるのがジョイスの父だとわかったが、堂々たる恰幅の人物で、サイモン・ディーダラス*の父親らしいところは全くなかった。このいかめしい老紳士がダブリンのオーモンド・ホテルで夏の午後にキャッチを歌う図は想像もつかなかった。

「いいワインがあるよ」とジョイスが言った。「君の右手だ、マコールマン」

部屋は暗いから何も見えない、とボブは言い、照明を明るくしてもいいかと訊いた。

明るくなるとジョイスの姿がようやく見えた。ポーズを取った肖像並に立派に見えた。しかし、ねじれた薄い口は切れ目ほどにしか見えず、いかにも酒好きな鼻は赤い色をしたコルクか何かのようにあばただらけだ。小さな顎髭は気取った感じで、場違いに見えた。分厚い眼鏡の奥の目はほとんど見えない。スナップ写真に写った成り上がり者風の皮肉っぽい風情は跡形もなかった。要するに彼は控え目で、魅力的で、品がよく、音楽的な声をしていた。服のよく似合う体つきで、脚は非常に細かったが、服の裁断はきわめて悪かった。

冷やしたワインは並みのニールシュタイナーだったがアルコール分が少なく、辛口で、香りが豊かだった。ジョイスは飲みっぷりが良かった。

「私は大作に取り掛っているところだが、まもなくミスター・ジョラスの小さな雑誌に一部が載るでしょう。まだあれに好意的かな、マコールマン君？」

椅子に坐っていたボブは顔を向けた。「大したものとしか言いようがありません。モリー・ブルームの意識の流れるような特徴は素晴らしい。ヴァラエティが出てきましたね。あなたがやっている言葉の分解は実に見事だと思います。二、三年もたてば言葉なんて古くなって、英語で書物を著すことは誰にもできなくなりますよ」

ジョイスは謙遜して肩をすくめ、「いや、そんなことはない」と言った。

「くだらん。俺は理解したようなふりはまだしないな。この青年だってそんなことはしないさ」

ジョイスは丁寧に私のほうへ顔を向け、眉を上げて見せた。

私はパニックに襲われ、モリー・ブルームよりも『ユリシーズ』の酒場のシーンの独白に似ている、と口籠りながら言った。「パブの中で同時に喋っている大勢の人に耳を傾けている感じですよ、言葉の内容はわかりませんが」

「嬉しいことを言ってくれるねえ」彼は微笑を浮かべながら言った。「すると君は酒場のシーンが好きなんですね？」

『ユリシーズ』のバーニー・ケーナンのシーンに言及しているものと思い、私はそこが好きな箇所で、名もない話し手に勝手にベゴブという名前をつけた、と言ってから好奇心が抑えられなくなって、「マッキントッシュだったんですか？」と訊いた。

ジョイスが素早く私に視線を向けたので間違っていたとわかった。彼は『進行中の作品』の一章に触れていたのである。

「いや、マッキントッシュではありません」彼は無愛想な言い方をした。「ベゴブとはなかなかいい名前です。ベゴブはもちろん葬儀には出席していません」

一本目のワインが空になる頃にはジョイスは上機嫌で語呂合わせを話題にし、語呂合わせはユーモアの最高の形式で、わずかの差で頭語転換が二番目にくる、と言った。中世の学者の集まりは語呂合わせや、語句の綴り換えや、レオ詩体詩などの一大祭典だった。

「それはあまり面白そうでもありませんね」とボブが言った。

「それが面白かったんだよ、マコールマン君。当時の学者にはまたとない娯楽だった。政治や宗教は危険な話題だったし、スポーツはまだ発明されていない。学者は全てある種の聖職者とあって、みだらなことを話題にするわけにもいかなかったのでね」

「とんでもない。当時の学校教師はのべつセックスを話題にしたり書いたりしているじゃないですか」

「いや、違う。当時学者の社会的地位は非常に低く、学をてらう家庭教師だった」

「教師という職業は廃止すべきだ」ボブはそう言ってグラスを空けた。

ジョイスは物思わしげにワインをすすっていた。彼は猫のように上唇だけをなめる。「そうだな、教師は警察官のように不必要な悪だ」

「一種の蛭というかな」とボブ。

当たっていそうだ。しかし、教師は生徒より自分自身に害を及ぼしているよ。若い人たちは何時《いつ》だっ

「どうして君はそんなごまかしを……

て自分の面倒ぐらい見ることができる、ということは誰でも知っている。一生子供たちのなかにいるという恐るべき傾向から守られねばならないのは憐れな教師自身なんだ。犠牲者は成長することを拒まれている教師なのだ。大きな子供でなかった教師なんて知り合いの中にいたためしがあるか？」と言って彼は私に顔を向けた。

「いいえ」

「教室をつまらないものにするのが教師の十字架というやつだ」彼は悲しげな顔を装いながら言った。「ガリヴァーみたいなもので、*教師はこびとの国でなければ巨人の国にいる、と相場が決まっている。しかし、どちらにしても自分が選んだわけで、誰かに強制されたのではない」

「姉のヴィクトリアはロサンゼルスで教師をやっているけど」とボブは言った。「彼女は教えるのが好きなんだ。だけど女だからな」

「女にとってはとても立派な職業だよ」とジョイスは言った。「看護婦や尼みたいなものでね――しかし、男に向いた職業ではないな、看護夫や修道士がかわいそうに見えたりすることからもわかるが」

「修道士と男の看護士を同類と見ているんですね？　僕もそう思います、男のくせにスカートをはいてますからね。牧師にも当てはまりますか？」

ジョイスは口を曲げて笑った。「一部の者には当てはまると思う。しかし、牧師には権力もある。どうして宗教の話になったかな。マコールマン君、君の術《て》に乗せられてまたお喋りをするはめになったね」

「ウィスキーはありませんか？」

それから一時間と経たぬうちに二人は気持ちよく酔い――私も飲むより耳を傾けるうちに程よく酔

った。最後にジョイスがイギリスの小説家リチャードソン*を完膚無きまでに扱き下ろしたことを除けば、話の内容はほとんど覚えていない。「蜘蛛だよ」と彼は言った。「無情で、冷酷で、惨めな蜘蛛だ。『クラリッサ*』という小説の間違いはプロットではない、テーマそのものにある。彼女とラヴレス*は最大級の馬鹿でね、やれ処女性がどうしたのこうしたのと死ぬまで騒ぎ立て、遺言を巡る争いに至っては留まるところを知らなかった——しかし彼らはもう生きてはいない。何千ページにも亙る作品の中で、今に残るものは争いを継続させる惨めな知性を除けば何一つない。こうした冷酷かつ残虐な色欲の情景を考案するのはアングロサクソン民族の知性だ。あるときはあざけり、またあるときは復讐心に燃えるが、常に人を苦しめることに入れ上げ、阿鼻叫喚の地獄絵図にほくそ笑む。あの男はちょっと狂っている、と私は本気で考えているよ」

　私は読んだこともないリチャードソンに関する独創的な見方に感銘を受けた。「彼はアングロサクソン人だとおっしゃるんですか？　しかし、フランスでは人気がありますね」と私は言った。

「うん、フランス人は乙女の迫害が昔から好きだからね。彼らはディドロ*に始まってサド*からフローベール、さらに下って、ほとんど読むに耐えないような遣り方で祖母を殺したプルースト*に至るまで、憐れな女をのべつ殺している。フローベールは偉大だったが、女をいじめることにかけては右に出る者はなかった。エマ・ボヴァリー*の死に冷ややかな目を向けたことはあるかね？」

　その描写が生々しいことには私も同意した。

「そうだ。しかし、なぜそうなのか、理由を考えてみたことはあるかね？」彼は私たちをじろりと見た。「どうしてあのかわいそうな女性は選《よ》りに選って砒素を使ったのか、といつも不思議に思ったものだ。医者の妻として、ある程度本を読んだ女としても、砒素の効果は知っていたに違いない。二、三オンスの阿片でも目的は達せられたろうし、阿片はどこででも手に入れることができたと思うんだがね。しかし、砒素でなければならなかった。そうでなければ、吐き気も痙攣も起こらないし、髪を逆立たせるような反キリスト教徒的苦悩を描いて読者を啓発することもできなかったわけだ。エマにとっては悪い結末というか、終り方としては弱いと言うべきだ。道理に叶っていないし、砒素を使うのがばかげているということに誰も気がつかなかったとは不思議だねえ」

帰る道すがら、私は、ジョイスがこれほど独創的な批評家だとは思わなかった、とボブに言った。すると彼は、

「文章には出ていないけど、あれはアイルランド人がもともともっている傾向だよ。残念ながら言葉の分析に深入りしすぎた嫌いはあるがね」と答えた。

金をたんまりもっているので、ボブはまたパーティーを開き始めたが、それは二日か三日続くこともしばしばだった。

「今夜はブラックバードの連中をみんな呼んじゃうぞ*」ある日の午後彼は私に言った。「スコッチを二、三ケース用意する——それから女の子や女みたいな奴らのためにサイフォンもな。欠き氷もバケツで二、三杯注文しろ」

「ジンやブランデーはどうするんだ?」

「面倒だ。黒人の奴らがスコッチは飲めねえなんて言ったら帰えりゃいいんだよ。連中のショーを見たか?　きっとくだらねえに違いねえんだ」

「見ないでどうしてそんなことが言えるんだ?」

「見る必要なんてありやしねえよ。黒人はいつだって黒い顔をしてるけど、仕方がないんだよな。人間はみんな集まって人間愛だか芸術だかなんだか知らないけど、くだらねえものを基盤にすれば仲良しになれる、とか何とか思ってるけど、そんなことできるものかってんだ。アライグマや中国人をつかまえて人間を相手にでもするように喋れるか？　だったらなぜ喋れるようなふりをするんだ？　貴族は炭坑夫と話ができるか？　できんという事実を直視しようじゃないか。階級と皮膚の色の障壁を破壊するには共産主義しかない。みんなから金を巻き上げて、ごちゃ混ぜにして、二十年間互いにセックスをし合う。人種問題の解決策はそれしかないんだ。その一方で自分を取り戻してな、黒人におべっかを使ったり使われたりはしないことだ」

パーティーはゆっくり始まった。幸いフローレンス・ミルズは品位を失うまえに帰ったし、ジャズ好きのリップス・ジョンソンとくねくねヒップス・タッカーは本性を表わしはじめた。深夜を過ぎると人数もしだいに増えてきた。誰も帰らないからアパートは立錐の余地もない。私はふくよかなピカビアの顎や、てかてかしたアレン・テートの額や、カミングズの突き出た顎、ナンシー・クナードの仮面の優雅な彩り、マルセル・デュシャンの修道士みたいに落ち着いた顔を覚えている。片隅ではシリル・コノリーがパリの売春婦の魅力を語るドイツ人の口調を真似て、小さなグループを笑わせていた。「ココート〔高級売春婦〕は……信じられないほど魅力的で——エキゾチックで……」マントルピースのかたわらでは例によって悲しげな顔をした藤田が美しい崇拝者に囲まれて喋っていた。ひときわ耳障りだったのはオウムよろしくしわがれた金切り声を上げるキキだった。彼女はひどく太っていたが相変わらず美しく、太腿をさらけ出し、恥毛がないのはパリ広しといえどもわたしだけだ、といつものように自慢していた。瓶を開けにキチンに行くと、象みたいに大きな図体をしたフォード・マドックス・フォードが、

ほとんど聞こえないようなかぼそい声でトーマス・ハーディについて、

「この半世紀ではイギリスで最も偉大な作家です」とぜいぜい喉を鳴らしながらナーワルに言っていた。「もちろん、私の友人のコンラッドは別格ですがね」

「あなたの意見に全面的に賛成というわけにはいきませんね」ナーワルはなだめるような鼻にかかった声で言った。「両方とも読んでいますが、内容がちょっと悲しすぎるような気がするんですよ。不幸な結末はあまり好きじゃない。かといってハッピーエンドのほうが好きなわけでもありませんがね。そもそも小説には結末が必要なのか、とつい考えちゃうんですよ」

「あなたの言うことには大きな真実があるかもしれません」フォードは八字髭を撫でながら囁き声で言った。「しかし、小説がだらだらつづいて終らないのは実際的ではありません」

「問題を提起することにはなると思うんですよ」ナーワルは眼鏡をかけ直しながら言った。「私は文学者ではありませんが、未完のまま終るか、いわば始まりの感覚を繰り返しながら終る小説にはある程度のメリットがあると思いますね。つまり、直線的な構成よりもむしろ一種の不連続、または循環的な構成にするわけです」

「それじゃ大傑作ですな」

「それでは反対します。私の言ったことはなかったことにしてください」

「同時に退屈でもあるでしょう。しかし私は文学の場合必ずしも退屈な作品に反対はしません。退屈なものにはそれなりの価値があります。アーノルド・ベネットやコンプトン・マッケンジーがいい例ですよ」

「そう言っていただければ嬉しいですな」

「しかし、彼らの退屈さには偉大性がない。その点、例えばディケンズには、数ある優れた特技のなかでも実に壮大な規模の退屈さがあります。彼はミスター・ペゴティ*とスティーヴン・ブラックプール*という、イギリス文学きっての退屈男を少なくとも二人創造しています。ディケンズについては全てそうですが、彼らの退屈さは桁外れで、神話的と言うべきものです。彼らの横に並べれば、ジャン・バルジャン*やランバート・ストレザー*などは全く取るに足りません」

熱気と騒音で頭痛がしはじめた。私は寝室へ行ってベッドに横たわった。しばらくの間、片隅に坐る瀟洒な服装の青年には気がつかなかった。髪をきちんと分けた彼はやつれて顔面蒼白、頭を抱え込んでいた。

「疲れたのか？」彼は顔を上げて訊いた。「すまん、招待者だったね。わるいけど放っといてくれないか」

「疲れちゃいない、飲みすぎただけだ」

「これを嗅いでみな」と言って彼は鍍金された小瓶を差し伸べた。「只のエーテルだよ」

効果は覿面《てきめん》だった。頭痛は魔法のように消え、たちまち気分が治って元気が出た。

「どこで手に入るんだ？」

彼は蓋を閉めて仕舞った。「君は若いから常習的に使うのはよしたほうがいい。ところで君は「ジス・クオーター」に自叙伝みたいなものを書いた人じゃないのか？　十二部ほど買いたいんだけど、どこで買えばいいか教えてくれないか」

私はエセル・ムアヘッドの住所を言いかけたが、彼は差し止めて小切手帳を取り出した。「金を払うから送ってほしいんだけど、いいか？」

「だけど千フランじゃ多すぎるよ」

「注文料と、郵送料と、手数料に君の手間賃だ」彼は手を振りながら言った。「黙って取ってくれよ。僕は詩を書いているけど、雑誌を出そうかと思っているんだ」

「『ジス・クオーター』を引き継げばいいじゃないか。タイタスは適当な相手を探しているらしいから」

「一から始めるつもりなんだよ。僕も出版社をもっているのでね。君の作品を見せてくれないか。長さはどれぐらいになるんだ？」

「わからない。まだ書いているんだよ」

きつい顔の小綺麗な女がドアごしに顔を覗かせ、「ジミー、そろそろ戻ってよ」と声をかけた。

「それじゃまた」と言ってジミーは腰を上げると部屋を出た。

私は顔を洗ってパーティー会場に戻り、「誰だ彼は？」と、エーテルの男を顎でしゃくりながらボブに訊いた。

「文化事業に参入したがっている若い金袋だ。名前はカーターというんだが、月の人間*と自称している」

「彼から千フランの小切手を貰ったよ」

「糞ったれめ！　倍にしろと言ってやれ。何の金だ？」

「『ジス・クオーター』を十二冊よこせとさ」

「見せろよ。これを見てみろ」

署名の横に子供っぽい三日月の絵が描かれ、片目と鉤鼻が添えてあった。*

「あいつは誇大妄想なんだよ」とボブは言った。

「いい奴だと思ったけどな」

「馬鹿なんだ。黒人を従えたあの古蝙蝠《こうもり》は誰だい？」ボブは私が電話でパーティーに招んだマダム・ゴードノーとトム・コークを指差した。「売春宿の経営者風だけどな」

「当たっているよ。紹介してやろう」

「紹介ぐらい自分でするさ、なにも形式張ることはない」

彼はそう言うと気取った足取りで歩み去った。そのとき私はミセス・クエイルの姿を見かけ、心臓がでんぐり返った。黒い猿の毛皮が付いた短いジャケットにきらきら輝く大きな瞳が透けて見えるハーフヴェールつきの小さな帽子をかぶった彼女は、かつてないほど美しかった。彼女はドアのかたわらに佇ずみ、私に背を向けて両肩に腕を回す大柄な男と話していたが、男が振り返ったときショウガ色の長い口髭が見えた。

「何て嫌味なやつらだ、オナー」と彼は言った。「帰ろう。穢らしいったらない」

「しばらく振りですね、ミセス・クエイル」と私は言った。「お友達には会ったことがないようですが、紹介していただけますか？」

「やあ、また会ったな」と彼は言った。

「あら、しばらく。ヘクター・マックスウィーンを紹介するわ」

私たちは微笑を浮かべながら頭を下げたが、握手はしなかった。生きた人間にあれほど激しい嫌悪感を覚えたことはなかった。相手も同じ感情を抱いたようだった。

「飲み物を何かお持ちしましょう、ミセス・クエイル」

「ジンを頂くわ。それからジンジャーエールを少しと氷を」

「スコッチしかないと思いますが。別のものに替えてくれませんか？」

「かまわないわ。スコッチの水割りに氷を入れてください。ヘクター、同じものを量を少しでいいかしら？」

「ああいいよ。氷は要らない。待てよ、ウィスキーの銘柄は何だったたっけ？」

「デュアーです」

「結構です。しかし、氷なしで頼む」

私は二人に飲み物を運んだ。頭は愛と嫉妬で混乱していた。マックスィーンの手は戯れとも保護するともつかない遣り方で、またぞろ彼女の肩に回されていた。私はほんのしばらく佇んで彼女を見つめてから立ち去った。私にとってパーティーは台無しだった。もう一度エーテルを嗅ぎたい一心でジミー・カーターを探したが、彼の姿はなかった。マダム・ゴードノーがやって来て私の頬にキスをした。

「おめでとう」と彼女は言った。「すてきなレイアウトじゃない。カーテンだってカーペットだって、何もかも申し分ないわ。スマートな人が大勢来たし、上出来だわ」

「ありがとう、ロロット。六十五番地では景気はどうなんだい？」

「まあまあというところね。あなたも知っているだろうけど、上がったり下がったりだわよ」と言って彼女は笑った。

「そのうち戻ってくだせぇよ」とトム・コークは言った。

ブラックバードが歌や踊りでパーティーを取り仕切りはじめた。くねくねヒップスは狂ったように踊り出した。皆が手拍子を打ちながら体を揺さぶる。キキはとうとう服を脱いだ。あちこちで小さく固まっては芸術論に口角泡を飛ばしている。どうやらパーティーは成功だったらしい。やがて部屋の片隅でマックスィーンの滑稽な口髭がミセス・クエイルの首筋に触れた。私はそのとき、彼女が気持よさそうに目を閉じたのを見逃さなかった。その光景に刺し貫ぬかれ、私はその瞬間絶望の深い淵に引きずり込まれたような気がした。だしぬけにどこまで惚れているかがわかって、もうどうなろうと構わない、と思った。野心も友情も文学も、私の精神的肉体的存在も重要ではなくなった。全ては部屋の片隅に佇むあのばかげた女への情熱に吸い込まれてしまった。

私はすでに飲みすぎ、肩甲骨の間から冷たい汗がにじみ出るのを感じていた。寝室に入って窓を開け、冷たい空気をもとめて小さなバルコニーに出た。霜の気配のする夜空を見つめていると後ろから名前を呼ぶ声がし、次の瞬間ミセス・クエイルの腕が首に巻きついた。目は小さなヴェールの奥でほとんど見えなかった。

「あなたを心から愛しているわ」と彼女は言った。

ボブとミスター・マックスィーンが入ってきたのは五分後だった。

明くる朝、私はガリレ通りで生涯最悪の二日酔いと、ボブを相手に言い争って別れ、それからミセス・クエイルに挑発されてヘクター・マックスィーンと殴り合いの喧嘩をした記憶が蘇った。私は少なくとも二度ノックダウンされて目が黒ずんだが、夜の明け白む頃にミセス・クエイルを愛そうと焦って果たせなかった苦い記憶も蘇った。

無分別に男の欲情をそそり、促すようなところが彼女にはあった。ほかの女に比べ、大立ち回りに生きがいを感じるようなところがあるのも事実だった。しかし、あの朝は私が前夜の情熱の受け手というより発動者で、全ての責任は私にあった。何か月にも及ぶ恥ずべき病い、退屈、貧困、売春、並びに他人に依存する生活は、私に五分ほどかつてなかった行動を取らせた。暴力を奮うという、これまで予測もしなかった自分の性格の新たな側面には呆れかえった……馴染みのないベッドで目を覚ますと重い革のカーテンごしに仄暗い光が差し込んでいる。たっぷり一分の間、私は暗闇に降りていくようだった。耐え難い悔恨と恥の深淵に降り立って自分が誰だかわからず、しばらくは足を床に下ろして上体を伸ばすこともできなかった。ジンの入ったタンブラーとアスピリンの小瓶がベッド脇のテーブルに載っている。私は感謝の気持でいっぱいになった。何とすてきな情婦だろう！　十五分後には元気になった。私は彼女の部屋に行ってドアを叩いた。

「駄目、ドアは鍵が締まっているわ。トイレに入っているの」

「待てない、愛で燃えているんだ」

「ジンでも飲んで、呼び鈴を鳴らすから」

二、三分もたつとチリンチリンとハンドベルの音が聞こえた。その後の何か月か、わくわくしながらよく聞くことになったこの信号は、私を美と暖かさのイメージにいざなった。彼女の寝室に足を踏み入れながら、私は薔薇の色と、革と麝香の香りに包まれた。大きなベッドのなかではとても小さく見える私の情婦は、むき出しの腕を差し伸べた。私はその腕に鹿のように飛び込んだ……

26

恐ろしい病院の中で、私は今でも二年前の楽しい帰郷の旅を思い出す。退屈と、苦痛と、恐怖と、酒のない生活を送っていた当時の私にとって、二年は長い歳月だった。私がいま体験している果てしない日夜を楽しいものにするのは帰郷途上の思い出である。この先生き延びるにしても、ガリレ通りで享受した愛の生活を二度と体験することがあるだろうか、と自問し続けた。あの経験は美しすぎて、一生のうちに何度も起こるとは考えられない。しかし、私はまだ二十二の若さだ。いくら人生が短いといっても、しばらくは生きていられるだろう。肋骨切断で背中が醜く変形し、片方の肩がもう一方より二インチも下がったけれど、ほかの箇所はおおむね以前と同じだ。とりわけ気力には全く変わりがない。ということは何も学ばず、何も忘れず、以前と同じ欲求をもって放蕩生活に戻ることを意味する――けれどもその一方で、放蕩するにしても今度はいくらか用心深く、恋に陥るとすれば程々に、と我と我が身に約束した。

自然哲学者や賢人のなかには、人はこれまでやって来たことを繰り返すものだ、と言う者がいる。しかし私は彼らの言葉を正しいとは思わない。なるほど人の振る舞いは同じ型をなぞるだろうが、二度目には向こう見ずにもいくらかブレーキがかかるはずだ。これはピープスやルソーのような偉大な官能主義者や、カサノヴァやフランク・ハリスのような大悪漢の思い出の記に示されていることである。彼らの思い出のような作品があまり書かれないのは残念なことだ。こうした書物は私たちの知るかぎり個人生活の最上の記録だ。私たち自身の生活がどの程度もって生れた性質に拠っているか、先人の模範を逸脱すればどんな罰や報いがあるか、模範を変える努力ははたして可能か、そしてまた、努力をすべきか否か、などについて指針をあたえてくれるのがこうした生活記録である。人が自分について書くことは全て役に立つ。私は若いけれども、広く本を読み自由な生活をしてきたせいで、行動の最上の規範は理性ではなく衝動だ、と固く信じている。もちろん、来週行なわれる手術で死ぬとすれば、私は間違っていたことになるだろう。しかし、たとえ生き延びたとしても何の証明にもならない。なぜかといって、死ぬまでは何事も証明されないのが人間というものだからだ。

　今度の手術を気に病んでいることは認めよう。死の恐怖が私を悩ませる＊（ティモール・モルティス・コントゥラバット）。アーチボルド博士は、生き延びる可能性はあると請け合っている。しかし、病院長は万が一を考えて遺言を書いておけ、と言葉巧みに勧めた。

　幸い、私には衣類と本と原稿以外に遺すものは何もないし——遺したところで無価値なものばかりだ。しかし、死に直面する者の義務として、遺したものは整理しておきたいという気持が証人の署名入りで遺言を書かせた。その中で私は、思い出が書かれた六冊のメモ帳を含め、全てのものをグレームに遺贈した。そうと聞いてグレームは感激した。

　「君の本の残りの四分の三はもちろん読んでいないけど、すごく面白いに違いない」と彼は言った。

「服はかなり手直ししなければ着られないだろうが、実を言うとぼろぼろだから、相続税の対象にはならないな」

「君には何も残してやれそうにないよ」

「一緒に過ごした何年もの歳月の思い出があるじゃないか。三台のタクシーでモントリオールを後にした思い出とか、ブローカ通りの春や、ルクセンブルクを散歩した思い出や、ドンジベル号の船室の寝棚で見た月の明りなんかもある」

「君はスタンリーを忘れているぞ」

「彼女はあまり問題じゃないよ」と彼は言った。

「僕も困窮カナダ人として君と一緒に帰国すべきだった」

「しかし君には帰国する気がなかった。パリに恋していたし、絶対に素晴らしい町だと思い込んでいたからな。ところがそうではなかった。君は夢に恋していたんだよ」

彼の言うとおりだと思った。パリにあるものは全て優れているし美しい、という実人生にはどこにもない夢だ。モンパルナスとそこに住む人々がそれに限りなく近かった。しかし、世界中のどこの都市や社会も、あの当時のパリでさえ、私が抱いた捉えどころのない夢を実現することはできなかった。モンパルナスの夕暮れどきの青紫色の明りや、さんさんと陽光の降る昼どきの晴れた空は、今にして思えば牧歌的な舞台で、あんな自由や、浮き浮きした気分や、仲間意識はいくら満喫しても飽き足らなかった。あれはすでに過ぎ去ったこと、二度と味わうことはない。こうしてこの世に別れを告げると思えば、ミセス・クエイルへの慕情はいやがうえにも募った。

その後彼女のベッドは愛の闘技場、ヴィクトル・ユーゴーの言葉を借りれば崇高な戦闘の場と化した。それが私の体力と健康に及ぼす負担に気づいてさえいれば、私は戦闘の崇高性をいくぶん減じたに違いない。ここで私は、全ての若者に向かって色情狂の女には気をつけろと言っておきたい。こうした美しいスックブス〔睡眠中の男と情交をするといわれる魔女〕は中世の牧師が考えたように今なお危険で、彼女らの微笑は男を誘惑して永遠の死に至らしめ、腰は男を半年とたたぬうちに納骨堂に納める。過度に酒を飲み、徹夜をし、空きっ腹を抱えて歩き回り、詩を書き、タバコを吸い、麻薬を服み、若さにかまけて絶望の淵をさまようなど、何をしても構わないが女の腕に抱かれて生命力を浪費することだけはやるな。

これは一九二九年の冬に私が知らなかったことである。ミセス・クエイルと同棲を始めてからというもの、私は友人や仲間とは一切会わず、ガリレ通りの子宮のようなアパートの、香水を振りまいた牢獄のなかで暮していたから忠告をしてくれる者はいなかった。情婦と連れ立って出かける先は、エトワル地区のむさ苦しいレストランか劇場と決まっていた。モンパルナスには二度を足を向けなかった。

ボーゼジュール大通り沿いに住んでいた頃によく似た生活だったが、それに無制限のアルコールと女づきあいが加わった。私はときおりヴィーナスの色香に迷ってヴェーヌスベルクの岩屋に滞在したタンホイザー*にでもなったような気がした。しかし私は地上世界に戻りたいとは思わなかった。言い寄ろうにも相手のエリザベス、常識の光に跪かせてくれるエリザベスはいないし、枯れたオリーヴの木の杖という寓意は思いつかなかった。

ミセス・クエイルの嫉妬でさえ抗議もせずに受け入れた。公衆の面前で私が女に視線を向けるたび、彼女は怒った顔をして見せる。私が何か書こうとすると、彼女はあざ笑って、「あなたは詩人になんかなれっこないわ」と言うのだった。

この宣告には苛立ちを覚えたが、繰り返されたため悲しいかな真実の色合を帯びた。私は肌身はなさず持ち歩いたメモ帳を見ることさえなくなった。実を言うと、それを大きな茶封筒に入れて封をし、文学的野心もろともトランクの底に押し込むとほっとしたのである。ものを書きたいという欲求は一種の疼きというか、マギル大学で罹った病気みたいなもので、反抗期の一つの症状に過ぎない。私は真剣味や何かに打ち込む熱意に欠け、虚栄心だけでものを書こうとしたのだ、と思い込むようになった。私にとって文学は自己主張の手段であり、家を離れるための弁解であり、怠惰の口実に過ぎなかった。実際には言うべきことが何もなかったのだ。

言うまでもなく今は違う。私がこの本を書きつづけているのは最善の理由があるからだ。それは私が健康で意気盛んだったあの頃の輝きをいくらか再現したいためだ。なぜかといってあの輝きはその後の長くわびしい日々に彩りを添える、と思うからである。書いていると、私はこの醜いアップルグリーンの部屋からしばし逃れ、縫いあわせた肋骨の痛みや、死の恐怖を忘れることができる。毎日割り当てのページを埋めるたび、私には達成感というか、わずかに残された命ある時間を無駄にはしなかった、という思いが湧いてくる。アーチボルド博士は私の勤勉さを褒めて、「何章目を書いているのかね？」と訊いたり、「昨日は捗ったようだね、顔色がいいからわかるんだよ」と言ったりする。看護婦もベッド脇のテーブルの下に積み重なるメモ帳の数の増加に目を瞠って囀る。私は波を蹴立てる快速帆船のようにタイプライターを叩き続ける。はたして手術前に書き終えることができるか。それだけが心配の種だ。何しろあと二章残っているのだ。

もし誰かがメモ帳を処分すれば私は烈火のごとく怒るだろう。メモ帳に抱く私の感情はガリレ通りでトランクに仕舞っていた詩の書き損じや、芝居や、短編小説などへのそれと違って、石臼のように首にぶら下がっている。ある日メモ帳がなくなっていることに気がついた。

「みんな読んで燃しちゃったわ。取っておくなんてあなたらしくないもの」とミセス・クエイルは言った。

喪失感よりも高飛車な彼女の態度に腹が立った。

「わたしは時々やるんだけど、古い持ち物はきれいに整理して一緒にどこか暖かいところへ旅行をしようかと思ったのよ。パリの冬は長すぎるわ」

「どこへ行くんだ？」

「太陽と踊りの国、スペインがいいわ」

あとがき

私の原稿はここで終っていた。手術は一週間早くなった。急に決まったことで、最終章はおろか、第二七章に手を染める時間もない。非常に遠い記憶をたどって事実をありのままに再構成すれば、私はミセス・クエイルとバルセロナへ贅沢な旅をし、それから彼女がマリョルカ島にもっていた別荘まで足を伸ばした。そこで一か月幸せな時を過ごしたあと、彼女は堂々たる体躯と二人の子供をもつ妻のあるイギリス人と恋に陥った。彼が家族を本国《くに》に返して別荘に越してくると、私は嫉妬と絶望に叩きのめされた。この種の三角関係は初めてとあって言いようのない苦しみに襲われた。ミセス・クエイルの愛は彼に移ってしまい、私は血を吐きはじめた。一か月後に私は彼女のたっての勧めでパリに一人で戻り、当時有名だったグロス博士が経営するアメリカン・ホスピタルに入院した。

結核は既にかなり進行しており、気胸治療が施された。さらに有名なサージャント博士が招ばれて診察を受けたが、彼は頭を振った。しかし、私がモントリオール出身だとわかると、エドワード・アーチボルド博士の手に委ねるのが一番だ、と請け合った。彼は胸郭成形術が専門の外科医で、この手術による死亡例は最も少ないということだった。春には体力も回復してモントリオールに帰ることができた。

訳者あとがき

本書は John Glassco: *MEMOIRS OF MONTPARNASSE*, Annotated by Michael Gnarowski, Oxford University Press, 1970, 1995 の全訳である。

著者のジョン・グラスコー（一九〇九―八一）には本書のほか、*Deficit Made Flesh*（一九五八）、*A Point of Sky*（一九六四）、*Selected Poems*（一九七一）、*Montreal*（一九七三）などの詩集や、*The Fatal Woman* をはじめ三編の中編小説がある。彼はまた一九七一年にカナダのフランス系詩人の作品を英訳してもいるが、代表作は何といっても一九七〇年に出版され、今ではカナダの古典といわれる本書、『モンパルナスの思い出』である。これは一九二八年、十九歳の年にモントリオールをあとにしてパリにやってきた著者の青春の物語で、作中にはジョージ・ムーア、ロバート・マコールマン、ペギー・グッゲンハイム、アーネスト・ヘミングウェイ、モーリー・キャラハン、ガートルード・スタイン、ジェイムズ・ジョイス、フランク・ハリス、その他の有名無名の作家、詩人、画家をはじめ、快楽主義者や奇人変人が登場し、才気煥発なグラスコーの筆力によって読者の心に消し難い印象を与える。

第一章は一九二九年にパリの文芸雑誌に掲載されたが、続く三章までを一九二八年に書き、残りを一九三二年から三三年にかけて書いたとするグラスコーの言葉は事実とは異なっているようだ。彼の死後原稿を整理してみると、執筆したのは一九六〇年代であることがはっきりした、と注釈者のマイケル・ナロウスキが書いているからである。要するに彼は、「私が愛し幸せだった時期のパリ」を描くために会話や情景や出来事を創作したのであるが、この辺の事情は『モンパルナスの思い出』の誕生について「芸術のための虚構」と題してマイケル・ナロウスキが自伝と虚構と真実の関係を興味深く追求した冒頭の一文に詳しい。

作者にはこれがパリ滞在当時から帰国後間もない時期にかけての作品であると強調している節があるが、実は三十年余りの時間が経過しているために青春時代の体験が作者のなかで発酵して醸成され、注釈者も指摘するような思い違いや事実との食い違いがあるにもかかわらず、後世に残る傑作の誕生となったのであろう。加えて、主要な登場人物をはじめ、関連人物の経歴や説明は、彼らの行きつけのカフェやバーや歓楽場やレストランの紹介と相俟って、この作品を一九二〇年代の貴重なドキュメントとすることに一役買っている。注釈・解説者のマイケル・ナロウスキは作者と親交のあったカールトン大学の英語学教授で、元同大学出版局長。『カナダにおける現代詩の成立』と題するアンソロジーの共編者でもある。

最後になったが、本書の上梓に至るまで秋田公士氏には一方ならぬお世話になった。記して感謝の意を表する次第である。

二〇〇六年十一月　　訳者　識

著　者

ジョン・グラスコー（John Glassco）

カナダの詩人・小説家．1909年モントリオールに生まれる．青春時代に訪れたパリでの生活を回想した代表作 *Memoirs of Montparnasse*（本書）のほか，*Deficit Made Flesh* (1958), *A Point of Sky* (64), *Selected Poems* (71), *Montreal* (73) などの詩集，*The Fatal Woman* をはじめ3編の中編小説がある．カナダのフランス系詩人の作品の英訳にも携わった．1981年没．

訳　者

工藤政司（くどう　まさし）

1931年に生まれる．弘前大学文理学部卒業．東京国際大学教授等を歴任．訳書に，ダイアモンド『老人ホームの錬金術』，ジョーダン『女性と信用取引』，カス『飢えたる魂』(共訳)，アルヴァレズ『夜』，スタイナー『真の存在』，シンガー『愛の探究』『人生の意味』，ハリスン『買い物の社会史』，チュダコフ『年齢意識の社会学』(共訳)，ヒューストン『白い夜明け』(以上，法政大学出版局)，オースティン『エマ・上下』，グレーヴズ『さらば古きものよ・上下』(以上，岩波文庫)，スタイナー『G. スタイナー自伝』(みすず書房)，ネルキン／リンディー『DNA 伝説』(紀伊國屋書店)，ディーネセン『不滅の物語』，フラー『巡礼たちが消えていく』(以上，国書刊行会)，ショー『乱れた大気』(マガジンハウス)，同『ローマは光の中に』(講談社文庫)，その他がある．

モンパルナスの思い出

2007年2月5日　初版第1刷発行

著　者　ジョン・グラスコー

訳　者　工藤政司

発行所　財団法人　法政大学出版局
〒102-0073 東京都千代田区九段北 3-2-7
電話 03-5214-5540／振替 00160-6-95814

組版：海美舎　印刷：平文社　製本：鈴木製本所

Printed in Japan

ISBN978-4-588-49025-5

編　注

（行頭の数字は頁数を示す）

3　バードライム大佐　　グラスコーの注によればウィルフレッド・ボビー大佐。

4　ジュール－セザール・ホテル　　現在モンパルナス通りのホテル・ユニック。

5　エリオットの彼女も言う通り　　T. S. エリオット『荒れ地』1「死者の埋葬」17 行。

天を焦がすアポロの火は　　ジョン・キーツ（1795–1821）「エンディミオン」96–7 行。

8　「虚栄の市」　　政治，社会，文学を扱うニューヨークの大衆週刊誌（1868–1936）。1983 年に全く違う体裁で復刊。誌名はジョン・バニヤンの『虚栄の市』（ヴァニティ町の市）に由来する。

12　コジェニョフスキー船長　　ジョウゼフ・コンラッドの苗字はコジェニョフスキーだった。

「コナンのイチジク」　　不詳。しかしグラスコーは『ジョン・グラスコー――本の形式による著作リスト』に自分の作品として収録している。1964 年 2 月 27 日刊行の同書はグラスコーを特集した *YES 15*（1966 年 9 月刊）のなかでマイケル・ナロウスキに提供された。彼は「コナンのイチジク」はパンフレットだったと述べ，トランジション社から 1928 年に出版した，としているが，手元に現物はないということだ。

13　電話はなかった　　ジョージ・ムーアは電話を引くことを拒んだ。重要な伝言は近くの薬局を通じて伝えてもらった。

カフェ・ドゥ・ラ・ヌヴェル－アテヌ　　ムーアの *Confessions of a Young Man* 第 7 章に言及。ムーアは，「私はオックスフォードにもケンブリッジにも行かなかったが，ヌヴェル－アテヌには行ったよ……これはピガール広場に面したカフェだがね」と書いている。

14　カナダから来た愛読者だと　　グラスコーとテイラーがロンドンに着いたのは 1928 年 2 月 21 日か 22 日だし，ムーアは 2 月 14 日から 4 月 21 日迄ポートランド・プレース 7 番地の養護施設にいたので，面会が事実であるはずはない。

16　デュピトラン通りのあの小さな店　　シルヴィア・ビーチのシェイクスピア一座書店の最初の住所。ビーチは『回想記』のなかでロデオン通りの書店で起こった出来事を違った風に書いている。1928 年 4 月から 5 月に

かけて，目の大手術の回復期にあったジョイスは，誰にも会いたくないと言っていた。ムーアが店に入ったときジョイスは奥にいたが，ビーチは二人を紹介しなかった。彼女はこれが間違いだったと後になって気がついた。ジョイスは後日そういうことなら会いたかった，と言ったという。しばらくたってからムーアはビーチに好意的な手紙を書き送って，眼帯を掛けていた人はジョイスだったのかと訊いた。二人のアイルランド人作家が実際に会ったのは 1929 年 8 月，場所はロンドンである。

16 八十七にもなれば　ムーアは当時 76 歳だった。

18 こうして彼は学問の府からお墨付きを貰った　1890 年から 1965 年までのマギル大学卒業生名簿にグレーム・テイラーの名前はない。

21 「ザ・ダイアル」(1880-1929)　シカゴで文学雑誌として創刊され，1918 年にニューヨークに移って，1929 年に廃刊になるまで最も著名なアメリカの月刊文芸誌だった。

「トランジション」　「人物」ジョラスの項を参照。

22 エマ・ゴールドマン　彼女はロシアから来たばかりではなかった——来たのは 1921 年である。「人物」ゴールドマンの項を参照。これはロバート・マコールマンが『二人の天才』の中で言っていることの繰り返しである。

25 カリダッドの友達のルーパート・キャスルの家で開かれるパーティーに出かけた　グラスコーの注釈ではキャスルの実名はルーパート・フォーダムとなっている。マコールマンは『二人の天才』の 256-57 ページで同じようなパーティーを描いているが，レイモンド・ダンカンの主催ながらロベール・デスノスも出席した。

28 シュショット　chuchoter が囁くという意味の動詞であるところから，chuchotte は恐らく秘めやかな愛人というところだろう。

32 「エコーとナルシス」　ドイツの作曲家，クリストフ・ヴィリバルト・グルック（1714-87）のオペラ。1779 年にパリで初演された。

異教徒の恋歌　当時流行ったポピュラーソング。1929 年，アーサー・フリード作詞，ハーブ・ブラウン作曲。映画『異教徒』（1929）ではラモン・ナヴァロ，『異教徒の恋』（1950）ではハワード・キールがそれぞれ歌った。

オッフェンバック　ドイツ系フランス人作曲家ジャック・オッフェンバック（1819-80）は豊かな旋律をもつた多くのオペレッタやオペラを作曲した。『ホフマン物語』。

ルディ・ヴァレーの鼻にかかった気息音混じりの歌声　ルディ・ヴァレー（1901-80）は最初の流行歌手で，1927 年に自分のバンドを結成して有名になり，マイクロフォンが使われるようになるまでメガフォンを使って

歌った。ラジオや映画を通じて彼の人気は30年も続いた。

パーセルのトランペットの銀の唸りなど　1679年にウェストミンスター大寺院のオルガン奏者に任命されたヘンリー・パーセルは恐らくイギリス最大の作曲家である。

33 男は小さな笛を吹きながら絞りたての山羊の乳を売り歩いていた　この群れは山羊ではなく羊だったに違いない。ヘミングウェイの『移動祝祭日』に類似の情景がある。
リヨン・ドゥ・ベルフォール　普仏戦争（1870-1）に際してベルフォール市が包囲されたとき，市民が示した勇敢な行為を讃えるダンフェール・ロシュロー広場に立つ記念碑。

35 デュカス　イジドール・デュカス（1846-70）。ロートレアモン伯爵というペンネームを使ってシュールレアリスムの先駆けとなった幻覚的な散文を書いた。
題名はどうしようかな　示唆された題名のうち二つはシェイクスピアからとった *The Ides of March*（ジュリアス・シーザー）と *The Great Bed of Ware*（春の大きなベッド，十二夜）である。

36 私が肖像を描いてやろう　アドルフ・デーンが描いたグラスコーの肖像は図版5である。
ルーヴル美術館には絶対に入らなかった　モーリー・キャラハンが “Now That April Is Here”「四月ともなれば」のなかでチャールズ・フォード（テイラー）とジョニー・ヒル（グラスコー）のせいにしているところから，こうした両人の気取りはよく知られていたようである。

『悪の華』　シャルル・ボードレールの詩集。

37 ジミー・チャーターズ　「人物」参照。

38 「聾唖者」　グレーム・テイラーが書いたこの2ページの短編小説は1928年の夏，「トランジション」誌の13号に掲載された。
「マギル・フォートナイトリー・レヴュー」　「人物」参照。

ジェイムズ・ジョイスの『進行中の作品』　「人物」ジョイスの項を参照。

チャーリー・チャップリンの自然権　「人物」チャップリンの項を参照。

39 サミュエル・ロスが改竄した『ユリシーズ』の海賊版　1921年に，サミュエル・ロスというアメリカ人が『ユリシーズ』の抜粋を読み，賞賛の手紙をジェイムズ・ジョイスに書き送った。しかし，1927年7月に，彼は自分の発行する *Two World Monthly*「月刊二つの世界」誌に無許可で最初の三つの挿話を掲載した。ジョイスは訴訟と国際的抗議に訴え，多くの著名作家が署名をした。ロスは掲載し続け，“Oxen in the Sun” の終りで中止した。
レイモンド・クニスター，アーサー・スミス，フランク・スコット，レ

オ・ケネディ　テイラーの挙げるこれらのカナダ人作家の名前はグラスコーが選んだものである。1932 年に夭折したクニスターの名前は知らなかった可能性が大きい。あとの三人は「マギル・フォートナイトリー・レヴュー」(1925-27) と関係のあるグループとしてある程度は知っていたと思われる。ケネディは 1930 年代にアメリカへ移住した。スミスとスコットがグラスコーと親しくなったのは，二人が彼をオックスフォード大学出版局カナダ支社に紹介し，グラスコーが受けたいくつかのカナダ評議会助成金の受領候補者に推薦した 1960 年代に入ってからである。このページの他の名前については「人物」のジョラス，ジョイスの項を参照。

40 ジョルジュ・ポル　グラスコーによればマルセル・ノル。下も参照。

「心臓割礼」　グラスコーの注釈では書いたのはジョルジュ・ミニェ(Georges Mignet) になっている。しかし……彼は 1979 年 10 月 17 日に R. P. ミネ (Minet) 夫人から一通の手紙を受け取った。手紙によれば，「心臓割礼」なる詩集は当時 19 歳だった夫のピエール・ミネが出したもので，1929 年にエドワード・タイタスによって出版されたこと，ならびにミネはユージン・ジョラスに翻訳してもらった詩を 1 編，「トランジション」誌 (1927) に，タイタスが翻訳したもう 1 編，「序章」を「ジス・クオーター」誌 (1930 年 1 月，2 月，3 月，の何れかの月の号) に，それぞれ発表した。彼女はジョルジュ・ポルとは一体誰か，と訊いていた。あなたはピエール・ミネをご存知だったのですか？　夫とは第 2 次世界大戦後に知り合って結婚しましたが，1975 年に癌で亡くなりました。どうかご返事を下さい云々。彼が返事を出したという記録は残っていない。

42 ナーワルにはシュールレアリスム文学者よりもずっと好感が持てた　マン・レイに関するこれに続く描写は不正確。骨縁の眼鏡や切り揃えた前髪は藤田のイメージである。

43 アル・カポネ　悪名高いシカゴのギャング (1899-1947)。1931 年迄所得税の脱税で逮捕されてはいない。したがってこの言及は不正確である。

44 加虐淫乱症　ドイツ語にこの単語 (フライヴェーゲルン) はない。言わんとするところを察してこの語を当てた。

45 〈パーシー・ブッシュ・〉シェリー (1792-1822) の「ヒバリに寄せる歌」とか，〈ジェラルド・マンリー・〉ホプキンズ (1844-89) の「まだらの服を着た美女」　ともに両者の最も知られた詩。

このページの他の名前については「人物」参照。

49 「どうして？」と，彼女はあざ笑うような表情を無理に浮かべてドクター・ジョンソンが好んで使った反問を繰り返した　ドクター・ジョンソンは 18 世紀後半の代表的な文学者。サミュエル・ジョンソン (1709-84) が才気煥発な会話の名手だったことはジェイムズ・ボズウェルの伝記からもわ

かっている。しかし，「どうして？」という非礼な反問はどこにも発見されていない。

50 物議を醸すことになる書物の校正刷り　これは1928年に出版されたジュナ・バーンズ（ウィラ・トランス）著の『女性年鑑』で，ロバート・マコールマンが小型判で出した。著者は「上流夫人」となっていた。パリに遊ぶ外国人社会で読まれていた数冊のレスビアン小説の一つで，ナタリー・バーニーの周りに集まったレスビアン仲間を「ちょっと皮肉っぽく批判」したものだ。それはまた父権社会の批判とも読めるし，性における女性への祝福とも読める。

54 煌々と明りの点るボビノ劇場　当時の人気ヴァラエティ劇場，ガイテ通り沿いのボビノ劇場は今でも賑わっている。キキが「モンパルナスの女王」と呼ばれたのはここでの活躍による。

55 スフィンクス　有名な高級売春宿。開業は1931年，グラスコーが書いている時点の3年後である。高額な指名料を取り，顧客が有力者や社会的地位の高い人物であるため新聞紙上で大いに批判された。エドガー－クイネ大通り31番地に3階建ての専用ビルを建設。1階は凝った造りの応接間でエジプト彫刻を飾ったバーがあり，2階には顧客と彼らが選んだコンパニオンの部屋が並ぶ。3階は経営者の住居になっていた。広く宣伝されて有名になり，1940年6月にヒトラーが占領したパリを電撃訪問したさい，オペラ座，廃兵院，パンテオン，凱旋門，有名カフェなどを含む名所旧跡を訪れたあと，何とルーヴル美術館より先にスフィンクスを見たがったというから驚く。スフィンクスはもうない。現在はきわめて陳腐なデザインの高層アパートになっている。

60 美の三女神　イタリアの新古典主義彫刻家，アントニオ・カノーヴァ（1757－1822）作，ロンドンのヴィクトリア・アンド・アルバート美術館所蔵〔カノーヴァの作品は立体像であり，浅浮き彫りではない〕。

61 レディ・ダフ・トゥイスデン　ヘミングウェイの『日はまた昇る』に登場するレディ・ブレット・アシュレーのモデル。彼女はブローカ通りのアトリエに年下のボーイフレンドと住んでいた。グラスコーが彼女の絵をそこに見出した理由はそれである。彼女は後にその小説に登場したとグラスコーは書いているが，これは単に登場したと表現すべきである。『日はまた昇る』が出版されたのは1926年だからだ。

63 戦時中しばらくカナダ陸軍にいたことがあるけど　マコールマンがカナダ陸軍にいたという証拠はない。彼は1918年に一時アメリカ空軍にいた。
また例によって若い者に手を出しているな？　マコールマンの同性愛への言及。ヘミングウェイは同性愛者を忌み嫌った。ヘミングウェイは1928年3月にパリを去り，4月または5月にはフロリダにいたので，この

出会いの時期は疑わしい。

65 「北アメリカ」はうまくいってるか，マコールマン？　ヘミングウェイの言葉は『北アメリカのマコールマン――未完の詩』への言及。これは「ジス・クオーター」1929年春季第4号に発表され，また，コンタクト版なる名称で『北アメリカ――憶測の大陸』と題して出版された。発行部数310。

66 ラップ通り　この通りは売春宿と，幅広い「娯楽施設」が多いことで知られる。ヘンリー・ミラーのような連中とグラスコーが描いている界隈に足繁く通ったパリの有名な写真家ブラッサイは，ここを「……レ・アルに程近いポン引きの出没する穢い通りだが，最近では娼婦や若いやくざがここを溜り場にするようになった……そして10指に余るダンスホールが次々に紅灯を掲げ，悪名高いこの通りは歓楽街になりつつある」。昨今ではロケット通りとシャロンヌ通りの間の短い区間に，南米料理のファヒータやタコスなどを出すみすぼらしいバーやレストランが立ち並んでいる。サムガールズとか，ピックミーアップといったバーの名前は，いかがわしい昔（パセ・ルーシュ）の名残りと言うべきだろう。とりわけ後者はずばり名前が示唆するとおりだが，同時に1920年当時，パリで人気のあったピックミーアップというカクテルを彷彿させる。このカクテルは初期シュールレアリスト詩人のアンドレ・ブルトンやルイ・アラゴンの行きつけだったカフェ・セルタで初めて作られた，とする説がある。

68 恐らく彼はプロテスタントすぎる，ヤンセン主義者だ　ヤンセン主義はローマカトリック教会においては問題の多い運動で，ハーディはカトリック教徒ではなかった。オランダ生れの神学者コーネリウス・ヤンセン（1585–1638）が興して，道徳的厳格さ，原罪，極端な宿命等を強調し，宗派間の親交を否定した。反対者はヤンセン主義に「カルヴァン主義」という烙印を押したが，この運動はプロテスタント主義に好意的ではなかった。

エグドン・ヒース　トマス・ハーディの *The Return of the Native*（村人帰る）に描かれる暗い象徴的な情景。

70 ブリックトップ　「人物」参照。

72 彼らのなかにビアトリス・リリーの顔もあった　ブリックトップのアパートでのビアトリス・リリーを含むこの情景は，マコールマンが『二人の天才』で描いた1923年7月半ばの一つの情景と酷似している。そのなかで彼はトリアノンでしたためた聖パトリックの祝日のディナーの模様を描き，「酔っ払った客が歌いはじめ，彼は『中国オペラ』をだしぬけに歌い出した」と書いている。

戦争と平和？　ド・ミルの映画なんて　『戦争と平和』はレオ・トルス

トイ（1828−1910）が書いた偉大な小説。グラスコーの「ありふれた本から」（1971年刊，「タマラック」評論58号所収）のなかで，彼は本書を「世界10大駄作」の一つと断じ，グレーム・テイラーがここでやっているように，ド・ミル作の映画と言っている。

バーリンかポーターが作曲したどこか月並みな旋律　アーヴィング・バーリン（1888−1989）とコール・ポーター（1893−1964）は恐らく20世紀最大のポピュラーソングライター兼作曲家だった。

73　アリス・フェイのような偽物が歌っている　アリス・フェイ（1915−）は1930年代後半から1940年代にかけてのブロンド髪の歌う銀幕女優で，心地よい低音で多くのポピュラーソングを紹介した。しかし，1928年の時点で彼女の名前を挙げるのは不適切である。

74　クローエ　1927年にガス・カーンが作詞し，ニール・モラットが作曲したポピュラーソング。

75　二人乗りの自転車を漕ぐパトロール警官が　モーリー・キャラハンは *That Summer in Paris*『パリのあの夏』（147ページ）のなかで似たような経験を書いている。

84　一つには今度の悲惨な戦争に巻き込まれなかったことが挙げられます　ルクセンブルク大公国は1914年8月2日にドイツ軍の侵攻を受け，大戦の終りまで占領された。

我が国の国民的詩人であるレンツ　「人物」マコールマンの項，第2～終節を参照。

87　書いた本は既に九冊もあり，さらに三冊が準備段階にある，と彼が言っていた　1921年から26年までにマコールマンは7冊の本を出版したが，ルクセンブルクへ旅行した翌年の1929年には更に1冊，その後は3冊，『二人の天才』（1938）が最後の本である。

90　「ジス・クオーター」　「人物」ムアヘッドの項を参照。

彼が自分の作品の全てはもちろん　マースデン・ハートリーが出版したのは小説ではなくて23編の詩だった（1923）。また，マコールマンは「全ての彼の本」を出版したのではなく，1928年までに出した7点のうち3点はエゴイスト社とスリー・マウンテンズ社の社名で出ている。「人物」マコールマンの項を参照。

93　白い歯を見せて笑う黒人は　この2行連句はジャン・コクトーの『ポエジー』（1920）の一編，「バッテリー」からとった。

マーヴェルの詩　イギリス詩人アンドルー・マーヴェル（1621−78）の詩の題名は「子鹿の死を嘆く乙女」で，正確な主語は「彼」ではなく，「それ」である。

95　偉大なアメリカの小説家フェニモア・クーパー　ジェイムズ・フェニモ

ア・クーパー（1789–1851）は *The Last of the Mohicans*『モヒカン族の最後』（1826）と *The Deerslayer*『鹿を殺す者』（1841）の著者，共にアメリカ開拓時代の辺境のインディアンの生活と戦いを19世紀のロマンティックな筆致で描いた古典である。

パリのアパッチ族　よた者，またはポン引き。

98 「ドクター・ブレーキー組合に反対す」　*This Quarter*「ジス・クオーター」第2巻，第2号，1929年10，11，12月発行。組合とは1924–5年のカナダ長老派，メソジスト派，会衆派，などの組合を指す。

『二人の天才』　マコールマンが1928年初夏の一時期，ルクセンブルクで『二人の天才』の終章を書き上げるのに四苦八苦していたとか，グラスコーがそれを6か月後に読んだ，という記述は共にばかげており，事実ではない。1932–33年のある時期に『二人の天才』を書き始めたマコールマンは，1934年の1月に脱稿し，出版してくれる会社をロンドンでようやく見つけ，世に出たのは1938年である。思い出の記のゲラ刷りの注釈にグラスコーが書いた言葉によれば，ここで言及されている作品の題名だけが出版された本に使われた。

99 ソローを思い出すなぁ　ヘンリー・デイヴィッド・ソロー（1817–62）はとりわけ個人主義と，自足と，思索を擁護した有力なアメリカの作家で，マサチューセッツ州，コンコード近くのウォールデン湖のほとりに小屋を建てた。彼はそこに2年間住み，古典的な作品である『ウォールデン』（1854）を書いた。

彼は出版した本を二冊私にくれた　七つの短編集，*A Companion Volume*『連れの本』（1923）と，*Village: As It Happened through a Fifteen Year Period*『村，15年の出来事』（1924）で，後者は草創期のあるアメリカの村の抑圧的な生活をスケッチ風に綴ったものである。

100 褒めたいところだったが，そうもいかなかった　これに続く文章はマコールマンを同時代の批評に逆らって容赦なく扱き下ろしたものだ。当時マコールマンは前衛的な定期刊行文芸誌にエズラ・パウンド，ジェイムズ・ジョイス，アーネスト・ヘミングウェイらと登場する常連で，彼の短編小説，“Potato Picking”『じゃが芋の収穫』はエドワード・ジュニア・オブライエンが選んだ『1929年度ベスト短編小説集』に収録された。彼が「本当に無学だった」などという批判については，ジョイスと親しかったばかりでなく，ウィリアム・カーロス・ウィリアムズ，フォード・マドックス・フォード，ガートルード・スタイン，ヘミングウェイ，パウンド，エマヌエル・カーネヴァリ，H. D.（ヒルダ・ドゥーリトル），ジュナ・バーンズらの友人であり，出版者でもあったことを挙げておく。彼に関するグラスコーの大人の感情については「人物」マコールマンの項終節を参照。

あたかも彼は二つの大パノラマ的小説……を書いていた　いずれも小説ではなく，2 部構成の長詩，“The Portrait of a Generation”「同時代人の肖像」は 1926 年の出版だから，このくだりは不注意なフィクションである。物語風の散文であるもう一作は “Politics of Existence: 2 Extracts from”「実存の政治学——二つの抜粋」で，「ジス・クオーター」1929 年春季第 4 号に発表されたが，これはグラスコーとグレーム・テイラーそれぞれの抜粋が載ったのと同じ号である。

102 ドゥアニエ・ルソー　「人物」ルソーの項を参照。

小さな乳母車　グラスコーは，実際にはそれは自転車で，ヒレイア・ハイラー（スクーナー）の絵にしばしば描かれたと言っている。もっともこのメモは，「トランジション」誌の 1928 年版に複製されたハイラーの『理論』と題する絵の中で，さまざまな物体の擬似シュールレアリスム的構成において自転車が強調されているのを見た結果だったかもしれない。

104 ロンブロゾ　イタリアの医師で犯罪学者でもあったチェーザレ・ロンブロゾ（1835–1909）は社会的逸脱行動研究の先駆者で，『非行者』という 3 巻本を書いた（1896–7）が，この一部は翻訳され，『犯罪者』という題名で出版された（1911）。

107 ジャンヌ・デュ・バリー　マダム・デュ・バリー（1743–91）はフランスのルイ 15 世の情婦で，フランス革命中にギロチンにかけられた。

109 彼女の四番目か五番目の小説が出版されたばかりで　これはダイアナ・トゥリーとケイ・ボイルの違いを際立たせようとするグラスコーの魂胆の一つの表われである。ダイアナ・トゥリーの第一作 *Short Stories*『短編小説集』は 1929 年，ハリーとカレス・クロスビー経営のブラックサン社から出版された。

ゲーテの小説に登場する若者の一人は何と叫んだっけ？　若かりし頃，偉大なドイツの詩人・劇作家・思想家だったヨハン・ヴォルフガング・ゲーテ（1749–1832）は有名な書簡体のロマンティックな小説，『若きウェルテルの悩み』（1774，改訂版 1786）を書いた。

111 （彼の）名前はキャラハンだ　ここには文学的自由が働いている。モーリーとロレット・キャラハンがパリに着いたのは 1929 年 4 月末である。キャラハンの短編小説が「ニューヨーカー」誌に掲載されたのは 1928 年 11 月 24 日号が最初だった。

『奇妙な逃亡者』　グラスコーは「メモ帳 no.3」にキャラハンの小説の正確な題名 *Strange Fugitive*『奇妙な逃亡者』を最初に書き，それから横線で消して *Irregular Runaway*『異常な出奔者』と書いた。最後のタイプライター印字では別の題名，*The Imitation Sun* に変わった。編集者のウィリアム・トーイが彼を説いて本当の題名を書くように促し，うっかり *Strange*

Interlude と書き込んだところ，第 1 版にそのまま印刷された。

「ニューヨーカー」　洗練された週刊誌で，1925 年以来出版されている。

そうか，フィッツジェラルドがいいと言っているから　この言葉と，次ページのキャラハンに関する詳細はどうやらキャラハンの *That Summer in Paris*『パリのあの夏』（1963）からの引用である。
114 あなたの作品は読んだことがありません，「ニューヨーカー」は読まないのでね　キャラハンがマコールマンの作品も掲載されている「ジス・クオーター」2，3 号に短編を二つ載せていることから考えると，きわめてありそうにない話だ。
115 バラのガイド　パリの歓楽街および近郊の売春宿や娯楽施設をリストアップした年刊刊行物。娯楽産業の広告と法的情報の付録付。
スージーの店　グレゴワール・ドゥ・トゥール通りの小さな売春宿。ステンドグラスの窓が礼拝堂風の雰囲気を醸し，控え目な装飾は顧客に安堵感を与えた。建物は美術学校の一部として残っている。
118 じきにまた義父に無心しなければならなくなる　マコールマンは 1927 年にウィニフレッド・エラーマンと離婚したあと，元義父のサー・ジョン・エラーマンから莫大な和解金を受け取った。
119 ラスパイユ大通りを出発して　実際には，モンパルナス大通りを出発し，ラスパイユ大通りを歩いてフリュル通りに着き，である。
120 ブラック，マチス，ピカソ，ピカビアらの豪華な絵画　ガートルード・スタインは兄のレオの手引きで同時代のジョルジュ・ブラック（1882–1963），アンリ・マチス（1869–1954），パブロ・ピカソ（1881–1973），フランシス・ピカビア（1879–1953）ら，多くの前衛画家を助け，彼らの作品を収集した。
ジェーン・オースティンの小説を初めて読んでいるんだが　イギリスの小説家ジェーン・オースティン（1775–1817）は 6 編の小説を書き，1811 年から 1818 年にかけて出版されたが，その才気煥発な風刺喜劇，人間性の巧緻な扱い，完璧な文体，等々によって最高の女性作家とされる。次ページで言及される人物は『分別と多感』（マリアン，エリナ・ダッシュウッド，ジョン・ウィロビー），『高慢と偏見』（リディア・ベネットは市民軍将校のジョージ・ウィッカムと駆け落ちする），『エマ』（エマ・ウッドハウス），『説きふせられて』（アン・エリオット，ウェントワース大尉）に登場する。
121 プリンス・ルーシファー　ジョン・ミルトン（1608–74）による偉大な叙事詩 *Paradise Lost*『失楽園』第 1 巻で，ルーシファーは地獄に堕ちたあと悪魔になる。「人物」ローレンスの項も参照。
125 ホテル・ニューヨーク　ロバート・マコールマンはヴォジラール通りの

このホテルをキャラハンに推薦した。キャラハンがパリに到着したときマコールマンはそこに滞在していた。キャラハンは『思い出の記』にそこを「パリ－ニューヨーク」と記述している。

彼自身の作品が最高の技巧を駆使した洗練されたものだと思うにつけても　キャラハンの小説に関する不誠実なこの言葉は恐らく称賛と，嫉妬と，ある程度の嘲笑が結びついたグラスコーの感情に根ざしている。

126 モンマルトル　元々詩人や画家が住む地区だった右岸のこの丘は，グラスコーがやって来た頃には観光客相手のキャバレーや，いかがわしいナイトクラブが立ち並ぶ歓楽街に変貌していた。

ジョー・ゼリという名前の男が経営しているル・パレルモ　アメリカ人ジョー・ゼリはオー・ゼリの経営者で，ル・パレルモの経営者ではない。両ナイトクラブは右岸のモンマルトルのフォンテーヌ通り（ブランシュ通りは間違い）にあった。しかし，フォンテーヌ通りとドゥアイ通りが交わる角にあったのはオー・ゼリで，ウィンドーにはトップレスのバーの女の子の写真を飾り，人目につく電気看板を掲げていた。

128 キング・エディ　トロントのキング・ストリート・イーストにあるキング・エドワード・ホテル。今でも営業している。

“Miss Knight”『ミス・ナイト』　題名の人物は男の同性愛者。マコールマンが書いたこの作品をジェイムズ・ジョイスが褒め，マコールマンの短編集，*Distinguished Air*（*Grim Fairy Tales*）に収録されて 1925 年にパリで，115 部の限定版で友人のウィリアム・バードによってスリー・マウンテンズ社から出版された。ウィリアム・カーロス・ウィリアムズは，1920 年代はじめのベルリンの麻薬漬けの淫乱な生活を描くこの作品はマコールマンの最高傑作だが，内容が内容だけに「出版はほとんど不可能」だろうと述べた。

130 あなたはカウパーウッドが主人公の物語を意識していたんじゃありませんか？　フランク・カウパーウッドはセオドア・ドライサーの *The Financier*（1912），*The Titan*（1914），*The Stoic*（1947）などの中心的登場人物。

131 10 歳しか年上でないモーリー・キャラハンと……　キャラハンはグラスコーの 6 歳年上だった。

132「ジ・エグザイル」　エズラ・パウンド編集のこの定期刊行文芸雑誌は 1 号から 4 号まで 1927 年から 28 年にかけて発行された。実利主義的なアメリカの感性を攻撃し，ヘミングウェイ，マコールマンその他の作品を出版することで海外に在住する芸術家の活動を広く世に知らしめるのが目的だった。1928 年春に出た 3 号には “Sailing to Byzantium”「ビザンチウムへの航海」と題するイェーツの詩と，キャラハンの短編小説，“Ancient

Lineage"「古い血族」が掲載された。
気送管　圧搾空気によって気送管を通して送るパリの特別配達の手紙。
134 ウジェニー皇后帽　スペイン生まれのウジェニー（1826–1920）は1853年から1870年迄ナポレオン3世の后（きさき）としてフランスの女王だったが，魅力的な絶世の美女で，世界のファッション界に君臨した。
136 エシ・エスト・ペルシピ　知覚とは無関係な物質は存在しない，とするバークリー司教の信条。思想や感覚を支えるのは知覚する心である。
ショーペンハウアーの言葉がふと思い浮かんだ　「人物」ショーペンハウアーの項を参照。

138『ボヴァリー夫人』に登場するレオン・デュピのように叫んだ　ルーアンでエマ・ボヴァリーと馬車に乗りながら，彼女の恋人のレオンは「先へ行け」と叫んだ。「いや，まっすぐだ！」。「人物」フローベールの項を参照。
139 エイゼンシュティンの『イワン雷帝』　2部（1944，1958）に分けて封切られたこの映画はロシアのセルゲイ・エイゼンシュテイン監督（1898–1962）の偉大な映画である。
140 ショパンの練習曲　フレデリック・ショパン（1810–49）の練習曲はダイアナ・トゥリーが主張するように「ソフトで，ロマンティックで，安っぽい感傷……」ではないことは言うまでもない。
このページの他の全ての名前については「人物」を参照。
146 ヴィクトル–ユーゴー・アヴェニューを海に出るまで走り　これはニースのプロムナード・デザングレ（イギリス人通り）と並行に走っているし，プロムナード・デザングレは湾曲するベ・デザンジュ（グラスコーの言うエンジェル湾）に沿っている。したがってヴィクトル・ユーゴー・アヴェニューを自動車で走っても海へは出られない。
150『気まぐれな少年』　マコールマンは1929年5月に，『感じやすい我が友アドリアン』と題する中編小説を完成した，とシルヴィア・ビーチに知らせた。「人物」マコールマンの項を参照。
153 メアリー・レイノルズ　マルセル・デュシャンは1926年にアメリカ人の戦争未亡人メアリー・レイノルズと出会い，1950年に彼女が死ぬまで二人の長く幸せな関係はつづいた。
アリスター・クローリーだっているしな　魔術とオカルトに関する本を書いたイギリスの作家（1875–1947)。黒魔術の儀式にも参加した。
156 そうだ，フランク・ハリスの家があったんだわ　ハリスの家を訪れたのは私ではなくグレーム・テイラーだ，とグラスコーは言ったことがある。因みに彼は「小さくて醜い家」に住んでいたのではない。「ヴィラ・エドワールⅦ」は1920年代に建てられた美しい鍛鉄製の門を構える7階建て

のアパートだった。

157 彼はルソーよりいいと思う　グラスコーは，スイス生まれのフランス人で哲学者であり政治理論家もあったジャン・ジャック・ルソー（1712–78）の『告白』（12巻，1781–88）を思い出したのである。

163 カリガリ博士の映画セット　ドイツ表現主義のサイレント映画，*Das Kabinett dies Dr. Caligari*（1919），監督フリッツ・ラング（1890–1976）。

164 インドの歌とかダーダネラとか　ともに甘ったるい旋律。前者はリムスキー－コルサコフの歌曲，サトコのアリアをトミー・ドーシー・バンドが1937年に編曲し，後者は1919年にフレッド・フィッシャー，フェリックス・バーナード，ジョニー・S. ブラックらによって作詞作曲された。

ジプシー男爵　ヨハン・シュトラウス2世作曲のオペレッタ。

168 デュフィの絵よりも素晴らしかった　フランスの画家ラウル・デュフィ（1877–1953）は南フランス地中海地域の風景を機知に富む賑やかな色彩で描いたことで知られる。

169「ポエトリー」　しばしば「ポエトリー」（シカゴ）と呼ばれていた。ハリエット・モンローが1912年にシカゴで創刊した有力かつ長く続いた文学雑誌。

173 ミス・パンクハースト　イギリス最初の婦人参政論者ミセス・エメライン・パンクハースト（1857–1928）は1903年に女性の投票権獲得を目指す女性政治社会組合を結成した。1906年には長女クリスタベルがある集会で閣僚兼新任の商工会議所議長だったウィンストン・チャーチルと渡りあった。国会の議席を争っていたチャーチルは彼女の運動に同情的だったが，公に支持することはせず，（チャーチルの言葉によれば）「痛ましい抗議」をした。彼はこの選挙で議席を失った。しかし，30歳以上の女性の投票権は1918年に認められた。

175 ボックビール　アルコール度の高いドイツ産黒ビール。

180 ラヴェル？　それともセゴヴィア　モーリス・ラヴェル（1875–1937）はフランスの作曲家，アンドレ・セゴヴィア（1893–1987）はスペインのギタリスト。

『うかつな恋』　1921年にW. C. ハンディが作詞作曲したブルース。

183 リストの言葉で判断しているんだわ　ハンガリーのピアノの名手で作曲家だったフランツ・リスト（1811–86）がまだ若かった1832年4月にパリでパガニーニの演奏を聴いたとき，彼は一人の生徒に次のように書き送った。「ルネ，何たる人だ，何たるヴァイオリンだ，何たる芸術家だ！　すごい！　あの4本の弦にどれほどの苦しみと，悲惨と，拷問が含まれていることか！」

喉の病気だったらしいわ　パガニーニの死因は喉頭結核。

184 マッセナ元帥　アンドレ・マッセナ（1758–1817）はナポレオン指揮下のフランス軍に従軍した。

192 ラモーの小曲でも弾こうかしら？　ジャン・フィリップ・ラモー（1683–1764）はフランスの大作曲家。

194 アメデオ・ドンジベーネ　グラスコーは彼の本名はアルベルト・ポギだと言っている。

201 J. M. W. ターナー（1775–1851）　時代の先端を行く最も刷新的な風景画家。

アルフレッド・テニスン（1809–92）　ヴィクトリア朝時代の偉大な詩人で，1850年に桂冠詩人となり，20世紀の半ばちかくまでヴィクトリア時代の感受性や基準を忌み嫌った若い詩人の間で人気があった。

リヒャルト・ワーグナー（1813–83）　台本も書いた『タンホイザー』，『ローエングリン』，『トリスタンとイゾルデ』，『パルジファル』を含む多くの楽劇において，彼は登場人物や感情が表われるたびに繰り返されるライトモチーフを用いた。

202 バッハ，ベートーヴェン，ブラームス――彼らは三大ペテン師だわ　スタンリーはここで音楽の3巨人――ヨハン・セバスチャン・バッハ（1685–1750），ルートヴィヒ・ファン・ベートーヴェン（1770–1827），ヨハネス・ブラームス（1833–97）を否定する。

十八世紀のイタリア音楽はみんな好きよ　バッチスタ・ペルゴレーシ（1710–36），ルイジ・ボッケリーニ（1743–1805），ジロラモ・フレスコバルディ（1583–1643），アントニオ・ヴィヴァルディ（1678–1741），アルカンジェロ・コレッリ（1653–1713）らは全て18世紀の音楽家である。しかし，ヴォルフガング・アマデウス・モーツァルトはオーストリア人であってイタリア人ではないが，イタリア歌劇の影響を受け，彼の歌劇はおおむねイタリア語で歌われる。

フラゴナールや，シャルダンや，ブーシェ以外は　楽天的でロマンティックな情景を好んで描くロココ様式の画家ジャン－オノレ・フラゴナール（1732–1806）は，印象的な静物や日常生活のイメージを描いたジャン・バティスト・シャルダン（1699–1779）や，神話的題材を機知に富む無作法な扱い方で描くことを含め魅力的な情景を描いたロココ様式の画家，フランソワ・ブーシェ（1703–70）の弟子だったことがある。

205 クリュニー美術館　パリ5区にある美術館。ローマ時代の浴場跡に15世紀に建てられた旧クリュニー修道院長のパリ別邸 hotel de Cluny を美術館としたもので，フランス中世の遺品を展示。『貴婦人と一角獣』と題する6枚のタペストリー，および二つの貞操帯が有名。

219『クリノリン物語』　グラスコーが自分の「出版リスト」に頭文字と

1964年2月27日の日付入りで収録していることを除けば，出版されたことはもちろん，そんな本があったという証拠さえない。出版リストはグラスコーを特集した*YES 15*特別号（1966年9月発行）の誌上でマイケル・ナロウスキに提供された。リストには1930年にフランス語版がゴーシエによってパリで出版され，1931年にはライプツィヒで訳者不詳のドイツ語版*Märchen in Krinoline*が出版された，と書かれていた。問い合わせにグラスコーは現物はもっていないと答えた。

一人のシュールレアリスト詩人　ロベール・デスノスである。

オクターヴ・ウザンヌ　衣類やファッション，扇子の歴史などに関する本を書いたフランスの作家（1852-1931）。

220 テロワーニュ・ドゥ・メリクールに対する大衆の襲撃　この名前でアン・ジョゼフ・テルマーニュ（1762-1817）が知られるようになった。「自由のアマゾン」と呼ばれた彼女はフランス革命の第1共和国の間は穏健派（ジロンド党員）だった。1793年5月に，彼女は過激な革命支持者の女に公衆の面前で鞭打たれたが，女は最後に阻止された。

リアン・ドゥ・ローリ　不詳。

ムッシュー・ラベ・ドゥ・ショワジー　フランソワ-ティモレオン，アベ・ドゥ・ショワジー（1644-1724）は牧師ながら女装が好きだった。最も面白い彼の本は*Memoires pour servir l'histoire de Louis XIV*（1727）である。

221 セント・ルーク・ストリート　グラスコーはシンプソン・ストリートで生れた。

223 ミケランジェロとロダンと俺だ　「人物」ザツキンの項を参照。

224 デ・スティル　1917年，オランダに成立した芸術運動。絵画，彫刻，建築などの諸分野で，幾何学的・構成的な抽象表現を追求。モンドリアン，ドゥーズブルフなど。〈デ・スティル〉は逐語訳すれば*The Style*，その運動の参加者が刊行した雑誌名から。

ユークリッド　紀元前300年頃アレキサンドリアで数学を教え，『ユークリッド初等幾何学』13巻を著わした。

231 詩はポール・ヴェルレーヌ（1844-96）の『無邪気な人たち』の第3および最後のスタンザ“Les fêtes galantes”からの抜粋。4行目はQue notre âme depuis ce temps tremble et s'étonneとあるべきところ。

236 ハールーン・アッラシード（763-809）　アラビアン・ナイトの多くの物語に大臣のジャファールや処刑人のメスルーアと共に登場する強大なカリフ。

237 ドーデの『サッフォー』　1884年刊行の『サッフォー』は，仲が絶えず裂かれる恋人たちの関係を扱った小説で，リュシアン・ドーデの父，アルフォンス・ドーデ（1840-97）作。

239 ペローの胸像　フランスの作家・批評家シャルル・ペロー（1628-1703）は主として *Les Contes de ma Mère l'Oye*『我が母ルワ物語』（1697）で知られる。1729年に『マザーグース物語』として翻訳され，「眠れる美女」，「赤頭巾ちゃん」，「シンデレラ」などが含まれる。

コイセヴォーとクストー　アントワーヌ・コイセヴォー（1640-1720）はルイXIV世に寵遇されたフランスの彫刻家で，甥のニコラス・クストー（1658-1733）も彼と共に学んだ著名な彫刻家だった。

テオフィル・ゴーティエの魂よ　このフランスの詩人（1811-72）はロマン主義運動に反対して超然，精密，客観性，等々を擁護するフランス詩の高踏派と連合した。

247 あなたをマダム・ポンセルかと思っていたようです　伝説的なアメリカのオペラスター，ローザ・ポンセル（1897-1981）は1918年から1937年迄，ロンドンのコヴェント・ガーデンやニューヨークのメトロポリタン・オペラでしばしば歌った。

252 これのゴーストライターはケイ・ボイルで，たいした手並みだわ　事実ケイ・ボイルはこの『思い出』のゴーストライターだった。

253 ジョン・レーン（1854-1925）　1887年にロンドンの出版社，ジョン・レーン，ザ・ボドリー・ヘッドを共同創立した。

268 イノック・ソームズ　マックス・ビアボームのファンタジーの題名兼登場人物，短編集 *Seven Men*『7人の男』の1編。小説家ソームズは語り手と数回会うが，物語の終りに本物の幽霊であることがわかった，という内容。

272 セルジュ・キリレンコ　グラスコーによればプリンス・イヴォン・ニコレンコの由である。カナダ国立公文書館所蔵の1928年と1929年に撮影された数枚の写真には，パリまたはニースのニコレンコ写真スタジオのスタンプが押してある。『思い出』の草稿のメモ帳No.1の注釈を読めば，グラスコーがポルノ写真のモデルになったのは彼のためだったことがわかる。

278 サミュエル・ダニエル（1563-1619）　イギリスの詩人・劇作家。韻文の美しさと語法の純粋さで知られる。同時代の若い詩人，ウィリアム・ブラウンは，「言葉遣いが綺麗だ」と評した。

281 ヴェール・ギャラン　シテ島のこの地点は思索と都会の喧騒からの避難所として，ヘミングウェイの『移動祝祭日』の類似したエピソードを彷彿させる。ヘミングウェイはそれを船の尖った舳先にたとえた。

ベディヴェア卿の科白　アルフレッド・テニスンの詩 "Morte d'Arthur"『アーサー王の死』（1842）の中で，頼んだとおり王剣エクスキャリバーを湖に投げたかと訊かれたベディヴェア卿は，投げることができず，「岸辺の葦を洗うさざ波と，岩に寄せては返す水の音を聞いただけです」と答えた。

282 シャルル・ピエール・ペギー（1873–1914）　フランスの詩人・評論家。社会党に入党，ドレフュスを擁護する。作品に戯曲 *Le Mystère de la charif de Jeanne d'Arc*『ジャンヌ・ダルクの秘密』（1910），宗教的抒情詩 *ve*（1913）など。1914 年第 1 次世界大戦で戦死。

285 ヴィヨンや，ネルヴァルや，ボードレールのパリ　パリ内外で破天荒な生活を送ったフランソワ・ヴィヨン（1431–？）は，今日では中世後期の最も優れた詩人だったと考えられている。パリで生れたジェラール・ドゥ・ネルヴァル（1808–55）は多作な小説家で，最初は詩人としてソネットの連作，『キマイラ』（1854）で有名になった。「人物」ボードレールの項も参照。

286 マダム・ゴードノー　グラスコーの注釈によれば，売春宿の経営者，マーサ・アーリントンの由である。

286-7 メフィストフェレスとファウストのテーマというか，ヴォートランとルバンプレの奇妙なテーマというかを　ドイツの放浪妖術師ゲオルク・ファウスト（1488–1541）はマーロウとゲーテによって悪魔メフィストフェレスの誘惑と闘うファウストとして劇に描かれたが，これは後にグノーによってオペラ化された。ヴォートランはオノレ・ド・バルザックの *Comédie Humaine*『人間喜劇』（17 巻，1842–48）中のいくつかの小説に登場する大犯罪者。リュシアン・ドゥ・ルバンプレはこうした小説のひとつ *Illusions Perdues*『幻滅』の主人公で，変装した悪人のヴォートランに富と成功を約束する。

288 モーパッサン風の雰囲気があるのだ　ギー・ド・モーパッサン（1850–93）は自然主義小説家で，日常生活を暗い筆致で客観的に描いた長編小説と，多くの短編小説を書いた。短編は皮肉などんでん返しで終る。

293 ボブがコンタクト・プレス社から出版した全ての本や原稿を読むことで　ロバート・マコールマンがコンタクト・プレス社から出版した本にはコンタクト版という刻印があった。*The Eater of Darkness*『闇を食う者』（1926）の著者はロバート・コーツであってマースデン・ハートリーではない。ケン・サトウの本は本人が訳した井原西鶴の *Quaint Stories of the Samurais*〔『男色大鑑』か〕だった。

295『進行中の作品』　「人物」ジョイスの項を参照。

296『ブヴァールとペキュシェ』　「人物」フローベールの項を参照。
『公認思想辞典』　「人物」フローベールの項を参照。
このページの他の著者名については「人物」参照。

297 サイモン・ディーダラス　ジェイムズ・ジョイスの自伝的小説 *A Portrait of the Artist as a Young Man*『若き日の芸術家の肖像』（1916）の主人公の父親。

300 ガリヴァーみたいなもので　ジョナサン・スイフト（1667–1745）の風

刺小説 *Gulliver's Travels*『ガリヴァー旅行記』（1726）の中では，船医レムエル・ガリヴァーが，住民の身長がわずか6インチしかない小人の国リリパットと，巨人の国ブロブディングナグへ旅をする。

301 リチャードソン……『クラリッサ』……ラヴレス　「人物」リチャードソンの項を参照。

ディドロ　ドニ・ディドロ（1713–84）はフランスの偉大な思想家，『百科全書』執筆者，小説家，風刺家，劇作家，美術批評家だった。言及はスザンヌ・シモナンの不幸について彼が書いた小説 *La Religieuse*『修道女』（1796）に対するものである。女主人公は家族に虐げられて修道院に入るが，修道院長（彼女は狂信的な譫妄症で死んだ）の虐待に遭って逃げ出し，パリへ逃れるが，転倒が原因で死ぬ。

サド　「人物」参照。

ほとんど読むに耐えないような遣り方で祖母を殺したプルースト　マルセル・プルーストの *À la recherche du temps perdu*『失われた時を求めて』は，語り手Mの愛する祖母が軽い脳卒中を起こしたあと尿毒症と診断され，寝たきりの生活を送る過程で目が見えなくなったり耳が聞こえなくなったりし，最後は発作を起こして死ぬ。

フローベール……エマ・ボヴァリーの死　「人物」フローベールの項を参照。

302 ブラックバードの連中をみんな呼んじゃうぞ　黒人音楽家のグループだが詳しいことは不明。黒人アーティストが売り物の一連のブラックバード・レヴューが1926年にロンドンで始まり——当時はフローレンス・ミルズがスターの一人——1936年迄ロンドンとニューヨークで断続的に続いた。

305 ミスター・ペゴティ　チャールズ・ディケンズの *David Copperfield*『デイヴィッド・コパフィールド』（1849–50）の登場人物。

スティーヴン・ブラックプール　ディケンズの *Hard Times*『ハード・タイムズ』（1854）の登場人物。

ジャン・ヴァルジャン　ヴィクトル・ユーゴーの *Les Misérables*『レ・ミゼラブル』（1862）の主人公。

ランバート・ストレザー　ヘンリー・ジェイムズの *The Ambassadors*（1903）の登場人物。

306 月の人間　グラスコーの注釈によれば，ハリー・クロスビー（ここではジミー・カーター）は自分のことを「昇る太陽」と称していた。

署名の横には子供っぽい三日月の絵が描かれ，片目と鉤鼻が添えてあった　クロスビーの署名は実際には半陽を表わす2，3本の線と，地平線から射し出す光線だった。

312 死の恐怖が私を悩ませる　ラテン語はスコットランドの詩人ウィリアム・ダンバー（1456？-1513）の“Lament for the Makaris”のリフレーンとして使われた。

314 ヴェーヌスベルクの岩屋に滞在したタンホイザー　13世紀のドイツにはヴィーナスに惹かれたタンホイザーがヴェーヌスベルクの洞穴に滞在して快楽をむさぼったという内容のバラードがある。彼の物語はリヒャルト・ワーグナーの歌劇の下敷きになり，またオーブリー・ビアズリー（1872-98）の *Under the Hill* と題する物語にもなった。未完だったこの作品はグラスコーが完成し，1959年にオリンピア・プレス社から出版した。

人　物

ア　行

アーレン，マイケル（Arlen, Michael, 1895-1956）　ブルガリアに生れ（彼の元の名前はディクラン・クユムリアン）イギリスで教育を受けた。ロンドンの上流社会を題材に小説を書いた。*The Green Hat*（1924）が代表作。

アポリネール，ギヨーム（Apollinaire, Guillaume, 1880-1918）　アンジェリカ・ドゥ・コストロウィツキーの非嫡出子としてローマで生れ，母が長年モナコに住んだためにフランス国籍を取得した重要な前衛批評家・詩人。ピカソとブラックの友人で，二人の革新的なキュビズム作品の推進を，先駆的研究である，*Les Peintres cubistes*（1913）で助けた。

アラゴン，ルイ（Aragon, Louis, 1895-1982）　フランスの詩人・小説家。シュールレアリスム創始者の一人。

アルプ，ジャン（Arp, Jean, 1887-1966）　ダダやシュールレアリスムと関わりをもったフランスの画家。1930年代に彫刻に転じ，多くの有名な作品を遺した。

イェーツ，ウィリアム・バトラー（Yeats, William Butler, 1865-1939）　アイルランド生れの20世紀最大の詩人の一人。1923年にノーベル文学賞を受賞。フォード・マドックス・フォードは30ページで彼をウィリー・イェーツと呼んでいる。

ヴァイル，ローレンス（Vail, Laurence, 1891-1968）　フランス人の父とドイツ人の母の間にニュージャージー州で生れたアメリカ市民だが，育ったのはフランス。画家で，1920年代のモンパルナスではよく知られた存在だった。彼はウイットがあって，ハンサムで，女性には魅力的，時には乱暴で嫉妬深く，巷で喧嘩ざたを起こすこともあった。1922年にペギー・グッゲンハイムと結婚する（『思い出』の中ではテレンスとサリー・マール）。二人の子供をもうけたが波風の立つ結婚生活で，1930年に離婚するが，そのまえに二人とも浮気をした。彼の相手はケイ・ボイルで，二人は1932年に結婚する（なんと，ペギー・グッゲンハイムは結婚式に客として出ている！）。彼らの間には子供が三人いたが，ケイ・ボイルが浮気をしたため1943年に離婚している。ジミー・チャーターズが回想記を書こうと思っていたときヴァイルの助言を求めた。ヴァイルはモンパルナスが最も賑わっていた頃を思い出して長い手紙を書いた。チャーターズはその内容を *This Must Be the Place* の末尾に書き添えた。

ヴァレーズ，エドガール（Varèse, Edgard, 1888－1965）　フランス生れの作曲家。1926年にアメリカ市民となる。不協和音の効果を生み出すために極端な楽器の音域を用いた革新的な音楽家だった。

ウィーダ（Ouida）　ルイーズの子供っぽい発音。ウィーダはマリー・ルイーズ・ドゥ・ラ・ラメ（1839－1908）のペンネーム。イギリス生れの作家で45冊の大衆小説を書いた。装飾的で細部が不正確という批判がありはしたが，物語が力強く精力的という評価もあった。代表作は，*Under Two Flags*（1867），*A Dog of Flanders*（1872）。

ウィチャリー，ウィリアム（Wycherley, William, 1640？－1716）　最も知られた彼の喜劇を二作挙げれば，結婚慣行と性道徳をウイットに富むみだらな風刺で茶化した*The Country Wife*（1675）と，*The Plain-Dealer*（1677）ということになるだろう。

ヴィトラック，ロジェ（Vitrac, Roger, 1899－1952）　フランスの詩人で，詩集を1964年に出版し，劇作家としては1946（1），1948（2），1964（3）および（4）と，4冊の戯曲集を出版した。

ウィリアムズ，ウィリアム・カーロス（Williams, William Carlos, 1883－1963）　偉大なアメリカの詩人の一人で医師でもあった。しかし，彼の重要性は1950年代まで認識されなかった。ウィリアムズは1924年と1927年にパリを訪れたが，そこでできた友人には，ロバート・マコールマン，シルヴィア・ビーチ，ケイ・ボイル，ペギー・グッゲンハイム，ローレンス・ヴァイル，ジュナ・バーンズらがいる。

ウェスト，デーム・レベッカ（West, Dame Rebecca, 1892－1983）　イギリスの作家。1918年から1966年の間に出版された面白い小説と，精力的で時に辛辣な新聞雑誌の寄稿文で知られた。

ヴォーゲル，ジョウゼフ（Vogel, Joseph）　アメリカの詩と散文の作家。*New Masses*に作品を発表した。彼は自分を「鉄道労働者でラバの飼育者」と称した。

ウォータートン，チャールズ（Waterton, Charles, 1782－1865）　イギリスの博物学者。1804年から1812年迄英領ギアナに住み，1825年に*Wanderings*を出版，後日，自然史に関するエッセー・シリーズを1838，1844，1857年にそれぞれ出版した。

ウォルシュ，アーネスト（Walsh, Ernest）　ケイ・ボイルとエセル・ムアヘッドの項を参照。

ヴォルテール（Voltaire）　フランソワ－マリー・アルエ（1694－1778）のペンネーム。風刺家，小説家，歴史家，詩人，劇作家，論争学者，倫理学者，批評家。フランス啓蒙主義の指導的人物で，思想家としての影響は彼の死後も長く続いた。

ウッド，セルマ（Wood, Thelma）　ミズーリ州出身の彫刻家・銀筆画家（『思い出』の中ではエミリー・パインという名前のアメリカ人彫刻家）。美しい女性で，フォールスタッフでダイアナ・トゥリーが紹介した中年女のグループからグラスコーが奪うことになる。グラスコーが誘惑しようとしてあえなく振られるエミリー・パインことセルマ・ウッドは，『思い出』にウィラ・トランスとして登場するジュナ・バーンズがパリ時代に惚れ込んだ女性で，1922 年から 1931 年迄二人は一緒に暮した。

グラスコーが心の拷問にかける女と呼んだだけあって，エミリー・パインことセルマ・ウッドは気難しく，性的には破天荒な女だった。彼女はバーンズとの関係では男役を演じ，バーンズの *Nightwood* では Robin Vote として登場する。バーンズが最初の小説，*Ryder*（1928）を捧げた“T. W.” は彼女の頭文字である。

ウルフ，ヴァージニア（Woolf, Virginia, 1882–1941）　今世紀最大のイギリスの革新的小説家の一人。彼女は優れたエッセイストでもあって，手紙もよく書いた。彼女の全ての作品を近年の出版で手に入れることができる。

エリオット，T. S.（Eliot, T. S., 1888–1965）　アメリカ生れのイギリスの詩人・批評家・劇作家。1920 年代にはじまる現代イギリス文学における最も影響力のあった人物の一人で，1948 年にノーベル文学賞を受賞。

エリュアール，ポール（Eluard, Paul, 1895–1952）　最も優れた現代フランス詩人の一人，愛の詩で有名。代表的なシュールレアリスム詩人だった。

エルンスト，マックス（Ernst, Max, 1891–1976）　ドイツ生れのフランスの画家。シュールレアリスムを代表する詩人の一人。1941 年から 1948 年迄アメリカで働き，一時　ペギー・グッゲンハイムと結婚していたこともある。

オッペンハイム，E. フィリップス（Oppenheim, E. Phillips, 1866–1946）　多作なイギリスの推理作家。諜報や国際外交ものを得意とした。

オネゲル，アルトゥール（Honegger, Arthur, 1892–1955）　1920 年に結成された Les Six（6 人組）と称する革新的なフランス作曲家グループのメンバー。

カ　行

カーター，ジミー（Carter, Jimmy）　ハリー・クロスビーを参照。

カーネヴァリ，エマニュエル（Carnevali, Emanuel, 1898–1942 頃）　若きイタリアの作家として 1914 年にアメリカにわたり，ウィリアム・カーロス・ウィリアムズの *Autobiography*『自叙伝』によればニューヨークで皿洗いをやりながら言葉を身につけた。彼は一時シカゴの Poetry Magazine 社で

編集に携わったが脳炎に罹り，1922年にイタリアのバッザーノに送り返された。そこへロバート・マコールマンとアーネスト・ウォルシュが訪れ，マコールマンは彼の短編集，*A Hurried Man* を1926年に出版した。ケイ・ボイルは彼の小説にいち早く目を付けて文通をし，1933年にはバッザーノで療養する彼を訪れている。彼女は断片的な彼の文章を編集して *Autobiography*『自叙伝』としてまとめたが，1967年まで出版には至らなかった。ボイルが送ったコピーに対する1967年12月21日付の礼状の中で，グラスコーはそれを素晴らしいと褒め，「私は彼の詩よりも散文のほうが好きです。色彩と思想があります。しかし彼の詩は素敵だ，最高の抒情詩です」と書いた。

カーマン，ブリス（Carman, Bliss, 1861–1929）　カナダのフレデリクトンで生れ，フレデリクトン，ニューブランズウィック，短期ながらハーバード大学等で教育を受けた。50冊を越える詩集――多くはロマンティックな自然風景をうたったもので，最も優れた詩の一つに“Low Tide on Grand Pré”がある――で有名になり，音楽性，幻想性，悲しみや恍惚感の心に染みる表現，などで注目される。グラスコーは27ページで，詩の中で異教精神と音楽効果を結びつけたイギリスの詩人，アルジャーノン・スウィンバーンに因んで彼をカナダのスウィンバーンだと言っている。

カサノヴァ，ジャコモ（Casanova, Giacomo, 1725–98）　猟色で有名なイタリアの作家。フランス語で性的冒険とスキャンダルを結びつけた歴史的興味津々の12巻の Mémoires『回想録』（1826–38）を書いた。グラスコーは，ルクセンブルクに18世紀のヨーロッパの名残を発見したとき，カサノヴァはローレンス・スターンと並ぶ「世界最大の思い出の作家」だと述べている。

カトローヌ，ユーゴー（Quattrone, Hugo）　グラスコーはユーゴー・スカテナだったとしている。

カミングズ，E. E.（Cummings, E. E., 1894–1962）　アメリカの詩人。1920年代はじめに数回にわたってパリに住み，1928年から1930年までは毎年冬の一部をパリで過ごした。自伝的小説，*The Enormous Room* を1922年に出版し，1923，1924，1926年のそれぞれの年には言語，文法，句読法，組版などで実験的な詩集を出した。彼は1930年に詩の中に大文字を使うことをやめた。

カリダッド（Caridad）　グラスコーがカリダッド・ドゥ・プルマと呼び，マコールマンのようにグラスコーとテイラーにモンパルナスを案内した女性。彼女はスペイン人かキューバ人との混血で，ダンサーまたはこれといった生活手段のない女だったが，端役ながら映画にも出演していたカリダッド・ドゥ・ラベルデスクがモデルだったと思われる。彼女は1920年代

にシュールレアリストと関わりをもったパリ在住の画家，ジョルジュ・マルキーヌの情婦だった。カリダッドがグラスコーを紹介したマルキーヌとロベール・デスノスは親しくなったが，共に阿片の使用者だった。もっとも，シュールレアリストは麻薬のようなものを使うことには反対だった。

キキ（Kiki, 1901-53）　本名はアリス・プランといい，フランスの東部，ブルゴーニュの生れ。並外れた魅力の持ち主で，元は高級売春婦だったが，派手な化粧と衣裳，とりわけ高邁な精神で1920年代にモンパルナス界隈で人の目を引いた。微笑を絶やさず，波乱万丈の身の上話で並み居る人々を煙に巻く。彼女はカフェでみだらな歌をしわがれ声でうたい（グラスコーの描写ではケイ・ボイルは彼女の声を粗野だと言った），ヒレイア・ハイラーの経営するナイトクラブ，ザ・ジョッキーが1923年に開業したときには，彼女は店にとってなくてはならない存在だった。8本の映画に出演し，非常に多くの画家や彫刻家のモデルになった。マン・レイ（『思い出』にはナーワルの名で登場）が撮った多くの写真のモデルも務めたが，1923年には彼の情婦になった。6年にわたる彼との同棲生活の間，彼女はキキ・マン・レイと自称した。マン・レイはキキを撮ることで写真を通じた人格の表現を追求し，多くは裸体の写真だった。しかし，彼女は芸術家や男たちの注目の対象になることに消極的に満足する人間ではなかった。彼女自身，ナイーヴな画風の興味深い絵を描き，1927年には個展を開くほどの腕前をもっていた。新聞によれば，「個展にはクオーターの常連が大挙して出かけた」。「個展開催前日のレセプションとしてはその年最も成功したもの」といわれ，ほとんどの絵が売れた。カタログの序文はロベール・デスノスが書いた。

キキがモンパルナスの女王に選ばれた1929年に，彼女の回想録『キキ——思い出』が出版された。出版記念会兼サイン会はフォールスタッフで，続く祝賀会はクーポールのバーで，それぞれ行なわれた。英語版はサミュエル・パットナムの翻訳，アーネスト・ヘミングウェイが序文を書き，エドワード・タイタスがブラック・マニキン社から翌年に出版した。ランダム・ハウス社の編集長，ベネット・サーフが300部をアメリカに輸入しようとしたところ，合衆国税関が差し止めた。

1970年3月3日付のウィリアム・トイ宛の手紙に——トイはロナルド・サール，カイ・ウェブ共著の“Paris Sketchbook”『パリ写生帳』（1950, 1957改訂）に書かれた晩年のキキに関する記事からとった2ページのコピーを送ってくれた——グラスコーは次のように書いた。

「キキに関する記事のコピーをありがとうございました。記事とサールの絵にはいささか衝撃を受けました。そのころ（1953年）には彼女も50は過ぎていたに違いありません……しかし，容色が全く衰えてしまうこと

は25年前にも予測していたでしょうし，キキは昔から我が身に何が起ころうと気にしない野生の女でした。

［アマデオ・］モジリアニや［モイーズ・］キスリングの絵に描かれた彼女，またはマン・レイの写真のなかの彼女と，50年代の彼女を比べるのは酷というものです。しかし，彼女はそれを何とも思わないのではないか，と考えるのです。彼女は何時もしたいことをしました。彼女が求めたのは娯楽と，酒と，人の目を引くことでした。肉体の美しさ，わけても自分の美しさのはかなさを彼女は知っていたのです。彼女はいつも，「モジとキキ（キスリングに彼女がつけた愛称。これが「マダム・キキ」を経て彼女の愛称になった）がわたしを描いてくれたわ。売春婦にそれ以上何が望めるというの？　あの人たちが描いた美しい絵を見て，これが私なんだわ，と思うのよ。（と言って彼女はあの美しい目で上目遣いに見てしわがれた声で笑い）すてきでしょ？」と言ったものです。彼女は自分の「似顔絵」がとても気に入っていました。金には全く執着がありませんでした。彼女と4年近く（実際は6年）同棲したマン・レイは彼女を誰よりもよく知っていました。パリで彼やジュリエットにフェロウ通りで最後に会ったのは1958年のことでしたが，マン・レイはエルマと私に，『人生の終りが近づくにつれて，彼女は感情の抑制がきかず，聞分けがなく，自己卑下ばかりするようになって，衰えた容色や体を嗤い，自分を蔑むありさまでした』と言いました」

キスリング，モイーズ（Kisling, Moise, 1891–1953）　ポーランド生れの画家。19歳だった1910年にパリに移住し，第1次世界大戦中にはフランスの外人部隊に入隊した。彼は断続的にモンパルナスに住み，繊細なデッサン力と，巧みな肖像画と，女性のヌードで知られた。中でもキキの裸体画は有名で，わたしには恥毛がないと公言していた彼女の言葉を実証しているように思われる。もっとも，彼女の絵や写真には恥毛があることを示唆しているのもある。

ギッシング，ジョージ（Gissing, George, 1857–1903）　イギリスの小説家・批評家・随筆家。多くの小説のうち最も知られているのは，*New Grub Street*（1891）で，これは同時代のロンドン文学界の暗い肖像画である。

キャスル，ルーパート（Castle, Rupert）　グラスコーの注釈によれば本名はルーパート・フォーダムである。

キャベル，ジェイムズ・ブランチ（Cabell, James Branch, 1879–1958）　アメリカの作家。1920年代およびその前後に多くの小説を書いたが，神話的な王国を舞台にしたウイットに富むロマンスの長編シリーズの作者として記憶に留められる。*Jurgen*（1919）は猥褻だとして非難されたことで有名。

キャラハン，モーリー（Callaghan, Morley, 1903–90）　「トロント・デイリー・スター」紙の駆け出し記者だった1923年に，キャラハンは大学の夏休み中に同じ新聞社で働いていたアーネスト・ヘミングウェイに出会った。ヘミングウェイは作家志望のキャラハンを励まし，彼の短編小説を何編かパリにもっていった。キャラハンの処女短編，“A Girl with Ambition”「野心家の少女」は1926年に「ジス・クオーター」誌に掲載された。ニューヨークのスクリブナー社のヘミングウェイの編集者はキャラハンの小説 *Strange Fugitive*『奇妙な逃亡者』（1928）を受け入れ，彼の短編集 *A Native Argosy*『土着の人アーゴシー』は1929年に出版された。キャラハンはその年の夏に妻のロレットを連れてパリに行き，ヘミングウェイやスコット・フィッツジェラルド，そしてグラスコーとも頻繁に会った（キャラハン夫妻とロバート・マコールマンはジェイムズとノラ・ジョイスを食事に招待したが，ジョイス夫妻はお返しに彼らをロビアック広場のアパートに招んで飲み物を振る舞った）。「ジス・クオーター」の当時の編集者エドワード・タイタス（エセル・ムアヘッドの項を参照）は，マコールマンとキャラハンの両方に，常軌を逸した傲慢な行動で広く知られるようになったグラスコーとグレーム・テイラーの印象を題材にしてそれぞれ小説を書いたらどうか，と勧めた。マコールマンは断わったが，キャラハンの“Now That April's Here”「四月ともなれば」は「ジス・クオーター」1929年11／12月号に掲載された。キャラハンが小説のなかで「性行動のいかがわしいにやけた青年だ」と書いたとして長年恨んでいたグラスコーは，『思い出』に登場するキャラハンの性格に色づけをすることで仕返しをしている。

キュナード，ナンシー（Cunard, Nancy, 1896–1965）　キュナード汽船会社の創立者，サミュエル・キュナードの子孫とあって金持ちで，1920年代のパリに在住した大胆で自由な外国人女性の典型。ウィリアム・カーロス・ウィリアムズは彼女について，「酔っ払った姿は見たことがないが，全く素面だったこともないと思う」と言った。彼女は詩を書き，現代絵画を収集した。ジョージ・ムーアの親友で，ロバート・マコールマンやケイ・ボイルとも親しく，マイケル・アーレンの *The Green Hat*（1924）や，オールダス・ハクスレーの *Point Counter Point*（1928）など，いくつかの小説の主人公のモデルでもあった。わけてもオスカー・ココシュカの絵のモデルになり，コンスタンチン・ブランクーシの有名な彫刻，*Jeune Fille Sophistique* の制作に霊感を与えたことは特筆に値する。1928年に印刷機を手に入れて Hours Press 社という名前で出版を始め，それが成功すると関心の対象も変わった。彼女は黒人作家に対する関心や，アフリカのブレスレット収集趣味や，黒人男性との関係をひけらかすことを通して，人種差別撤廃に向けて援助を惜しまなかったことでも知られる。

キュリー，サー・アーサー（Currie, Sir Arthur, 1875－1933）　第 1 次世界大戦時のカナダ軍団初のカナダ生れの司令官。イギリス軍では最も尊敬された司令官で，1920 年から死ぬまでマギル大学学長。

キリコ，ジョルジョ・デ（Chirico, Giorgio de, 1888－1978）　ギリシア生れのイタリアの画家。イタリアとパリで仕事をした。彼は 1920 年代のシュールレアリスムの先駆けと思われる不安を感じさせる奇妙な作品を創ったことで知られた。

クーベリック，イアン（Kubelik, Jan, 1890－1940）　チェコ生れのヴァイオリンの巨匠・作曲家。指揮者ラファエル・クーベリックの父で，サラワクのダヤン・ムーダ（グラディーズ・パーマー・ブルック）の友人でもあった。

クエイル，ミセス（Quayle, Mrs.）　マーガレット（およびマルゲリート）・ホイットニーと目される女性。『思い出』のなかに書かれた出来事から 15 年ほどたって，グラスコーがマコールマンに住所を熱心に問い合わせたペギー・リップだった可能性もある。グラスコーの未発表の韻文ファイルに 3 スタンザの詩があり，それにはまず「ウェストマウントにて '26 年 3 月」と入れた日付を棒線で消して「改訂，於モントリオール，1933」と書き直している。元の題名は“Ukyo's Song”だったが，Ukyo〔伊丹右京か〕はケン・サトウが訳した井原西鶴の物語〔『男色大鑑』か〕に登場する同性愛の小姓の名前である。これには後日「マルゲリート・ホイットニーに捧ぐ」と鉛筆書きのメモが付せられている。第 1 スタンザはつぎのとおり。

早くお前を愛し，たちまち失った
　　私の知らない約束とともに
お前は春の午後のように通りすぎ
　　私を目覚めさせて夢を見させ後を追わせた

グラスコーは 1961 年 6 月の短い“Autobiographical Sketch”（序文に引用）の末尾でさまざまな情事に触れ，「ミセス Wm. ホイットニー」に言及している。そのあと，彼が初めて「真の愛」を経験した「ミセス・マルゲリート・リップ－ロスカム」とスペインへ旅をしたが，「そこでマルゲリートが浮気をして」彼を苦しめる。2 番目の人物が「ミセス・クエイル」と合致するのである。ウィリアム・トイがグラスコーの編集者として一緒に仕事をしていた 1969 年 3 月にミセス・クエイルについて訊いたところ，彼女は結婚で裕福なアメリカ人一家の一員になったマルゲリート・ホイットニーだと答え，夜会服姿の彼女の写真を見せた（巻頭の写真 11 を参照）。これは彼女がモントリオールを訪れてグラスコーに会ったとき撮ったもので，したがってミセス・クエイルの肖像を描くにあたって二人のマルゲリートが貢献したとみて間違いはない。

グッゲンハイム，ペギー（Guggenheim, Peggy, 1898-1979）　アメリカの最も裕福な一族の一つに生れ，1920年にパリに向けてニューヨークを発つ。1922年にモンパルナスの伊達男ローレンス・ヴァイルと結婚した（『思い出』にはサリーとテレンス・マール名で登場する）。子供が二人できたが波乱含みの生活で，彼女は多くのパリの文化人と付き合いがあり，1930年に離婚した。その後彼女は愛の生活を積極的に求め，短い期間ながら画家のマックス・エルンストと結婚していたこともある。第2次世界大戦後は現代絵画の著名な蒐集家になって，買い集めた絵はスイスのグランド・カナルの，現在は公立美術館になっている彼女の邸宅（パラッツォ）にある。

クニスター，レイモンド（Knister, Raymond, 1899-1932）　オンタリオ州南西部に生れ，オンタリオ大学と，アイオワ州立大学に一時在学したあと，1920年から1923年迄父の農園で働くかたわら，作家修行をした。彼の詩の連作 "A Row of Horse Stalls" と，短編 "Elaine", "The Fate of Mrs.Lucifer" は1925年に「ジス・クオーター」に掲載された。彼は長編小説を二つ書いた。*White Narcissus*（1929）と賞を取った *My Star Predominant* だが，これは彼の死後，1934年に出版された。クニスターのイマジスト詩と散文詩は彼を最初の現代カナダ詩人の一人に列している。

クライスラー，フリッツ（Kreisler, Fritz, 1875-1962）　オーストリア人とアメリカ人の両親をもつヴァイオリニストで，多くのヴァイオリン曲を作った作曲家。同時代の最高のヴァイオリニストで恐らく最も高い人気を誇った。

クレイグ，アーチボルド（Craig, Archibald）　イギリスの二流詩人で，グラディーズ・パーマー・ブルックの従兄弟に当たるセドリック・ハリスのペンネーム。ブルックとはしばらくパリで同居した。彼はケイ・ボイルの友達になり，彼女にとって「あらゆる種類の慰めとなる相手」で，ボイルは彼と *Living Poetry* という誌名の前衛文学雑誌を出す予定で，1928年夏の「トランジション」に9月創刊の広告も出したが，発行には至らなかった。

クレー，パウル（Klee, Paul, 1879-1940）　スイス生れの画家。最も才能豊かで影響力のあった現代芸術家。

クローデル，ポール（Claudel, Paul, 1868-1955）　多作かつ有名なフランスの詩人・劇作家で，外交官でもあった。彼の書いたものは神秘的なカトリック主義に基づいている。

クロスビー，ハリー（Crosby, Harry, 1898-1929）　ジミー・カーターという名前で『思い出』にはちょっと登場するだけだが（305-6ページ），彼はアメリカの金融業者ジョン・ピアモント・モーガンの甥で，1922年以来パリのモーガン銀行で働いていた。彼と妻のカレスはパリの英米人社会

ではよく知られた存在で，高級住宅地内の住居を次々と変えながら享楽的な生活を送っていた。彼らはまたブラック・サン・プレスという出版社を興してハリーの日記，*Shadow of the Sun*『太陽の影』（1928），ケイ・ボイルの処女作 *Short Stories*『短編小説集』（1929），等を出版した。他に当時はるかに有名だった作家たちの著書も出版している。彼は 1929 年 12 月にニューヨークで情婦を射殺したあと自殺した。「シカゴ・トリビューン」紙は，「彼は同世代の誰よりも十分に生きた」と書いた。

ケネディ，レオ（Kennedy, Leo, 1907－）　モントリオール大学在学中に *McGill Fortnightly Review* の編集者フランク・スコットと A. J. M. スミスに請われて同誌の編集に携わった。モダニスト詩人で，唯一の詩集 *The Shrouding* は 1933 年に出版された。

ゴールドマン，エマ（Goldman, Emma, 1869－1940）　ロシア生まれのアメリカ人アナーキストで，アメリカの実業家ヘンリー・クレイ・フリック暗殺未遂と，徴兵制反対のかどで 15 年の刑に服したアレグザンダー・バークマン同志とともに 1919 年にソヴィエト連邦に強制送還された。ボルシェヴィキ政治に幻滅した二人は 1921 年にロシアを去った。エマ・ゴールドマンはイギリスに数年間住んでいたが，ほとんど知らず一緒に住んだこともないウェールズ人と結婚してミセス・E. G. コルトンという新しい名前と，イギリスのパスポートを手に入れた。それから彼女はパリに移動する。浮かぬ顔をした失意の彼女の姿はモンパルナスのカフェでよく見られた。最初のうち彼女に同情していたペギー・グッゲンハイム（『思い出』にはサリー・マールの名で登場）は，1928 年の夏にフランク・ハリスと彼の妻に持ちかけてセント・トロペスの別荘を彼女に買ってやった。そこで彼女は 2 巻の回想録，*Living My Life*『我が人生を生きる』（1931）を書いた。トロントで生涯を終えた。

コクトー，ジャン（Cocteau, Jean, 1889－1963）　詩人，画家，小説家，映画製作者，劇作家，役者，主要なフランス人作曲家の協力者。パリでは 45 年にわたって前衛芸術の中心的存在だった。コクトーはとりわけ前衛的な 1930 年の *Le sang d'un poète*『詩人の血』や，1946 年の *La Belle et la Bête*『美女と野獣』を含む古典的映画を創ったことで記憶に留められる。彼の作品全てにシュールレアリスム的幻想が染み込んでいる。彼が作った「私は常に真実を語る嘘だ」という逆説は，偶然ながらグラスコーの『モンパルナスの思い出』の手口と似ている。コクトーは友人のレイモン・ラディゲが 1923 年に死んだとき阿片中毒になったが，グラスコーも短期ながらコクトーと性的関係があった，と述べている。

コノリー，シリル（Connolly, Cyril, 1903－74）　パリに住んだイギリスの作家・編集者・ジャーナリスト。1920 年代にロンドンの週刊誌，*The New*

Statesman に寄稿し，最も知られた文学的業績は時代を先取りしたもので，小説，*The Rock Pool*（1936），*Enemies of Promise*（1938），批評集等を出版し，1939 年には，イギリスの文芸雑誌，*Horizon* を共同創刊して編集に当たった。

コングリーヴ，ウィリアム（Congreve, William, 1670–1729）　王政復古時代の劇作家。当時の偉大な文学者の一人。喜劇の巨匠で，作品には二つの古典，*Loe for Loe*（1695），*The Way of the World*（1700）などがある。

コンラッド，ジョウゼフ（Conrad, Joseph, 1857–1924）　ポーランドに生れ，1878 年にイギリス商船の船員になってから英語を学びはじめ，1886 年に国籍を取ってイギリス名に変えた。1894 年に船乗りをやめてイギリスに定住し，偉大な小説家の一人として，*An Outcast of the Islands*（1896），*The Nigger of the Narcissus*（1897），*Lord Jim*（1900），*Typhoon*（1902），*Heart of Darkness*（1902），*Nostromo*（1904），*The Secret Agent*（1907），等々を書いた。

サ　行

サイモンズ，アーサー（Symons, Arthur, 1865–1945）　詩人としてはウィリアム・バトラー・イェーツ，リチャード・ル・ガリエンヌ，その他とともにロンドンのライマーズ・クラブに属していた。彼は堕落，劇場，およびロンドンの路上生活を祝福する詩を書いた。彼はまたフランスの象徴詩を翻訳し，重要な批判的紹介である，*The Symbolist Movement in Literature*（1899）を書いた。

サッカレー，ウィリアム・メイクピース（Thackeray, William Makepeace, 1811–63）　19 世紀イギリスの偉大な小説家の一人。イギリスの上・中流階級の生活を題材に，風刺的かつ道徳的な長・短編小説を書いた。古典的な彼の作品は *Vanity Fair*『虚栄の市』（1848）で，有名な主人公は冷静で無原則で利己的なベッキー・シャープである。他の代表的小説には，*The Memoirs of Barry Lyndon*（1844），*The History of Henry Esmond*（1852）などがある。

ザツキン，オシプ（Zadkine, Ossip, 1890–1967）　ロシア生れの彫刻家，力強い表現派の作品を作った。1920 年代と 1930 年代にパリに仕事場を構え，戦後ニューヨークからそこへ戻った。141 ページに，彼が自分を伝説的なイタリアの彫刻家（画家，詩人）であるミケランジェロ・ブオナロティ（1475–1564）や，偉大なフランスの彫刻家，オーギュスト・ロダン（1840–1917）に誇らしげになぞらえるシーンがある。

サトウ，ケン（Sato, Ken）　1920 年代にモンパルナスに住んだ日本人のパリ在住者で，ロバート・マコールマンとは知己の間柄だった。西鶴の作品

を翻訳して1929年にパリで *Quaint Tales of the Samurais* と題してマコールマンの肝煎で出版した。表向き私家版だったのは物語が同性愛的な内容だったためである。マコールマンの報じるところでは，サトウはコロンビア大学で学び，*Quaint Tales* の原稿はサトウがアメリカに住む日本人の生活を書いた"Yellow Jap Dogs"と題する短編小説と一緒にハヴロック・エリスの好意で送られてきたものだった。グラスコーは長年 *Quaint Tales* への関心を失わず，1941年2月と，1947年6月の二度にわたってケン・サトウがその後どうなって今どこにいるか，と尋ねている。1970年に，グラスコーはこの本を *Temple of Pederasty* という題名で出版することを考え，出版社と交渉に入った。原作井原西鶴，序文は自分が書くつもりだった。

サド侯爵（Sade, Marquis de, 1740–1814）　フランスの小説家・色情本作者。彼の書いたものはフランスでは1957年に発禁になった。放蕩生活を送り，男色その他の異常な性行動のかどで，1772年には死刑の宣告を受けた。サドは悪名高いバスティーユをはじめとする各地の牢獄で27年を過ごした。1801年にみだらな本を出した罪でパリ近郊のシャラントン精神病院に入れられ，死ぬまで収容された。厖大な数に上る彼の長編小説や，短編小説や，劇――ほとんどはカミーユ・パッリアの言葉によれば人間の性的想像力の限界に挑んで獄中で書かれた――はボードレールに影響を与え，彼の書いたものはその文体や心理的意味合いにおいてフランス文学に高い位置を占めている。彼の作品には，*Les 120 journées de Sodome*（1784），*Justine*（1791），*Les Crimes de l'amour*（1800）などがある。

サン－サーンス，カミーユ（Saint-Saëns, Camille, 1835–1921）　フランスの作曲家。交響曲，ピアノ協奏曲，オペラ，などを作曲した（*Samson et Dalila* を含む）。

ジークフェルト，フローレンツ（Ziegfeld, Florenz, 1867–1932）　1927年の *Show Boat* の最初の公演を皮切りに，1932年にポール・ロブソンを主演に迎えてのそれの再演に至る，金の掛かる美しいブロードウェイ・ミュージカルのプロデューサーとしての彼の名声は1896年に始まり，彼の死後もしばらく続いた。

ジェイムズ，ヘンリー（James, Henry, 1843–1916）　アメリカで生れた小説家だが，生涯の大半をイギリスで暮す。彼はまた偉大な批評家・随筆家だった。繊細な性格描写と，凝った文体と，時として長大な分量が，一部の読者には障害となった。作品には，*Daisy Miller*（1879），*The Portrait of a Lady*（1881），*The Turn of the Screw*（中編小説，1898），*The Wings of the Doe*（1902），傑作と考えられている *The Golden Bowl*（1904）などがある。

ジェフリーズ，リチャード（Jefferies, Richard, 1848–87）　多くの作品を書いた作家・博物学者。代表的な作品には，*The Gamekeeper at Home: Sketches*

of Natural History and Rural Life（1878），自然への愛着を説明する自伝物語である *The Story of My Heart*（1883）などがある。

シェリダン，リチャード・ブリンスリー（Sheridan, Richard Brinsley, 1751–1816）　アイルランド生れのイギリスの劇作家。とりわけ今日まで上演されている二つの古典的風刺喜劇，*The Rivals* と *School for Scandal* が有名。

シュヴィッタース，クルト（Schwitters, Kurt, 1887–1948）　ドイツのダダの画家，詩人でもあって，数冊の彼の詩集は具象詩の先駆けとなった。

ジョイス，ジェイムズ（Joyce, James, 1894–1952）　有名なアイルランドの小説家で，家族は1920年から1939年迄パリのさまざまな住所に住んだ。彼がパリに来たときには既に短編集 *Dubliners*『ダブリン市民』（1914）と，自伝的小説 *A Portrait of the Artist as a Young Man*『若き日の芸術家の肖像』（1916）を出版していた。彼の偉大な小説 *Ulysses*『ユリシーズ』は1922年，シルヴィア・ビーチがシェイクスピア一座社で印刷・出版した。1927年12月に，ジョイスは自分のアパートで開いたティーパーティーの席でロバート・マコールマン，アーネスト・ヘミングウェイ，シルヴィア・ビーチ，パドリックとメアリー・コラム夫妻らを含む大勢の友人たちに *Work in Progress*『進行中の作品』から"Anna Livia Plurabelle"の部分を読んで聞かせた。朗読が終るとジョイスはメアリー・コラムに感想を訊いた。彼女は，「文学になっていない」と答えた。ジョイスは黙っていた。しかし彼はあとで彼女の夫に，「今は文学になっていないかもしれないが，将来は文学になると彼女に言ってくれ」といった（リチャード・エルマン著 *James Joyce*, p. 635）。*Finnegans Wake*『フィネガンズ・ウェイク』は1939年に出版された。この作品のおどけた韜晦趣味，語呂合せ，子供っぽい言葉遊び，さりげなくちりばめた知恵，等々はシュールレアリストが巧妙かつ無作為的に導入した言葉の革命を取り入れている。国立公文書館所蔵のグラスコーのメモ帳No.1を含むフォルダーには，ジョイスの印象を書きつけた紙片が数多く残されているが，『思い出』に出てくるもののほかに次のような記事もある。「ボブの言葉によればジョイスは僕に好意をもっていて，とてもいい言葉を喋ると褒めていたらしい」また，「モントリオールの人は言葉づかいがいい。彼（グラスコー）はよく勉強しているからそのうち連れてきたまえ」とジョイスが言っていた，というメモもある。

ショー，ジョージ・バーナード（Shaw, George Bernard, 1856–1950）　アイルランド生れの音楽と劇の批評家で，50冊余りの劇を書いた劇作家。彼の劇はいつもどこかで何かしら（例えば，*Pygmalion* や *Saint Joan* など）が上演されている。1925年にノーベル文学賞を受賞。

ショーペンハウアー，アルトゥール（Schopenhauer, Arthur, 1788–1860）　悲観論者のドイツの哲学者。自然の力と人間の衝動を生きる意

志に還元し，意志は挫折と苦痛を生むが，それらは知性と欲望の放棄によってのみ滅じることができる，と考えた。136ページの引用は *The World as Will and Ideas* から。

ショケット，ロベール（Choquette, Robert, 1905年生れ）　詩人。初期の詩，*À travers les vents*（1925）と，*Metropolitan Museum*（1931）は大きな注目を引いた。彼はヴィクトル・ユーゴーを彷彿させる小説家で，ラジオ・テレビの脚本家，ならびにカナダの外交官でもあって，フランスをはじめ南アフリカの数か国の大使を歴任した。40ページで彼はカナダのユーゴーと呼ばれている。

ジョラス，ユージーン（Jolas, Eugene, 1894-1952）　アメリカで生れ，ヨーロッパで育つ。彼はドイツ語，フランス語，英語，と3か国語を話した。15歳のときにアメリカに帰国したが，1920年代の初めには「シカゴ・トリビューン」紙パリ版のリライトマン，つづいて経済記事編集主任，1924年には「文学の都パリ散策」と称するコラムを担当，これは1年続いた。1926年に新聞社を辞め，妻のマリアとともに文学雑誌「トランジション」を創刊したが，これには「創造的実験のための国際雑誌」というサブタイトルがついていた。エリオット・ポールが1年間編集を手伝った。第1号は1927年4月に発行され，この雑誌は1938年迄つづいてガートルード・スタイン，アーネスト・ヘミングウェイ，ウィリアム・カーロス・ウィリアムズ，ハート・クレイン，エリオット・ポール，ケイ・ボイルらの作品を掲載したが，わけてもジェイムズ・ジョイスの“Work in Progress”「進行中の作品」は1927年から1929年迄，13号にわたって連載した。1938年の夏に，ジョイスは友人たちに“Work in Progress”のタイトルを当てたら千フランやる，と言った。結局ジョラスが当てて賞金をものにしたが，ジョイスは10フラン貨幣を袋詰めにしてもっていった。*Finnegans Wake*『フィネガンズ・ウェイク』は翌年出版された。「トランジション」第1号の発行も間近に迫った頃，ジョラス夫妻はパリ近郊のコロンビー-レ-デ-グリーズ（雑誌はそこで印刷されていた）に借りた家に引越した。その家は第2次世界大戦後にシャルル・ド・ゴールが買った。

スーポー，フィリップ（Soupault, Philippe, 1897-）　フランスの詩人・小説家・批評家。シュールレアリスム提唱者の一人。小説 *Les derniers nuits de Paris* は1928年に出版された。

スクーナー，シドニー（Schooner, Sidney）　ヒレイア・ハイラーの項を参照。

スコット，F. R.（Scott, F. R., 1899-1985）　フランク・スコットはA. J. M.スミスとともに *McGill Fortnightly Review* を創刊した。これはモントリオールの詩人グループが書く刷新的な詩や文章を発表する機会を与えるのが目

的だった。スコットの長い人生には憲法の権威としてマギル大学で法律を教える経歴が含まれており，1961–64年にはMcGill Law Schoolの法学部長として，カナダの社会主義運動の発展に大きな影響を与えた。しかし文学，わけてもカナダ文学が彼の人生の中心を占め，数冊の詩集を出版して当時の詩の世界で重要な存在だった。彼はジョン・グラスコーの友人だった。

スターン，ローレンス（Sterne, Laurence, 1713–68）　イギリスの牧師・小説家。彼の *Sentimental Journey through France and Italy*（1768）は1762–64年と1765年の二度のヨーロッパ大陸訪問に基づいている。グラスコーの言及は恐らくこの本へのものであろう。

スターンズ・ハロルド（Stearns, Harold, 1891–1943）　*America and the Young Intellectual*（1921）の中で，彼は「我々の現在の文明を支配する人々」に対する軽蔑を表明した。彼が当時編集した *Civilization in the United States: An Inquiry by Thirty Americans*『アメリカ合衆国の文明―― 30人のアメリカ人による質疑』（1922）とシンポジウムはこの感情を敷衍したもので，アメリカ社会の虚偽と偽善と抑圧を攻撃した。これが契機になって，物質文化に毒されない精神的な生活をもとめて多くのアメリカ人がヨーロッパに旅立つことになった。世俗的には弱いフランに助けられて快楽を求めた人も多い。スターンズはこの本の原稿を出版社に送るとすぐアメリカを発ち，1921年8月にパリに着いた。彼は競馬に興味を抱き，1925年から1929年迄，「シカゴ・トリビューン」紙のパリ版に人気競馬コラム，“Peter Pickem”を書いた。彼がアメリカに帰ったのは1929年である。この後の彼の著作には，*The Street I know*『私の知っている街路』（1935），もう一つのシンポジウム *America: A Re-Appraisal*『アメリカ――再評価』（1937）などがある。彼はヘミングウェイの『日はまた昇る』に登場するハーヴェイ・ストーンのモデルだった。

スターンハイム，カール（Sternheim, Carl, 1878–1942）　ドイツの劇作家・長短編小説家。彼は主としてブルジョワ社会の堕落した風習や道徳の風刺劇で知られる。

スタイン，ガートルード（Stein, Gertrude, 1874–1946）　慣例にとらわれない散文を書いたアメリカの作家。通常の句読法やシンタックスを無視し，単語を意味ではなく音や連想を重視して用い，意識の流れの一つの表現法を創造した。1903年にパリに移住し，生涯友人のアリス・B. トクラス（1877–1967）と暮した（スタインの最もよく知られた読みやすい小説はトクラスを著者に擬した彼女自身の思い出，*The Autobiography of Alice B. Toklas*『アリス・B. トクラスの自叙伝』（1933）である）。兄のレオは素人っぽい絵の研究者だったが，才能豊かな先見性のある蒐集家で，1903年にドゥ・フリュール通り27番地にアトリエを構えた。ガートルード・ス

タインはその年の秋にそこへ引っ越し，アリス・B. トクラスは 1909 年に越してきた。レオ・スタインは 1914 年 4 月によそへ越したが，ガートルードとアリスは 1938 年迄いつづけた。彼女らはそこをサロン兼ギャラリーに変え，土曜の夜には大勢の作家や当時の前衛画家のほとんどが集まる場所として有名になった。まるで巡礼の訪れるメッカの様相を呈していたが，知ってか知らずかそこを訪れたグラスコーはその事実を蔑んだ。マリア・ジョラスはスタインについて，追従をもたらさないような関係は許容しなかった，と述べた。

スタイン，レオ（Stein, Leo）　ガートルードの項を参照。

スタンダール（Stendhal）　マリー・アンリ・ベール（1788‒1842）のペンネーム。最も偉大なフランスの作家の一人。最も有名な小説は，*Le Rouge et le Noir*『赤と黒』（1830）である。

ストラヴィンスキー，イーゴリ（Stravinsky, Igor, 1882‒1971）　ロシア生れのフランスおよびアメリカの作曲家。20 世紀音楽の独創的な作曲家だった。

スペンサー，エドモンド（Spenser, Edmund, 1552 ?‒99）　ジェフリー・チョサー以降では，最初の重要なイギリスの詩人（ウェストミンスター・アビーでは彼の近くに眠っている）。彼は *The Shepherdes Calender*（1579）と *The Faerie Queene*（1‒3 巻 1590，4‒6 巻 1596）を書いたが，前者は 1 年の各月に 1 編を充てた 12 編の牧歌で，後者は当時の宗教的・政治的アレゴリーたる叙事詩である。

スミス，A. J. M.（Smith, A. J. M., 1902‒80）　モントリオールに生れて教育を受け，フランク・スコットとともに 1925 年に *McGill Fortnightly Review* を創刊してその指導精神を体し，同僚にモダニスト詩を紹介した。詩人としては巨匠的技量を発揮して，カナダのモダニスト中ただ一人，広範な様式を用いて国際的旋律を取り入れた。彼はまた最も記憶すべきカナダの風景詩を二つつくった。“The Lonely Land” と “The Greek” がそれである。教師，並びにカナダ文学のアンソロジストとしても尊敬され，ジョン・グラスコーの友人だった。スミスについて彼は 40 ページで，「カナダのイェーツと呼ばれることもある」と述べている。

ゾラ，エミール（Zola, Émile, 1840‒1902）　彼はフランス自然主義文学の代表的存在で，ひっくるめて *Les Rougon-Macquart*（1871）と呼ばれる 20 の小説を書いたが，中でも *Nana*（1880）は恐らく最も有名である。ゾラはまた，フランス陸軍の反ユダヤ主義の犠牲者であるドレフュス大尉を擁護したことでも知られる。

タ 行

ダール，スタンリー（Dahl, Stanley, ウィニペグのシブリー・ドライス）
グレーム・テイラーの項を参照。

ダールバーグ，エドワード（Dahlberg, Edward, 1900-77） アメリカの小説家・批評家。1920年代後半をヨーロッパで暮し，エセル・ムアヘッドやケイ・ボイルと知り合いだった。彼の最初の小説，*Bottom Dog* は1929年にイギリスで出版された。

タイタス，エドワード（Titus, Edward） エセル・ムアヘッドの項を参照。

ダグラス，ロード・アルフレッド（Douglas, Lord Alfred, 1870-1945）
ダグラスが21歳のときに出会った有名な劇作家・小説家のオスカー・ワイルドとの関係は（ワイルドは彼をボジーと呼んでいた）ダグラスの父クイーンズベリー侯爵を怒らせてワイルドに対する声明を発表し，これがワイルドに名誉毀損の訴えを起こさせた。その結果，ワイルドは同性愛行為のかどで2年の懲役刑を受け，併せて重労働を科せられた。ワイルドは獄中でダグラスに宛てた告白と追想の記，*De Profundis*『深き淵より』（Out of the depths で始まる詩編百三十）（1905）を書いた。二流詩人だったダグラスは，ワイルドとの関係を弁護する本を2冊著わし，1924年にはウィンストン・チャーチルに対する名誉毀損で投獄された。グラスコーはサラワクのダヤン・ムーダ（グラディーズ・パーマー・ブルック）のアパートにいた際，ダグラスとホモ関係にあったと告白している。

ダヤン（プリンセス）・ムーダ，サラワクの（Dayang Muda（Princess）of Sarawak） グラディーズ・パーマー・ブルックの項を参照。

ダン，ジョン（Donne, John, 1572-1631） 1615年にイギリス教会の司祭に任命され，後にロンドンのセントポール大聖堂の主席司祭になり，当時最大の詩人であるとともに偉大な説教者の一人でもあった。愛の詩，哀歌，瞑想，宗教ソネット，ならびにその強烈な形而上的イメージは，英語で書いた最高の詩人の座を彼に与えている。

ダンカン，レイモンド（Duncan, Raymond, 1875頃-？） 彼は革新的な舞踊家で長年国際的に人気のあった妹のイサドラ・ダンカン（1878-1927）とともに1900年にアメリカからパリにやって来た。古代ギリシアについて教え，講演をし，演劇（1912年にはパリでソフォクレスの『エレクトラ』に一度出演している）活動などをするうちにスパルタ式生活，厳しい菜食，自然回帰運動，等を実行する同好の士の集団（コロニー）で教祖的存在となった。彼はまた2店舗を構えて繁盛する商人でもあって，トーガ，サンダル，織物等を扱い，店はセーヌ河左岸のサン‐ジェルマン大通りと，

右岸のデュ・ファブール・サントノレ通りにあった。彼はチュニカ（古代ギリシア・ローマで用いた2枚の布を使い肩口と両脇を縫い合わせた膝丈の着衣）の上に長いクロークを纏い，裸足にサンダルを履き，長い髪は編んで冠状に頭上に巻く（グラスコーの描写によれば，ざんばら髪のこともあったらしい），という格好で歩いていた。ケイ・ボイルはグラディーズ・パーマー・ブルックの『回想記』を書き終えたあと，娘のシャロンにコロニーの世話を任せ，ダンカンの店で働くことに同意した。6か月後にダンカンと関係を断つことになるが，シャロンもロバート・マコールマンが中に立って母と行動を共にした。

タンギー，イヴ（Tanguy, Yves, 1900－55）　1925年にシュールレアリスムに賛同したフランスの画家。1939年にアメリカの市民権を獲得した。

ダンディ，ヴァンサン（D'Indy, Vincent, 1851－1931）　フランスの作曲家・音楽教師。

ダントン，ジョルジュ－ジャック（Danton, Georges-Jacques, 1759－94）　フランスの法律家で雄弁な革命家。共和国で権力を掌握するもロベスピエールにより処刑される。23ページで彼の名前は「ローザ」――ポーランド生れのドイツ人革命家ローザ・ルクセンブルク――と結び付く。

チャーターズ・ジミー（Charters, Jimmie, 1897－？）　ウェールズに生れ，リヴァプールで育ったパリで人気のバーテンダー。物腰と，如才なさと，愛敬たっぷりな「リヴァプール・スマイル」で顧客を魅了した。パリに来たのは1921年で，各地のホテルのバーで働き，やがて右岸の「ル・トゥルー・ダン・ル・ミュール（壁の穴）」でバーテンダーになった。その後左岸に移り，ディンゴ，カレッジ・イン，パルナス，トロワ・エ・アス，フォールスタッフ，その他のカフェ，と勤め先を変えるたびにモンパルナス時代の顧客が蹤（つ）いてきた。彼は一時自分のバーをもったこともあったが（店の名前は『ガス灯の炎』といった）相棒に持ち逃げされてつぶれた。彼はペギー・グッゲンハイムと彼女の夫のローレンス・ヴァイルが催すパーティーでしばしばバーマンとして雇われた。彼は1934年に*This Must Be the Place*『ここがその場所に違いない』と題する回顧録を出版した（「場所」ディンゴ参照）。序文はアーネスト・ヘミングウェイが書いた。次に挙げるのは115－116ページの引用である。「大の仲良しだったもう二人の作家はバフィー・グラスコーとグレアム（原文のまま）・テイラーである。二人ともカナダ人でいい奴だった。彼らはバーの片隅に腰を下ろし……ほかの大抵の顧客（きゃく）とは違って，私には理解できない深刻な問題を議論していたものだった」

チャプリン，チャーリー（Chaplin, Charlie, 1889－1977）　世界的喜劇俳優　チャプリンは，長いシリーズの無声映画の監督兼スターとして人気の絶頂

にあったとき10代の妻リタ・グレイとの間に離婚問題が起こったが，それについてグラスコーは38ページで触れている。グラスコーが自分の物語に書いた実際の出来事は，約1年前に起きた，チャプリンの19歳の妻であり二人の子供の母親でもあるリタがカリフォルニア州裁判所に起こした離婚訴訟である。チャプリンは彼女が16歳のときに結婚した。この事件は各国の新聞に報じられ，うら若い妻がはるかに年上の夫を相手取って起こした訴訟は世界中の人々の耳目を集め，好奇心を擽った。若い妻に対するチャプリンの背信行為を丹念に綴った訴訟の申立書は1927年1月10日に提出されたが，内容は，「……当事者の結婚期間を通じて被告の原告に対する常軌を逸脱した行為には目に余るものがあり，その数は余りにも多く，枚挙することはできない。被告は原告にたいして，上記のとおり異常かつ不自然な倒錯した行為を強要し，もって自らの堕落した不道徳な性的欲求を満たそうとした……」というものである。前衛的なパリの文芸雑誌「トランジション」は，1927年9月号でこの問題を取り上げ，「愛から手を引け」と題する11ページに及ぶ特集を掲載して前衛を標榜する作家や画家がチャプリンを擁護した。彼らは狭量かつプチブル的なチャプリン夫人の訴えに対し，正しい知識に基づく怒りを表明し，「しかし，経験の浅い道徳的な夫人のきわめて挿話的なためらいに我々自身を限定し，フェラチオの慣行が異常で，自然にもとり，倒錯的で，堕落しており，猥褻だとする彼女の考え方を認めるのは滑稽である」と書いた（「結婚すれば誰でもやっていることだ」とチャプリンは答えた）。

彼らは，「……こうした一般的，かつ純粋で擁護すべき慣行を非人間的に拒否した」妻の訴えは却下すべきだ，と主張した。この宣言に署名した文化人の数は31人——但し全員が男性——にのぼった。

ツァラ，トリスタン（Tzara, Tristan, 1896–1963）　詩人・劇作家・文学者。ルーマニア生れで，元の名前はサミュエル・ローゼンストック。1915年に10代でものを書き始め，現在の名前に変えた。その年にチューリヒに移住し，1916年には第1次世界大戦への反動として芸術創造における非論理性，不条理性，偶然性，不合理性を追求する虚無的なダダ運動の推進者の一人になった。ツァラは1920年にアンドレ・ブルトンの勧めでパリに移住したが，彼のシュールレアリスム運動には1924年迄参加しなかった（1936年には運動から離脱した）。第2次大戦中はレジスタンスのメンバーで，戦後は文学活動に専念した。

ツルゲーネフ，イワン（Turgenev, Ivan, 1818–83）　偉大なロシアの劇作家（*A Month in the Country*, 1850），小説家（*Fathers and Sons*, 1862）。

ディケンズ，チャールズ（Dickens, Charles, 1812–70）　きわめて多作なイギリスの小説家。批評家に高く評価されるとともに大衆の人気も抜群

で，*Oliver Twist*（1837-8），*Martin Chuzzlewit*（1843-4），*David Copperfield*（1849-50），*A Tale of Two Cities*（1859），*Great Expectations*（1860-1）などを含む彼の小説は今日もなお多くの読者に読まれている。

テイラー，グレーム（Taylor, Graeme, 1907–57）　今日まではっきりしない状態であるが，彼は重要な人物で，グラスコーの友人として物語に果たす役割は，ロバート・マコールマンやミセス・クエイルのそれに劣らない。しかし，テイラーについては，グラスコーが書いたことを除き，パリ時代の写真が何枚かあるだけでほとんど知られていない。図版2と3には彼がニースでマコールマンやグラスコーと撮った写真と，グラスコーやシブリー・ドレイス（『思い出』のなかではスタンリー・ダール）とニースのプロムナードで一緒の写真が写っている。彼は痩せて細面で，額が秀でている。彼は，1929年春に刊行された「ジス・クオーター」第4号に載ったグラスコーの“Extract from an Autobiography”「ある自叙伝からの抜粋」に登場するジョージであるばかりか，彼自身が同じ号に掲載された2部の作品，モントリオール近郊のBaie d'Urfe（ドゥルフェ湾）を舞台とする“Extract I”と“Extract II”（「抜粋I」と「抜粋II」）の執筆者にほかならない。グラスコーは『思い出』のなかでそれの執筆に言及している。「著者に関する覚書」の中で，彼は「23歳のカナダ人で，モントリオールのマギル大学の卒業生」となっている。マギル大学との関係は『思い出』の中で言及しているが，マギル大学の卒業生名簿にグレーム・テイラーなる名前はない。

1961年6月9日付の“Autobiographical Sketch”「自叙伝的スケッチ」の中で，グラスコーは彼のマギル大学時代について，「もっと重要なことは，私がグレーム・テイラーと出会い，その後30年間，非常に緊密な友情が続いたということである」と言っている。また，“For Continuation of Autobiographical Note”「自叙伝的覚書を継続するために」と題するもう一つの短文では，グラスコーはさらに続けて，「グレーム・テイラーと二人で，私はモントリオール市の郊外，セントルイス湖の湖岸づたいのドゥルフェ湾に面したとてつもなく大きな家を借り，（当時の）田舎の娯しみを満喫したものだった……」と書いている。

ケイ・ボイルは，テイラーとグラスコーについてマコールマンが書いたパラグラフを一つ，彼の *Being Geniuses Together*『二人の天才』の彼女による改訂版（1968）のマコールマンの部分に付け加えたが，これはほかでもない，マコールマンの元の作品から除外されていることをグラスコーが気にしていたためである。「モントリオールから来た二人のカナダ人青年」への言及は，モーリー・キャラハンが *That Summer in Paris*『パリのあの夏』（1963）の中で「モントリオールから来た二人の頭のいい青年」と

呼んだことに呼応している（この本のボイルが書いた部分にはグラスコーへの言及が非常に多く，時にはテイラーにも触れている）。キャラハンが「ジス・クオーター」1929年10・11・12月合併第2巻2号に載った短編“Now That April's Here”「四月になったからには」の中でパリ時代のグラスコーとテイラーを「いつもにやにやしたホモだった」と，軽くあしらったことにグラスコーは長年腹を立てていた。面白いことに，同じ号にはテイラーの“Dr. Breakey Opposes Union”「ブレーキー博士組合に反対す」が掲載されているのである。テイラーが書いたもう一つの短編，“Deaf Mute”「聾啞者」は前の年に「トランジション」に掲載された。

テート，アレン（Tate, Allen, 1899-1979）　アメリカの詩人，有力な批評家でもあって，1929年に短編小説作家で妻のカロライン・ゴードンとパリのヴォージラル通りのアパートに住んだ。アパートはフォード・マドックス・フォードが無料で夫婦に貸したものだった。

デーン，アドルフ（Dehn, Adolf）　二流の画家。『思い出』の初版の口絵に複製されたグラスコーのデッサンを描いた。本書にも収録（図版5）。

デカルト，ルネ（Descartes, René, 1596-1650）　フランスの哲学者・数学者。Cogito ergo sum（我思う，故に我あり）のような自明な直感に基づいて哲学の再構築を企てた。発表された論文や思索によって彼は現代哲学の創始者と目されている。

デスノス，ロベール（Desnos, Robert, 1900-45）　フランスのジャーナリスト，詩人，小説家。1920年代パリにおけるシュールレアリスム運動の主要メンバー。彼は幻想に耽りがちで，我を忘れてうわごとめいた科白を口走ることがあった。マン・レイがそんな状態の彼を撮った写真が残っている。デスノスには，他の前衛的な作家や，折紙つきのダダイストであるトリスタン・ツァラや，ジャン・コクトーや，早い頃のダダイストで自動書記による実験的手法を主張したスーポーや，シュールレアリスム運動の共同提唱者であるアンドレ・ブルトンらと密接な繋がりがありながら激しく言い争うようなところがあった。デスノスはグラスコーが読めと助言されたブルトンの半自伝的小説『ナジャ』（1928）の139ページに，「シュールレアリスム詩人」として登場する。彼は第2次世界大戦中に地下抵抗運動（レジスタンス）に参加して捕虜となり，ドイツ占領下のチェコスロヴァキアのテレジン強制収容所に送られて，解放の数日後に栄養失調と腸チフスが原因で死んだ。想像の偶像破壊者でありフランス文学の希望を担う詩人だった，とユージン・ジョラスが讃えたデスノスの「一握りの無残な遺骨は返還され，1945年に営まれた葬儀の日には，サン-ジェルマン-デ-プレ教会前の通りをはじめ，カフェ「ドゥ・マゴ」のテラスに至るまで，パリ中の人々が集まって跪き彼の死を悼んだ」（ケイ・ボイル『二人

の天才』より）。

デボルデ‐ヴァルモル，マルセリーヌ（Desbordes-Valmore, Marceline, 1786‐1859）　女優で詩人でもあり，有名な批評家サント‐ブーヴ（1804‐69）に高く評価された。サント‐ブーヴは彼女や，ポール・ヴェルレーヌ（1844‐96）の詩集を編集している。

デュシャン，マルセル（Duchamp, Marcel, 1887‐1968）　フランスの画家。パリで最も魅力的な男といわれたが，1913年に *Nude Descending a Staircase*「階段を降りる裸の女」をニューヨークで発表してスキャンダル的成功を収めると，フランシス・ピカビアとともにニューヨーク・ダダ運動を興し，マン・レイと出会って生涯の友情が始まった。彼は大量生産の既製品から一つ二つ，手当たりしだいに選んで手を加え，芸術に仕立てあげる手法で芸術と美の知覚に絶大な影響を与えた。

テリー，エレン（Terry, Ellen, 1847‐1928）　伝説的なイギリスの女優で，サラワクのプリンセス・ダヤン・ムーダ（グラディーズ・パーマー・ブルック）の両親の家族ぐるみの友人だった。彼女をネルと呼び，友情は続いた。第1次世界大戦の後，グラスコーが257ページに述べているとおり，プリンセスは女優の映画を財政的に援助した。

ドゥ・レスク，ジャン（De Reszke, Jean, 1850‐1925）　世界最大のテノール歌手の一人。ポーランドに生れ，パリ，ロンドン，ニューヨークのメトロポリタン・オペラなどで長く舞台に立った。のちにパリやニースで教壇にも立った。

ドゥアニエ，ルソー（Rousseau, Douanier）　アンリ・ルソーの項を参照。

ドゥミル，セシル・B.（DeMille, Cecil B., 1881‐1959）　ハリウッドの無声・有声映画監督。*Ten Commandments*『十戒』などの叙事詩的聖書映画で有名。

トゥリー，ダイアナ（Tree, Diana）　ケイ・ボイルの項を参照。

ドーデ，リュシアン（Daudet, Lucien, 1883‐？）　有名なフランスの作家アルフォンス・ドーデの2番目の息子で父の伝記の作者。12歳上のマルセル・プルーストの友人だが，彼がプルーストに初めて会ったのは10代半ばの頃で，プルーストとの間に同性愛関係が生じた可能性がある。グラディーズ・パーマー・ブルックの回想記によれば，彼は若かりし頃イギリスを訪れた際，彼女の家族を訪問している。二人は恋に陥り，リュシアンが彼女との結婚を親に願い出たところ，外国人であることを理由に断わられた。彼は彼女がサラワク島のダヤン・ムーダとしてパリに住んでいた1928年に，彼女の人生に再び登場している。回想記には彼女がマダム・アルフォンス・ドーデを訪れたと書いている。ダヤン・ムーダがローマ・カトリック教会に改宗したときの儀式に二人が果たした役割をグラスコー

は『思い出』の中に興味深く書いているが，これは手の込んだ創り話である可能性が高い。

トクラス，アリス・B.（Toklas, Alice B.）　ガートルード・スタインの項を参照。

ドス・パソス，ジョン（Dos Passos, John, 1896–1970）　多作なアメリカの小説家で，アメリカ人の生活を左翼的視点から描いた。作品に *Three Soldiers*（1921），*Manhattan Transfer*（1925）など。

ドビュッシー，クロード（Debussy, Claude, 1862–1918）　フランス人作曲家。彼の多くの作品と，それが他の作曲家に与えた影響によって，20 世紀が生んだ最も重要な作曲家の一人とされる。

ドライサー，セオドア（Dreiser, Theodore, 1871–1945）　自然主義のアメリカの小説家。*Sister Carrie*（1900），*American Tragedy*（1925）は代表作。

トランス，ウィラ（Torrance, Willa）　ジュナ・バーンズの項を参照。

ドリュー・ラ・ロシェル，ピエール－ウジェーヌ（Drieu La Rochelle, Pierre-Eugène, 1893–1968）　両大戦の間の有名なフランスの小説家。思想的にはファシスト寄りで，占領軍協力者の銃殺後，ピストル自殺をした。

ナ　行

ナーワル（Narwhal）　マン・レイの項を参照。

ネリガン，エミール（Nelligan, Émile, 1879–1941）　フランス系カナダ人の詩人で，20 歳になるまでに悲しみと郷愁をともなった全ての抒情詩を書いた。20 歳で精神障害のために施設に入れられる。40 ページに彼をカナダのヴェルレーヌと呼ぶ箇所がある。

ノル，マルセル（Noll, Marcel）　ガレリー・シュールレアリストの取締役で，詩や散文は「トランジション」に発表された。また，ギャラリーに展示されたシュールレアリスト絵画の写真を同誌掲載の複製用に多数提供した。

ハ　行

バークリー，ジョージ（Berkeley, George, 1685–1753）　アイルランド生れの哲学者で，1734 年以降はクロインの主教。有力な思想家で，哲学に関する彼の著作は明快性と傑出した文学性で称賛された。

ハースト，ファニー（Hurst, Fannie, 1889–1968）　ロマンティックで感傷的な小説を書いたアメリカの大衆作家。作品には，*Back Street*（1931），

Immitation of Life（1933），短編小説など。多くは映画の原作になった。

ハーディ，トマス（Hardy, Thomas, 1840-1928）　重要なイギリスの詩人・短編小説家。偉大なヴィクトリア時代の小説家の一人で，自然の力や，己の衝動や，偶然によって引き起こされた変遷等々に苦しむ人間を描いた。小説には，*The Return of the Native*（1878），*Tess of the d'Urbervilles*（1891），*Jude the Obscure*（1895）などがある。

ハートリー，マースデン（Hartley, Marsden, 1877-1943）　当時のアメリカの代表的画家。彼はしばしばパリを訪れ，決まってシルヴィア・ビーチのシェイクスピア一座にほど近い Hotel de l'Odeon（現在の Michelet-Odeon）に泊まった。ロバート・マコールマンは 1923 年に彼の *Twenty-five Poems* を出版した。

バーナーズ，ダフニ（Berners, Daphne）　グエン・ル・ガリエンヌを参照。

バーンズ，ジュナ（Barnes, Djuna, 1892-1982）　ときどきは異性愛の詩人，劇作家，短編・長編小説家。ニューヨーク出身，（ローレンス・ヴァリがグリニッジ・ヴィレッジに住んでいた 1919 年から 21 年までは彼の情婦だった）『思い出』にはウィラ・トランスの名で登場する。彼女はセルマ・ウッド（『思い出』ではエミリー・パイン）と激しい同性愛関係にあった。二人は 1922 年から 1931 年迄パリで同棲した。バーンズの数ある著書の 1 冊に，『ファッション界のレディによって書かれイラストされた婦人年鑑』（1928）があるが，これは時代が 20 世紀に入って以来パリに住んでいる富裕なアメリカ人で同性愛者である国外居住者社会の名流婦人，ナタリー・クリフォード・バーニー（1876-1972）の取り巻きへの批判で，これの校正刷りはフォールスタッフの暗い片隅で回し読みされたものだ。バーンズの名声は 2 冊の異常かつ革命的な小説，*Ryder*（1928）と *Knightwood*（1936）に拠っている。これらの作品に彼女は伝説的なパリの市民，ダニエル・マホーニー（本書 30-31 ページにドクター・マローニーとして登場）を下敷きにした雄弁で乱暴で異常な性格のドクター・マシュー・オコーナーという人物を登場させる。グラスコーの示唆的な人物像は恐らく真実に最も近いと思われるが，この人物については意見が分かれている。マホーニーは堕胎医といういかがわしい噂のある機知に富んだ藪医者だったようで，同性愛的傾向と外聞の悪い行動が悪評に輪をかけた。グラスコーはメモ帳 No.1 のなかで彼について「パリ市内で最も人の口にのぼった同性愛者だった」と書いており，ロバート・マコールマンの短編小説『ミス・ナイト』には粗野なホモの女役（クイーン）として登場する。

ハイラー，ヒレイア（Hiler, Hilaire）　『思い出』の中ではシドニー・スクーナーと呼ばれているが，彼はアメリカ人の画家であり，音楽家でもあった。1923 年に元騎手ミラーのあとを継いでモンパルナス大通りとカンパ

ーニュ－プルミエール通りの角にあったカフェ・カメレオンの経営者となり，店をジョッキーという名前の人気ナイトクラブに改造した。ハイラーは店の外壁を自分が描いたメキシコ人や，カウボーイや，インディアンの絵で飾り，内装にはポスターを並べた。モンパルナス大通り界隈の画家連中はこぞってジョッキーを支持し，フランス人の顧客（きゃく）はもとより，パリ在住のアメリカ人も贔屓にした。ハイラーはジャズピアノを弾き，キキがいつもいてハスキーな声でみだらな歌をうたった。彼がマン・レイと同居していたアトリエは近くのカンパーニュ－プルミエール通り沿いにあった。

パイン，エミリー（Pine, Emily）　セルマ・ウッドの項を参照。

パウンド，エズラ（Pound, Ezra, 1885－1972）　現代イギリス文学の巨人の一人で――詩人，編集者，批評家。何れの役割でも影響力甚大で，批判も大いにあった――強い信念と，精神の寛容さを持ち，政治的には気違いじみた傾向があって，第 2 次世界大戦後にはファシズムに共鳴したことを理由に投獄され，精神病院に入れられた。「ジス・クオーター」の第 1 号は「創造的活動，数誌の編集，若き無名の芸術家に対する助成的友情……」等々を理由としてパウンドに捧げられた（エセル・ムアヘッドは後の号でこの献辞を撤回した。彼女は 170 ページで彼をプーンドと呼んでいる）。彼は生涯の大半をイタリアのラパッロで過ごした。冗長ながら力強い瞑想的・論争的連作詩でパウンドの代表作でもある *The Cantos* は 1917 年に世に出始めた。

パガニーニ，ニコロ（Paganini, Niccolò, 1782－1840）　イタリアの音楽家。ヴァイオリンの名手であると同時に優れた作曲家でもあった。彼は喉頭結核によってニースで惨めな死に方をした。自堕落な生活ぶりだったと伝えられ，死の床にあるときに牧師の介護を拒んだため，まともな葬儀は行なわれなかったとされる。したがって遺体はパガニーニが最後の日々を送ったセソル伯爵の家で公開され，人々が多数訪れて別れを惜しんだ。教会の権威筋に何度も訴えた末に遺体は生れ故郷のイタリアに搬送され，ガイオネの一族の霊廟に安置されて，後日パルマ近くの墓地に埋葬された。

ハクスレー，オールダス（Huxley, Aldous, 1894－1963）　イギリスの小説家・随筆家。人生の大半を盲目に近い状態で過ごした。最も記憶に残る小説は，1920 年代のロンドンの知識人と上流社会を風刺的に描いた *Point Counter Point*（1928）や，未来小説，*Brave New World*（1932）などだが，これは科学の進歩がもたらす諸問題を皮肉り，条件付けられ従属化された人間の科学的管理による道徳の無秩序状態を警告したものである。

バックランド，フランシス・T.（Buckland, Francis T., 1826－80）　イギリスの自然主義者。代表作は *Curiosities of Natural History*（1857）

パスキン，ジュール（Pascin, Jules, 1885–1930）　アメリカの画家。ブルガリアに生れ，元の名前はユリウス・ピンカスだったが，1914 年に帰化して改名した。パリに住んだのは 1905 年以来だが，芸術運動には加わらなかった。モデルを描く際の強烈な官能性で認められ，奔放な行動と行き当たりばったりな生きざまでパリの自由奔放な芸術家仲間内では有名だったが，最後は自ら命を断った。

バッツ，メアリー（Butts, Mary, 1893–1958）　イギリスの作家。彼女の短編を *The Atlantic Review* に掲載したフォード・マドックス・フォードに激賞された。20 代半ばに住んでいたパリでは魅力的な女性だと思われていた。3 冊の短編集と，三つの長編小説を含め，作品数は 10 冊にのぼる。

バトラー，サミュエル（Butler, Samuel, 1835–1902）　偉大なイギリスの風刺作家。今日では主としてイギリス人の態度を風刺した輝かしいユートピア小説，*Erewhon*『エレホン』（1872）と，死後の 1903 年に出版された半自伝的小説，*The Way of All Flesh*『万人の道』の作者として知られている。前者の題名は nowhere（どこにもないところ）の綴り換えである。

ハリス，フランク（Harris, Frank, 1856–1931）　アイルランド人の血を引くイギリス人の編集者兼作家。彼は青春時代をアメリカで送り，ロンドンの有名な新聞，「サタデー・レヴュー」の編集に携わった。「サタデー・レヴュー」は，バーナード・ショーの演劇評，H. G. ウェルズ，マックス・ビアボームらの著作を出版していたが，ハリスは彼らの全てによく知られていた。彼はオスカー・ワイルドの友人でもあった。『思い出』に描かれた出会いのあと間もなく，ハリスは *My Life and Loves*『私の人生と愛』（4 巻，1922–27）の第 4 巻を出版した。自伝的な作品だが，得意げな文体に秘められた露骨な性描写は物議を醸した。今日ではヴィクトリア朝時代のロンドンの文学界を垣間見ることのできる作品として興味深い。

ビアズリー，オーブリー（Beardsley, Aubrey, 1872–98）　1890 年代にエロティックな黒白のデッサンと，本の挿絵で広く知られ，タンホイザーとヴィーナスの物語 *Under the Hill* を書きその挿し絵も描いた。これは彼が死んだとき未完だったが，ジョン・グラスコーが完成させ，1959 年にパリの The Olympia Press 社から出版された。

ビアボーム，サー・マックス（Beerbohm, Sir Max, 1872–1956）　著名なイギリスの作家・漫画家。彼の小説 *Zuleika Dobson*（1911），短編集 *Seen Men*（1919），パロディ，劇評等は，世紀末前後の主要作家並びに画家の漫画とともにその優雅な趣とウイットが特徴である。

ピーコック，トマス・ラヴ（Peacock, Thomas Love, 1785–1866）　イギリスの作家。小説のなかで風刺を利かせ，批評を展開して時の人物を戯画化した。最も有名な小説は *Nightmare Abbey*（1818）で，これはコールリッ

ジ，バイロン，シェリーらを含む一部の同時代人の深刻ぶった文章を茶化した作品である。

ビーチ，シルヴィア（Beach, Sylvia, 1887–1962）　1919年，デュピトラン通りにパリの英語専門書店兼貸本屋「シェイクスピア一座」を開業した有名なアメリカ人女性で，1921年に近所で友達のアドリアンヌ・モニエールが経営する La Maison des Amis des Livres（本の友達の家）から通り1本隔てたオデオン通り12番地に越した。パリ在住または訪問中の英語を喋る一流作家はこぞってシェイクスピア一座を訪れ，贔屓にした。フランス人の作家も何人かやって来たが，なかでもアンドレ・ジッドは熱心な支援者だった。ビーチが好きだったロバート・マコールマンはしばしばそこへ作家を連れていった。アーネスト・ヘミングウェイは1921年にパリに着くとその足で行っている。ジェイムズ・ジョイスに至ってはそこを郵便の配達先として利用した。ビーチは1922年にジョイスの『ユリシーズ』の第1版をシェイクスピア一座という社名で出版し，ジョイスが本の長さを3分の1も伸ばして印刷代が膨大に膨れ上がっても耐え抜いた。ビーチは1927年に彼の *Poems Penyeach* を出版した。

ピープス，サミュエル（Pepys, Samuel, 1633–1703）　率直な彼の日記は，部分的には1825年に，10巻本では1893–9年に，11巻本では1970–83年に，それぞれ出版された。

ピカビア，フランシス（Picabia, Francis, 1879–1953）　キューバ出身のフランスの画家。チューリヒ，ニューヨーク（マルセル・デュシャンと協力）のダダ運動の発起人の一人。1925年にプロヴァンスへ引っ越した。

ファーバー，エドナ（Ferber, Edna, 1887–1968）　大衆小説・演劇畑のアメリカの作家・劇作家。多くが映画化された彼女のベストセラー小説には，*So Big*（1924年刊，ピュリッツァー賞受賞），*Show Boat*（1926）などがある。

ファーバンク，ロナルド（Firbank, Ronald, 1886–1926）　同性愛のダンディで美術愛好家。*Valmouth*（1919）を含む小説を書いたが，革新的な言語，イメージ，対話などは19世紀的な慣行から小説を解放し，後世の小説家に大きな影響を与えた。

ファルグ，レオン－ポール（Fargue, Leon-Paul, 1876–1947）　パリっ子詩人として尊敬され，象徴主義やキュビズムを含むいくつかの文学運動に携わった。

フィッツジェラルド，スコット（Fitzgerald, Scott, 1896–1940）　アメリカの長・短編小説家。ジャズ時代の代弁者と見なされ，1928，29，31年の後半に数回，妻のゼルダを連れてパリを長期訪問した。1929年にパリで出会ったとき，モーリー・キャラハンは彼の友達になった。彼の小説に

は，*This Side of Paradise*（1920），*The Great Gatsby*（1925），*Tender Is the Night*（1934），*The Last Tycoon*（1941, 未完）などがある。短編集には，*Tales of the Jazz Age*（1922），*All the Sad Young Men*（1926）など。

フォースター，E. M.（Forster, E. M., 1879–1970）　*Where Angels Fear to Tread*（1905）に始まり，*A Passage to India*（1924）に終る五つの小説は，彼を 20 世紀イギリスの代表的な小説家にしている。

フォード，フォード・マドックス（Ford, Ford Madox, 1873–1939）　ジョウゼフ・コンラッドの小説 2 作―― *The Inheritors*（1901）と *Romance*（1903）――の執筆に協力することから彼の文学活動は始まり，重要な作品である *The Good Soldier*（1915），4 部作 *Parade's End*（1924–8）を含め約 80 冊の本を出版した。1920 年代には数回にわたって一定期間パリに滞在した（1928 年にはノートルダム‐デ‐シャン通りにいた)。彼はパリで文芸季刊誌 *The Transatlantic Review* を創刊しアーネスト・ヘミングウェイを編集助手に据えた。第 1 号は 1924 年 1 月に発行，最終号の発行はちょうど 1 年後の 1925 年 1 月だった。

藤田嗣治（またはレオナルド）（Fujita, Tsuguharu, 1886–1968）　日本人の表現主義画家でグラフィック・アーティストでもあった。1913 年以来パリに住み，パリを離れたのは 1929 年の世界旅行のときと，第 2 次世界大戦時に東京に移住したときだけである。断髪に骨縁の丸い眼鏡をかけ，小さな口髭を蓄えてイヤリングをし，モンパルナス界隈では有名な人物だった。

フラナー，ジャネット（Flanner, Janet, 1892–1978）　アメリカのジャーナリスト・小説家。1922 年にパリに移住し，1925 年から 1975 年迄ジュネというペンネームで「パリ便り」をときおり「ニューヨーカー」誌に寄稿した。数冊ある彼女の著書には，*Paris Was Yesterday: 1925-1939*（1972）があるが，これには彼女が「ニューヨーカー」に書いた人や出来事に関する文章がおおむね含まれている。

ブランクーシ，コンスタンティン（Brancusi, Constantin, 1876–1957）　ルーマニアに生れ，生涯のほとんどをパリで暮した。偉大な現代彫刻家の一人で，他の諸芸術に多大な影響を与えた。彼の作品は自然の形態，しばしば人体，を究極的に単純化したものである。

ブリックトップ（Bricktop, 1894–1984）　アメリカのウェストヴァージニア州で生れた「黒人女性」。彼女が『思い出』の中で明らかにしたところによれば，両親は彼女にアダ・ビアトリス・クイーン・ヴィクトリア・ルイーズ・ヴァージニア・スミスという名前をつけた。彼女はアダ・スミスの名で知られ，赤い髪をしていた。10 代のとき酒場の歌手兼ダンサーになってシカゴ，ロサンゼルス，サンフランシスコ，ニューヨークで働き，

友人にはブリックトップとか，ブリック，またはブリッキーと呼ばれた。1924年にパリに行って歌手として働き，その後ピガール通り52番地のル・グラン・デュックと称する小さなクラブのマネジャーになった。1927年頃，ブリックトップスという名前の自分のナイトクラブを開く。ケイ・ボイルとロバート・マコールマンが常連だった。彼女はプリンス・オヴ・ウェールズやウォリス・シンプソンをはじめとする当時の名士に非常に人気があり，コールとリンダ・ポーター夫妻は友達だった。コール・ポーターは彼女のために『ミス・オティスの後悔』を書いた。1939年，彼女は戦争の勃発を期にパリを去り，戦後はメキシコシティ，ローマ，などでクラブを経営し，パリにも再開した。

プルースト，マルセル（Proust, Marcel, 1871－1922）　パリの社交界を描いた豊かで複雑な7部作小説，*À la recherche du temps perdu*『失われた時を求めて』（1913-27）は時間と記憶をテーマとし，生きることの意味と神秘の感覚を伝えるのにイメージと，喚起力と，隠れた感情生活に頼る。この作品の英語訳は *Remembrance of Things Past*（1922-31）という題名で出版されたが，最近の翻訳の題名には，原題に近い *In Search of Lost Time* が使われている。

ブルック，グラディーズ・パーマー（Brooke, Gladys Palmer, 1884－1957）　サラワクのダヤン・ムーダ。ハントリー・アンド・パーマー・ビスケット会社を興した裕福な一族の家に生れ――彼女の祖父は会社の創業者――グラディーズ・パーマーは大英帝国植民地ボルネオ島，サラワク州の2代目酋長の息子，サラワクのチュアン・ムーダことバートラム・ブルックと結婚した。そこは1841年にジェイムズ・ブルック一家に酋長の称号が贈られて以来，世襲の権利が与えられてきた。1917年にサー・ヴァイナー・ブルックが酋長になり――彼は3代目で最後の白人酋長だった――彼が不在のときには弟のバートラムが代わって酋長の役を務めた。もっともグラディーズと妻は4人の子をもうけたあと不仲になったため，揃って植民地を訪問したことは一度しかなかった。1928年およびその後，サラワク島のダヤン・ムーダ（プリンセス）として豪華なパリのアパートに住んでいたグラディーズ・ブルックがケイ・ボイルに最初に会ったところは南フランス，ボイルの恋人アーネスト・ウォルシュが「ジス・クオーター」を編集しているときだった。ボイルは1928年にプリンセスの回想記のゴーストライターとして雇われた。これは彼女の記憶が確かでないために難しい仕事になった。ボイルは彼女が並みの知性の持ち主で，つまらない女だと思った。「したがって書きすすむにつれて話を創る必要があったし，彼女自身もその内容に魅せられた」（『二人の天才』）。回想記 *Relations and Complications*『関係と紛糾』（1929）のおおむね瑣末な出来事が（ケイ・ボイルの『思い出』と違って）いかにもヴィクトリア朝の特権階級に生れ

ついた想像力に欠ける女性らしい抑制された文体で語られたのは，作家ケイ・ボイルの技量を示していると言えるだろう。しかし，逢引は二度しか起こらないし，グラスコーは酷評しているものの，この作品にはそれなりの面白みがないではない。グラディーズ・ブルックを含め，有名な名前が数多く出てくる。著名なヴァイオリニストだったヤン・クーベリック，有名な女優のエレン・テリー，舞踊家のイサドラ・ダンカン，彼女の兄のレイモンド・ダンカンなどだ。ジョージ・メレディスは彼女の名親だった。「おじ」のオスカー・ワイルドとは家族ぐるみの交際があり，彼女は彼の二人の息子とよく遊んだ。彼女の回想記には，グラディーズ・パーマーが若い頃イギリスの彼女の家族を訪れた1歳年上のリュシアン・ドーデと熱烈な恋に陥り，結婚させてほしいと彼が親に頼んだところ，娘を外国人にくれるわけにはいかない，と断わられた話が出てくる（彼は1928年に彼女の人生に再登場し，彼女は彼の母であるマダム・アルフォンス・ドーデの午後のサロンに出席した）。彼女は一時，ローマ・カトリック教会に帰依したことに触れているが，経緯の詳細に関してグラスコーの言及がないところをみれば，フィクションがいくらか混じっているのかも知れない。ケイ・ボイルは，彼女（プリンセス）に代わって恐らく決して起こらなかったようなことを再構築した，と述べているが，プリンセスでなければ目撃しなかったか，知らなかったと思われるようなことが非常に多く書かれているところから，どこまでがボイルの創り話で，どこからが単に粉飾しただけのものか，判別するのはきわめて難しい。しかし，回想記の終り近くで述べられる現代作家に関するさまざまな意見や，アーネスト・ウォルシュの賛辞や，「「ジス・クオーター」は間違いなくかつて出版されたことがないほど優れた季刊芸術雑誌だ」という言葉は，ケイ・ボイルが自分の考えを述べたものであることに間違いはない。

ブルトン，アンドレ（Breton, André, 1896–1966）　フランスの詩人・小説家。1924年に始まったシュールレアリスム運動の指導者で，その理論家。最後の彼の宣言書は英文で『シュールレアリスムとは何か』（1936）である。グラスコーは出版されたばかりの彼の半自伝的小説，『ナジャ』（1928）を読めと助言された。

ブルワー‐リットン，エドワード・ジョージ・リットン伯爵（リットン男爵1世，Bulwer-Lytton, Edward George Earle Lytton, 1803–73）　15年にわたって国会議員で，1858–9年は植民地相だったにもかかわら，贅沢な個人生活はおおむね非常に多数の大衆小説を書くことで賄った。今日最もよく知られているのは *The Last Days of Pompeii*（1834）『ポンペイ最後の日』である。

フローベール，ギュスターヴ（Flaubert, Gustave, 1820–80）　推敲に推敲

を重ねてきわめて遅筆，絶対的な客観性と le mot juste（適語）を求めた偉大なフランスの小説家は万人の認める傑作 *Madame Bovary*『ボヴァリー夫人』（1857）を書いた。1858 年に *Revue de Paris* に連載したが，これは退屈な夫に束縛されたロマンティックな地方の女が恋に挫折し，砒素を服んで命を絶つ物語である。フローベールは人間の愚かさを風刺した *Bouvard et Pécuchet* に 10 年以上をかけ，彼が死んだときにも完成せず，出版されたのは死の翌年だった。2 巻目は *Dictionnaire des idées reçues*（*Dictionary of Received Ideas*『既成概念辞典』）となるはずだったが，これにはほぼ生涯をかけて雑記帳に書き留めてきた陳腐な言葉が集められている。一部は *Bouvard* の補遺として印刷された。*Dictionnaire* も別個に出版され（1951），翻訳された。

フロスト，ロバート（Frost, Robert, 1874–1963）　アメリカで最も人気の高い詩人の一人で，二つの詩集，*A Boy's Will*（1913）と *North of Boston*（1914）は，ニューイングランドの香りを強く漂わせ，彼の名声をいやがうえにも高めた。彼は一見静かでもの憂げな語り口で肺腑をえぐる民衆の知恵を語り，硬質な物語詩に託して田舎の風習を歌いあげた。

ペギー，シャルル（Peguy, Charles, 1873–1914）　フランスのエッセイスト・詩人。論争的な散文で多くの本を書いた。最初は反聖職者的だったが，のちに熱烈なカトリック主義者となる。詩集あり。

ベネット，アーノルド（Bennett, Arnold, 1867–1931）　20 世紀初頭から死に至るまでイギリス文学界の主要な人物。彼は多くの自然主義小説を書いたが，とりわけ *The Old Wives' Tale*（1908）が古典と目されている。ベネットのユーモア小説には *Buried Alive*（1908），*The Card*（1911）などがある。グラスコーにとっては，ベネットはコンプトン・マッケンジーと並んで退屈だったようだ。

ヘヒト，ベン（Hecht, Ben, 1894–1964）　アメリカの小説家・劇作家・シナリオ作家。1920 年代に無数の小説を書いたが，今は忘れられている。チャールズ・マッカーサーと共著の有名な劇，*The Front Page*（1928）がある。

ヘミングウェイ，アーネスト（Hemingway, Ernest, 1899–1961）　有名なアメリカの小説家。1954 年にノーベル文学賞を受賞，1920 年代にはパリで多くの時をすごした。1921 年に結婚すると，最初の妻ヘイドリー・リチャードソンを伴って最初は「トロント・デイリースター」，のちに「スター・ウィークリー」のヨーロッパ特派員としてパリに赴任，しばらく滞在した。1923 年にトロントへ向けてパリを後にするが，最初の子を北アメリカで産むのが目的で，1924 年にはパリに戻った。1927 年にヘイドリーと離婚，ポーリン・フェイファーと再婚して 1930 年 1 月迄フェロウ通

り 6 番地に住んだ。彼らはフランスを後にしてフロリダ州，キー・ウェストに移り住む。この時期ヘミングウェイは短編集 *In Our Time*（1925）と，長編小説，*The Sun Also Rises*『日はまた昇る』（1926），*A Farewell to Arms*『武器よさらば』（1929），を出版した。

ペレ，バンジャマン（Peret, Benjamin, 1899–1959）　数冊のシュールレアリスム作品を書いたフランスの作家。

ヘンティ，G. A.（Henty, G. A., 1832–1902）　兵士としての経歴をもつ彼は多くの小説を書いたが成功せず，1860 年代に軍事または歴史性の強い少年向け小説に転向した。これが受けて作品は 35 点に上る。

ボイル，ケイ（Boyle, Kay, 1902–92）　現代アメリカ文学史上最も多彩な人物の一人で，非常に長い生涯を通じて革新的かつ著名な短編および長編小説作家だった。代表作は *Fifty Stories*（1980），*Plagued by the Nightingale*（1931），*Gentleman, I Address You Privately*（1933）。また詩人でもあって，1962 年には *Collected Poems*『詩集』を出版した。1946 年には「ニューヨーカー」誌のヨーロッパ特派記者をつとめ，サンフランシスコ州立大学で教鞭をとるかたわら政治活動も行なった（70 代のとき彼女は黒人解放運動の急進的結社ブラック・パンサーを支持し，ベトナム戦争に反対してオークランドの募兵センターを封鎖し，二度投獄された）。絶世の美女で，アーネスト・ウォルシュ（エセル・ムアヘッドの項を参照）を含め多くの恋人がおり，彼女が誘惑したジョン・グラスコーとも一時関係があった。また，ロバート・マコールマンにも気がありはしたが，彼は応じることができなかった。ペギー・グッゲンハイムの元夫だったローレンス・ヴァイルを含め結婚は三度，子供は 6 人，孫は 17 人いたが，子供のうち彼女の葬儀と追悼式に出席したのは息子のイアンだけ，生きている 4 人の娘らは誰も出なかった。イギリスの短期旅行を含めればボイルのフランス滞在は 5 年に及んだ。

1928 年 3 月，長期滞在をするつもりでパリにやって来た彼女は，『回顧録』の出版を思い立ったサラワクのダヤン・ムーダことグラディーズ・ブルックのゴーストライターという仕事を見つけることができた。ケイ・ボイルは『モンパルナスの思い出』にはダイアナ・トゥリーの名で登場する。グラスコーはパリで初めて出席したユージンとマリア・ポラス主催の文学者の集いで彼女に会った。彼女はパリ時代に彼が接触し続けたたった一人の証人である。グラスコーが 1968 年に送った『思い出』の一部を読んだとき，彼女は自分の会話と性格を正確に描いてほしい，と注文をつけた。それはできないと感じたグラスコーは，彼女の名前をダイアナ・トゥリーと変えて「有名なイギリスの小説家」なる接頭語をつけ，性格にはボイルの実生活の潤いのある一面を加えてぼかす，という手法を思いついた。彼は雑誌「ヘミスフィアー（半球）」における彼女の編集業務と，「その目

に見える果実の一つである男の赤ん坊」に言及している。事実を言えばボイルがエセル・ムアヘッドとアーネスト・ウォルシュの所帯に愛着を覚えていたということで，彼らは南フランスのグラスで独自の文学雑誌「ジス・クオーター」を刊行しようとしていた。ボイルは命懸けの恋の相手であるウォルシュの子を宿したが，生れてきたのは女の子で，シャロン（ボビー）と名付けられた。

ボイルがグラスコーの生活と思いがけず関わりをもったことは二度あったが，そのとき彼はボイルの「助け」を必要とした。『思い出』の第22章に，彼が新しい住み処を探そうとしている矢先に性病に罹った（伝染したのはミセス・クエイルから）ことを知って感情的にぐらつくシーンがある。そこへダイアナ・トゥリーが住む場所と，ダヤン・ムーダの『回顧録』の清書という仕事を携えて登場する。それから40年たった1967年の夏に，グラスコーはケイ・ボイルから1通の手紙を受け取ったが，それにはマコールマンの回想記である『二人の天才』を見直している，ということが書かれていた。それでグラスコーは突き返された『モンパルナスの思い出』の原稿を読み直す気になったのである。

ボウルズ，ポール（Bowles, Paul, 1910-）　アメリカの作曲家で長編小説 *The Sheltering Sky*（1949），短編小説，詩などを書き，長年モロッコに住んでいる。

ボードレール・シャルル（Baudelaire, Charles, 1821-67）　重要な批評家であり，偉大なフランスの詩人の一人でもあった。名前からして一部の人々にはデカダンスを示唆し，頽廃的な生涯を送り惨めな死に方をした。独創的な詩集，*Les Fleurs du Mal*『悪の華』（1857）は堕落と，邪悪と，病的なものに美を見出した傑作。これの出版は物議を醸し罰金を科せられた。しかし喚起力に富む音楽的な彼の妄執と異常な象徴主義はフランスの現代詩の発達に大きな貢献をした。

ポール，エリオット（Paul, Elliot, 1891-1958）　アメリカ生れの編集者。ユージン・ジョラスの後任として「シカゴ・トリビューン」紙のパリ版編集者となる。1923年に彼はドゥ・ラ・ユシェット通りのオテル・デュ・カボー・ドゥ・ラ・テレールの2室最上階アパートに移ったが，彼はそこを *The Last Time I Saw Paris*（1942）の中で詳しく描写している。彼はそこに18年住んでいた。彼の名前はジョラスの文芸誌「トランジション」の共同編集者として筆頭に掲げられ，その後（1929年までは）寄稿者兼編集者として記されている。

ボリ，ルクレチア（Bori, Lucrezia, 1887-1960）　スペイン生れのオペラ歌手。パリとローマの主要な歌手だったが，その後長くニューヨークのメトロポリタン・オペラでスターの座を占めた。

ポル，ジョルジュ（Pol, Georges）　マルセル・ノルの項を参照。

ホワイト，ギルバート（White, Gilbert, 1720–93）　イギリスの牧師，セルボーンの副牧師。野生生物の観察と，自然界の美しいものに基づき，*Natural History and Antiquities of Selbourne*（1789）という古典的な作品を書いた。

マ　行

マークス，パーシー（Marks, Percy, 1891–1956）　アメリカの小説家・英語教授。アメリカの大学のジャズ時代を扱った *Plastic Age*（1924）を皮切りに，1920 年代並びにその後も多くの小説を書いたが，今はほとんど読まれない。

マーティン，アンジェラ（Martin, Angela, イヴェット・ルドゥ Yvette Ledoux）　グエン・ル・ガリエンヌの項を参照。

マール，サリー（Marr, Sally）　ペギー・グッゲンハイムの項を参照。

マール，テレンス（Marr, Terence）　ローレンス・ヴァイルの項を参照。

マコールマン，ロバート（McAlmon, Robert, 1896–1956）　“Rats!”「くだらん！」が好んで使った間投詞。グラスコーの『思い出』は彼の存在を中心軸に回転している。俳優バリモア風の高い鼻をもつ男前のホモセクシャルなアメリカ人で，1921 年にニュヨークからロンドンへ，次いでパリに移住した。彼はイギリスの船舶界の大立者，サー・ジョン・エラーマンの娘，アニー・ウィニフレッド・エラーマンと金目当ての結婚をした。彼女は詩人で小説家で，ブライハーというペンネームで文章を書く映画批評の草分けでもあり，アメリカの詩人 H. D.（Hilda Doolittle）の恋人だった。パリの文学青年社会では聡明で喧嘩早く目立った存在だったマコールマンは，結婚が破綻したとき法外な和解金をせしめたが，ヘミングウェイは彼を「ロバー・マカリモニー」（ロバーは泥棒，名前のロバートに引っ掛け，アリモニーは離婚手当の意）と呼んでからかった。しかし彼には才能があり，モダニズムを前進させた彼の功績は十分に認識ないし評価されたとは言えない。特に訓練された文章ではないが多作な作家で，彼は生活に困っている作家（彼らのなかにはひどい態度をとる者もいた）への気前の良さと，永続的にはコンタクト版の出版者という立場で，現代文学に貢献した。コンタクト版の書物のほとんどは 1922 年にジョイスの『ユリシーズ』を出版した際に資金繰りで苦労したディジョンのモーリス・ダランティエールが印刷している。彼はまたスリー・マウンテンズ・プレスの印刷兼出版者，ウィリアム・（ビル・）バードの提携者・財政的支援者だった。コンタクト出版社はマコールマン自身やブライハーの本を出すかたわら，へ

ミングウェイの *Three Stories and Ten Poems*（1923），ウィリアム・カーロス・ウィリアムズの *Spring and All*（1923），ガートルード・スタインの記念碑的な作品である *The Making of Americans*（1925），他の実験的な作品とともにジュナ・バーンズの *The Ladies Almanack*（1928）などを出版した。ヘミングウェイの *In Our Time*（1924）――薄い小冊子で，このあと15の短編を集めたアメリカ版 *In Our Time* が1925年に出版された――とエズラ・パウンドの *A Draft of XVI Cantos*（1925）にはスリー・マウンテンズ・プレスと社名が印刷されている。

『モンパルナスの思い出』のなかで，マコールマンはグラスコーと友達のグレーム・テイラーがパリに到着してまもなく，二人の世話をし，居住区界隈を案内する人物として登場する。彼は二人をモンパルナスやモンマルトルばかりでなく，郊外にも連れて行く。モーリー・キャラハンの言葉によれば，彼は「バフィーとテイラーというほっそりした20代前半の頭のいい小さな悪魔に魅了された」。出版された『思い出』の本文から削除された部分には，グラスコーに対するマコールマンの明らさまな性的働きかけが描かれていた。また，彼はマコールマンと同性愛関係をもったと，「自伝的スケッチ」に書いている。マコールマン――彼が人前で自分の同性愛的傾向を認めたことは一度もなかった――が1938年にロンドンで出版した回顧録『二人の天才』から二人のカナダ人青年が除外されているのは，グラスコーと彼の友情に同性愛が色濃くにじみ出ていたため，と考えるのが当たっていそうである。グラスコーもそうであるが，マコールマンがヘミングウェイを毛嫌いしたのは，恐らく彼が同性愛者を公然と軽蔑したためである。『思い出』のなかに，マコールマンがグラスコーやテイラーと一緒にいるところに出くわしたヘミングウェイが，また例の術を使っているな，と言ってからかうシーンがある。二人はフォールスタッフのまえの小路で殴りあったことがあるが，これは明らかに個人的嫌悪感にヘミングウェイがスターへの道を歩んでいることに対する嫉妬が重なったためである。結果は体の小さいマコールマンの負けだった。

喧嘩早い上にホモという欠点がありはしたが，マコールマンは1919年以降雑誌に寄稿しつづけ，1921年からは著書も出版する文学一途の真面目な作家で，彼の短編小説をはじめ，スタインやジョイスに関する評論はエズラ・パウンドの「ジ・エグザイル」や，「トランジション」のような一流文芸雑誌に掲載され，短編は『1929年度短編小説選集』や *The New American Caravan: The Yearbook of American Literature*（1929）などに選ばれた。以上挙げたことは全て1927–29年に起こったことで，当時マコールマンはグラスコーやテイラーと親しい付き合いがあり，酒や放蕩に入れあげる典型的なパリ在住芸術家では必ずしもなかった。マコールマンがシルヴ

ィア・ビーチにむかって中編小説を完成したから *Distinguished Air*（1925）が重版されたら入れるつもりだ，と言ったのは1929年5月のことである。「小説“My Susceptible Friend, Adrian”は私が書いたものでは最もいい作品だと思う。しかし，決して同性愛を扱ったものではないとはいえ，内容は衝撃的だ。パリを徘徊する青年（boys）を数人登場させ，脇役やエピソードをちりばめただけの物語なのだが」（Hugh Ford, *Published in Paris*, p. 82)。ここにも青年（boys）という言葉が出てくるが，グラスコーが『思い出』に“The Susceptible Boy”という標題をつけようかと考えていたことは言っておくだけの価値がある。

マコールマンはグラスコーやテイラーとともにルクセンブルクに旅行をし（78−89ページ），文化祭に招かれる。この出来事を描くグラスコーの文章はいかにも文化的行事にふさわしく冗長である。ルクセンブルクの国民的詩人，レンツの生誕百年祭というが，どうやらグラスコーは名前と日時を間違えたらしい。ミシェル・レンツ（1820−93）のほかにミシェル・ロダンジ（1827−76）という詩人もおり，レンツはロマンティックな詩を書いたし，ロダンジは *Épopée nationale des Luxembourgeois*（*National Epic of Luxemburgers*『ルクセンブルク市民の国民的叙事詩』）の著者だったこともあり，生れた年からいってもミシェル・ロダンジの生誕百年祭だった可能性が高い。

1968年6月28日付のケイ・ボイルに宛てた手紙で，グラスコーはマコールマンの書いたものはほとんどが読めなかったと述べたあとで，つぎのように書いた。「しかし，彼を知ったことは大変な経験でした。彼はいつも溌剌として新鮮でした。耐えられないほど侮辱的なときでも彼が好きでした。どんなことをされても許してしまうのです……」

マックスィーン，ヘクター（MacSween, Hector）　不詳。

マッケイ，クロード（McKay, Claude, 1889−1948）　『思い出』にはジャック・レリーフの名で登場する。ジャマイカ生れのアメリカ人で，詩人，小説家，短編小説作家。当時の著名な黒人作家で，1922年に4冊目の詩集，*Harlem Shadows* を出版した。1919年，アメリカ合衆国の人種的偏見が彼に祖国を旅立たせ，イギリス，ロシア，スペイン，フランス等々に住んだ。彼の小説，*Home to Harlem* は1928年にニューヨークで出版された。グラスコーが彼に会った1929年にはパリに住んでいた（二人の間には短期間ながら性的関係があった)。マッケイは1934年にアメリカに帰った。

マッケンジー，サー・コンプトン（Mackenzie, Sir Compton, 1883−1972）　情報将校で多作なイギリスの作家。彼は有名な2巻の自伝小説，*Sinister Street*（1913, 1914）を書いたが，恐らくそれがグラスコーの目を引いたものと思われる（但し彼は304ページでマッケンジーを退屈だといっ

ている)。後の小説 *Whisky Galore*（1947）はスコットランドのナショナリズム勃興を滑稽に扱った作品だが，これの映画化は成功した。

マラルメ，ステファン（Mallarmé, Stéphane, 1842–98）　フランスの主要なサンボリスム詩人。詩は音楽の抽象性に近づくべきで，言葉は通常の意味を越えた喚起的な意味を持たねばならぬ，と信じた。その結果，彼の詩の多くは意味がはっきりしない。彼の *L'Après-midi d'une Faune*「牧神の午後」はクロード・ドビュッシーに有名な『牧神の午後への前奏曲』の曲想をあたえた。

マローニー，ドクター（Maloney, Dr., ダニエル・マホーニー Daniel Mahoney）　ジュナ・バーンズの項を参照。

マン・レイ（1890–1976）　『思い出』にはナーワルの名で登場する。彼はロシア系ユダヤ人の両親の下にフィラデルフィアで生れ，本名はエマヌエル・ラドニツキー。マニーと呼ばれたが，ニューヨークで早熟な前衛画家だった若い頃に名前をマン・レイに変えた。画家のマルセル・デュシャンが1915年にニューヨークに来たとき（デュシャンが死ぬまで二人の友情は変わらなかった），彼と，マン・レイと，画家のフランシス・ピカビアはニューヨークでダダイズム運動を興した。時を同じくしてトリスタン・ツァラがチューリヒでも同じグループを結成した。マン・レイは多才で，画家，コラージスト，写真家，彫刻家，版画家等々を兼ね，映画まで制作した。1921年6月にパリに移ったが，パリでは写真家としての技量が優先し，彼は優れた肖像写真家としての技術で当時の文化人のほとんどに名前を知られ（なかには友達になった者もいる），著名なファッション写真家としても生計を立てた。1922年早々に写真を撮ってほしいといって彼にジェイムズ・ジョイスを紹介した友人のシルヴィア・ビーチは，後日シェイクスピア一座で彼の肖像画の展覧会を開いた。彼はマルセル・プルーストが死んだ2日後の1922年11月20日に，死の床に横たわる彼の肖像を撮ってほしいと弟のドクトル・ロベール・プルーストに頼まれた。『思い出』のなかで彼が写真を撮ったとして挙げられている人物にはジョイスだけでなく，ケイ・ボイル，ロベール・デスノス，ペギー・グッゲンハイム，アーネスト・ヘミングウェイ，キキ（6年間彼の情婦だった），ガートルード・スタイン，トリスタン・ツァラらが含まれる。彼は戦時中ハリウッドで過ごしたが，1951年にパリに戻って，長い生涯を終えるまで働き続けた。

ミルズ，フローレンス（Mills, Florence, 1895–1927）　アメリカの歌手・舞踊家。彼女は1921年から1926年迄ニューヨークやロンドンのオール・ブラック・レヴューに五度出演した。彼女は1927年にニューヨークで死んでいるから，グラスコーが1929年にミルズのパリ公演を見たというのは

間違い。しかし，彼女は 1926 年にブラックバーズ・レヴューのロンドン公演に出演しているので，そのとき見た可能性はある。

ミロ，ジョアン（Miró, Joan, 1893–1983）　人生の大半をパリに住んだスペインの画家・グラフィックアーティスト。著名なシュールレアリストだった。

ムーア，ジョージ（Moore, George, 1852–1933）　イギリス人とアイルランド人の血を引く文人で，多くの刊行物のなかで上品ぶりと検閲制度に文学戦争を挑んだ。代表的な小説には *Esther Waters*（1894）と宗教的な擬叙事詩的物語，*The Brook Kerith*（1916）がある。彼の自伝的小説，*Confessions of a Young Man*（1888）はグラスコーを痛く感動させ，『思い出』にムーアの文体と方法を取り入れようとした。

ムアヘッド，エセル（Moorhead, Ethel, 1884 頃–1933）　資産家の女性で，鼻眼鏡を掛け，格子縞の服を着ていた。スコットランド人の画家で，絵はパリでウィスラーに学んだ。イギリスでは婦人参政論者として活躍した。1922 年にパリのクラリッジ・ホテルに住んでいたとき，結核に罹った元軍人のアメリカの詩人，アーネスト・ウォルシュ（1895–1926）にバーで出会う。彼はパリに越してきたばかりだった。彼女は彼をすぐさま受け入れ，文学雑誌を創刊したいという彼の強い希望に応えて資金を出し，二人で「ジス・クオーター」を経営し，ウォルシュが 1926 年 10 月に死ぬまでにアーネスト・ヘミングウェイ（彼はパリでの第 1 号発行に手を貸した），ケイ・ボイル，エズラ・パウンド，ジュナ・バーンズ，モーリー・キャラハンその他の作品を出版した。ウォルシュとケイ・ボイルは，彼の招きでボイルが 1926 年早々に南フランスのグラスへ行ったとき会っている。彼とムアヘッドはそこに住んでいたし，続く「ジス・クオーター」誌もそこで発行されていた。やがて彼とボイルの情事が始まると，怒ったムアヘッドはモンテカルロに向けて去る。彼女とウォルシュの間に肉体関係があったとは考えにくい。サラワクのダヤン・ムーダことグラディーズ・パーマー・ブルックの回想記には，際どい性生活を扱ったフランク・ハリス著の *My Life and Loves*『私の人生と愛』をムアヘッドに貸してやるシーンが出てくる。彼女はダヤン・ムーダも知っていたが，「30 分ぐらいたってから，わたしが部屋に入ると彼女はわたしをじっと見つめ，辞書はある？　なかったら「オルガズム」という言葉の意味を教えてくれない？　と言うのよ」とは回想記のゴーストライターだったケイ・ボイルの刺のある逸話のように読める。それはともあれ，ムアヘッドとボイルはともにウォルシュの死水を取った。ムアヘッドはボイルが産んだウォルシュの子を通して彼女を見ていた——もっともムアヘッドは彼が父親だという事実を認めようとはしなかった。互いに敵意を抱いていたムアヘッドとボイルはまも

なく絶交した。ムアヘッドは「ジス・クオーター」の発行を続けようとしたが果たせなかった。彼女が編集した最終号は1929年の春に発行されたが，それにはグラスコーの“Extract from an Autography”「自伝からの抜粋」と，グレーム・テイラーの“Extract I and Extract II”「抜粋Iおよび抜粋II」が掲載されている。彼女は「ジス・クオーター」を，化粧品業界で名を上げて産を成し，ドームの角を曲がったデランブル通り沿いのブラック・マニキン書店の所有者でもあるヘレナ・ルーベンスタインの夫，エドワード・W. タイタスに譲り渡した。タイタスはブラック・マニキン・プレスのほかに書店も経営し，出版した書籍にはピエール・ミネの *Circoncision du Cœur*『心臓割礼』，キキの『思い出』，モーリー・キャラハンの中編小説 *No Man's Meat*（1931）などがある。しかし，「ジス・クオーター」は1932年に廃刊された

メレディス，ジョージ（Meredith, George, 1828–1909）　イギリスの詩人・批評家。また，ヴィクトリア時代の偉大な小説家の一人でもあった（グラディーズ・ブルックの名親だった）。36年以上にわたって書いた小説には，*The Ordeal of Richard Feverel*（1859），*The Egoist*（1879），*Diana of the Crossways*（1885）などがある。

モーリヤック，フランソワ（Mauriac, François, 1885–1970）　非国教徒ながら深遠なカトリック教に基づく小説を書き，誘惑，罪の意識，贖罪に引き裂かれた人物を描いた。1952年度ノーベル文学賞受賞者。

モラン，ポール（Morin, Paul, 1889–1963）　モントリオールに生れ，20歳で法廷弁護士の資格を得た。彼は生涯の大半を文学の教授と翻訳に費やした。1911年と1922年に2冊のフランス語の詩集を出版し，その官能的なイメージとテーマはケベック州のカトリック教徒を除く世界では非常に新しいものだった。40ページで彼は（テオフィル・ゴーティエ 1811–72 に因んで）カナダのゴーティエと呼ばれている。

モリエール（Molière, 1622–73）　有名なフランスの劇作家。本名はジャン–バティスト・ポクラン。人間性の弱さをテーマにした30の劇を書いたが，多くは今日なお英訳で上演されている。それらの中には *Tartuffe*『タルチュフ』（1664），*The Misanthrope*『人間嫌い』（1666），*The Doctor in Spite of Himself*『心ならずも医者にされ』（1666），*The Miser*『守銭奴』（1668），*The Would-Be Gentleman*『町人貴族』（1670），*The Imaginary Invalid*『病は気から』（1673）などがある。

ヤ　行

ユーゴー，ヴィクトル（Hugo, Victor, 1802–85）　フランスの詩人・小説家。

英訳された最も有名な小説は *The Hunchback of Notre Dame*『ノートルダムのせむし男』(1831) と *Les Miserables* (1862) である。

ユトリロ，モーリス (Utrillo, Maurice, 1883-1955)　フランスの画家スザンヌ・ヴァラドンの私生児として生れ，母に励まされて画家となって，パリの路上風景，とりわけモンマルトル界隈を描いて有名になった。1908年から16年にかけてが絶頂期で，その後は成功作の繰り返しだった。

ラ　行

ラスキン，ジョン (Ruskin, John, 1819-1900)　イギリスの美術批評家。多くの著作の中で最も影響力があったのは，*The Seen Lamps of Architecture* (1849) と，*The Stones of Venice* (3 vols., 1851-3) である。これらの中でラスキンは学識と観察力を駆使して美と芸術の道徳的原理を説き，教育と労働の社会的改革を擁護し，その一方で富と利益の追求に強い批判を浴びせた。

ラビッス (Labisse)　不詳。

ランサム，ジョン・クロウ (Ransom, John Crowe, 1888-1974)　アメリカの詩人・批評家。

ランプマン，アーチボルド (Lampman, Archibald, 1861-99)　オンタリオ州の小さな町に生れる。オタワの郵便局で働くかたわら文学修行をした。ブリス・カーマンと並んで1860年代に生れた最も優れたカナダ詩人で，音楽的，かつ絵画的に生き生きとした風景詩，"April"，"Heat"，"In November"，"Winter Uplands" などを書いた。*The Poems of Archibald Lampman* は1900年に出版された。40ページでグラスコーは彼をカナダのキーツだと述べている。

ランボー，アルチュール (Rimbaud, Arthur, 1854-91)　フランスの天才詩人で象徴詩の先駆者。19歳になるまでのわずか2年とちょっとの間に言葉の統語的構造を無視し，感情を喚起することに重点を置いて無意識の世界を探究し，影響力のある重要な詩を書いた。「俺は沈黙と夜について書き，表現できないことを記録する」とは彼の言葉である。作品のなかには，自叙伝的散文詩，*Une Saison en enfer* (1873) や，*Les Illuminations* (1886) などがある。

リチャードソン，サミュエル (Richardson, Samuel, 1689-1761)　彼の小説，*Pamela: or Virtue Rewarded* (2 vols., 1740-1) はイギリスの最初の現代小説だと一般に考えられている。次いで *Clarissa: or The History of a Young Lady* (8 vols., 1747-9) が出たが，これは英語で書かれた小説の中で最も長い。両者とも書簡体小説である。クラリッサの手紙はロバート・ラヴレスの残酷な仕打ちを切々と述べる。相手は彼女の誘惑に取りつかれ，最後には麻

薬を使って強姦する。そこで彼女は悲しみと恥辱にまみれて死ぬ。

リブモン－デセーニュ，ジョルジュ（Ribemont-Dessaignes, Georges, 1884－1974）　ダダイストで，彼の声明，詩，論文，計画（1915－30），等々は彼の死前後にまとめられ出版された。

リリー，ビアトリス（Lillie, Beatrice, 1894－1989）　国際的に人気のあったエンターテイナー。トロントで生まれ，教育を受ける。作詞・作曲家のコール・ポーターの友人。コール・ポーターは恐らく彼女にブリックトップの話をしたと思われる。

ル・ガリエンヌ，グエン（Le Gallienne, Gwen）　才能豊かな画家で彫刻家。リチャード・ル・ガリエンヌと前妻の間に生れた娘。『思い出』にはダフニ・バーナーズの名で登場する。ジュナ・バーンズ（ウィラ・トランス）の同性愛的関心の対象になったこともあるが，第1次世界大戦後パリに滞在したカナダ人看護婦のイヴェット・ルドゥ（アンジェラ・マーティン）と同性愛に落ちた。ル・ガリエンヌとルドゥは1929年1月に二人のシュールレアリスト画家，エミール・サヴィトリー，ジョルジュ・マルキーヌらとタヒチ島に旅行をした。イヴェット・ルドゥとマルキーヌはその旅行で恋仲になり，1931年に結婚した。

ル・ガリエンヌ，リチャード（Le Gallienne, Richard, 1866－1947）　リヴァプールに生れた詩人。19世紀末の美術愛好家の一人。詩人クラブの会員になるが，これは1891年以降数年続き，フリート・ストリートで月1回の会合を開いていた。会員のなかにはウィリアム・バトラー・イェーツ，アーネスト・ドーソン，アーサー・シモンズらがいた。ル・ガリエンヌは小説 *The Quest for the Golden Girl*『黄金の少女を求めて』（1896）を書いたが，1903年にアメリカに移住してからは著書を出版し続けた。しかし，彼は1920年代にパリに居を移し，ジャーナリストになった。グラスコーが会ったとき，彼はドゥ・ヴォジラール通り60番地に住んでいた。画家のグエン・ル・ガリエンヌ（『思い出』のなかではダフニ・バーナーズ）は彼の三度目の妻アーマとの間に生れた娘である。アメリカの女優エヴァ・ル・ガリエンヌは二度目の妻，ジュリーとの間に生れた娘だった。ル・ガリエンヌの小説のなかには *From a Paris Garret*『パリの屋根裏部屋から』（1936）があるが，これは彼が「ニューヨーク・サン」紙に連載した週に一度のコラムを編集した奔放なパリ生活の描写である。

ルクセンブルク，ローザ（Luxemburg, Rosa, 1871－1919）　ポーランド生れのドイツの革命的な作家・雄弁家。1916年にマルキシスト・スパルタクス党の共同創立者となり，1919年ベルリンにおけるスパルタシスト蜂起の際に軍によって逮捕され，虐殺された。彼女は22ページにダントンとともに言及されるローザである。

ルソー，アンリ（Rousseau, Henri, 1844-1910）　フランスの画家。並々ならぬ力と独創的なイメージを喚起する細かく色彩豊かな子供のような絵で知られる。パリ税関に22年間，勤めていたので税関吏（ル・ドゥアニエ）ルソーと呼ばれた。

レリーフ，ジャック（Relief, Jack）　クロード・マッケイの項を参照。

ローゼンスタイン，サー・ウィリアム（Rothenstein, Sir William, 1872-1945）　イギリスの画家。1898年頃から専ら肖像画を描いた。両世界大戦中には公職にも就いた。

ローレンス，D. H.（Lawrence, D. H., 1885-1930）　長・短編小説家・詩人。現代英文学の偉人の一人。検閲制度反対闘争の中心となった。注目すべき彼のエッセー‘Pornography and Obscenity’「ポルノグラフィーと猥褻性」は1928年にフィレンツェで個人的に印刷されて文学サークルの間でスキャンダルと討論を巻き起した彼の最も知られた小説，*Lady Chatterley's Lover* のすぐ後に「ジス・クオーター」誌1929年7・9月号に掲載された。強い女性と，彼女らが人生において男性との間にもつ関係を書いたチャタレー以前の小説—— *Sons and Lovers*（1913），*The Rainbow*（1915），*Women in Love*（1920）——および強い男性を描いた後の作品（例えば *The Plumed Serpent*, 1926）が，恐らくナーワル（マン・レイ）がオースティンの作品に「行動と男らしさの暗い人生原理」を見るという見当違いなことをしたために，グラスコーが彼とオースティンを比較する（122ページ）という的外れなことをしたものと考えられる。

ロチェスター，ジョン・ウィルモット，伯爵2世（Rochester, John Wilmot, second earl of, 1647-80）　チャールズ2世時代の廷臣。詩人としても知られ，ウイットと，複雑な感情描写と，時には性問題の大胆な扱い方で有名。同時代および後世の代表的詩人にも影響を与えた。

ワ　行

ワーズワース，ウィリアム（Wordsworth, William, 1770-1850）　偉大な自然詩を書いた詩人。詩におけるイギリスのロマン主義を指導し，「実際に使われる言葉を使って」詩を書くときに用語の選択と配列を変えた。1798年以降，彼は数多くの優れた詩を書いたが（89ページのグラスコーの言葉を参照），この年には彼と Samuel Taylor Coleridge の詩をその中に含む *Lyrical Ballads* が出版されている。

ワイルド，オスカー（Wilde, Oscar, 1854-1900）　有名な小説家（*The Picture of Dorian Gray*, 1891），劇作家（とりわけ *Lady Windermere's Fan*, 1892, *The Importance of Being Earnest*, 1895，など），才人だった。アルフレッド・ダ

グラス卿との間に同性愛関係があったために 1895 年から 1897 年迄投獄された。彼はグラディーズ・パーマー・ブルックの両親と親しく，両親は彼女が子供の頃に彼の二人の息子と遊んだものだったという。

場　所

モンパルナスに住む多くの外国人居住者は怠け者で，ジョイスやヘミングウェイやスタインのような作家の勤勉さとは驚くほど対照的な生活を送っていた。作家たちは彼らの安易で非生産的な暮しぶりを厳しく批判していた。作家として，あるいは作家になろうとして，真剣な努力を重ねていた彼らと，そうではない人々は別のグループに分かれ，はっきり対立していることが多かった。コラムニストのアレックス・スモールは1929年4月に「パリ・トリビューン」紙に書いた記事の中で，観光目的で遊びに来ている外国人を「ごてごて飾りたてた浮浪者」と呼んでいる。彼はこうした連中の生きざまや存在理由（レゾンデートル）を要約して次のように言っている。「気の向くままに好き勝手な服装でぐでんぐでんに酔っ払い，隣りがどう思おうが俺の知ったことか……賑いや非現実的な雰囲気にかてて加えて，モンパルナスの人込みに働く者は一人もいない……モンパルナスの評判を作り出した操り人形どもは，そのうち仕事に取り掛るさなどと口では言うものの，騙される者は誰一人いない，自分たちでさえ嘘だとわかっているのだから」

グラスコーと友人のグレーム・テイラーは，こうした界隈の住民像にぴったり合っていた。しかし，ロバート・マコールマンは，のべつタイプライターを叩いていたことだけを見ても，典型的なモンパルナスの男とはかならずしも言えなかった。

有名なバーや2，3か所のレストランを除けば，グラスコーが書いている特定の場所は，精々のところで時には正しいとしても常に当たっているわけではない。ブローカ通り147番地は『思い出』の中では最も正確に特定できた場所である。幸い，ここは長い歳月が経つうちに界隈に起こった多くの変化を生き延びたところだ。ブローカ通り147番地（31ページ）の地域は，1944年にLéon-Maurice-Nordmann通りと名前が変わった。147番地は突き当たりが袋小路の長い通りで，1930年代に建てられた5，6階建の立派なブルジョワ風の現代的なアパートの間に1，2階建の画家のアトリエが立ち並ぶ。路地の入り口にはグラスコーの描写によく似た金属製の門があって（図版16に見える鉄の飾りアーチは付いていない），一方の壁面には1920年代の名残だろうか，当時の食料雑貨店の広告がまだある。アトリエの管理状態はさまざまで，あちこちに未完成の彫刻や，捨てられた塑像のかけらが転がっているさまは，ダフニ・バーナーズ（グエン・ル・ガリエンヌ）とアンジェラ・マーティン（イヴェット・ルドゥ）を連れて三つ巴の抒情的な愛の交歓に一夜やって来たグラスコー

を迎えたあの情景を彷彿させる。彼らが遊び戯れた実際のアトリエは（その通りに長く住んだ人の話では）火事で消失した由である。自由奔放に生きた人々のこのいわば保護区に隣接する修道院は，イエズス会修道女の経営する女学校である。グラスコーはウルシリーヌ（辞書にはウルスラとある）会の経営だと言っていたが，これはどうやら間違いである。ウルシリーヌ会は，この通りがルルシーヌ通りという古めかしい名前であることと，それがここに定着して一定の税を免除されたルルシーヌという昔の職人の連想が結びつき，音の類似からそう思い込んだ節がある。概してグラスコーには都市の地理にはとかく大まかな傾向があり，出来事の日時に厳密性を欠くところもあって，注釈者としては黙って済ますわけにはいかない。例えば読者はエミリー・パインが「スフィンクスの近く」にマフラーのないブガッティを駐めたと聞かされ，それからスフィンクスは「とてつもなく値の張るその売春宿が入居している大きなエジプト風の建物だ」という描写が続く。しかし，スフィンクスが開業したのはグラスコーが物語るエピソードから 3 年近く経った 1931 年 4 月 24 日である。グラスコーが日時や場所を間違えた例はほかにもいくつかある。彼が「狭くて白いくねくね曲がった通り」と描写しているドゥ・ラ・グラシエ通りは実を言うと真っ直ぐで非常に広い。同様に「ドゥ・ラルシュヴェク通り」と「ル・グラッティエ通り」は，「ドゥ・ラルシュヴェケ波止場」と，「ル・ルグラッティエ通り」が正しい。

1920 年代の有名なバーやカフェは時の経過とともに廃れた。なかには完全に姿を消したのもあり，名前を変えて別の施設に変わったのもある。その際新たな所有者の通例で改装をしている。グラスコーは 1967 年 8 月のケイ・ボイル宛の手紙でこの点について悲しげに，「パリは美しい貝殻です」と述べている。「クーポールは相変わらずシックですが騒々しくなりました。ディンゴは日本料理のレストランに衣替えし，セレクトはヒッピーの店になり，ジョッキーは改装されましたし，クローズリー・デ・リラの庭園は駐車場になっています」

ラスパイユ大通りとモンパルナス大通りが交わる大きな交差点——モンパルナスの事実上の焦点——の近くに 4 軒の有名なカフェ，ドーム，ロトンド，セレクト，クーポールがあった。交通機関の往来が激しかったが，この付近は本質的に昔のままである。こうしたカフェは（ずいぶん広くなってはいるが）今でも訪れることができる。大抵は地元の労働者が顧客のつましいバーが出発点だった。第 1 次世界大戦後に外国人がモンパルナス界隈に大挙して押し寄せると，バーやカフエは変貌し始めた。マコールマンは『二人の天才』の 1938 年版で，「モンパルナス周辺のさまざまなカフェが増築されたか増築中でブルジョワ風になり……加えて新しい世代が洪水さながらにパリに押し寄せ，戦後の時代は風習の変化も早い」と報じている。当時の記録には 3 万 5 千から 5 万の

アメリカ人がパリにやって来て，うちかなりの数がモンパルナスに住みついたとあるから，「洪水さながら」は正に至言である。

アメリカ人居住者の便宜をはかろうとするパリ市民の気持は「アメリカ式バー」といったモチーフに現われているが，アメリカの影響は市の夜の生活に最も顕著である。多くの黒人音楽家やエンタテイナーが演奏と巡回公演の自由をもとめてパリにやって来たが，彼らはパリ市民に熱烈な歓迎を受けた。マコールマンはそうしたアーチストの登場について，「当時 17 歳のエキゾチックなジョゼフィン・ベーカーが腰をくねらせながら舞台に出てくると，フランス人の観客はやんやの喝采で迎えた」と書いた。彼は，見事に彫刻的な体をしたベーカーはトップレスで，身だしなみとして体に着けていたのは糸で吊したバナナだけだった，と付け加えたかったに違いない！　パリっ子は，ジャズだろうが即興曲だろうがおかまいなし，黒人ミュージシャンが提供する示唆的な新しい音楽を熱狂的に受け入れた。ロベール・デスノスは，西インド諸島音楽について記事を書き，それの大衆化に力を尽くした。急速にシックなものになった黒人舞踏会についても書いた。グラスコーやマコールマンが頻繁に足を運んだブリックトップのようなバーも人気スポットになって，場所はモンパルナスから遠い右岸のモンマルトルだけれど，地元の人々や外国人が先を争うようにして訪れたが，顧客の多くは有名人だった。

ジョッキー――モンパルナス大通りとカンパーニュ－プルミエール通りの角にあるアメリカ風のバーで，フォールスタッフと同様，バー巡りをするパブの常連が必ず立ち寄った店である。『思い出』にシドニー・スクーナーとして登場するヒレイア・ハイラーが開いた店で，彼が初めて装飾したナイトクラブである（ハイラーはジャングルや，カレッジ・インも，フランスの街路，キャバレー，港の風景，などの絵で装飾した）。ジョッキーの正面には馬に乗ってトマホークを振りかざすアメリカインディアンのフレスコ画が描かれ，パイの形をした建物の残る 3 面の外壁はカウボーイや，サラーペを着たメキシコ人や，毛布で身をくるんだインディアン，それにテキサス・ロングホーン（長大な角をもつ畜牛）の絵で飾ってあった。ジョッキーには娯楽と社交で人の集まる場所という評判があったが，マコールマンに言わせれば，そこでは「ドラマと喧嘩が実際に起こっていたが，概して喜劇と善意の場だった」。ハイラーはジャズピアノを弾き，キキがなくてはならない存在だった。この建物は今はない。

フォールスタッフ――モンパルナス通り 42 番地に今でもあって，壁面に木の羽目板を張り，ダークグリーンのヴェルヴェットを張った長椅子を並べ，バーのカウンターには重い板が使われ，フロアのタイルには小さな模様が入っている，といった具合に内装は昔のままだが，以前に比べこぢんまりして居心地がいい。マコールマンや友人たちにとっては「落ち合う場所で，装飾の趣味はいいし，ジャックという名前のオランダ人のバーテンがいて顧客の選り好みを

したのがよかった。俺たちが我慢のならない顧客は彼も嫌った」。今ではビアホールを兼ねたレストランでレストラン・フォールスタッフといい，多くの種類のビールが飲める。

ディンゴはフォールスタッフほど幸運ではなかった。1924年にデランブル通り10番地に開業したル・ディンゴが最初の店で，「アメリカ風のバーとレストラン，ディンゴ」なるビラを通行人に配った。もともと働く人々向けのバーで，Le Dingo は「頭のおかしな人」を意味する俗語である。経営者は後にアメリカ人とオランダ人夫婦のルイとヨピ・ウィルソンに変わった。リヴァプールの元ボクサーだった有名なバーテンダーのジミー・チャーターズの思い出の記 *This Must Be the Place*（1934）の題名は，ある日二人の上流社会の女性がロールスロイスから降り立って店を覗き込み，「This must be the place（ここに違いないわ)」と言いながら入ってきた，というエピソードから取ったものである。グラスコーは1960年に訪れたあと，ディンゴは日本風レストランに変わっていた，と報告した。今でもレストランだが，名前は Auberge de Venise（ヴェニスの旅籠屋〈はたごや〉）である。

カフェ・ドゥ・ドーム――モンパルナス大通りとラスパイユ大通りの交差点の南西角にあって，ル・ドームの名でも知られ，1898年に開店した。パリ在住の外国人画家や作家，彼らのモデルやガールフレンドの溜り場だった。ヘミングウェイは *A Moveable Feast*『移動祝祭日』（1964）の中で，ドームには近隣のほかの溜り場のように芸術家気取りの怠け者はおらず，真面目な芸術家ばかりだとして高く買っている。もっとも，1920年代には，トロントの *Star Weekly* に書いた記事の中でそこへ行ったアメリカ人について彼は，「芸術家が創造的な仕事に打ち込むエネルギーを，これからやろうと思っていることについて無駄口を叩くだけのことに費やしている浮浪者もいる」と言っている。ドームには真面目な失業者たちの「第2の家」だという批判があったことも事実である。新聞記者のアル・レーニーはドームについて違った見方をしており，次のように書いた。

> このグループは……モンパルナス大通りとラスパイユ大通りの交差点のそばにあって，顧客は男女を問わずほとんどが芸術一本槍の半永久的な外国人居住者である。彼らの落ち合う家といってもいいところがドームと称するカフェで……どう見てもパリ中でここほど面白いところはない……
>
> 何百人ものアメリカ人がなるべくここの近くに住み，界隈に行くところが見つからなければ毎日でもやって来る……ディナーの時間にテラスをあとにしたかと思えば夜や，とりわけ早朝には開いた席をもとめて先を争うように戻ってくる。

セレクト――モンパルナス大通り 99 番地に 1925 年に開店し，指なし手袋をはめたマダム・セレクトがレジ番をしていたことと，チーズトーストが売り物で（これは現在も同じ），基本的に常連相手の商売だった。チーズトーストと，マダム・セレクトにはグラスコーも言及している。セレクトは最初の終夜営業カフェ兼バーで，近隣のバーやカフェも真似してすぐに終夜営業を行なった。いろいろな作家が足を運び，ヘミングウェイ，キャラハン，マコールマンらも彼らのなかに入るが，ちょっとでもトラブルが起こると経営者の妻のマダム・セレクトが警察を呼ぶので，ほかの芸術家たちはあまり行かなかった。アメリカの詩人ハート・クレーンがウェイターと言いあいになってマダムが急拠呼んだ警官を殴って騒ぎに巻き込まれたのはセレクトでだった。警察の扱いはひどいもので，善意の酔客が連行されるのを防ごうとヴィヴァン通りにバリケードを張ったが，クレーンはパリ警察に 1 週間拘留された。

クーポール――ドームからちょっと離れたモンパルナス大通り 102 番地に 1927 年 12 月 27 日に開業，グラスコーがパリに着いたのはそれから間もなくのことである。クーポールの宣伝文句には，「アメリカ風バー」とあった。内部を洞窟風に装飾し，高さ 15 フィートの天井と，柱と，レストランと，ダンスフロアと，有名なバーはモンパルナスの画家が装飾を施し，たちまち界隈住民の溜り場になった。今日でもダンスのできる「バー・アメリカン」であることに変わりはなく，ダンスフロアは 6 階建に改装された現代的なビルの 1 階部分を占めている。ケイ・ボイル版の『二人の天才』の末尾に，彼女はパリに人けのなくなった 1929 年の 8 月にそこを訪れたことについて書いている。彼女は高いストゥールに共同経営者でバーマンのガストンと腰を掛けていたが，「ハンサムな彼の存在，芸術家に対するもの静かな気前のよさ，人を惹きつける微笑，どんな暴力にも唇をふるわせて怒るあの気質がなかったら，クーポールはそこらのバーと変わらなかっただろう……」と述べている。ガストンは出し抜けにロバート・マコールマンが置いていった彼女宛の鉛筆書きのメモを思い出した。まもなくパリを去ろうとする日のことで，「かなり新しい」レミントン社製のポータブル・タイプライターの置き場を知らせる内容だった。

カフェ・ドゥ・ラ・ロトンド――モンパルナス大通り 105 番地，ドームの真向いに 1911 年に開店した。ヘミングウェイが嫌って，トロントの *Star Weekly* に載せた記事のなかで，そこには「ニューヨークのグリニッジの屑ども」や，「屑のなかの屑が海を越えてやってくる」と書いた。しかし，ロトンドには人気があった。

クロスリー・デ・リラ――モンパルナス大通り 171 番地にあって，アーネスト・ヘミングウェイの行きつけのカフェの一つ。ここは 1922 年 2 月 17 日に，作曲家のエリック・サティ，画家のフェルナン・レジエ，彫刻家のコンスタンチン・ブランクーシ，画家のアンリ・マチスやジャン・コクトー，ダダイスト，

トリスタン・ツァラの友人で出席しなかった詩人のアンドレ・ブルトンらを含むモダニスト芸術家や知識人の大集会である扇情的な「会議」を開催したところだった。ブルトンはダダイストに反対することでモダニスト運動を分裂させたとして非難されたが，これは間違いだった。したがって彼はダダイストやモダニストの友人たちと離別し，シュールレアリスト運動を創始した。

リップス，つまりリップ・カフェレストランはサン－ジェルマン大通りのカフェ・ドゥ・フロールとデュ・マゴの向かいに今も昔もあり，夜の遅い時間に食事を供するという利点があって，ヘミングウェイが食事を褒めたことがある。

ジプシー・バー——グラスコーはダフニ・バーナーズやアンジェラ・マーティンとともにエドガー－クイネ大通りのここを訪れているが（29 ページ），マコールマンとジョイスが 1921 年に深夜の溜り場として好んで訪れたクジャ通りのジプシーズ・バーとは違う。両方とも今はない。

モンパルナスに住んでいた画家の一人について，世界の出来事をよく知っているように見えはしたが新聞を読んでいる姿は見たことがない，とよく言われたものだ。同じ言葉がグラスコーの『思い出』の登場人物にも当てはまる。彼らは外界から隔離されていたようで，グラスコー自身の物語には時代に関する言及が全くない。もし若い世代の人々が自由や，快楽や，ある種の精神的啓発をもとめてパリに来たとすれば，家族の住む世界がリトルマガジンや，常軌を逸した絵や，個人的関係や，突拍子もない行為によって定義づけられる彼ら自身の限られた宇宙に干渉することを許すことはすまい，とはっきり決めてかかっていたのである。グラスコーも述べるとおり，彼のパリ滞在は 1927 年 5 月に起こって着陸地のパリ市民を興奮の坩堝に投げ込み，その後何か月もの間話題をさらったチャールズ・リンドバーグの大西洋横断単独飛行と，不況に先立ち，送金生活を送る海外居住者の多くを故郷に追いやった 1929 年 10 月の株式市場の大暴落という括弧付きで語らねばならないだろう。